砂漠に消えた人魚

ヘザー・グレアム

風音さやか 訳

RECKLESS
by Heather Graham
Translation by Sayaka Kazato

mira

RECKLESS

by Heather Graham

Published by K.K. HarperCollins Japan, 2024

ジーン・ヘイヴンス・ビームに。
彼女が絶えずヴィッキーに注いだ愛情と
わたしに与えてくれた激励に対し
深い感謝とともに。

砂漠に消えた人魚

おもな登場人物

キャサリン（キャット）・メアリー・アデア——画家の娘
エリザベス（イライザ）・アデア——キャットの姉
ウィリアム・アデア——キャットの父。画家
デーヴィッド・ターンベリー——オックスフォード大学の学生
アラン・ベッケンズデール——デーヴィッドの学友
ロバート・スチュアート——デーヴィッドの学友
エイヴリー卿（ジャガー）——遺跡発掘旅行の後援者
マーガレット・エイヴリー——ジャガーの娘
イザベラ・ドーズ——ウィリアムの友人。美術商
アルフレッド・ドーズ——イザベラの義理の息子
ハンター・マクドナルド——大英博物館の学芸員
ブライアン・スターリング——ハンターの友人。カーライル伯爵
カミール・スターリング——ハンターの友人。ブライアンの妻
アーサー・コナン・ドイル——ハンターの友人。作家。医師
プリンセス・ラヴィニア——ハンターの大おば。ギリシア皇太子妃

1

「大変だ、彼が川へ落ちた！」

キャサリン・アデア――友人や最愛の家族からはキャットと呼ばれている――は息をのんでぱっと立ちあがった。つい先ほどまで彼女は〈ザ・プロミス〉などという嘆かわしいほど不似合いな名前を持つ父親の船の甲板に座って、本を読んだり夢想にふけったりしていた。幼いころから日曜日をよく父や姉とテムズ川の船上で過ごしてきたが、その日もそうだった。目の前をしばしば上流階級の人々を乗せた目を見張るような船が通っていく。キャットは姉のエリザベス――イライザが上流階級の気どった言葉づかいをまねるのを笑いながら聞いたあと、一緒になって古い舟歌を口ずさみ、父親が近くにいないことを確かめてから、きわどい歌詞をふたつ三つつけ加えた。

しかし、もちろんなにもしないでただ夢想にふけっているときもあった……夢想の対象はもっぱら、たった今すばらしいレジャー用ヨット〈ジ・インナー・サンクタム〉の甲板から波にさらわれた人物その人だ。

デーヴィッド。デーヴィッド・ターンベリー、ロスチャイルド・ターンベリー男爵の末息子、将来を嘱望されているオックスフォード大学の学生、ヨット遊びが大好きな冒険家。

「キャット、座りなさい！　そんなふうに立っていたらこのおんぼろ船が揺れて、わたしたちまで川へ落ちてしまうじゃないの」イライザがしかった。「心配ないわ。オックスフォードの学生が大勢いるんだもの。だれかが助けてあげるでしょ」彼女はふふんと鼻を鳴らして言った。

だが、だれも助けようとしなかった。その日のテムズ川は危険な状態で、そうした大荒れの風景描写を得意としているキャットの父親にはよくても、ヨット遊びには最悪の天候だった。デーヴィッドと一緒にヨット遊びに来た若者たちは索具にしがみついて、水中をのぞきこみながらわめいている。しかし、川へ飛びこんで助けようとする者はいない。キャットは知っている人物の姿を認めた。ロバート・スチュアート。土地持ちで魅力あるハンサムな学生で、デーヴィッドの親友。なぜ彼は水中へ飛びこまないのだろう。それにほかにもデーヴィッドの友達がいる。なんという名前だったかしら。アラン……なんとか。ああ、ばかな人たち！　救命具を投げてやろうとさえしないなんて。デーヴィッドのいる場所はキャットたちの船から遠いので、こちらから救命具を投げてやっても役には立たないだろう。

こんな日に彼らはヨット遊びに来るべきではなかったのだ。まだ若くて未熟なくせに、自分たちは操船技術に長《た》けているとうぬぼれていたのだろう。こんな大荒れのテムズ川へ乗りだしてくるのは、漁師か愚かな人間しかいない。それとわたしの父くらいなものだ、とキャットは沈んだ気持ちで思った。

しかし、今彼らの目の前でデーヴィッドが溺《おぼ》れようとしている！　それなのに大切な友人を助けようと川へ飛びこむ勇気のある者がひとりもいないとは。

たしかにこれほどの荒波を前にしたら、恐怖を覚えるのも無理はない。それは理解できるものの、キャットの胸は張り裂けそうだった。デーヴィッドは美しく立派な人物だ。あのような笑顔の持ち主はイングランドじゅう、いや、世界じゅうどこを探してもいない。それればかりか、彼のような高い身分に生まれながら、漁でなんとか生計を立てている貧しい人々にあれほどやさしく話しかける人を、キャットはほかにひとりも知らなかった。彼女はそれほどしばしば彼を見かけた。

「だれひとりデーヴィッドを助けようとしないわ！」キャットは叫んだ。

「助けるわよ」

「でも、ぐずぐずしていたら溺れてしまう！」キャットは急いで周囲を見まわした。彼女たちの船の帆はすでに父親がとりこんでしまったので、今や船は波のなすがままだった。

実際のところ、父は仕事をしてもいなければ、キャットに注意を払ってもいなかった。今日はレディ・ドーズが一緒に来ていて、けたたましい笑い声をあげどおしだったのだ。

まるで海の魔女みたいなその笑い声がキャットは大嫌いだったけれど、父は少しも不快に感じないどころか、彼をものにしようとたくらんでいるレディ・ドーズにすっかり夢中のようだった。

キャットは心配でたまらず、川へ視線を戻した。とても長い時間がたったように思われたが、わずか数秒間だったに違いない。船上の若者たちが勇気を奮い起こすには、少し時間が必要なのだろう。いや、違う。時間は刻々と過ぎていくのに、豪華なヨットに乗っている若者たちのだれひとりとして友人を助けるそぶりを見せなかった。

「キャット、そんなにうろたえないで。さあ、こっちへ来なさい。きっとデーヴィッドは泳げるのよ。最近は貧しい人々も列車で国内の海辺へ出かけられるようになったとはいえ、いまだに海辺は彼みたいなお金持ちの海水浴客でいっぱいだもの。もちろん上流階級の人たちは地中海で遊ぶのが好みらしいけど」

イライザはさも軽蔑《けいべつ》したように裕福な人々の話をするが、一日の舟遊びをほぼ終えて午後も終わろうとしているこの時間帯になると、『ゴーディーズ・レディズ・ブック』を読みふけるのが習慣になっている。姉はファッション感覚が鋭く、針仕事が好きで、捨てられた帆やキャンバス地などの布からでも見事なデザインの服を縫いあげることができた。

キャットはイライザの言葉をほとんど聞いていなかった。まるで心臓が喉までせりあがってきて、そこにつかえたかのようだ。さっきまで波間に見え隠れしていたデーヴィッドの頭さえ見えなくなった。

ああ、あそこ！　彼の優美なヨットからあんなに離れてしまっている。

「なんてひどい荒れ方かしら」キャットは感情のこもった声でささやいた。「あの人、死んでしまうわ」

「あなたにできることはなにもないわ。助けに行ったって自分が死ぬだけよ」イライザが激しい口調で警告した。

「ええ、だけどデーヴィッドのためなら死んでもかまわない。彼を救えるなら魂を売ったっていいわ！」キャットは言い返した。

「キャット、いったいなにを……？」イライザがぎょっとして言いかけた。

遅すぎた。

ときとして貧しさにもそれなりの利点がある。キャットは頑丈で重たい実用的な靴を脱ぎ捨て、コットンのスカートを腰から滑らせて床へ落とした。そしておさがりの上着をすばやく脱いだ。外すべきコルセットや腰あて《バッスル》はつけていなかったし、お気に入りの小さな帽子もかぶっていなかったので、あっというまにシュミーズ姿になり、姉の制止を振りきって濁流へ飛びこんだ。

水の猛烈な冷たさが肌を刺す。

そのうえ荒波が容赦なく襲ってくる。

だが、キャットはこれまでの人生で海と慣れ親しんできた。肺いっぱいに空気を吸って水中にもぐり、懸命に泳ぐ。

最初に浮かびあがったのはヨットの近くだった。甲板で必死に叫んでいる若者たちの声が聞こえた。

「彼が見えるか?」

「頭が……また沈んでしまった。ああ、なんということだ! このままでは溺れ死んでしまう。船の向きを変えろ、早く変えるんだ。デーヴィッドを見つけないと!」

「もうどこにも見えないぞ!」

キャットはもう一度大きく息を吸って再び水中にもぐった。つらいのをこらえて目を開け、濁った水を透かし見る。するとそこに……。

そこにデーヴィッドが見えた。右手の二メートルほど下に。

死んでしまったの?

ああ、神様、そんなのだめ! キャットは必死に祈りながら彼のところへ泳ぎ着こうとした。デーヴィッド。ハンサムですてきなデーヴィッド。その彼が目を閉じて……沈んでいく。

デーヴィッドをつかまえたキャットは、船から転落した漁師を助けるときの方法を父親から教わっていたことを思いだした。彼の顎の下に片方のてのひらをあてがって水面へ頭を引っ張りあげると、上半身と両脚と空いているほうの腕を懸命に動かして岸を目指した。

ああ、なんて遠いのだろう。

これではとうてい泳ぎ着けそうにない。

だが、豪華なヨットも父親の船もさっきよりいっそう遠ざかってしまったように見える。帆をあげているヨットや錨《いかり》をおろしているほかの船はもっと遠くにいるみたいだ。こうなったら、なんとか自力で岸へ泳ぎ着くしかない。

気持ちを静めながら水を蹴《け》っているうちに、キャットは荒波に逆らって体力を消耗してはならないことを思いだした。流れに乗ることで体力を温存し、荒波が岸のほうへ運んでいってくれるのに身を任せるのがいい。

キャットはデーヴィッドの頭が水中に沈まないよう努力し、必死に息継ぎをしながら濁流に負けまいと手足を動かした。白い波頭を立てている灰褐色の水は、まるで息づいている生き物のように彼女を水底へ引きずりこもうとする。とても細く見えることもあるテムズ川なのに、今日は……なんと川幅が広いことか。

それでいながら、凍えてもがいているさなかに、ふとひとつの思いがキャットの胸をよぎった……。

この人はわたしの腕のなかにいる。ああ、なんてことかしら！　この人はわたしの腕のなかで死ぬかもしれないのだ。

わたしだったら、彼の腕のなかで喜んで死ぬだろうけれど。

「なんたることだ！　あの愚かな若い連中を見ろ」ハンター・マクドナルドはヨット上をばかみたいに走りまわっている若者たちをにらんだ。仲間のひとりが川へ落ちたというのに、彼らはうろうろするばかりでなにひとつ策を講じていない。

ハンターは若者たちを容赦なくののしってから、海の仲間で、従者であり友人でもあるイーサン・グレイソンに大声で呼びかけた。

「あの娘を連れ戻さないと。ぼくが若者を助けに行く」

「サー・ハンター！」経験豊かでたくましく、無謀な行為に走らないだけの分別を備えているイーサンが激しく抗議した。「こんな川へ飛びこんだら、あなたが溺れてしまいます」

「心配するな、溺れはしないさ」ハンターは急いで靴と上着とズボンを脱ぎ、イーサンに向かって顔をしかめた。「そうとも、ぼくは鰐《わに》のいるナイル川で泳いだこともあるんだ。それを思えば、この程度の流れはなんでもない」

それだけ言うと、ハンターは下着だけになって美しいフォームで水中に飛びこみ、浮き沈みしている若者の頭を最後に目撃した方角を目指して泳いでいった。後ろから憤慨してわめいているイーサンの声が追いかけてきた。「〝サー〟の称号は持っていても、分別はちっとも備えちゃいない。そう、これっぽっちも。せっかく飢えや戦争や邪悪な人間のたくらみをかいくぐって生きのびたのに、ばかな若者を助けようとして命を落としてしまうとは！」

もう遅い、とハンターは思った。彼をのみこもうとするテムズ川の荒波を切り裂き、力強い泳ぎで進んでいく。激しく手足を動かしていれば体が冷えずにすむ。

水は凍えるほど冷たい。

鰐のいるナイル川を泳ぐほうがまだ容易だった、とハンターは半ば後悔した。

もう少しだ。キャットは堤防まであとわずかのところまで来ていた。

彼女のいる場所は埠頭《ふとう》から遠く、今ではシティよりもリッチモンドに近い。霧雨が降るなか、残りの数メートルを苦労して泳ぎきると、ようやく足の裏に川底の泥がふれるのを感じた。肌に食いこんでくるのは割れた陶磁器類かなにかだろう。しかしキャットは、デーヴィッドを岸へあげるのに気をとられて痛さをほとんど感じなかった。疲労困憊《こんぱい》した彼女は最後には這《は》うようにして、ぐったりしている彼の重たい体を、草がまばらに生えているぬかるんだ地面へ引きずりあげた。それほど遠くないところを道路が走っていて、住居や商店や埠頭の船が見える。キャットはまず、デーヴィッドのかたわらに倒れこんで呼吸をした。そう、なにもできずにただ呼吸をするだけだ。やがて呼吸が落ち着くと、彼の顔を見て恐怖に駆られた。ぱっと体を起こしてデーヴィッドの胸へ両手をあて、肺から水を吐きださせようと力いっぱい押した。彼が咳《せ》きこみ、青ざめた唇から水が滴った。そのあと、咳《せき》を何度も繰り返し……。

そしてとうとう静かになって、ぜいぜいという緩慢な呼吸音がするだけになった。

キャットはデーヴィッドを見おろして喜びに体を震わせた。彼は生きている。「神様、感謝します！」彼女は熱っぽい口調でささやいた。そして彼の高貴な顔の輪郭と長いまつげを見て言い添えた。「なんて美しいんでしょう」

琥珀《こはく》色の目が開いた。デーヴィッドがキャットを見あげる。

そのとたんにキャットはとても見られたものではない自分の姿を思って怖くなった。普段の彼女の長い髪はボリュームがあり、輝くような赤い色をしている。ところが今は濡《ぬ》れそぼった縄のようにだらりと垂れていた。緑がかったはしばみ色で、ときには草の色を、ときには金色を帯びて見える彼女の変わった瞳も、赤く血走っているに違いない。唇ときては彼と同じくらい青ざめているだろう。濡れたリンネルのシュミーズはぴったり肌に張りつき、体はこらえようもなく震えていた。自分はいまだに夢の世界にいる。そして、売れないアイルランド人画家の娘には上流階級の生活を夢見ることさえ許されない。そういう状況で、デーヴィッドにこんな姿を見られるのはかつて想像したなかで最悪の事態だ。

デーヴィッドの手が動いて、指がキャットの顔にふれた。一瞬、ここがどこで、なぜ自分はここにいるのかを知ろうとするかのように、彼の目が暗い苦悩の色をたたえた。「ぼくらは風のなかで耳を澄まし……笑っていた……海の魔女《セイレーン》がぼくらに呼びかけているような歌声が風に乗って聞こえてきたから。そうしているうちに……押された。ああ、誓ってもいい。ぼくは押されたんだ！　なぜ……」

そう言いかけて、デーヴィッドはじっと彼女に視線を注いだ。彼の口もとにかすかな笑みが浮かんだ。

「そうとも、嘘《うそ》ではない、ぼくは背中を手で押されるのを感じた……しかし、いったいだれが……。そのうちに……凍えてきて……真っ暗になった。そうしたら……きみが。ぼくは幻を見ているのだろうか？　きみは天使だ。海の天使……天使、ぼくはきみを愛している」デーヴィッドは笑いだした。「違う。人魚だ。そしてこのとおり、ぼくは生きている！」

彼の指がわたしの顔に添えられている。

そして彼が口にした言葉……。

ああ、わたしはこのまま死んでもいい。そうしたら、幸福感に浸ったまま天国へのぼっていけるだろう。

デーヴィッドが目を閉じた。キャットは恐怖に襲われた。だが、彼の胸が上下しているのがわかったし、体のあたたかさも感じられた。

ふいに人声がした。見あげたキャットの目に、砂利道から堤防のほうへやってくる一団が映った。彼女は自分が半裸であることを思いだして慌てて立ちあがった。シュミーズが肌に張りついているあられもない姿を見たら、だれも彼女を慎み深い女だとは思わないだろう。それに当然ながらキャットは凍えていた。彼女はむきだしの腕を自分の体にまわした。

「ああ、みんな彼を捜しているわ……。でも、わたしは見たの……なにかが……」やさしい女性の声だった。動転して涙声になっている。

「そんなに心配するな。デーヴィッドは泳げるんだよ、マーガレット」男性の声が応じた。

「彼はきっと大丈夫だ」

今やキャットは、晩夏用のデイドレスを着たとてもかわいらしいすらりとした女性をはっきり見ることができた。粋《いき》な小さい帽子を斜めにかぶり、日傘を手にして、バッスルを揺すりながら上品なハイヒールを履いた足で歩いてくる。髪はやわらかそうな明るい金髪で、目は青い海の色をしている。彼女の横には上等なスーツを着てマントを羽織り、シルクハットをかぶった年配の紳士がいた。彼らはぐんぐんこちらへ近づいてくる。

キャットの心臓は止まりそうだった。その上品な女性と惨めな自分との対比を思い浮かべ、逃げなければならないことを悟った。急がないと。

川のなかへ走って逃げようとキャットが向きを変えたとき、十五、六メートルほど先の水中からひとりの男性が現れた。

背が高くて引きしまった体つきのその男性は、下着以外になにも身につけていなかったので、筋肉がよく発達しているのがはっきり見てとれた。黒褐色の髪が頭にぴったり張りつき、目鼻立ちのくっきりした端整な顔はしかめられていた。

「お嬢さん！」彼が呼んだ。

もうだめだ。キャットは小さな叫び声をあげて濁った水の際まで数メートルを走り、身を躍らせて水中にもぐると、水が冷たいのも息が苦しいのも手足がしびれるのも無視して死にもの狂いで泳いだ。

水面に浮かびあがったキャットは、雨が降っているのはわかったものの、自分がどこにいるのかわからなかった。


「マーガレット！」

霧雨が降るなか、デーヴィッドは目をしばたたいて見あげた。すると彼女がいた。エイヴリー卿《きょう》の美しい娘、このうえなく愛らしい金持ちのレディ・マーガレット。その彼女が雨粒よりもはるかに大きな涙を頬に伝わせながら彼を見おろしている。泥をものともしないでぬかるんだ土手に腰をおろし、彼の頭をいとおしそうに膝に抱いて。

デーヴィッドの胸が高鳴った。しばしばマーガレットがデーヴィッドを深く愛しているように見えることがあったが、実際のところ、彼女との結婚をめぐる争いにおいては、ロバート・スチュアートにもアラン・ベッケンズデールにもかなり先を越されていると思っていたのだ。

それなのに今は……マーガレットの顔を見ていられるすばらしさといったら。

一瞬、デーヴィッドはとまどった。ほんのつかのまではあったけれど……だれかほかの人間を見た気がした。マーガレットとは違う顔を。美しく整った顔、緑の炎のような不思議な目、赤々と燃える火のような髪。天使だったのだろうか？　ぼくはそれほど死に近づいたのだろうか？　そうでないとしたら、あれはたぶん人魚だったのだ。それとも海の、いや、川の妖精《ようせい》だったのか？

幻を見たのだろうか？

あれが幻だったのなら、荒波と風にあおられて揺れるヨットから背中を押されて川へ突き落とされた気がしたのも、錯覚だったのか？

「デーヴィッド！　お願い、返事をしてちょうだい。大丈夫なの？」マーガレットが心配そうに尋ねた。

「ぼくは……ああ、いとしいマーガレット。うん、ぼくは……ぼくは大丈夫だ！」嘘だった。本当は体が冷えきっていたが、そんなことはまったく問題ではなかった。なにしろ今、これまでずっと愛されたいと願ってきた美しい女性がやさしく世話をしてくれているのだ。きらきらしたきれいな青い目に宝石のような涙をたたえて。

しかし……。

「きみがぼくを救ってくれたんだね」デーヴィッドはまだわけがわからずに言った。

「それが……」マーガレットは口ごもった。「わたしは倒れていたあなたを土手へ引きずりあげて、こうやって膝に抱いていてあげただけなの」

「彼なら大丈夫だ！」荒々しい声がいらだたしげに言うのが聞こえ、冷たいしぶきがデーヴィッドに降りかかった。

「サー・ハンター？」デーヴィッドはびっくりして声のしたほうを見た。事実、そこにハンターがいた。名高い船乗りにして軍人、遺跡発掘者、多才な冒険家、ロンドン社交界の寵児《ちょうじ》。その彼がそばに立って、怒りに顔をゆがませながらデーヴィッドを見おろしている。

体から水が滴っていた。

「彼はあなたに任せますよ、エイヴリー卿」ハンターがマーガレットの父親に向かってそっけなく言った。そのときになってデーヴィッドは、エイヴリー卿が二、三メートル離れたところに立って心配そうにこちらを見ていることに気づいた。「ぼくはあの若い女性を捜しに行かなくては」

「若い女性？」デーヴィッドは再び目をしばたたいておうむ返しにきいた。

「きみの命を救った女性だ」ハンターが冷たい声で言った。デーヴィッドはそのあとに

〝このばか者〟と無言で罵倒《ばとう》された気がした。

「おいおい、サー・ハンター、まさかきみはまたこの濁流へ飛びこむつもりではないだろうな」エイヴリー卿が口を開いた。

「いや、そのつもりです」ハンターが言った。「さもないと彼女が溺れてしまいます」

「きみ自身が溺れてしまう」エイヴリー卿が反論した。「若い女性がいるのなら、船頭か漁師たちが見つけて助けあげるだろう」

どうやらエイヴリー卿の抗議は功を奏さなかったと見え、ハンターは向きを変えて大股に流れのほうへ戻っていった。

「お父様、彼なら大丈夫よ！」マーガレットが大声で言った。その声に賛嘆の響きがこもっているのを聞いて、デーヴィッドの胸は激しくうずいた。「サー・ハンター・マクドナルドはどのような苦難にも打ち勝つことができるわ」

デーヴィッドは思った。サー・ハンターはたくましくて勇敢な無敵の英雄だ。そしてぼくはといえば、ぬかるんだ岸に横たわって息も絶え絶えのありさま……。

でも、彼女の腕のなかにいる。

「おまえの言うとおりならいいが、マーガレット」エイヴリー卿はそう言ってデーヴィッドのかたわらにひざまずき、上等な上着を脱いで彼にかけた。「きみが死なないでよかったよ、デーヴィッド。立ちあがれるかね？　なんとかしてそこの道路まで出たら、馬車で屋敷へ戻ろう。ぐずぐずしているときみが風邪を引いてしまう」

　デーヴィッドはなにが現実でなにが空想だったのかを知ろうとして尋ねた。「本当に若い女性がいたのかい？」彼はマーガレットを見つめた。

「ええ……それとも本当に海の生物だったのかしら」マーガレットが言った。

「勇敢な行為に対して彼女に謝礼を出すようとり計らおう。もっとも、サー・ハンターが彼女を見つけられればだが。それにしてもまた川へ飛びこんでしまうとは奇妙な話だ。彼女は頭がどうかしているに違いない。それともどこかの良家の令嬢で、姿を見られたくなかったのかもしれん」エイヴリー卿はぶっきらぼうに言った。「勝手な想像をしていても仕方がない。それよりもきみをあたたかくしてやらないとな、デーヴィッド。まったく、いまいましい川だ。これほど荒れているところはめったにお目にかかったことがない」

「ええ、もちろんです」デーヴィッドはつぶやいた。「ありがとうございます。しかし、本当に若い女性がいたのなら……その勇敢な女性に、金持ちであろうと貧しかろうと、お礼をしなければなりませんね」

　またもやデーヴィッドは川へ突き落とされたことを思いだした。それともあれは錯覚だったのだろうか？　現実だとしたら、邪悪な意志による行為というほかはない。だれがやったにせよ、その人物はぼくを殺すつもりだったのだ。

　しかし、なぜ？

理由はマーガレットか？　彼女との結婚をめぐって競争相手を排除するためなのか？　あるいはまったく別の理由からだろうか？

突然、デーヴィッドは激しい恐怖に襲われたが、それを表情には出さなかった。考えれば考えるほど心は乱れた。今日は一日じゅうスポーツをして楽しむために友人たちとテムズ川へ出かけた。一緒にいたのはアルフレッド・ドーズ、ロバート・スチュアート、アラン・ベッケンズデール、シドニー・マイヤーズ、皆よく知っている仲間たちだ。彼らとはともに学び、クリケットをし、信頼しあっている……。

落とされたと思ったのは、きっと思い違いだったのだ。

とはいえ、その若い女性の助けがなかったら――。

「デーヴィッド？」

彼の名前を呼ぶ声に深い気づかいの響きがこもっていた。マーガレットだ。彼女はかぐわしい薔薇《ばら》の香りをさせ、彼の体に腕をまわして立ちあがるのに手を貸した。

「その女性があなたの命を救ったのよ」マーガレットが言った。「あなたの大切な命を」

デーヴィッドはエイヴリー卿の存在も友人たちに対する恐怖も忘れて、マーガレットの澄んだ青い目をじっと見つめた。ぼくには安定した未来が必要だ。エイヴリー卿の義理の息子になれば、それが得られるだろう。

「ああ、しかしぼくらは真実を知っている。きみがぼくの命を救ったんだ」デーヴィッドは断言した。「そのやさしい思いやりで、きみがぼくをよみがえらせてくれた。ここでさえ、この岸の上でさえ、ぼくは息を引きとったかもしれない。そうとも、目を開けたときにきみの美しい顔が見られなかったら、きっとぼくは死んでいただろう」マーガレットの頬がうれしそうにほんのりと赤く染まったのを見て、デーヴィッドは大胆にも言った。「きみを心から愛しているよ」

彼女は返事をしなかったが、頬をいっそう赤らめて、そっとデーヴィッドに注意を促した。「父がいるのよ」

ああ、マーガレットは本当に美しくてやさしい。そして、たいそう裕福だ。ぼくにとって彼女は完璧《かんぺき》な妻になるだろう。

デーヴィッドはそのとき、その場で、必ず彼女の夫になろうと心に誓った。

深い憧憬《しょうけい》の対象を救うのは困難だったが、デーヴィッドを岸まで運んでいこうと冷たい水のなかで長時間奮闘しているあいだ、キャットは一度も自分自身の命の心配をしなかった。

ところが今になって突然、恐怖に襲われた。

また水中へ戻るなんて、なんという愚かなことをしたのかしら。たしかに半裸のぶざまな姿を見たら、人々はにやにや笑ったり、わたしをふしだらな女と見なしたりするだろう。

でも、死ぬことに比べたらそれがどうだというの？

疲れ、凍え、方向感覚を失ったキャットは、体力を消耗しないように努めた。ますます荒々しさを増す水面に頭を出して、岸か船を見つけようとする。上等な船であろうとおんぼろ船であろうと、この猛々《たけだけ》しいテムズ川の流れに耐えられるものならなんでもいい。空を覆う厚い雲から予想されるほど雨脚は強くないものの、波立つ川面《かわも》には濃い霧が立ちこめて、わずか数メートル先も見通せない。濁った冷たい水のなかを漂っていると、なんともいえない心細さを覚えた。

キャットは水をかいて体の向きをあちこちへ変え、霧の向こうになにか見えないかと目を凝らした。体が冷えないようにするには絶えず手足を動かしている必要がある。体力が落ちるにつれて、デーヴィッドを助けた直後の高揚感はすっかり消えた。だが、彼を助けたことを後悔はしなかった。デーヴィッドの命は自分の命などよりもはるかに尊いのではないだろうか。後悔しているのは、愚かにもあの場から逃げだしてまた川へ入ったことだ。

キャットは水をかいて少しでも前へ進もうとした。わたしはなんと言ってもあの父親の娘なのだ。雨の多いこの陰鬱《いんうつ》な世界の一部、海の生物なのだ。

ようやく気持ちを静めたキャットは反転して仰向けになり、蛙《かえる》脚で横方向へ水を蹴った。しかし、そうやって緊張をほぐしたとたん、なにかが動くのを目にして新たな恐怖にとらわれた。テムズ川は下水溝と大差がないことは知っている。奇妙な考えが脳裏をよぎった。蛇だ！　いいえ、ここに蛇がいるはずはない。毒蛇だろうか。それもばかげている。鮫《さめ》。鮫が海から来た？　テムズ川をさかのぼって？　まさか、ありえない。それでも……ああ、どうしよう。なにかが水のなかにいる。

悲鳴をあげたキャットは、顔にかかった水を飲んでむせた。咳きこんでほとんど息ができないにもかかわらず、なんとか気力を奮い起こして再び蛙脚で必死に水を蹴る。

なにかがさわった！

なにかが……裸の脚に、そして腰に。キャットはそこから離れようと蹴る足に力をこめた。そのとき、またもや感じた。なめらかで、力強く、すべすべしたものを……。

「やめて！」キャットは声を限りに叫んだ。こんな死に方はしたくない。デーヴィッドに愛していると言われたその日に死ぬなんて絶対にいや。水のなかでは死にたくない。水はわたしの故郷なのだ。水のことなら知りつくしている。その水に負けたくない。負けるわけにいかない。

すぐ近くに浮上したものに、キャットは力任せに殴りかかった。

「おいおい！　なにをするんだ？　せっかくきみを救おうとやってきたのに」

男の人だ。男の人に間違いない。波が荒くてほとんど姿は見えないけれど、深くて豊かな威厳のある声からそれとわかった。そのときになってキャットは、デーヴィッドのかたわらにいたときにひとりの男性が水中から現れたことを思いだした。その男性と上品な若い女性の出現により、キャットは再び危険な川へ飛びこんだのだ。

「わたしを救うですって！　わたしが死にそうな目に遭っているのは、あなたのせいなのよ」彼女は叫び返した。

「なあ、きみ、ぼくの船が百メートルほど南にあるんだ」

波が高まってキャットにざぶりとかかった。不意を突かれた彼女は水を飲んでむせ、咳きこんで息をしようとあえいだ。

気がつくと鋼のような胸板をした男性が横にいて、キャットの胸の下に腕をまわして無遠慮に体をくっつけてきた。彼女はあらがった。

「こらこら、じっとしていろ！　そんなに暴れたら助けてやれないだろう？」

「助けてもらう必要なんかないわ」

「いいや、あるとも」

「あなたが溺れさせようとするのをやめさえすれば、わたしはひとりでいくらでも泳げるのよ」

だが、それが嘘であるのをキャットは知っていた。彼女は完全に消耗してしまい、水面に浮かんで波と闘い続けるのがますます難しくなっていた。

しかし、キャットに大声で非難を浴びせられた男性はもちろん、彼女から手を離した。

そのとき当然のごとく次の波が襲ってきて、さっきの衝撃から回復しきっていないキャットをのみこんだ。彼女は水中へ沈んだ。

思いきり水を蹴って水面へ浮かびあがったキャットは男性の腕のなかにいた。

「じっとしていろ！」彼がぴしゃりと言った。「さもないときみのいまいましい命を助けるために、きみを殴って気絶させなくてはならない」手厳しい言葉は、拳《こぶし》よりも鋭く彼女の胸を打った。

「繰り返すけど――」

「口をきくんじゃない」

「でも――」

「いいから黙っていろ」

キャットは黙らざるをえなかった。というのは、またもや波が襲ってきて水が口に入り、激しくむせたからだ。再び体にたくましい腕がまわされるのを感じた。凍えていたものの彼の腕はあたたかく、怒りに駆られていたものの疲労には勝てなかった。灰色の空と茶色の川面に闇《やみ》が迫っているのを見て、ふいに目を閉じてされるがままになっていたくなった……。

彼は信じられないほど力強かった。キャットはもう自分では泳いでいなかったが、まるで水の上へ持ちあげられて水面を滑走していくような気がした。彼女の頭と鼻が水中に沈むことは一度もなかった。

やがて人声を耳にしたキャットはヨットにたどり着いたことを知った。ものすごく高級そうなヨットに。

「イーサン！」

大声にびっくりした彼女は急に体を後ろへ動かした。頭がヨットの舳先《へさき》にがつんとぶつかって、痛さのあまりあえいだ。

目の前で明るい星々がはじけた。

そのあとは……闇。

「なんてこった！」イーサンは大声をあげて、ハンターが濁流から救った華奢《きやしや》な娘の体を力強い手でつかみ、まるでおもちゃのように軽々と甲板へ助けあげた。そして彼女をやさしく抱きあげ、ちらりとハンターを見てから急いで下の船室へ運んでいった。

甲板へよじのぼったハンターは吹きすさぶ風のなか、揺れるヨットの甲板上をよろめきながら操舵《そうだ》装置へ歩いていって舵《かじ》を握った。ずぶ濡れで骨の髄まで冷えきっているのをものともせず、悪態をつきながら刻々と変化する手ごわい風に立ち向かい、ひとりで帆を巻きあげて船の向きを百八十度変えた。当然だ。なにしろぼくはスポーツマンなのだから。

とは言うものの、今日はこんなスポーツをしに出かけてきたのではなかった。

イーサンが毛布とあたためたブランデーのカップを持って甲板へ戻ってきた。ハンターは礼代わりにうなずいてまずブランデーを受けとり、一気に飲み干して体じゅうに熱さがしみわたるのを感じた。それから舵とりをイーサンに任せておいて、受けとった毛布を両肩にかけた。

「彼女は大丈夫か？」ハンターは風と波の音に負けないよう大声で尋ねた。

「頭にひどい怪我《けが》をしています」イーサンが大声で答えた。「しかし、目を開けました。体を毛布で幾重にもくるみ、ブランデーを与えておきました。あれで充分あたたまるでしょうし、岸へ着くまではきっと大丈夫でしょう。彼女をどこへ連れていくんです？　病院ですか？」

ハンターは顔をしかめて首を振った。「最近は病院も改善されつつあると聞くが、ぼくならあんなところへは犬だって連れていかない。屋敷へ連れていこう。本当に大丈夫なのだろうな？　彼女ときたら、まるで頭のいかれた女みたいに抵抗して……」

「お言葉ですが、あなたがこのヨットへ連れてきたあとで、彼女は頭を船体にぶつけたみたいですよ」

イーサンはハンターと一緒にいくつもの大陸を渡り歩き、ともに戦闘に従事してきたので、さまざまな負傷を見てきている。骨を接ぐのは慣れたものだし、症状によって与えるべき薬のこともよく知っている。命にかかわる怪我かどうかはひと目で見分けられる。そのイーサンから見て、彼女の怪我は致命傷ではなかった。

「彼女は何者です?」イーサンが尋ねた。

「まったく見当がつかない」ハンターは答えた。「どうやら彼女はデーヴィッドを助けようと川へ飛びこんだらしいが、どこから飛びこんだのやらわからないんだ」彼は言葉を切って考えをめぐらした。今までにあの女性を見たことがあるだろうか? 去年の社交シーズンで新たに社交界デビューした若い美女たちのひとりでないことはたしかだ。もしそうなら記憶にあるはずだ。びしょ濡れであっても、彼女ははっとするほど美しかった。彼女は魚のように泳ぎが得意で、助けてもらう必要はないと自信たっぷりだった。彼女の髪……なんという色だろう! 濡れていてさえ火のようだった。そして彼女の目。その目が開いたとき、髪にふさわしい炎がひらめいた。

それにもちろん体の完璧さは、目の見える男なら見逃すはずがない。彼女は温室育ちの花ではない。引きしまった筋肉と、しなやかな長い脚、ほっそりしたウエスト……それと美しい胸。張りついた布地の下に弾力のある豊かな胸が感じられた。

みだらな空想に、ハンターはたじろいだ。しかし、彼は目の見えない男ではない。彼女の体のすばらしさに気づかないわけにはいかなかった。

「勇敢な娘さんだ」イーサンが言った。「若い元気な男たちが恐れをなして、ただおろおろしているのを尻目に濁流へ飛びこむとは」

それもまた真実だ。

しかしながら、ハンターは彼女が土手でデーヴィッドを見つめているときの表情を目にしていた。うっとりしきった表情。彼女は見ず知らずの人間を助けに川へ飛びこんだのではないのだ。あの表情にはなにかがあった。男であれ女であれ生きている人間にはめったに獲得できないなにか、それでいて心から熱望せずにはいられないなにかが。おそらく彼女はデーヴィッドのためなら喜んで命を投げだしたのではないだろうか。

彼女は恋している。

「彼女はあの若者の友達なのでしょうかね?」イーサンがきいた。

「今まで見たことはないな」ハンターは言った。「もっとも、デーヴィッドの知人をひとり残らず知っているわけではないが。なにしろデーヴィッドと知りあったのはつい最近で、間近に迫っているナイル川沿いの遺跡発掘調査に彼が参加することになったからだ。もちろん彼の父親が資金援助をしてくれるからでもあるが」

「まさか！　ひょっとして彼女は……」

「売春婦だと言いたいのか?」ハンターは首をかしげて思案した。「いや」しばらくして彼は言った。「違うだろう。彼女の目には売春婦特有の険しさがない。少なくとも今のところは。しかし彼女が何者であるにせよ、これまでより少し金持ちになることはたしかだ。エイヴリー卿が謝礼を出すと決意しているようだからね。我々も彼女が少しでも幸せになれるようとり計らってやろうじゃないか」

三十分後、ヨットは無事に桟橋へ到着した。ハンターがあたたかい毛布にくるまれた彼女を両腕に抱えてヨットからおろしているあいだに、イーサンが馬車をとりに行ってきた。午前中、埠頭の周辺は大勢の人でにぎわっていたが、好天のときしかヨットに乗らない男たちは、今日はスポーツ向きの日でないと見切りをつけて帰ってしまったらしい。あたりに人影はなかった。

デーヴィッドがいないのは当然として、彼の仲間たちの姿もなかった。エイヴリー卿なら謝礼を出すといった言葉を実行するに違いないとはいえ、それほど彼女の幸福を気に留めてはいないだろう。彼のいちばんの気がかりは、なんと言ってもデーヴィッドなのだ。

それと、もちろんマーガレット。

イーサンが手綱を引いて立派な馬車を停《と》めた。ハンターが彼女を抱いて乗りこむあいだ、二頭の馬はじっとしていた。

「じゃあ、まっすぐ屋敷へ向かいます」イーサンはそう言ってドアを閉め、御者台にあがって手綱をとった。

勢いよく進んでいく馬車のなかで、ハンターは彼女の顔をつくづく見た。実に美しい。かすかに日焼けしているものの雪花石膏《せっこう》みたいにすべすべした肌。まっすぐな鼻筋。唇は現在もてはやされている形からすると少し横に広くてぽってりしすぎているかもしれない。頬骨は高く、目が大きくて、まつげは黒くて長い。

彼女が体を動かし、顔をしかめた。

その口もとに楽しそうな笑みが浮かんだ。

まどろんで夢を見ているようだ。どんな夢であろうと楽しい夢に間違いない。

黒いまつげがぴくぴく震えてまぶたが開いた。

彼女はハンターに目の焦点を合わせ、眉をひそめた。

「きみがいるのは馬車のなかだよ」彼は穏やかに言った。

彼女の唇が動いた。声を出せないようだ。

「どうした？」ハンターはそっと尋ねた。

その瞬間、彼女のなにかがハンターの心の底に眠っていたやさしさを目覚めさせた。彼女を守ってやりたい。あたたかさと思いやりで包んでやりたい。

再び彼女の唇が動いた。

かすかなささやき声を聞きとろうと、ハンターは身を乗りだした。

「あなたなの？」彼女がささやいた。

その声にハンターは大きな落胆を聞きとった。歯を食いしばってなんとかほほえむ。そして彼女がデーヴィッドを見つめていたときの表情を思いだした。

「そのとおり、ぼくだ。謝らなくてはいけないね。あのままきみをほうっておくべきだった」

再び彼女の目が閉じた。どうやらいまだにここがどこなのか理解できないでいるらしい。ハンターは彼女を膝の上から突き落としたいという衝動に駆られたが、どうにか気持ちを抑えた。どれほどむしゃくしゃしていようと、そこまで卑劣な行為に及んだことは一度もない。

「さてと、聞かせてもらおうか、きみは何者だ？　いずれ無事に家へ送り届けなければならないが、家はどこにある？」

またもや彼女は目をぱっと開けて、怒りのこもったまなざしでハンターを値踏みするように見た。燃えているような珍しい色をした、そのすばらしい目に、彼は驚嘆した。すぐ近くにあるので、詳細に観察することができた。虹彩《こうさい》の外側の縁は青緑色で、内へ行くにつれて緑色へ、そして金色へと変わっている。驚くべき目というほかない。髪は赤毛だが、にんじん色ではなくて、深みのある鮮やかな炎の色に近い。それに黒いまつげ……。

どこの出身であろうと、おそらく彼女は気性の激しい女性に違いなく、気の毒な父親なり兄弟なり恋人なりは、今日一日、彼女の鋭い舌鋒《ぜっぽう》から解放されたことを喜んでいるのではないだろうか。

相変わらずハンターを見つめ続ける彼女の顔が次第に当惑の表情へと変わった。

「もう一度きく。きみは何者だ？」ハンターは尋ねた。

彼女がまぶたを閉じた。「わたし……」

「さあ、答えてくれ」

「わからない！」彼女が鋭い声で言った。

そしてハンターを押しのけ、堂々とした態度で立ちあがろうとしたが、すぐに体をくるんでいた毛布が外れていることに気づいた。彼女は顔を赤らめてハンターに怒りのまなざしを向け、毛布を引き寄せて座ると、澄ました顔で沈黙を続けた。

2

じっくり彼女を見つめていたハンターの口もとにゆっくりと笑みが浮かんだ。

「きみは嘘《うそ》をついている」彼は穏やかに言った。

「よくもそんなことが言えるわね！」彼女が非難した。

ハンターはかぶりを振った。「きみがそれほどひどく頭をぶつけたとは思えないんだ」

彼女は横を向いて馬車の窓の外へ目をやり、通り過ぎていくにぎやかなロンドンの町を眺めた。それから目を伏せて、考えが表情に出るのを長いまつげで隠した。厳しい仕事をしていることがかすかに表れている手は、上等な布張りをした座席の上に置かれている。やわらかな生地の感触を楽しんでいるのが見てとれた。

「頭がものすごく痛むのよ」彼女は噛《か》みつくような口調で言って、ハンターに視線を戻した。

彼は思わずまたほほえんだ。「しかし、きみはちゃんと生きているじゃないか」

「あなたがいなかったらぴんぴんしていたところよ」

ハンターは返事をする気にもならなかった。

彼女は顔をしかめて不安そうにハンターを見つめ、毛布を喉もとまで引っ張りあげた。

「あなたはだれ？」彼女が尋ねた。

「ハンター・マクドナルド」彼は皮肉っぽい態度で頭をかしげた。「どうぞよろしく」

ハンターは彼女の目がほんのわずかに見開かれたのを見た気がした。しかし彼女は、たとえハンターの名前に聞き覚えがあったとしても、それを悟られないようにたちまち無表情を装った。事実、彼女はぼくの名前を知っているのでは？　ハンター自身は一顧だにしなかったが、彼の功績はしばしば新聞にとりあげられてきた。また社交欄でもよく浮き名の主としてにぎにぎしく書きたてられる。読者は醜聞が好きなのだ。

正直なところ、とりわけ最近のハンターは噂《うわさ》に基づく恥知らずな記事とはほど遠い生活を送ってきた。だが、どれほど清廉潔白な暮らしをしたところで、彼のような人間のために設定された高い基準を満たすのは不可能だと、かなり前にあきらめていた。どんなでっちあげ記事が載ろうと、幸い、彼にはそれを大いにおもしろがるだけの度量があった。

同乗者は、そのような悪い評判の人間と一緒に馬車に乗っていることを少しも怖がっているように見えなかった。それどころか、彼女は心のなかでなにかをたくらんでいるらしい。

「どこへ向かっているの？」彼女が尋ねた。

「どこへって、もちろんぼくの屋敷へ」ハンターは言った。

それを聞いた彼女の顔に一瞬、警戒の色がよぎったのを見て、彼は愉快になった。

「自分がだれなのかわからないけど」彼女が言った。「でも、きっとわたしは……」ふさわしい言葉が見つからなかったのか、声が小さくなってとぎれた。

「きっときみは、なんだというんだ？」ハンターは促した。

彼女はうなだれた。「わたしを海へ戻してくれたら、きっとなにかを思いだせる……知っている人に会えるかもしれない」

「海へ？」

彼女は顔を赤らめた。「川のほとりへ」

ハンターは知性と欲望の両面から彼女を観察しているうちに、ますます魅了された。彼女の言葉づかいはとても立派だ。おそらくきちんとした教育を受けてきたのだろう。にもかかわらずハンターは、彼女はテムズ川近くの貧しい地区で生まれ育ったに違いないと推測した。

きわめて異常な状況下でもなければ、いとしいデーヴィッドにめぐりあうことなど決して望めないヴィクトリア朝社会の下層階級に属しているのだろう。

ハンターは心に奇妙な痛みを覚えて思わず視線をそらした。彼女はターンベリー男爵の末息子に恋い焦がれているようだが、その深い愛情の対象がこの自分であったならどんなによかったか、と願っている自分に気づいた。デーヴィッドは父親の称号を継がないだろう。兄がひとりやふたりどころか、なんと五人もいるのだから。しかし、そんなことは問題でなく、デーヴィッドはこの娘にとって間違いなく燦然《さんぜん》と輝く星なのだ。

彼女がそのような愛情をぼくに向けてくれたなら……。

ああ、たしかにぼくの評判のいくつかは事実に即している。だがぼくは、本当に純真無垢《む》でやさしい心根の若い女性を誘惑したり、ベッドへ誘いこんだりしたことは一度もない。もっともそれを言うなら、どうして彼女を純真無垢《く》だと信じられるのだろう？　彼女は裸同然でテムズ川へ飛びこんだではないか。ひとりの男のために。

「きっと彼は婚約するつもりじゃないかな」ハンターは冷淡に言った。

彼女は芝居が上手だった。

「だれのこと？」

「デーヴィッド・ターンベリーのことさ」

「で、それがわたしとなんの関係があるの？」

「ああ、すまない。すっかり忘れていたよ。きみは自分が何者なのかもわからないんだから、ミスター・ターンベリーを知っているはずないよね？」

彼女はハンターを見つめた。乾き始めている赤い髪の房が、顔にふわりと垂れかかった。

「あなたはどうしてその……さっき名前をおっしゃった男性の、人間関係をご存じなの？」

「我々は同じ社会に属していてね」ハンターは答えた。「実を言うと、きみが救った男は、そうそう、水中から男を助けあげたことは覚えているだろう？　彼はもう少しするとここを離れ、しばらくのあいだエジプトで古代遺跡の発掘に携わることになっている。帰国後、たぶん結婚するだろう」

「正式に婚約しているの？」

「いや」ハンターは認めた。「しかしデーヴィッドは、かなり前からレディ・マーガレットとの結婚レースを繰り広げてきた男たちのひとりだ。今日、これほど緊迫した出来事があって、彼に死なれるかもしれないという恐ろしい体験をしたんだ。きっと彼女はデーヴィッドを結婚相手に選ぼうと決心したんじゃないかな」

彼女は心の動揺をハンターに見られたくなかったらしく、慌てて顔をそむけた。それからうなだれてぼそぼそと言った。「お願い……川まで連れ戻してくれたら感謝するわ。そこへ行けば、自分がだれなのか、どこに住んでいるのかを思いだせると思うの」

ハンターは身を乗りだして、われ知らず彼女の膝に手を置いて言った。「しかし、ミスター・ターンベリーは命を救ってくれたきみにお礼をしたがっているよ。せめて彼にそれくらいさせてやらなくては」

彼女がたじろいだのがありありと見てとれた。「お願いよ、わたしを海へ連れ戻してくれないかしら」

「川だ」

「川へ」彼女はぴしゃりと言った。

彼女が身動きした。その膝に自分の手がいまだに置かれていることに気づいたハンターは、彼女よりも己のほうがずっと当惑していることを悟って手を引っこめた。

「もう少しでぼくの屋敷に着く。妹がよく寝泊まりしていくから、たぶんきみに合う服があるだろう」

「待って。わたしひとりであなたのお屋敷へ行くわけにはいかないわ」

「心配しなくていい」ハンターはほほえんで言った。「ぼくのところには、ほかのどこにもいないすばらしいメイドがいるんだ。きみの世話をきちんとしてくれるだろう」

とうとう彼らは優雅な錬鉄製の門ときれいに刈りこまれた芝生のある屋敷に到着した。

この女性がぼくの注意を引いたのは、不思議なことに彼女がぼく自身を思いださせるからだろうか、とハンターはいぶかった。彼は若いころ、自分が何者なのか、自分に欠けているものがなにかを冷静に見極めて、運命は自ら切り開かねばならないことを悟った。それを彼は、最初は軍隊で、次に女王を魅了することによって、そしてさらに興味ある古代エジプトの遺跡発掘において、実にうまくやってのけた。経験をもとに本を何冊も著して出版社からかなりの金を受けとったが、たとえ自分の努力が金銭的な成功へつながらなかったとしても、愛情を惜しみなく注いでくれた土地持ちの女性後見人が亡くなったおかげで、莫大な遺産がもたらされたのだった。ハンターはそれをまったく期待していなかった。というのは、その老女自身、本物の冒険家で、なにかというとハンターを刺激的な会話へ引きこみ、いつも貧乏なふりをして、彼からの贈り物を喜んで受けとっていたからだ。

馬車は門を通り抜けて建物の側面の大きく張りだした屋根の下へ来た。馬車から飛びおりたハンターが、おりるのを渋っている客を助けおろそうとしているとき、玄関のドアが開いた。彼女はためらっていたが、いつまでも拒み続けるのは礼を欠くと思ったのだろう、ようやく彼の手をとった。

「あらあら、なんてことでしょう！」そう言ったのは、メイドのミセス・エマ・ジョンソンだった。まるで罪を犯した人間でも見るように冷たい視線をハンターに向ける。「サー・ハンター、いったいどうしたというんです？　まあ、かわいそうに。さあ、いらっしゃい。ご両親はあなたがここにいることをご存じなの？　サー・ハンター、まさかこんな日に、このお嬢様をヨット遊びに連れていって、川へ落としたんじゃないでしょうね？　ああ、あなた、ひどい目に遭ったわね。でも、命に別状がなくてよかったわ。すぐにあたたかくしてあげますからね」エマは彼が連れてきた口の減らない赤毛の娘の肩に腕をまわし、ハンターをさげすむように見た。「いいですか、サー・ハンター、わたしがとやかく言うべきことではないかもしれないけど――」

「違うんだ、エマ、勘違いしないでくれ」ハンターは抗議したが、顔は笑っていた。エマは彼にとって非常に大切な人だ。ハンターがまだとても若くて家計のやりくりに困っていたとき、エマは何週間も給料をもらわずに彼に仕え、お給料はいつかそのうち……ええ、あなたが払えるようになったときに払っていただきます、と言ってくれたのだった。彼はエマが忠誠心のみから仕えてくれた日々に報いるために、最善をつくしてきた。

エマが厳しく警告するように灰色の目を細めたのを見て、ハンターは再びほほえまずにはいられなかった。

「ぼくはなにひとつ悪いことをしていない。断言するよ。彼女は溺《おぼ》れかけて――」

「この人が余計なお節介をするから、わたしは溺れそうになったのよ」若い女性が反論した。

「驚いたな。きみにはちゃんと記憶があるみたいじゃないか」ハンターはつぶやいた。

「どうしたことでしょう！　いったいなにがあったんです？」エマが尋ねた。

「どうやらこのお嬢さんに説明してもらったほうがよさそうだ」ハンターは言った。

「お嬢様、あなたのお名前はなんとおっしゃるの？」エマがきいた。

「ああ、そうそう、きみの名前はなんというんだ？」ハンターは繰り返した。彼女の顔が赤く染まったのを見て続ける。「おっと。ぼくとしたことが、なんて物忘れがひどいのだろう。彼女は頭にこぶをつくって、なにもかも忘れてしまったんだった。考えられるかい、エマ？」

メイドは恐ろしげな表情をした。「サー・ハンター、あなたはいったいなにをしたんです?」

「なにも悪いことはしていないよ。誓ってもいい」彼は答えた。

「そうなんだ、エマ。今回、サー・ハンターはなにも悪いことをしていない。嘘じゃないよ」そう言ったのはイーサンだった。彼は馬に馬車を引かせて馬車置き場へ持っていき、馬丁に預けてきたところだった。「彼は別のヨットの甲板から友人が川へ落ちたのを見て、助けようと水中へ飛びこんだんだ。そこの娘さんがどこから飛びこんだのか知らないが、どうやら同じ目的だったようだね」

エマは彼女を見つめた。「まあ、あなた! テムズ川へ飛びこんだの? あんな汚い川へ。今のヴィクトリア女王陛下の治世になって公衆衛生が行き届いてきたとは聞くけれど、それでもまだ、なにが流れているかわかったものではないのよ」

「テムズ川へは前にも入ったことがあるの」若い女性がつぶやいた。ハンターの視線に気づいてまた顔を赤らめる。「わたし……あの……前にもテムズ川へ入ったことがあるような気がするの。なぜって……たぶんわたしはよく水に入っていたみたいだから……少なくとも、そんなふうに思うわ……」

エマがまたもやハンターをにらんだ。「ご自分の姿を見てごらんなさい。下着一枚で毛布なんかまとっているんですよ。まったく」彼女はハンターに向かって指を振った。「あなたの評判はすでにそれなりだけれど、わたしの評判まで落とされたんじゃたまりませんよ。さてと、この気の毒なお嬢様をお風呂に入れてから、きちんとした身なりをさせてあげなくては。イーサン、すぐに医者を呼びに行って——」

「医者ですって？」若い女性はきき返した。

「もちろんですよ。あなたは記憶を失ったんですもの。それにこの家の主人がいるからには、あなたに分別を失われていっそう悪い事態を招くわけにいかないの。そうですとも、一刻も早く適切な処置をしなくてはならないのよ」

「エマ、ぼくは自分の屋敷でその娘さんを誘惑するつもりはないからね」ハンターは苦笑して言った。

「そうよ、そんなことをされてたまるものですか」若い女性がつぶやいた。

「ぼくはイーサンに手伝ってもらって濡《ぬ》れた服を着替えるから、エマ、きみはこの娘さんの世話をしてやってくれ。エイヴリー卿《きょう》の屋敷では、あのあとどういうことになったか知りたがっているだろう。川に落ちたのはデーヴィッドなんだ。彼はどこのだれだかわからない若い女性にお礼をしたいに違いない。エイヴリー卿の屋敷に電話をかけて、デーヴィッドを助けた女性を見つけたと知らせてやろう。いまいましい電話がちゃんと通じればいいが」

「でも、どっちみち医者は呼ばなくては——」エマが抗議しかけた。

「わたしなら大丈夫です」若い女性が断言した。

「おやおや」エマが鼻を鳴らした。

「そうだな……明日の朝まで待って、そのときに彼女の具合が悪かったら、医者を呼ぶことにしてはどうだろう？　エマ、彼女のために部屋を用意してやってくれないか？」ハンターは言った。

「お風呂に入って……少し休ませてもらえれば。できたらひとりで。そうさせてもらえたら助かるわ」若い女性が言った。「明日の朝になっても具合が悪いようなら、必ず医者に診てもらいます」

「いいですとも。それではサー・ハンター、二階へあがってくださいな。お嬢様、すぐにあたたかいお風呂を用意しますね。それに心ゆくまでつかったら、すぐに気分がよくなるわ。サー・ハンター、あなたは近づいてはだめですよ」

「やれやれ、信じてくれよ、そんなことは断じてしない」ハンターはエマに請けあった。彼は横を通り過ぎるとき、およそ礼儀正しいとは言えない客に向かって思わずウインクした。履いている上等なデッキシューズがきゅっきゅっと鳴った。肩から毛布をかけていたにもかかわらず、猛烈に寒気がし始めた。

　イーサンが部屋についてきて腰湯用の浴槽を持ちだし、湯をわかしにかかった。

「あとはいいよ、イーサン」ハンターは言った。「湯は自分でわかす。きみは〈青の間〉

へ行って化粧台に硬貨を数枚のせておいてくれ。たぶんエマはその部屋にあの客を泊めるだろう。ああ、それからエマが彼女のために用意する服のポケットにも馬車代の硬貨を忍ばせておいてくれないか」

イーサンが眉をつりあげた。

「心配しなくていい」ハンターは言った。「すべてあの娘のためを思ってのことだ」

「彼女が逃げだすと思っているんですか？」

「おそらく彼女はテムズ川へ逃げ帰るだろう。断言するよ。なにも心配することはない。ぼくは彼女のあとをつけていくつもりだ。ああ、お願いだから、ぼくの言うとおりにしてくれ」

イーサンは不満そうな声を出したが、命令を果たすために部屋から出ていった。

記憶喪失などではさらさらないキャットは、ミセス・ジョンソン――彼女はエマと呼ばれるのを好んだ――と話をしているうちに、だんだん気分がほぐれてきた。エマはたいそう気持ちのあたたかい思いやりある女性だった。キャットの思いだせる限り、これほど心地よい湯にゆったりつかって贅沢《ぜいたく》な気分を味わったのははじめてだ。建物も立派なら、家具も最高のものがそろっている。キャットは今までこんなに豪奢《ごうしゃ》な環境に身を置いたことがなかった。

エマは近隣のことについて盛んにしゃべった。「このあたりはとてもすてきなところなのよ。わたしたちはもう十年近く住んでいるわ。それに今では、どこへ行くのも便利になったしね。すぐ近くに地下鉄の駅ができたのよ。地下鉄そのものはわたしが子供のころからあったんだけれどね」エマの主な話題はサー・ハンター・マクドナルドのことで、彼女は彼を心から愛しているようだった。

キャットは、ここではなくてデーヴィッド・ターンベリーの屋敷に連れていかれたのならどんなによかっただろうと残念でならなかった。そうしたら、今のエマがしているように、ターンベリー家のメイドがいろいろな話をしてくれて、デーヴィッドの生活におけるとっておきの事柄をひとつ残らず知ることができたかもしれないのだ。だが、とうていそんなふうにはならない。キャットは自分が今いる場所を思いださないわけにいかなかった。そしてその理由も。

それに、感謝の念を忘れてはならない。そこでキャットはエマの話に耳を傾けた。サー・ハンターは非常に優れた軍人で、祖国のために勇敢に戦った功績によりナイト爵に叙せられた。それだけじゃないわ、とエマはまくしたてた。彼は今でもよく呼びだされては女王陛下のために外交使節の役を果たしているのよ。それに、ええ、もちろん彼には噂が絶えないけれど、それは長いあいだ喪に服した女王陛下と違って服喪の意味を理解しない未亡人や、離婚した女性があまりに多いからなの。それとアメリカ人。そうよ……彼らはイギリス人とまったく違う人種で、男も女も冒険家気どりなの。ひとり残らず。それからもちろん、古代エジプトの遺物に対する彼の執着心は相当なものよ。ええ、ちょうど一年前にあの大英博物館で大変な騒ぎがあったじゃない。卑劣な行為が繰り返されたけれど、最後にはすべて解決して悪人たちは排除され、あの事件にかかわった人たちは再びエジプトへ調査に出かけることになっている。こうして知識が次第に蓄積されて、大英帝国の偉大さがますます増していくんだわ。

まったくそのとおりだ、とキャットは思った。でも、そんな話に若い娘がどれほど興味を持てるというの？　とりわけ自分を溺れさせかけた男性についての話に。だけど落ち着いて考えてみれば、ハンターはわたしを溺れさせるつもりはなかったのだし、わたしをこんなにすてきな屋敷へ連れてきてくれた。そこでキャットは口をつぐみ、いい香りのする石鹸《せっけん》水で髪を洗ってもらいながら、メイドのおしゃべりをおとなしく聞いていた。立場上、そうするしかなかった。

「だけど、当然あなたはサー・ハンターに関する記事を読んだでしょうね」エマが続けた。「彼は以前からわが国いちばんの人気者だったから。まあ、わたしとしたことが、すっかり忘れていたわ。かわいそうに、あなたはなにも覚えていないのよね。でも、ひょっとしたら記憶が戻るかもしれないから、そのときのために覚えておいてちょうだい。女たらしという悪い評判が立っているけど、サー・ハンターは紳士よ。本物の紳士だわ」

エマはそれをなんとしてもキャットに理解させようと決意しているらしく、悔しそうに続けた。

「残念ながら噂の多くはおそらく事実でしょうけれど、さっきも言ったように、サー・ハンターが相手にするのは離婚した女性や未亡人など、自分の行動に責任を持てる成熟した大人の女性ばかりよ。悪い評判の店にはほとんど出入りしていないんじゃないかしら。とにかく低級な店には。でも、ええ、これだけはたしかよ。彼には思いやりがある。それと勇気が。サー・ハンターは軍人として女王陛下のために幾多の戦場に赴き、命を懸けてわが国の領土を守ったのよ。たとえ英国には権利がないと彼が考えた土地であってさえ。まあ、あなた、この話をほかの人にしないでね。サー・ハンターはどこまでも女王陛下の忠実な臣下なの。それからもちろん、古代エジプトの遺物に対する探究心を常に抱いているわ」

「それって、宝物のことかしら？」

エマ・ジョンソンはふふんと鼻を鳴らした。「宝物ですって？　わたしたちが考えている宝物とは違うわ。サー・ハンターにとっての宝物は大昔の遺物。だから汚ければ汚いほどいいんですって。近ごろは古代遺跡の発掘旅行が英国貴族や上流階級のあいだで流行しているらしいわね。それと催眠術が」エマは軽蔑《けいべつ》したように言った。「それにしてもサー・ハンターったら、ひとシーズンくらいリヴィエラなりイタリアなりで過ごしたらいいのに。そりゃあ、彼も旅の途中でローマやなんかに立ち寄ることを大いに楽しみにしているわ。だけど、目的地はあくまでもエジプト。エジプトが好きで仕方がないのね。知ってのとおり、彼は博物館の仕事をしているのよ。どんなときでも交渉の末に最高の発掘地を勝ちとるか、わが国の大使館やエジプト人を通じていちばんいい場所を与えてもらうの。ええ、表向き遺跡を管理しているのはエジプト人ということになっているけれど、発掘調査に影響を与えているのも、指導をしているのも、いまだに我々イギリス人なのよ。それに彼らだって英国の介入を歓迎しているわ」

「彼らが歓迎しているのは英国のお金じゃないかしら」キャットは小声で言った。

エマが愉快そうに笑った。「ええ、そう、それは間違いないでしょうね。でも、かなり以前からトルコ人たちもエジプトへ入っていて、エジプト人たちはわが国に守ってもらえるのをありがたがっているわ。本当よ。それからもちろんフランス人がずっと昔からいる。それはともかく……サー・ハンターが秋をどこかヨーロッパのすてきな都市で過ごすことにしたらいいのに」

「でも……とても魅力的に聞こえるわ」キャットはエマに寄りかかった。「古代エジプトといえば、わたしなんかせいぜい夢に見たことがあるくらい」彼女は再びぱっと体を起こした。「今度のエジプトへの調査旅行にはデーヴィッド・ターンベリーも行くのでしょう？」

「大勢行くわ。あなたは知らないでしょうけれど、考古学のシーズンが始まるのはちょうどこれからなの。夏は暑すぎてだめなのよ。秋から冬にかけて……そう、いわば過去の謎《なぞ》を求めてみんな出かけていくんだわ……一週間後よ」

一週間後。一週間。あと一週間この国にいて、そのあと……。デーヴィッド・ターンベリーはエジプトへ行ってしまう。戻ってきたら、結婚するのかしら?

キャットはそっとため息をもらした。水中から助けあげられたデーヴィッドが彼女を見あげて〝きみを愛している〟と言ったからといって、彼の関心を引くことができたと考えるのはばかげている。デーヴィッドは結婚の約束を交わそうとしているのだ。彼と同じ階級に属する上品な女性と。

これから婚約する女性をデーヴィッドが愛せるはずないわ。あの言葉をわたしに言った今となっては。

だが、あのときキャットは動転して逃げだした。ひとつにはハンター・マクドナルドが現れたからだ。しかし今になって……ハンターは彼女をデーヴィッドに引きあわせる気でいる。彼女は正式にデーヴィッド・ターンベリーに紹介されることになるだろう。

「これでいいわ。さあ、出てちょうだい」エマが言った。「あなたにふさわしい服があるの。レディ・フランチェスカがたくさん残していったのよ。彼女はサー・ハンターの妹さんで、ハサウェイ卿と結婚なさったの。ここへ残していった服が、自分の命を顧みずに他人を救った若い女性の役に立てると知ったら、さぞかし喜ばれることでしょう」

キャットは賞賛の言葉を聞いてふいにいたたまれなくなった。川へ転落したのがデーヴィッド・ターンベリーでなくほかの人間だったら、それでもわたしは助けようとしただろうか？　そう考えずにはいられない。そのことで頭がいっぱいだったので、はかせてもらったシルクのドロワーズの肌ざわりにも、頭から着せられた、身ごろの部分に繊細なレースのついた優雅なドレスのすばらしさにも、ほとんど気づかなかった。

「それと、ああ、そうそう。ひと晩眠っても記憶が戻らないようなら、なにか手を打たなくてはならないわね」突然、エマが言った。「あなたがいなくなったことを心配している若い男性が、きっとどこかにいるはずよ。でも、あなたは指輪をしていないわね」

キャットは胸がつぶれそうだった。いいえ、わたしのことを心配している若い男性なんかどこにもいないわ。けれど、父は心配しているに違いない。それに姉だって。それから大勢の親しい友人たちも。

どれくらい遠くまで来たのだろう？　どうやって家へ帰ればいいのかしら？　歩いて帰らなければならないとしたら……。

キャットはうなだれて唇を噛んだ。きっとハンター・マクドナルドみたいな男性はどこかその辺に硬貨を数枚くらい投げだしてあるに違いない。盗もうというんじゃないわ。あとで必ず返すんだもの。このところ公共交通機関がすごく整ってきたし、わたしはロンドンのことならよく知っている。

なにしろわたしは貧しい家庭の娘で、いたずらっ子だったのだ。

「ええ、そうね」キャットはなんとか冷静な声で言った。「明日にはきっとよくなっているでしょう。たぶんひと晩寝て起きたら記憶が戻っているんじゃないかしら」彼女は嘘をついた。そしてあくびをした。「ごめんなさい。疲れてしまって」そう言いながら両手をあげ、その両手をだらりとおろした。そのときドレスの襞《ひだ》のなかでちゃりんちゃりんという小さな音がした。キャットはポケットの上をさりげなく手探りした。有頂天になるあまり、うっかり叫び声をあげるところだった。硬貨だ！

「大変な一日だったんですもの。疲れていて当然よ。さあ、暖炉の前に腰をおろすといいわ。わたしが髪をとかしてあげましょう。すぐに終わるから。それがすんだら二階のベッドへ案内するわね」

親切な女性に火の前で髪を乾かしてもらったり、もつれた長い髪をとかしてもらったりしているあいだ、キャットはじっと座っているのがつらくて仕方なかった。整髪がすんだときには、髪はかつてないほどやわらかく、シルクのようにさらさらしていた。けれどもキャットはこの家を大急ぎで立ち去る計画に後ろめたさを覚えていたので、メイドの思いやりに心から礼を述べる気持ちのゆとりがなかった。

またその後ろめたさのせいで、この家のしっとりした優雅な雰囲気に浸っている暇もなければ、親柱のてっぺんにのっている古代の工芸品や壁に飾ってある象形文字《ヒエログリフ》など、いかにもサー・ハンター・マクドナルドの住まいといった独特の空気を醸している装飾をゆっくり鑑賞している暇もなかった。英国の田園風景や古代のエジプトを描《か》いた見事な油絵が数点あって、なかでもひときわ目を引いたのが日没時のスフィンクスを描いた絵だった。息をのむほどすばらしいその絵を見て、思わずキャットは足を止めた。

「家のなかをもっと案内してあげてもいいのよ」エマが申しでた。

「ありがとう。ぜひ案内していただきたいわ……あとで。でもお願い、今はだれにも邪魔されずに数時間休みたいの」

「もちろんですとも」

キャットは大きな階段をあがって二階の一室へ案内された。その部屋は女性の来客用にしつらえたものらしく、明るい色をした美しい木製家具や、白いベッドカバーに覆われた青い天蓋《てんがい》つきの四柱式ベッドが備えられ、さまざまな模様を織りこんだやわらかな色合いの東洋緞通《だんつう》が敷かれていた。

「ゆっくり休んでちょうだいね。ここへはだれも来させないようにするわ」エマがきっぱり言った。

「いろいろと気づかっていただいて、すみません」

ドアが閉まった。キャットはベッドへ行ってカバーの上に仰向けに寝そべり、長いあいだじっとしていた。

やがて彼女は立ちあがった。そしてドアのほうへ歩きかけたとき、化粧台に数枚の硬貨が置かれたままになっていることに気づいた。それらをすでに硬貨が入っているポケットに忍ばせ、ベッド脇《わき》にある東洋風のテーブルのところへ戻って紙とペンを探した。〈服とお金は後ほどお返しいたします〉キャットは書いた。冷たい礼儀知らずの文面に思え、ためらったあとで書き添えた。〈いろいろとありがとうございました〉だめだ、これでも充分ではない。だが、時間は刻々と過ぎていく。キャットはスフィンクスに似せた自分の笑顔を描き、風刺漫画家がするように唇の横に小さな吹きだしをつけて、そのなかにこう書いた。〈どうもありがとう〉

これでいい。早くこの家を出て自宅へ帰らなければならない。そして、だれかが気をきかせて彼女がこの家にいることをデーヴィッド・ターンベリーに教え、助けてもらった礼を述べに彼がやってくる前にここへ戻ってこなければ。

キャットはドアへ急ぎ、廊下に出て耳を澄ました。建物のなかは静まり返っていて、玄関広間にある大型振り子時計の時を刻む音が聞こえてくるだけだった。

彼女は階段を駆けおりて玄関へ行った。ドアに鍵《かぎ》はかかっていなかった。今はかかっていなくても、戻ってきたときにどうなっているだろう？　もうすぐ日が暮れるから、きっとかけられるに違いない。

かまうことはない、戻ってきたときに鍵がかかっていたら、そのときになかへ入る方法を考えよう。とにかく今は父と姉のところへ帰るのだ。

そもそもここへ戻ってこられるのか、そちらのほうが心配だ。

通りへ出て一ブロック進んだところで、キャットは立ちどまってひと休みした。

外へ出られた。それにしてもずいぶん簡単に出られたものだ。

こうなると次の大きな問題は――再びなかへ入れるだろうか？

「小鳥が飛び立った」ハンターは言った。

彼は乗用馬のアレクサンダーにまたがって、屋敷の横の狭い庭の一角を占める木立のなかに隠れていた。かたわらのアントニーにまたがったイーサンがハンターを見て、なにかききたそうに顔をしかめた。

「あとをつけよう」ハンターは言った。

明らかに彼女は自分がどこへ行こうとしているのかわかっている。ハイド・パーク脇の通りをすたすた歩いて乗合馬車の駅を見つけた。

そして乗合馬車に乗った。

鈍重な役馬に引かれている馬車のあとをつけるのは簡単だ。道路は混雑していて歩行者がしばしば不注意に横切ったりするので、馬車はゆっくりとしか進まなかった。

赤毛の女性は馬車を乗り換え、ハンターの予想したとおりテムズ川のある方角を目指して進んでいく。テムズ川の近くまで来ると、馬に乗ったままこっそりつけていくのは難しくなった。ハンターは馬をおりてアレクサンダーの手綱をイーサンに渡し、馬たちと一緒にここで待っているように命じた。

「あなたがなにをしようとしているのか、ぼくにはさっぱりわかりません」イーサンがぶつぶつ言った。

ハンターは笑った。「ぼくだってわかっているとは言えないさ」

そう言い置いて彼は足を急がせた。というのは、馬車をおりた女性が足早に通りを歩きだしたからだ。そのあたりは両側にぎっしり住居が立ち並び、歩道や路地を人々が忙しそうに行き交っていた。ハンターはそこがどんな地区なのかを見てとった。

ロンドンのなかの最も貧しい地区ではなくて、どちらかといえば古いシティの一角にあたる。一六〇〇年代後半の建物がまだかなり残っているが、それらは市を焼きつくしたロンドン大火の直後に建てられた質素な住居だ。住人の多くは勤勉な小売店主だが、このあたりの雰囲気に引かれて学生や音楽家や画家が大勢住み着いている。道路はたいして広くないものの清潔に保たれていた。

「あれまあ、驚いた！」ほうきで家の前を掃いていた老婆が大声で呼んだ。「キャットじゃないの」

「しーっ、ミセス・マーニー。大声を出さないで」女性は言い、老婆の前を走り抜けた。

「お父さんは家にいる?」

「やきもきしてえらく騒ぎ立てているよ」老婆が答えた。「知りあいの警官に頼んで、今もあんたを捜してもらっているところさ。あんたが川から助けあげられるのを見たという話は伝わってきたけど……だれに助けられたのかも、あんたがどこへ行ってしまったのかも、だれひとり知らなかったからね」

「まあ、どうしましょう!」女性は叫んだ。

「それにしてもなんて服を着ているんだい、ミス・キャット?」老婆がきいた。

「お父さんに会いに行かなくちゃ」若い女性は老婆に背を向け、きれいにペンキを塗られて凝った装飾を施された小さな家へ駆けこんだ。昔、フラマン人の織工たちがこのあたりに住んでいたころ建てられた家に違いない。

ハンターは老婆に見とがめられたくなかったので、慌てて壁に身を寄せた。裏手の中庭へと続く細い路地があるのに気づき、壁に背中をつけて横歩きしていった。それほど奥まで行く必要はなかった。

窓がひとつ開いていてカーテンが開けっ放しになっており、家のなかが丸見えだった。そこに老婆が〝キャット〟と呼んだ娘がいて、頬ひげを生やした背の高い男に両腕でしっかり抱きしめられていた。彼女よりはいくぶん明るい色の赤毛をしたもうひとりの若い女性がそばに立っている。その娘が次にキャットを抱擁してから後ろへさがり、再び威厳のあるさっきの男が彼女を抱きしめた。

やっと抱擁が終わると、明るい赤毛をした娘――彼女の姉だろうか?――が言った。

「キャサリン・メアリー、なんてすてきな服を着ているの? 驚いた! いったいどこでそんなに趣味のいいドレスを手に入れたの?」

「説明するわ」キャットが言った。

「そうだ、説明しなさい」年かさの男性がぶっきらぼうに言った。「わたしは不安と悲しみで頭がどうにかなりそうだった。イライザからおまえが無謀にも人を救うために濁流へ飛びこんだと聞いて、おまえならきっと戻ってくる、テムズ川の底へ沈んでしまったはずがないと、自分にずっと言い聞かせていた。今も警察におまえを捜してもらっているんだぞ。イライザ、マギーを警察へやって、わたしの娘が戻ってきたから川底をさらう必要はないと伝えさせなさい」

彼は本気で怒っていながらも心底ほっとしているのが見てとれた。ハンターは自責の念を覚えた。おそらくキャットという名の娘も同じように感じているのだろう。すっかり打ちひしがれていた。自分がいなくなったことで家族がどんなに悲痛な思いを味わったのかを、今になってようやく知ったようだ。

イライザと呼ばれた娘はマギーに指示を伝えるために部屋を出ていったが、この部屋でのやりとりを一瞬も見逃したくなかったと見えてすぐに戻ってきた。マギーというのはたぶん召使いかなにかだろう、とハンターは推測した。どちらかといえば貧しそうな家庭なのに、召使いがいるのだろうか？

「お父さん」キャットが言った。どうやら父親をなだめようとしているらしい。「本当にごめんなさい、お父さん。まさかこれほどの騒ぎになるとは思わなかったの。でも、どうして警察にわたしを捜させたの？　わたしがだれよりも泳ぎが上手だってこと、お父さんは知っているじゃない」

「ああ、知っているとも」父親が誇らしそうに言った。「しかし、おまえは大学生を助けに川へ飛びこんだきり戻ってこなかった。そうしたら、わたしはどうすればいい？　座って待っていればいいのか？　ああ、おまえのお母さんが生きていたらなあ！」

「キャット、そのドレスをどこで手に入れたの？」姉が再びきいた。

「借りたのよ……。お父さん、お願い。気持ちを静めてちょうだい。ほら、わたしはこのとおり無事だったんだから。あのとき川へ落ちた男性を助けたあと、別の男性に助けられたの。そして、そのあと親切な人の世話になっていたのよ。本当なんだから。実を言うとわたし、デーヴィッド・ターンベリーと会うことになっているの。わたしが助けた男性よ。その人、まもなくエイヴリー卿のお嬢さんと婚約することになっていて、わたしはどうしても――」

「エイヴリー卿ですって？」イライザが大声をあげ、部屋の反対側にいる父親を見た。「お父さん、キャットは謝礼をもらえるわ。それもたっぷりと！」

「わたしは謝礼なんかいらない」キャットが言った。

「わたしだったら喜んで受けとるわ」イライザが熱っぽい口調で反論した。「生活をけちけち切りつめなくてもよくなるのよ。食卓にお魚以外の料理だってのせられるし」

「イライザ」父親が首を振って悲しそうに言った。

すぐにイライザは謝った。「ああ、お父さん、不満なんかもらして本当にごめんなさいね。それにしても……キャット。そのドレス、なんてすてきなのかしら。どこで着せてもらったの？　ああ、そうだわ！　わたしもドレスを着せてもらえばいいのよ。あなたと一緒にそこへ戻って――」

「だめだ」父親が厳しい声で言った。「おまえたちをどこへも行かせはしない」

「でも、よくよく考えてみるべきだわ」イライザが懇願した。

「キャサリン・メアリー、おまえはわたしの子だ。わたしの娘だ。そのおまえを、ふさわしい付き添い人もなしに若い男たちのなかへやるわけにはいかん。たとえ彼らが無一文であろうと、あるいは手にふれるものを黄金に変えたというミダス王のような金持ちであろうとだ。このわたしが一緒でない限り！」彼は怒鳴った。

「まあ、お父さんたら。お願い、どうしてもひとりでエイヴリー卿のところへ行かなければならないわ。誓ってもいい、わたしは大丈夫よ。エマ・ジョンソンという名前のとても親切な女性がいるの。彼女なら喜んでわたしの保護者役を買ってでてくれるわ」

「おまえはその女性の家にいたのかね？」父親が尋ねた。「どうしてその家の人たちはおまえをここへ連れてこなかったんだ？」

「お父さん……わたしを責めないでね。わたし、記憶喪失のふりをしていたの。その人たちに自分が何者なのかもわからないと言ったのよ」

父親はぐったりと椅子に座りこんだ。「恥を知りなさい」彼はそっと言った。

「まあ、そんなことを言わないで、お父さん！」キャットは叫んだ。

父親は悲しそうに娘を見あげた。「我々には他人の施しなど必要ない。わたしは一生懸命働いている。我々は必死に働いて生活費を稼いでいるんだ。たしかに贅沢はできないが、わたしは正直者だ。人様に顔向けのできないことはしていない。おまえも謝礼など受けとるんじゃないぞ」

「お父さんたら」イライザが抗議した。「たしかに、お父さんは偉大な画家よ。ただ、お金を払うと口約束ばかりして結局は払えない人たちのために仕事をしたがるというだけでね」

「題材としておもしろいから引き受けているんだ」父親がつぶやいた。

「それだけじゃないわ。せっかくお金持ちが作品を買いたいと言ってきても、お父さんは妥当な金額を請求しないんだもの。大勢のお金持ちがお父さんに借りがあると言えるんじゃないかしら。それから軍隊でのお父さんの功績を上の人たちが知ったら、ナイト爵を授けて当然なのよ。だから、わたしたちに与えられるものは施しなんかじゃなくて、お父さんが当然受けとるべきものなんだわ」イライザがきっぱりと言った。

父親は再び首を振った。「人の命はどんな大金よりも尊いものだ。いいね、キャット。謝礼を受けとってはいけないよ」

イライザは不満の声をもらして顔をそむけた。

キャットはひざまずいて父親の膝に両手をのせた。「お父さん、謝礼は受けとらないわ。でも、その人たちに会いにミセス・ジョンソンのところへ戻ってもいいでしょう？　断言するわ。謝礼を差しだされても絶対に受けとらない。だけど、どうしても……なんとしてでも……今度だけは……その人たちに会いたいの。お礼を言ってもらいたいの。ねえ、いいでしょう、お父さん」

「そこで待っているのは厳しい世界だ、キャット。金はなくとも、わたしたちには誇りがある。たいした持参金はないが、そうとも、おまえには純潔があるではないか」

「その純潔を失いに行こうというんじゃないのよ」キャットは腹も立てずに落ち着いた声で真剣に誓った。

「おまえを目の届かないところへやりたくない」父親が言った。

「キャットは恋を――」イライザが言いかけたが、キャットは勢いよく立ちあがって姉のほうを振り返った。

「これはもう着なくなった服だから、たぶんお父さんはわたしが持っていてもいいとおっしゃるわ。そうしたら姉さんも着られるのよ」キャットは懇願と警告の色を目にたたえて言った。

「おまえを行かせたりしたら、わたしはどんな父親ということになるだろう？」

「娘を信用するやさしい父親ではないかしら？」キャットがほのめかした。

「違う！」

「ああ、お父さん。お願い、感謝されて敬意を表されるたった一度の機会をつかむのは、ひとつの夢、愚かな夢にすぎないのよ。それにわたしはロンドンの町も、金持ちや貧乏人の考え方もよく知っているわ。お父さんが全部教えてくれたんですもの。お父さんは懸命に仕事をして得たお金で、姉さんとわたしにきちんとした教育を受けさせてくれた。わたしたちが善悪を見分けられるのはお父さんのおかげよ。お願い……わたしを信じて」最後の懇願が父親の心の琴線にふれたらしく、彼は立ちあがって娘の両手を握った。

「信じているよ。しかし、おまえに栄えある瞬間を迎えさせてやれないことを心からすまないと思っている。わたしは貧しい人間だが、誇りを売り渡す気はないし、責任をほうりだすつもりもない」

「でも、お父さん――」

「わたしを憎むがいい。ののしるがいい。とにかくおまえを行かせはしない」

「お父さんを憎むことなどできるわけがないわ」キャットは再び父親の愛情深い腕に抱かれたが、表情は沈んでいた。

窓の外のハンターがひそんでいる場所から、父親にぎゅっと抱きついているキャットの顔が見えた。彼女は父親を愛しているが、性格はかたくなだ。向こう見ずだ。そしてなにかをたくらんでいる。キャットは袋小路へ入りこんでしまったが、そこから出る道をきっと見つけるだろう。

それはどのような道だろうか? ハンターは首をひねった。そのときになって、聞き耳を立てているうちに息をつめていたことに気づいた。ゆっくりと息を吐き、考えをめぐらした。

あの赤毛の頑固娘はすでに金や称号以上のものを、あるいはいとしいデーヴィッドが属する、いわゆる上流階級の人々が重要だと見なしているくだらない品物よりはるかに貴重なものを、自分が手にしていることに気づいているのだろうか?

父親が身を引いた。「そのドレスは返さなくてはいけないよ、キャット。どこで手に入れたんだ?」

「これはレディ・フランチェスカ・ハサウェイのものなの」キャットは残念そうに答えた。

「しかし、彼女はロンドンから遠く離れたところに住んでいるはずだ」父親が言った。

「レディ・フランチェスカのお兄様がロンドン市内の屋敷に住んでいるの」

イライザがあえぎながら言った。「まさかあなたがいたのは……サー・ハンター・マクドナルドのお屋敷だったの？」

「ハンター・マクドナルド！」父親が怒鳴った。

ハンターはたじろいだ。どうやら自分はよく知られているらしい。

「お父さん」父親の反応にびっくりしたイライザが言った。「彼は女王陛下のお気に入りなのよ」

「そうだ。それというのも、あの男はしょっちゅう怪しげな冒険に出かけたり紛争に首を突っこんだりすることで有名だからだ。こう言ってはなんだが、女王陛下はハンターの奇抜な冒険物語を聞くのが楽しいのだろう。それと彼が口にするお世辞の数々が好きなんだ」

「でも、ハンターはすばらしい人物だという評判よ」イライザが興奮気味に言った。「それに、ええ、すごく魅力的なんですって。そればかりか、彼には最上流階級に属する女性たちとの密通の噂がいっぱいあったのよ」

父親とキャットは恐ろしげにイライザを見つめていた。

「違うのよ、よく聞いて」イライザは言い張った。「ハンターはだれの評判も傷つけてはいないわ。彼はただ……その……もう！　どう言ったらいいのかしら。遊び人たちにまじって楽しむとでも？」

ハンターはかぶりを振った。事態はますます悪くなるばかりだ。ここへ来たときはまったくそのつもりはなかったが、ドアをノックすべき時が来たようだ。

ハンターがドアのほうへ歩きかけたとき、キャットが口を開いた。

「サー・ハンターは噂に聞いていたほどひどい人ではないわ。本当よ、お父さん」彼女は言った。「断言してもいい。彼に関する限り、わたしの純潔を心配する必要はまったくないわ。でも……エイヴリー卿に会えたかもしれないのに」

「それと、いとしいデーヴィッドに」イライザが小声で言った。

「なんだって？」父親が顔をしかめて問い返した。

「あら、キャットはすてきなディナーに招待されたかもしれないってことよ、お父さん。そう言っただけ」イライザは言った。「残念だわ。本物の貴族とおつきあいできたかもしれないのに」

「そんなことにはなんの意味もない」父親が静かに反論した。「まったく意味などありはしない。いいかね、よく聞きなさい。今は残念に思っても、大きな後悔をするよりはずっとましだ。わかるね、キャサリン・メアリー？」

キャットは目を伏せた。「お父さんの言うとおりにするわ」彼女は答えた。そして大きなあくびをした。「わたしはベッドへ行くわね」

「それがいい、キャット」父親がやさしく言った。「明日、そのドレスを返しに行こう」

「ええ、明日」キャットは同意した。そして狭い階段のほうへ歩きかけて振り返った。

「愛しているわ、お父さん」

「ああ、わたしもおまえを愛しているよ」

キャットはほほえみ、ためらってから階段をあがっていった。

家の外ではハンターが壁にもたれて考えにふけっていた。やがて再び窓からなかをのぞきこみ、額にしわを寄せた。娘の父親を知っているような気がする。突然、額からしわが消えて、顔に小さな笑みが浮かんだ。

ついにハンターは壁から体を離した。急いで家へ帰る必要がある。

もう少ししたら、キャットはまた通りへ出てくるに違いない。

3

ハンターの留守中に手紙が届いていた。エイヴリー卿《きょう》からの手紙で、今日の興奮する出来事でたいそう疲れたため、今夜は早めに床に就かせてもらうと書かれていた。その代わり明朝ぜひともお会いしたい。ついてはハンターのほうから例の若い女性を連れて邸宅へお越し願えるか、あるいは我々がハンターの屋敷へおうかがいしたほうがいいか、と手紙は続いていた。

電話で返事をしてもよかったが、これまでの経験から、エイヴリー卿は電話となるとなかなか人の話に耳を傾けようとしないのがわかっていた。そこでハンターは、明朝自宅で遅めの朝食会を催すからエイヴリー卿一行に出席していただけたら感謝する、という文面の手紙をしたためてイーサンに持たせた。

エマに制止されたにもかかわらず、ハンターは断固〈青の間〉へ入るつもりで二階へあがっていった。「彼女は邪魔をされたくないんですって」エマがきっぱり《クイツド》と言った。

ハンターは笑った。「彼女はなかにいないと直感が言っているんだ」

「クイッドだなんて、粗野な言葉を口にしないでください」エマが鼻を鳴らして注意した。

「賭《か》けるかい？」

「ご冗談を。まともな女は賭事《かけごと》なんかしません」

「やめておいて正解だ。だって彼女はなかにいないんだから！」ハンターは言って、ドアを押し開けた。エマがなかをのぞいて眉をひそめた。

「でも、彼女はたいそう疲れていたんですよ！」

「ほら、彼女はもう寝ていない」ハンターはささやいた。

エマは肩をすくめて眉間《みけん》にしわを寄せた。「逃げたのかしら？」

「たぶん彼女は……ちょっと新鮮な空気が吸いたかったのだろう」ハンターは言った。

「戻ってくればいいわね。それにしても美しい娘さんだったわ。生まれてこのかた、あんな不思議な瞳の持ち主は見たことがありませんよ。それにとても礼儀正しかった。一緒にいてすごく楽しかったわ。わたしがこんなことを言うのもなんだけれど、あなたがここへ連れてきた女性たちと比べたら……。まあ、ごめんなさい。それはそうと、せっかく腕によりをかけておいしいディナーをつくったのに……。あら、あなたにおいしいディナーを召しあがっていただきたくないというんじゃありませんよ。でも――」

「エマ、彼女はきっと戻ってくるよ」ハンターは言った。「きみはディナーの支度を整えておいてくれ」

エマが去ったあとで、ハンターは化粧台の上のメモに目を留めた。読んでいくうち、驚いたことにちょっとした感動を覚えた。

メモには簡単な絵が描《か》かれていた。スフィンクスに似せたキャットの見事な似顔絵だ。彼女の父親。

窓からのぞきこんだときに、すぐに彼が何者なのか気づいて当然だったというのではない。しかし不思議なことに、ちょうど一週間前にハンターは友人であるカーライル伯爵夫妻の郊外の城へ行って、ウィリアム・スターリングが描いた感動的な海の絵をはじめて見たのだった。カーライル伯ブライアン・アデアがその絵を描いた画家のことをなにも知らなかった。荒々しい自然の猛威を、荒れ狂う風と海を、生き生きと画布にとらえたその絵が気に入って購入したのだという。「地元の人間だという話だ。もっとも画廊の主人は代理人を通じて作品を買いとったとかで、画家本人についてはほとんどなにも知らなかった。その気になれば、どこに住んでいるのかすぐに調べられるだろう。実に見事な作品だが、スローン通りの画廊で格安の値段で手に入れたんだ」

ハンターはすっかり魅了されて心ゆくまでその油絵を鑑賞した。署名は小さいけれどきちんとした文字で書かれていたので、はっきり読みとることができた。ウィリアム・アデア。そして今日、キャットをつけていって窓からなかをのぞきこんだハンターは、小さな住まいの壁に作品がいくつもかかっているのを目にした。そして、このように力強く感情のこもった油絵が描けるのは同一人物でしかありえないと気づいたのだった。

すると、あの人魚はウィリアム・アデアの娘なのだ。このメモに描かれている小さな絵は、まだ訓練を受けておらず荒削りであるとはいえ、彼女もまた驚くべき才能の持ち主であることを示している。

ハンターはメモをもとあったところへ戻し、室内へ入った形跡が残らないように気をつけて部屋を出た。

そして客がこっそり屋敷へ戻ってくるところをつかまえようと決意し、庭で待つことにした。キャットが家人に見とがめられずに家を抜けだすのに、どれくらい時間がかかるだろう。片棒を担がせるために姉を説得しなければならないだろうから、かなりの時間を要するに違いない。おそらくキャットは今夜ひと晩だけ父親を出し抜ければいいと考えているのではないだろうか。そうすれば、すばらしい夜を迎えられると。今夜はエイヴリー卿にもデーヴィッドにも会えないことを、まだ知るよしもないのだ。

やっとキャットの姿が見えた。ハンターはポーチの柱の陰から通りを歩いてくる彼女を見守った。彼女は屋敷の近くまで来てのろのろした足どりになった。彼が外に出ているのに気づいてうろたえたらしく、桑の木の茂みのそばでぶらぶらしている。ハンターがそのうちにあきらめて家のなかへ入るとでも考えているのだろうか。

彼は入らなかった。

とうとうキャットはゆっくりとした足どりで近づいてきた。赤々と燃え立つような髪を指にくるくる巻きつけている。「サー・ハンター!」彼女はさも驚いたように言った。

「やあ、きみか」ハンターは愉快そうな声で応じた。「どこへ行ってきたんだ?」

「ちょっとそこまで」キャットはすらすらと嘘《うそ》をついた。「じっとしていられなくて……新鮮な空気を吸ってきたの」

「ほう。で、新鮮な空気は役立ったかい?」彼はきいた。

「役立ったって、なにに?」

「もちろん、記憶をとり戻すのにさ」

「あら、それは、いいえ……ごめんなさい。ええ、ええ、当然ながら、少し散歩でもしたら、自分がだれなのか思いだすかもしれないと考えたんだけど……残念なことに、そううまくはいかなかったわ」

「そうか、残念だ」ハンターは同情してみせた。

「あの……今夜、エイヴリー卿やデーヴィッド・ターンベリーに会えるのかしら?」キャットがきいた。

「残念ながら会えない」

「本当に?」彼女の声にはたしかに驚愕《きょうがく》の響きがこもっていた。それと間違いなく不機嫌さが。

キャットが置かれている状況を考えれば、それも無理はない。

ハンターはほほえんだ。「エイヴリー卿には持病があってね。心臓が強くない。今夜は休まなければならないそうだ。明日は来ることになっているよ」

「そう」彼女は慌てて顔を伏せて失望を隠した。そうしながらもなにか新しい計画をたくらんでいるようにハンターには思えた。

「気の毒に。きみがそんなにがっかりするとは思わなかった。しかし、すてきなディナーを用意してあるんだ。よかったらどうぞ」

「それはご親切に。あの……自分の部屋でいただくわけにいかないかしら？　今日はあんな出来事があったから、すっかり疲れてしまって」

「だが、それにしてはずいぶん長い散歩をしてきたようだが？　この屋敷へ来たあと、きみはたっぷり午睡をとったものとばかり思っていたよ」

「それは、ええ、もちろんとったわ。でも、溺《おぼ》れかけるって、ものすごく疲れるものなんだから」

「エマが食事の用意をしてくれた。あとはきみが目を覚ますのを待つばかりだった。考えてもごらん、我々はきみの邪魔をしたくなくてそっとしておいたんだよ。ところがきみときたら、とっくに目を覚まして散歩に出かけているなんて」

「そうね、あんまりよね。ごめんなさい」キャットはもごもごと言った。「でも、わたしは本当に疲れて――」

「絶対にぼくと食事をしてもらう」

キャットは手をあげてほほえんだが、笑顔の奥で歯ぎしりしていたに違いない。ハンターの要求を拒み通すのは不可能だと悟ったのだろう、彼女は言った。「あなたのお望みどおりに」

「きみのお望みどおりに」ハンターはそう言い返したものの、口調にはなにがなんでも一緒に食事をするぞという決意がみなぎっていた。玄関へ歩いていってドアを開け、先になかへ入るようキャットに指示した。彼女が前を通り過ぎるとき、薔薇《ばら》香水のかぐわしい香りがした。

ハンターはキャットについてなかへ入り、玄関広間の右手のキッチンに隣接した趣味のいいダイニングルームへ案内した。暖炉では火が赤々と燃え、テーブルには食器がきれいに並べられている。彼は客のために椅子を引きだし、完璧《かんぺき》な礼儀作法にのっとって彼女を席に着かせた。キャットはずっとうつむいていた。ハンターが椅子に座ると、彼女は顔をあげてささやいた。「おいしそうなお料理を用意してくださったのね。ありがとう」

彼は、キャットが炉棚の上の時計を見ていることに気づいた。彼女は夜中にまたここを抜けだして自宅へ帰るつもりなのだろうか？　それともひと晩ここに泊まり、朝、父親が空のベッドに気づく前に帰るつもりでいるのだろうか？

ハンターはさりげなく手を振った。「エマは料理が好きなんだ。ところが気の毒に、せっかくの腕前を披露する機会があまりないときている」

「あなたは召しあがらないの？」キャットが礼儀正しさを装って尋ねた。

「ぼくはたいてい行きつけのクラブで食事をするんだ。だれかと議論しながら」彼は打ち明けた。「ロンドンにいるときはね」

「あら、そう。あなたはめったに田舎へ行かないのよね」

「知っていたのかい？」ハンターはきいた。

「もちろんよ。あなたのお名前はしょっちゅう新聞に載るから」

「ほう。するときみは新聞で読んだことは覚えているんだ」

キャットは真っ赤になったが、見事に立ちなおった。「そりゃあ、覚えているわ」

そのときエマが、薄く切った牛肉と雉肉《きじ》や、ポテトグラタン、緑黄色野菜が山盛りになっている大きな銀のトレイを持って颯爽《さっそう》と登場した。エマの横には、粋《いき》なお仕着せに身を包んだイーサンが給仕をしようと控えていた。

客がぴんと背筋をのばして芳香を楽しんでいるのに気づいたハンターは、彼女が最後に食事をしたのはいつだろうと首をひねった。

「お嬢様？」エマが呼びかけた。「ああ、やりづらいったらないわ。あなたの名前がわからないと」

「ああ、たしかに」ハンターはつぶやいた。「いつまでもきみを〝娘さん〟とか〝お嬢さん〟と呼ぶのは失礼というものだ」

彼はふたりの皿に料理がとり分けられるのを見守ってからエマとイーサンに礼を述べ、椅子の背にもたれて客をじっと見つめた。

「ま、そのうちにきみの本当の名前がわかるだろう」ハンターは言った。そしてエマに笑いかけた。「それまでのあいだとりあえず、そうだな……」

「きっと彼女はジェーンよ」エマが言った。

「かもしれない。あるいはエリナーとか」ハンターは言った。

イーサンがグラスにワインを注《つ》ぎ終えて目をあげた。「もしかしたらアンかも。よくある名前だから」

「愛らしい名前だ」ハンターは同意したあとでグラスを掲げ、キャットが自分もグラスを掲げなければいけないと気づくのを礼儀正しく待った。彼女がグラスを掲げた。彼はワインをすすって再び思案した。「名前……名前……シェイクスピアの『間違いつづき』に出てくるエイドリアーナとか。彼女も海から現れるからな。しかし考えてみれば、海に入って、海から出てくる……命がいくつもある生き物のように。わかった、猫《キャット》だ！」

ハンターの予想どおり、彼女はワインでむせた。

だが、このときも見事に立ちなおった。

「キャット?」彼女は問い返した。そしてまっすぐハンターを見つめた。「まあ、なんて不思議なのかしら。とっても聞き慣れた響きだわ」

「キャット?」エマが言った。

「キャット、キャシー……キャサリン」ハンターは言った。「よし、とにかくきみはこれからキャットだ。猫と同じように、きみにも命が九つあればいいね」

彼女はグラスを掲げて冷ややかに彼を見つめた。

「猫」ハンターは繰り返した。「うん、それがいい。生き物のなかで最も利口な猫。危険なほど好奇心旺盛《おうせい》なことで知られる猫。そして、うむ、猫……夜はソファの上で丸くなるかわいらしい生き物。その一方で絶えず獲物を求めて密林をうろつきまわる獰猛《どうもう》な生き物」

キャットの冷ややかな瞳に炎が燃えあがった。彼女はぎらぎらする目でハンターをにらんだ。

「ミス・キャット」エマがささやいた。「それでかまわないかしら? 本当の名前がわかるまでのあいだ」

「かまいませんとも」キャットはきっぱりと言った。

エマはうれしそうにうなずき、ペティコートがたてるきぬずれの音とともにダイニングルームを出ていった。イーサンが肩をすくめて彼女のあとをついていった。

「かまわないときたか」ハンターはつぶやき、食事にとりかかろうとした。

「かまわないわ」そう繰り返したキャットの声は低くて危険な甘さを含んでいた。視線をあげたハンターの目に怒り狂っている彼女の顔が映った。「あなたって最低。このろくでなし！」キャットは叫んだ。

「これは驚いた」ハンターはさも恐ろしげに目を見開いた。「おしとやかな若い女性がなんという言葉づかいをするんだ」

「あなたなんか地獄で朽ち果てればいいんだわ！」彼女は興奮してわめいた。「わたしのあとをつけたのね」

「つけたよ」ハンターは平然と言った。

「あなたにそんな権利はないわ！」キャットはうろたえて叫んだ。

「とんでもない。ぼくにはその権利がある。もしかしたら恩をあだで返すような人間を助けたのかもしれないんだからね」

キャットは立ちあがりかけた。「サー・ハンター、あなたのなかには猜疑《さいぎ》心やよこしまな考えが渦巻いていて、人をいじめては喜んでいるんだわ。わたしは〝助けて〟なんて一度も頼まなかった。あなたが勝手に助けたのよ。覚えているかしら、わたしが気づいたときはあなたの馬車に乗せられていたし、わたしが頭にこぶをつくったのもあなたが原因だったんですからね。そして今度は、あなたは……あなたは……」

彼女は言葉が出てこないようだった。

「ぼくがどうするというんだ?」ふいに怒りがこみあげてきて、ハンターはきいた。「きみの正体をばらすとでもいうのか? いいや、ぼくはきみが何者なのか知りたかったが、それを知ったからといって人に話す気はもうとうない。明日はエイヴリー卿やきみの大切なデーヴィッド・ターンベリーを相手に好きなだけ芝居を演じたらいい。ぼくはきみの正体をばらしはしないよ」

「どうしてばらさないの?」キャットは椅子から腰を浮かせたまま、声に不安と緊張をにじませて尋ねた。

「腰をおろすんだ、キャット。きみは家族にそう呼ばれているんだったね?」

「キャット……キャサリン。どうやらあなたは鋭い耳をしているようね」彼女は小声で言った。

「座ってくれ。エマが丹精こめてつくった料理だ。彼女のためにも食べてあげないと」

キャットはぎこちない動きで再び椅子に腰をおろした。

そして顔をゆがめた。「本当にデーヴィッドやエイヴリー卿に会わせてくださるのね。まるで……まるでわたしが……」

「彼らと同等の人間のように?」ハンターはほのめかした。「ああ、いいとも。きみは自分をそのように思っているようだから」

赤面したことから、彼女が恥ずかしい思いをしているのがわかった。「わたしの父は立派な人間だわ」

「ぼくもそう思う。それに才能がある」

「実際に才能があるのよ。父をばかにしないで」

「ばかになどしていない」

「だったら、そういう恩着せがましい態度をとらないでちょうだい。あなたは父のことをなにも知らないくせに」

「それが不思議なことに少々知っているんだ。ぼくはきみのお父さんを信じられないほど才能豊かな画家だと心底思っているし、その才能が長いあいだ世間に認められなかったのは不当だとさえ考えている。それに彼がきみを心から愛していることは、端から見ていてもわかった。彼は立派な人間だ。きみの家庭にも、あるいはきみのお父さんが画家であることにも、なんら問題はない。それなのに、なぜこんな芝居をするんだ？」

たちまちキャットはむきになって言い返した。「だれでもときには普段と少し違った生活をしなくちゃいられないものよ」

「そうかもしれない」

「そうよ。現にあなたはそうしているじゃない」

「ぼくが？」

「世界じゅうを旅して、遊び歩いているわ。他人の生活をほじくり返しているじゃない。古代の人々の生活を」

「それとこれとは話が違う」

「違わないわ」

「ぼくはなにをするときでも自分を偽りはしない」

「そりゃあ……あなたは、ええ、たいていの人たちよりも機会に恵まれているんですものね」キャットの声には力がなかった。

ハンターは首を振りながら言った。「きみは何者になろうとしているんだ？　なぜそんなことをする？　きみがやっているのは危険なゲームだ」

彼女はかぶりを振った。「そんなことないわ。わたしの望みはただ――」

彼はため息をついた。「やれやれ、きみはあのばかな坊やが、きみのいとしいデーヴィッドが、きみに会いさえしたら、今まで恋い焦がれてきた大金持ちのご令嬢をきれいさっぱり忘れるとでも考えているのか？　きみたちふたりが未来永劫《えいごう》幸せに暮らせると本気で思っているのか？」

キャットはなにも答えず、かたくなに口をつぐんで椅子の背にもたれていた。

ハンターは首を振って言葉を続けた。「あの男は一週間後にエジプトへ発《た》つ。きみたちを正式に引きあわせたところで、なんら害はないだろう」

キャットがそっとため息をもらした。

「ありがとう」彼女は驚くほど威厳のある口調で言った。

キャットは皿の上の料理をもてあそんだあと、猛烈な勢いで食べだしたが、あまりがつがつ食べるのはまずいと気づいたらしく、食べる速度を落とした。やがてハンターの視線に気づいて途中でフォークを止めた。

「教えてちょうだい」彼女は尋ねた。「デーヴィッドの意中の女性も一緒にエジプトへ行くの？　ミセス・ジョンソンも同行するの？」

「快適な場所であるカイロには、女性が大勢訪れる。しかし遺跡発掘はかなり大変な作業だから、実際に携わる女性はあまりいない。もっとも、なかには少数ながら発掘に携わりたがる非常に優秀な女性学者もいるが。そういう女性たちは男と同じように、砂漠の惨憺《さんたん》たる宿泊設備にも文句を言わない。レディ・マーガレットは調査には同行するものの、おそらく発掘にはかかわらないだろう。〈シェパード〉という、毎年、イギリス人が利用するすばらしいホテルがあるんだ。我々は皆そのホテルを拠点にして、さまざまな目的地へ向かう。アーサー・ドイルもすでに行っているころだが、まだだとしたら、今ごろは向かっているんじゃないかな。彼の奥さんが病に苦しんでいて、カイロの乾燥した気候が病気にいいのだそうだ」

「アーサー・ドイル？」キャットが問い返した。

「そう。作家の」

「彼をご存じなの？」

ハンターは眉をつりあげた。「ぼくも何冊か本を出しているんだよ。それでしばらく文学界に身を置いたことがあったのさ」

キャットは少しも感銘を受けていないようだった。「シャーロック・ホームズを主人公にした小説を書いた人？」彼女は尋ねた。

「そう」

「そして主人公を殺してしまった人ね？」キャットが念を押した。

ハンターは笑った。「やれやれ、アーサーが前回発表した小説で主人公を亡き者にしたのは、大切な妻が生きるために闘っているときに、単なる想像の産物でしかないホームズに人々が大騒ぎしていることへの不満の表明だったんだよ。で、例のホテルだが、さっきも言ったように最高のホテルだ。だから、きみのデーヴィッドが砂漠で発掘作業に携わっているあいだ、レディ・マーガレットはその居心地のいいホテルで彼を待つことになるだろう。当然ながら彼女の父親もそのホテルに滞在する」

「毎年、大勢の人々がそこを訪れるのね」キャットはささやいた。「ミセス・ジョンソンはどうするの？」

「エマはロンドンにいるほうがいいらしい」ハンターは説明した。「あるいはフランスの海岸で過ごすほうが。たまには一緒に行くこともあるが、たいていは断って国に残るよ」

キャットは再びため息をついた。「わたしが住んでいるのとはまったく異なる世界だわ」小声で言った。そのときの彼女の目には策略も狡猾《こうかつ》さもなかった。髪が暖炉の火の明かりを受けてかすかに光っている。キャットが非常に美しいにもかかわらず、打ち捨てられたような寂しい様子だったので、ハンターは立ちあがって彼女にふれ、肩を抱いて力づけてやりたかった。

だが、彼も知っているように、この猫は爪を持っている。

キャットは非の打ちどころがないほど威厳のある態度で立ちあがった。「あなたはわたしのあとをつけたから、どんな家庭環境かも知っているわよね。それなら、わたしが今夜じゅうに帰宅しなければならないことはわかっているはず。今夜、会えるものと期待していたのに……会えないようだから、家へ帰ることにするわ。父をこれ以上心配させたくないの。帰り道はわかるけれど、従者の方に送ってもらえたら感謝するわ」

「手配しよう」ハンターは請けあった。

「ありがとう」

「たぶん……」彼は言いかけて口を閉ざした。

なぜぼくはこんな面倒なことまでして、この跳ねっ返りを彼女の滑稽《こっけい》な望みの対象と会わせてやりたがるのだろう。

ハンターは息を吸って吐いた。「たぶん、ぼくにできることがまだなにかあるだろう」

「あなたはわたしの父を知らないんだわ」キャットは肩をすくめた。「父は大変な才能の持ち主だけど、その……わが家は家賃の支払いさえ滞り気味なの。あら、父は立派な親よ。でも……父は海が大好きなものだから、わたしたちは船とは名ばかりのものを所有しているわ。父はすばらしい油絵を描くものの、ただ同然の値段でしか売れなくて、肖像画を描いて生活費を稼いでいるの。しばしば父は踏み段に腰かけているおばあさんに興味をそそられて題材にするのよ……だけど、そんな絵はほとんど売れないじゃない。それでも父はものすごく誇り高くて、謝礼なんか絶対に受けとらないのよ。きっとあなたはもう知っているでしょうけど、父は名家の生まれで、教育の力を信じていたから、姉とわたしをいい学校へやってくれた。でも、明日の朝はわたしを外出させてくれないでしょう。なぜって、人の命は尊くて売り買いできるものではなく、命を救った見返りに謝礼を受けとるのは恥ずべきことだと信じているから」

またもやハンターは心を揺さぶられてキャットにさわりたくなった。だが、肩をすくめただけだった。彼女の誇り高さと率直さがとても魅力的だった。

「それでも……なんとか考えてみよう」

キャットの頬が薔薇色に染まった。そして目に希望の光がきらめいた。

「ありがとう」キャットが心のこもった声で言った。やがて口もとに悲しそうな微笑が浮かぶ。「どうしてそれほど親切にしてくれるの?」

ハンターは真剣な顔でうなずいた。「おそらく、ぼくがしているのは親切とは違うだろうね」

「でも、やっぱり親切だわ」

「イカロスは高く飛びたがり……太陽の熱で翼が溶けたんだよ」ハンターは彼女に思いださせた。「そして地面に墜落して死んだ」

「わたしは地面に墜落する気はないわ」キャットが断言した。

ハンターは彼女に視線を注いだまま、かたわらの呼び鈴に手をのばし、小さく鳴らした。すぐにイーサンがやってきた。「この女性を家へ送ってやってくれ」

「承知しました、サー・ハンター」イーサンが無表情に言った。

「どうもありがとう」キャットはイーサンに礼を述べてからハンターを振り返った。「おやすみなさい、サー・ハンター」彼女の笑みが顔いっぱいに広がり、やさしさと気まぐれの入りまじった表情になった。「たとえどのような結果になろうとも、ありがとう。本当よ。心から感謝するわ」

キャットが向きを変えて優雅な足どりで部屋を出ていくのを見ているうちに、ハンターは息がつまりそうになった。

イーサンがハンターを見つめたまま待っていた。ハンターがうなずくと、イーサンは彼女について部屋を出ていった。

ハンターの筋肉という筋肉が熱くなり、引きつりそうだった。

ばかげている。

彼は立ちあがって暖炉のところへ行き、その上のヒマラヤ杉の箱から小さな葉巻をとって火をつけた。

なんたることだ。ぼくはハンター・マクドナルド、今さら女にのぼせあがるようなばかな若者ではないぞ。

彼は葉巻をくわえて部屋のなかを行ったり来たりした。ほうっておこう、と自分に言い聞かせる。キャットは何事もなく家族のもとに落ち着くだろう。死ぬほど求めているものが絶対に手に入らないことを、彼女自身の目で確かめさせる必要はない。とはいえ……。

キャットほどハンターの興味をそそった人物はいない。多くの点で純朴に見えながら、また別の多くの点で狐《きつね》のように狡猾に見える。意識的に肉体の魅力で男を誘惑するつもりはなくても、目がそれとは違うことを語っている。

しかも彼女はこのぼくに……そう、まったく魅力を感じなかったのだ。ハンターは悔しさを覚えた。

キャットのなにがそれほど自分の興味をそそったのかに気づいて彼は首を振り、火に向かってにやりとした。彼女はぼくにそっくりなのだ。危険をものともしないで、ひたすら探求を続ける冒険家。キャットは溌剌《はつらつ》としていて聡明《そうめい》で、ぼくが知っているほかのどんな女たちとも違う。

だからこそ……。

ハンターは策略をめぐらしているのは今や自分のほうであることに気づいた。彼は部屋の隅で時を刻んでいる時計を見やった。時刻はすでに遅い。だが、彼はアレクサンダーに鞍《くら》をつけて夜のなかへ出ていこうと大股に歩いていった。

時刻などかまうことはない。なんとかエイヴリー卿に理解してもらわなければ。きっと彼なら理解してくれるだろう。なにしろ善良な人間だから。

キャットが自分の家へ忍びこもうとしているのだと、イーサンはすぐに気づいた。「きみが無事になかへ入るのを見届けるまでここにいるよ」

キャットは路上からイーサンにほほえみかけた。「ありがとう。でも、その馬車をこの通りに停《と》めていたら、すごく目立つわ」

イーサンはきまじめな顔でうなずいた。「だったら、急いだほうがいい」彼は東の方角を顎でしゃくった。「切り裂きジャックが殺しを働いたのはそれほど昔じゃないし、場所だってここからそう離れちゃいない。それに警察は認めたがらないが、いまだに犯人の目星すらついていないとくる。だから……早く家へ入ったほうがいい。それまでここで見ているから」

「気づかってくれてありがとう、イーサン」キャットは礼を言って手を振り、家の横手へ急いだ。そこに二階へあがる足がかりになるぶどう棚がある。彼女はそれをよじのぼっているうちに不安になった。部屋の窓から頭を入れたとたん、怒り狂いながら待っていた父親と鉢あわせするのではないだろうか。

窓から暗い部屋へ忍びこんだキャットは、ベッドの上で起きあがった人影を見て悲鳴をあげそうになった。

「キャット！」

「イライザ！」

キャットは喉もとに手をやり、それからふうっと大きく息を吐いた。心臓が大きな音をたてて打っている。死者をも目覚めさせる音とはこのことだわ。目が暗がりに慣れるにつれて、激しい鼓動は静まった。イライザがベッドに座って興奮に目を見開き、興味津々で妹を見ていた。

「彼に会った？　エイヴリー卿には？」イライザがきいた。

キャットは首を振ってベッドの姉の横に腰をおろした。「残念ながら会えなかったわ。今日の出来事が相当にこたえたらしくて」彼女は深々と落胆のため息をついた。「家を抜けだすところを見つからなかったのがせめてもの救いよ。エイヴリー卿とデーヴィッドには、明日なら会えたの」

「じゃあ、今までどこにいたの？」

「サー・ハンターが食事を用意させてあったのよ」キャットはどうでもいいことだと言わんばかりに手を振った。

「サー・ハンターですって？　まさか彼とふたりで食事をしたの？　差し向かいで？」

「違うわ。単に食事をしただけよ。でも……そうね……おいしいお料理だったわ。彼のメイドは料理が得意なんですって」

イライザはベッドをおりて室内を優雅に踊りまわった。「ふたりきりのディナー。それもサー・ハンター・マクドナルドと！」

「特別なことなどなにもなかったわ」キャットは反論した。

「でも……だって、彼はものすごいハンサムよ」

「ハンターが？」

イライザは踊るのをやめて妹をまじまじと見た。「どうかしているんじゃないの、キャット？　わたしはハンターの似顔絵を見たことがあるし、彼の写真は雑誌に幾度となく載ったわ。それに彼は……紛れもなく伝説の人よ。女王陛下の命を受けてインドへ行ったり、軍隊時代の旧友たちとナイル川を船で下る大冒険をしたりしたんだから。それからいろんなヨットレースに出場して何度も優勝しているし」

「イライザ、やめて。そりゃあ、ハンターは礼儀正しかったし、あそこのメイドからは彼の話を延々と聞かされたわ。でも……わかるでしょう？　わたしの心のなかではデーヴィッドこそが完璧な男性なの」キャットはそう言って、悲しげな目で姉を見た。「それなのに、もう彼と正式に会うことは二度とないんだわ。わたしがなにか……方法を考えださない限り」彼女の表情が変わった。「お父さんはわたしがこっそり家を抜けだしたことに気づいていないわよね？」

「全然」イライザが少し激しい口調で答えた。

「なにかまずいことでも？」

イライザは鼻にしわを寄せた。「レディ・ドーズがまたここへ来たの。あなたがいないのを気づかれるんじゃないかと冷や冷やしたわ。だってあの嫌味ったらしい女ときたら、あなたに会って言ってやりたいことがあると言い張るんだもの。用心しなさい。彼女に言わせると、こんな騒動を巻き起こして警察に迷惑をかけたり父親を心配させたりしたあなたは最低の人間だそうよ。幸い、お父さんはあなたを休ませておくと主張して譲らなかったの。ああ、今でもレディ・ドーズの声が聞こえるようだわ。まったくあの女ったら、お父さんが引きとめたときにはすでに階段を半分まであがっていたのよ」

「危機一髪だったのね」キャットはつぶやいた。「でも……レディ・ドーズはこの部屋へ来なかった。ありがとう、姉さん。わたしの秘密を守ってくれて」

イライザは笑った。「わたしたちはふたりきりの姉妹ですもの。それにしても、あのいけ好かない女のせいで、わたしたちの人生はいっそう惨めなものになっているんだわ」

「そうは言っても」キャットは言った。「レディ・ドーズがお父さんに多少なりとも幸せをもたらしているのはたしかよ」

イライザがとうていしとやかな女性とは思えないほど大きく鼻を鳴らした。「彼女はお父さんにおべっかを使っているのよ。それだけじゃないわ。お父さんの作品を売って、少ししかお金を渡さず、そのうえ――」

「そのうえ、なんなの?」キャットはきいた。

「お父さんをねらっているわ」イライザが言った。

「ねらっている? お父さんは貧乏画家よ」

「そして、とてもハンサムな男性よ。わたしたちが知っているように、ものすごい才能の持ち主だし……でも、天才芸術家がその才能を認められるのって、たいてい死んだあとなのよね。これといった理由はないけれど、どうしてもあの女を信用する気になれないわ。今日だって彼女、船を係留したあとで一緒に家へ来なかったくせに、夜になってやってきたのよ。あなたのことが心配でならないふうを装って。もちろん、わたしはこの部屋であなたと一緒に寝ているふりをして、ずっと聞き耳を立てていたわ。レディ・ドーズはわたしたちを厄介払いしたがっているんじゃないかしら。断言してもいいわ。彼女はお父さんとの結婚をねらっているのよ」

「それって、どう考えてもばかげているわ」キャットは言った。「彼女はなんと言ってもレディ・ドーズだし、お父さんは貧しい画家だもの。たしかに偉大な画家だけど、貧しいことに変わりはないわ」

「ときには偉大な才能を持っている芸術家が生きているうちに認められて金銭的に恵まれることだってあるわ」イライザが言った。「誓ってもいい。レディ・ドーズはきっとお父さんがそうなると踏んでいるのよ。それに彼女がレディ・ドーズだからといって、扶養してもらう必要がないとは限らないでしょ。思うんだけど、彼女はお金をいっぱい持っているふりをしているだけではないかしら」

「わたしもときどき思っていたわ。レディ・ドーズは絵を売って得たお金のうち、お父さんに渡すよりもずっと多くの金額を自分の懐に入れているんじゃないかって」キャットは心配そうに言った。「もちろん彼女はわずかな手数料しかとっていないとお父さんに言っているけど……」

「わたしの考えも同じよ。彼女はお父さんからお金をだましとっているんだわ」

「でも、彼女がそれほどお金に困っているなんて考えられないわね。だって、レディ・ドーズなのよ。ドーズ卿と結婚していたんだから」

「でも、ドーズ卿には最初の奥さんとのあいだに息子がひとりいたわ。その息子が遺産を相続したんですって。たぶん彼は継母を嫌っているんじゃないかしら。ええ、きっとそうなのよ」

「それ、本当の話？」キャットは尋ねた。

「断言はできないけど、たぶん本当だと思うわ。その息子のアルフレッド・ドーズは、あなたのデーヴィッドと同じ大学に通っているわ」

「今も通っているの？」

「ええ。でも、彼がヨットに乗っているところはあまり見たことないわね」イライザが考えながら言った。

「水が嫌いなんじゃないかしら」

「そうね。あるいはほかの方面に興味があるのかも」イライザは肩をすくめた。「とにかくあの女には……そう、人をぞっとさせるものがある。最初は気にもならなかった。それどころか、ただ親切にしたがっているように思えた。最初はわたしたちみんな、レディ・ドーズを尊敬できる人だと思ったのよね。だけど次第に……ええ、少なくともわたしには、お父さんに対する彼女のたくらみが見えてきたの。その後、わたしがどんなことを耳にしたか知っている？」

「いいえ、なにを耳にしたの？」

「レディ・ドーズの過去には悪い評判がつきまとっているの。彼女と結婚したとき、ドーズ卿は危うく家族から相続権を奪われるところだったんですって。でも、遺言から除外される前に父親が亡くなったそうよ」

「そんな話、どこで聞いてきたの？」

「服地店で」イライザは答えた。

「ただの噂《うわさ》じゃない」キャットは言った。

「あら、だけど火のないところに煙は立たないって……」

「ねえ、姉さん、たしかにわたしたちとレディ・ドーズは互いに嫌っている事実を認めなくちゃならないけど、なんの問題もないふりをする必要があるのもたしかなのよ。とりわけお父さんのために。それに過去はどうであれ、彼女は芸術家でなくても芸術のことを知っている。画家が描いた絵を売る方法を心得ているの」キャットは言った。「レディ・ドーズはそれを仕事にしているし、わたしたちの生活にしたって、お父さんが自分で絵を売らなければならなかったころよりも楽になったわ」

「レディ・ドーズが今の稼ぎで満足しているとはとうてい思えないわ。きっとこれからもお父さんみたいな無名の画家たちを食い物にするわよ」イライザが言った。

「そうね」キャットは現実的な考えを述べた。「わたしだって彼女が好きじゃないわ。でも、わたしたちはもう大人だもの、あと少ししたら働き口を見つけるなり結婚するなりしてこの家を出ていってしまう。だから、たとえ信用できなかったり好きでなかったりしても、彼女がお父さんを幸せにしてくれるなら……」

「レディ・ドーズはよこしまな人間よ」イライザが言い張った。

「よこしまだなんて」キャットは笑った。

「ええ、よこしまだわ」イライザはすっかり感情的になっていた。「お父さんは自分の才能に気づいていないから、画廊へ出かけていって作品に見合うお金をもらいたいなどとは絶対に言いださない……でもレディ・ドーズは、自分こそがお父さんを本物の芸術家にできるのだと言いくるめているわ。まったくばかげた話なのに。そればかりか彼女はお父さんを躍起になって説き伏せ、わたしたちを外国の学校へやろうとしているのよ……フランスやドイツの学校へ。そこにはお父さんみたいな親の娘たちを働かせて授業料や寮費を自分で稼がせる学校があるんですって。キャット、冗談を言っているんじゃないのよ。レディ・ドーズはわたしたち姉妹を厄介払いしたがっている。今夜だって彼女はスイスにある若い女性のための学校の話をしていたわ。生徒たちは掃除や床磨きをして生活費を稼ぐから、お父さんでも娘を入れることができるって。レディ・ドーズはわたしたちが大嫌いなのね。なかでも特にあなたを嫌っているわ。だって、わたしほど従順ではないもの。彼女にしてみれば、わたしのほうが少しはおとなしいし、あれこれ騒ぎ立てたりしないから、あなたよりも扱いやすいのでしょう。気をつけなくちゃだめよ、キャット。彼女はあなたをよそへやろうとしているわ」イライザはため息をついた。「せめて……」

「せめてわたしがレディ・ドーズにもっと従順で愛想よく接しさえしたら、と言いたいの？　あるいは、彼女の選ぶ男性と結婚したら、と？」キャットは皮肉っぽい口調できいた。そして姉と同じようにため息をついて首を振った。「そんなの夢みたいな話にすぎないわ。だって……気にしないで。それに心配ないわ。わたしはレディ・ドーズなんか怖くない。彼女に指一本ふれさせないから。ほかのことについては……これからも夢を見続けるつもり」キャットは言った。相変わらずイライザが心配そうに見つめているのに気づき、姉をぎゅっと抱きしめて言い添えた。「わたしは大丈夫よ。でも、今はもうくたくた。寝ましょうか？」

「だけどキャット、わからないの？」イライザが言った。「今夜、あなたの夢は打ち砕かれたのよ。お父さんはひどく怒っているわ。わたしたちはデーヴィッド・ターンベリーとは住む世界が違うのよ」

キャットはふんと鼻を鳴らした。「レディ・ドーズは同じなわけね」

「それはどうかしら」イライザはつぶやいた。「ああ、キャット。あなたはいまだにはかない夢を見続けているのね。わたしだったら……」彼女は笑った。「ハンター・マクドナルドみたいな有名人とディナーをともにできたら、それでもう夢が実現したと思うのに」

「彼は醜聞で有名なのよ」

「そうかもしれないけど、ハンターは不正行為をなにひとつしていないわ。隠しごとをする人じゃないの。もちろん女性の名誉を守るときは別よ。そこへいくとレディ・ドーズは――」

「わたしたちはみんな、自分が望むものを見たり聞いたり信じたりするのね」キャットは悲しげに言った。「とにかく寝ましょう。それはそうと、きっと姉さんはお父さんと一緒にこのドレスを返しに行くことになるわ。つまり、姉さんはお父さんと一緒に行かなくてはだめなの。ハンターがわたしを裏切るとは思えないけど……姉さんがついていて、今夜の出来事がお父さんの耳に入らないよう気をつけていてほしいの」

イライザは笑った。「そうね、いいわ。わたしも彼みたいな興味をそそる魅力的な男性にぜひとも会ってみたいし」

「わたしは……家にいる。そしてもう少し夢にふけっているわ」キャットは言った。

「そう？」イライザが言った。「あなたのことだから、デーヴィッドに近づく別の方法でも考えだしたいのでしょう」

「そんな夢は見られそうにないわね。さあ、眠らなくては」

だが、眠ろうとするのと実際に眠りにつくのとはまったく別物だった。

最初、キャットはそっと泣いて枕《まくら》を数滴の涙で濡《ぬ》らした。あと少しでわたしは……。

それから仰向けになって天井を見つめた。

イライザの言うとおりだ。姉はわたしをよく知っている。わたしはいとしい人のことを簡単に忘れることなどできない。

あきらめたりはしない。あきらめるものですか。デーヴィッドは船に乗って長い旅に出かけ、サハラ砂漠の古代遺跡のなかで一シーズンを過ごす。華奢《きゃしゃ》な婚約者は最初から最後まで彼につきっきりではないだろう。デーヴィッドは帰国するまで結婚しないはずだ。それまでにいろいろな出来事が起こるかもしれない。

とうとう眠りについたとき、キャットは決心していた。どんな事態になろうとも、デーヴィッドがイングランドを離れるときは、自分もとり残されはしないと。

4

なぜかわからなかったが、キャットは不快感を覚えた。眠りから覚めて目を開けたとき、最初は部屋がぼんやりとしか見えなかった。やがてはっきりと見えてくるにつれ、彼女は不快感の原因を知った。

レディ・イザベラ・ドーズがキャットを見おろしていた。

「あなたって信じられないほど冷酷で思いやりに欠けた娘さんね、キャサリン・アデア！」レディ・ドーズが言った。声は低くて洗練されていたけれど、悪意がこもっていたので、キャットはぞっとした。レディ・ドーズがそれほどまでに父親を心配してくれているのかと思い、恥ずかしくなった。しかし、レディ・ドーズが心配しているのは父親のことではなかった。

「あら、おはよう、レディ・ドーズ」キャットは上掛けを胸もとに引き寄せて起きあがり、室内を見まわした。「あなたがいるなんておかしいわね。だって、ここはどう見てもわたしのベッドルームだもの。どんなにみすぼらしくても、わたしたちの家の、わたし個人の部屋だわ」

「起きなさい、キャット」今度は噛《か》みつくような言い方だった。

「昨日のわたしの行動については、もう父と話をしたわ、レディ・ドーズ。それに心配をかけたことも謝っておいた。あなたに説明する必要などないわ」

レディ・ドーズは笑みを浮かべた。「もちろんないわ」氷のような微笑だった。「今のところはね」彼女は猫撫《な》で声で言い添えた。そして身をかがめて顔をキャットの顔に近づけた。「でも、わたしに言わせれば、あなたの行動は非難されて当然よ。あなたのような娘さんは遠くの学校へやってしまうべきだわ。命令への従い方や感謝の仕方を教えてくれる学校へ。そうしたら自分のいるべき場所が理解できるでしょう」

「わたしのいるべき場所はこの家よ」キャットは軽く言い返した。

レディ・ドーズは体をまっすぐ起こして腕組みをした。スカートの下で猛烈に地団太を踏んでいるに違いない。

「あら。だけどあなたは昨日、この家を離れたくて仕方がなかったんじゃないの？」

キャットは目の前の女性をじっと見つめた。正直なところ、レディ・ドーズは魅力的だった。細面の顔は整っていて、大きな目は、波打つ豊かな髪と同じ焦げ茶色をしている。物腰は堂々としているし、背筋がいつもぴんとのびているので、キャットは彼女がペティコートの下にほうきの柄を入れているのではないかとつい考えたくなった。

「レディ・ドーズ、なんとでもあなたの好きなように言えばいいわ。好きなだけ言って気がすんだら、とっととわたしの部屋から出ていってちょうだい。そうしたら、喜んで起きるわ」

「そうね、さっさと起きたほうがいいわ。お客様が来ているから」

「お客様が？」

レディ・ドーズはキャットの鋭い問いかけを無視した。単に、ここはレディ・ドーズの家でもあるということをキャットがまったく認めていないのが腹立たしかったのかもしれないが。

「あなたがばかみたいに水中へ飛びこんだことが新聞に載ったわ。どうやらサー・ハンターがあなたの……勇敢な行為を記者たちにほめちぎったらしいわね。気の毒に、あなたのお父様は誇らしく思うと同時に心配でいても立ってもいられないみたいよ」

「わたしのことが新聞に載ったですって？」キャットは問い返した。そして、たとえハンターがいくら気難しく慇懃《いんぎん》無礼な男であろうとも、感謝しなければならないと思った。

「それでお父さんは……喜んでいるのね？　だれが来ているの？」

キャットは立ちあがろうとした。驚いたことに、レディ・ドーズが彼女を押し戻した。

「そう急がないで」

キャットはじれったそうな声を出した。「たった今、あなたは起きろと言ったくせに」

「口のきき方に気をつけなさい。あなたの未来はわたしが握っているかもしれないのよ」

キャットは目を細めて油断なくレディ・ドーズを見つめた。彼女がよこしまな女だというのは、おそらく事実だ。とはいえ、彼女がキャットの父親に大きな影響力を持っているのもたしかだった。

「本当に？」キャットは用心深くきいた。

レディ・ドーズは険しい笑みをキャットに向けた。「わたしは、あなたを厳格な学校へ入れるべきだと考えているわ。非常に厳格な学校へ――」

「ええ、あなたがそう考えているのは知っているわ。ゆうべ、わたしたち姉妹をあなたがどう思っているのか、姉が教えてくれたの」

「そのような学校でもっと教育を受ければ、あなたにとってずいぶん役立つでしょう。あなたみたいな若い娘は自分で働いて生活するか、さもなければ労働者の妻になるしかないのよ。はっきり言わせてもらうけれど、あなたは気の毒なお父様にとって厄介の種でしかないの。あなたはお父様を疲弊させ、才能を枯渇させているんだわ」

「悪いけど――」

「まだ終わっていないわ」

「もうたくさん！」キャットは起きあがろうとした。

しかし、レディ・ドーズが今度は言葉で彼女を止めた。

「そんな態度をとるなら、エイヴリー卿《きよう》にもデーヴィッド・ターンベリーにも会わせてあげないわよ」

キャットはびっくりして動くのをやめた。

レディ・ドーズが再びキャットに顔を近づけた。「サー・ハンター・マクドナルドはエイヴリー卿の申し出を携えてあなたのお父様に会いに来たの。あなたが画学生兼サー・ハンターの助手として、来週のエジプト調査旅行に同行するなら、エイヴリー卿はあなたの費用を出すし、付き添い人もつけてくれるんですって。サー・ハンターの家にいたとき、あなたはくだらないいたずら書きかなにかをしたらしいじゃない。あなたのお父様は金銭による謝礼を断じて受けとらないだろうとサー・ハンターに言われて、エイヴリー卿はせめてなにか代わりのことをしなければならないと考えたようね。それにサー・ハンター同様、あなたのいたずら書きを見て、将来性があると思ったみたい。蓼《たで》食う虫も好き好きとはこのことね」

キャットは怒りをこらえて黙っていた。

「お父様はあなたをエジプトへ行かせることに反対よ。わたしも同じ考えだとわかったら、いくらサー・ハンターに口説かれたところで、お父様は断るでしょうね。だけどわたしが賛成したら……ええ、あなたは行かせてもらえるかもしれないわ」

キャットは悔しさに口もきけずに、レディ・ドーズをにらんだ。

「これでわかったでしょう。簡単なことよ。あら、どうしたの？　猫《キャット》に舌でもとられたの？」

この女は自分を頭のいい人間だと思っているのだわ。それでもキャットは口をつぐんでいた。

「さあ、どうなの？」レディ・ドーズが問いつめた。

「なぜわたしを助ける気になったの？」キャットはきいた。

「なぜって、あなたが長期間エジプトへ行っていることになるからよ。それにもしかしたら、もしかしたらよ、あなたは求めているものを手に入れられるかもしれない。もっとも、わたしはそうならないと思っているけれど。いいこと、わたしはあの人たちを知っているのよ。わたしの義理の息子もあの愚かな若者たちのひとりなの。彼らは傲慢《ごうまん》にも、自分たちと同じ上流階級に属さない人間は、彼らを楽しませるためだけに存在すると信じている。上流の人たちがどんな人間かがわかれば、あなたもきっと彼らに薔薇《ばら》色の夢を描いたりしなくなるでしょう。そうすれば、自分がとるに足りない人間だという事実に気づくはずだわ」

「わたしは自分をとるに足りない人間だなんて思わないわ」キャットは張りつめた声で言った。

「本当に？」レディ・ドーズは上品な眉をつりあげた。「だとしたら、あなたが姿を消したのは……そして再び現れたのは、驚くべき行為というほかないわね。あなたの家がどこにあるのか知っていたら、サー・ハンターはすぐにあなたを家へ送り届けたはずよ。ところがあなたは彼に本当のことを教えたがらなかった」

「わたしは頭をひどく打って――」

「まあ、嘘《うそ》ならほかの人についてちょうだい。わたしはあなたがどんな人間か知っているのよ」

「よくもずうずうしく――」

「わたしに失礼な言葉づかいをするのはやめなさい。あなたは自分の素性を知られたくなかった。素性が知れてもこうした申し出があるのは、たまたまお父様の才能が、あなたのわざとらしいお芝居にとって好都合に働いているだけ。でも覚えておきなさい、あなたは危ない橋を渡っているのだということを。エジプトへ行くといいわ。向こうにいる数カ月間は好きにさせておいてあげる……だけど、帰ってきたあとはここにいられないわ。なにしろ学校へ行くんですからね。わたしの選んだ学校へ。あなたはそこへ送られることになる。どのみち、あなたはこれに同意するしかないのよ」

キャットは歯ぎしりした。これほどまでにレディ・ドーズが彼女を厄介払いしたがっているとは夢にも思わなかった。イライザは正しかった。

「わたしのことが心配ではないの？」キャットは甘ったるい声できいた。

「そりゃあ、あなたは砂漠へ行くんですもの。そうでしょう？　調査旅行には常に大きな危険がつきまとうものだわ。金銀財宝は人間を貪欲《どんよく》にする。あなたは自分になにか起こるんじゃないかと恐れているの？」

キャットはかすかな寒気を覚えた。デーヴィッドが岸で意識をとり戻した直後に口走った支離滅裂な言葉が思いだされる。彼は川へ突き落とされたと言った……。

しかし、デーヴィッドに危険が迫っているとしたら、それはここ、ロンドンでのことだ。だから恐れていようといまいと、この信じがたい好機を逃すわけにはいかない。

「ちっとも恐れていないわ」キャットは冷ややかに答えた。

「旅行中に面倒を起こすようなことがあったら」レディ・ドーズが警告した。「あなたに厳重な処罰が下るようとり計らいますからね。嘘じゃないわよ。あなたのそのかわいらしい顔がこのあたりで見られることは二度とないでしょう。わかった？　それにわたしには船の上にもエジプトにも友人がいるから、あなたの様子を事細かに知ることができるのよ。日々の様子をね」

それを聞いてキャットは恐ろしくなった。とはいえ、いったん出発してしまえば、レディ・ドーズは彼女に手出しできなくなる。たしかにこの女は〝レディ〟の肩書きを持ってはいるが、社会的地位はターンベリー男爵やエイヴリー卿のような貴族にとうてい及ばないし、サー・ハンター・マクドナルドのような高名な男性たちとさえ肩を並べることができない。

とは言うものの……。

一瞬、気持ちが揺らいだ。父親と姉を残していくことになるのだ。

ふいにキャットは頭がくらくらした。この驚くべき申し出を断るのはあまりに惜しい。イライザが父親と一緒に残る。姉はわたしのような気骨を持ちあわせていないし舌鋒《ぜっぽう》も鋭くないが、少しも意志薄弱ではない。わたしが戻ってくるまで、うまくやってくれるだろう。重要なのはそこだ。

それに父親が望むなら、レディ・ドーズとなんらかの関係を結ぶのを、わたしが妨げることはできないだろう。母親はわたしが幼いころに亡くなった。父親が女性の思いやりを求めているのなら、たとえ相手がこのろくでもない女であろうと、わたしにできることはなにもない。どこに愛情や慰めを見いだすべきかをほかの人間に指し示すことは、だれにもできないのだ。

それはキャット自身が間違いなく知っていることだった。

彼女は顎をぐっとあげた。どういうわけか、レディ・ドーズはキャットがデーヴィッド・ターンベリーのとりこになっていることを知っている。キャットがそれを打ち明けた相手はイライザだけだ。そして姉は絶対に彼女を裏切らない。

きっとわたしがうっかりもらしたのだ。それに認めなければならないが、デーヴィッドを欲しがるのは空の星を欲しがるのと同じだ。

とはいえ……。

デーヴィッドがわたしと過ごし、わたしのことを知りさえすれば……。世の中にはもっと身分違いの結婚だってあったのだ。わたしたちは文明の進んだ時代に生きているのだし、それに――。

「さあ、どうなの？」レディ・ドーズがきいた。

キャットは魂を売ろうとしているような気分だった。

「今度の調査旅行にぜひ同行させてもらいたいわ」彼女は快活に答えた。

レディ・ドーズは気どった笑みを浮かべた。「わたしとの取り引きを忘れてはだめよ」

彼女はそっと言った。

「ええ、忘れないわ。でも、悪魔に魂を売る契約書に署名したような気がする」キャットは言った。

「そんな言葉を二度と口にしないで」

「もちろんしないわ」

「じゃあ、わたしは出ていくから、すぐに起きて支度をしなさい。わたしたち全員、サー・ハンターのお屋敷での朝食に招かれているの」

そう言い残し、レディ・ドーズはさっさと部屋を出ていった。

残されたキャットは本当に悪魔に魂を売った気がして、しばらく動揺がおさまらなかった。

キャットが階段をおりてくるのを見たハンターは、自分の頭がどうかしてしまったのではないかと思った。ぼくはいったいなにをしようとしているのだ？

なにもかもほうっておくべきだった。

キャットはもうハンターの妹のデイドレスを着てはいなかったが、同じくらい美しく装っていた。あるいはもっと美しいかもしれない。きわめて珍しいデザインのおしゃれな襟は首が隠れるくらい高く、ちょうど喉もとに小さなV字の切れこみが入っている。スカートは優雅な層をなしていた。急角度の腰あて《バッスル》のおかげでヒップが小さく盛りあがっており、彼女の足どりに合わせてスカートが流麗な動きを見せる。色もまたキャットが着ることを念頭に選ばれたものに違いなかった。というのは、琥珀《こはく》色のドレスのせいで髪はいっそう赤く見え、目はますます金色を帯びていたからだ。今日の髪型は後ろで上品にまとめたゆるいシニヨンで、毛先をわざと垂らしている。

ハンターを見たキャットの目に、物問いたげな表情が浮かんでいた。この人はわたしのためになぜここまでしてくれるのかしら、と彼女が不思議がっているのが見てとれる。ハンターはキャットに向かってかすかな笑みを浮かべ、肩をすくめた。彼女に尋ねられていたら、〝ぼくにもまったくわからないんだ〟と答えていただろう。

それともわかっているのだろうか？　このような若い女性がデーヴィッド・ターンベリーみたいな愚か者に夢中になっているのが、ぼくは我慢ならないのか？　キャットの恋の対象が自分でないことにいらだっているのだろうか？　もちろん、そんなことはばかげている。彼女は普段ぼくが相手にする社会階層の女性ではないかもしれないが、軽々しく扱える女性でもないのだから。ハンターには、それ以上自分の感情を分析する勇気がなかった。

「おはよう、キャサリン」ハンターは言った。そのとき、キャットの父親が不安と興味の入りまじった奇妙な目つきで娘を見ていることに気づいた。レディ・ドーズは困惑の表情を浮かべている。イライザもまた心配そうなまなざしを妹に注いでいた。彼女も今度の件になにかを期待しているのだろうか？

「おはようございます」キャットが応じ、ハンターから視線をそらして父親のほうを見た。父親はぼくがいきなりやってきたことを憂慮しているだろうか、とハンターは思った。

ウィリアム・アデアが両手を差しのべた。一階へおりてきたキャットは首をかしげ、口もとにかすかな笑みを浮かべて父親の両手をとった。「わたしの海のプリンセス」自分の前に立った娘に向かってウィリアムがそっとささやいた。そしてハンターのほうを振り返った。「知ってのとおり、サー・ハンター、男の富は黄金や貨幣にあるのではないのです。

娘たちはわたしの宝でしてね」

ハンターはたちまちウィリアムを好きになっただけでなく、大いに尊敬の念を抱いた。その一方で一抹の不安も覚えた。ハンターの意図は決してほめられたものではなく、少なくともウィリアムの〝宝〟に人生の悲しい教訓を与えてやること、つまりデーヴィッド・ターンベリーのような男は求めるに値しないと教えてやることなのだ。ハンターはまた奇妙な興奮も覚えた。それというのも、彼自身もまた宝を発見したからだ。ウィリアム・アデアの作品を見たことがある人々は、帆走中の巨船を描《か》いた絵がとりわけすばらしいことから、彼を〝海の王〟と呼ぶ。

ウィリアムが個人や家族の肖像画を描いて収入の大半を得ていることは、彼がその方面の仕事でも秀でていることを考えれば、才能の浪費とは言えない。暖炉の両側にかかっている娘たちの肖像画に、彼の才能がはっきりと表れている。海の風景画に風と波の荒々しさが巧みにとらえられているように、肖像画にもその人物が秘めている特別なものがとらえられている。たとえばイライザにおいては誇り高さが、キャットにおいては向こう見ずな目の色や、わずかに上を向いた唇の夢見るような表情が。

それにもちろんウィリアムの娘もまた、さっと描いたスケッチのなかに父親から受け継いだ才能の片鱗《へんりん》を示していた。

「なあ、キャット。サー・ハンターは我々家族を朝食に招いてくださるそうだ。エイヴリー卿はなんとしてもおまえに会いたいとおっしゃっているらしい。おまえが彼の庇護《ひご》を受けられるよう計らいたいのだそうだ。わたしは礼などいっさい不要だと説明したが、サー・ハンターもエイヴリー卿も礼と引き換えにわたしのほうから、おふたりが恩恵と考えているものを与えてくれないかとおっしゃっているのだよ」

「恩恵を？」キャットは言った。彼女はほほえんだが、目がわずかに細くなったことから、〝恩恵〟とはいったいなんだろうと警戒しているのが、ハンターにはわかった。

「ぼくはきみのお父さんの作品の大ファンなんだ」ハンターは言った。

「ああ、それと……」ウィリアムがいまだに信じられないという顔で言いかけた。

「お父さんたら！」イライザが叫んだ。「そんなに驚くことじゃないわ」彼女は輝くような笑顔で、くるりとキャットを振り返った。「サー・ハンターはカーライル伯爵と親しくて、伯爵のお城にはお父さんの絵が飾ってあるんですって。だからサー・ハンターは会ってすぐにお父さんがだれなのかわかったそうよ。それで、お父さんに油絵を何枚か依頼したいとおっしゃっているの。それに……それに、あなたにも絵の才能があるって。絵画の世界では有名な大学教授のミスター・トマス・アトワージーが今度のサー・ハンターたちの調査旅行に同行することになっていて、あなたを生徒として連れていきたいらしいの。もちろんその代わり、あなたは発掘現場へ行くことになるし、サー・ハンターの助手を務めるとか、スケッチをしたりメモをとったりするとか、いろんな仕事をしなくちゃならないわ。お父さんはあなたなら勤勉で能力があるから助手としての役割だって充分にこなせると請けあったのよ」

キャットが振り返って父親を見つめ、次にレディ・ドーズを見つめるさまを、ハンターは観察した。

ハンターはこの計画全体が――かなり巧妙に計画したつもりだが――ウィリアム・アデアにはあまりに途方もなくて受け入れられないのではないかと不安だった。

だが、自分には味方がいることがわかった。

レディ・ドーズだ。

この女にあまりいい印象は持っていない。といっても、彼女をそれほどよく知っているわけではなかった。社交界のさまざまな行事で何度か見かけた程度だ。五、六年前に夫が亡くなって以来、彼女は一連の奇妙な事業にかかわってきた。ハンターが耳にしたところによれば、レディ・ドーズの夫の息子は継母と完全に縁を切ったため、彼女は自分自身で生活費を稼がなければならなくなったという。これだけ聞けば、なんとも気の毒な話だ。しかし、彼女が老人を夫にしたのは、すぐにあの世へ旅立ってくれるだろうと期待したからだとの噂《うわさ》があった。

しばらく前にレディ・ドーズはウィリアム・アデアと親しくなったらしい。彼女はいっぱしの絵の専門家を装ってウィリアムに近づき、彼の作品の売却を一手に引き受けてきたことをハンターは知っていた。

レディ・ドーズは画家のウィリアム・アデアが受けとる金額よりも多くの手数料を懐に入れているのではないか、とハンターは強い疑いを抱いた。

しかし今は、この女はしきりにハンターに手を貸したがっている。おそらく彼女はウィリアム・アデアのたぐいまれな娘たちを競争相手と見なし、そのひとりでもいなくなればいいと願っているのだろう。

キャットがはしばみ色の目を興奮に輝かせてハンターを見た。「じゃあ……全部本当なのね。わたしはあなたたちに同行して調査旅行に出かけ、まるまる一シーズンをエジプトで過ごすのね？」

「そのとおり」ハンターは快活に言った。「きみを愛する家族から引き離すことになるんだから、大変なお願いをしているのはわかっているよ」彼の言葉にはキャットしか聞きとれない皮肉がこもっていた。「それに海で何日も過ごすことになる。途中で何箇所かに泊まって……たぶんローマに一週間ほど滞在するだろう。残念ながらきみは仕事をしなければならないが、その代わり、わが国最高の絵の指導者と見なされている教授の教えを受けることができるんだ。もちろんぼくは」彼は嘘をついた。「そうした計画にきみが魅力を感じるはずだとは少しも思っていない。きみに、それからきみのお父さんに、この計画のことをじっくり考えてもらう必要がある」

すぐにキャットは父親に視線を向けた。

レディ・ドーズも彼を見ていた。ウィリアム・アデアはいまだに決心をつけかねているようだった。

「いいね、お願いだ。じっくり考えるんだよ」ハンターは言った。「それはそうと、皆さん、ぼくの家でご一緒に朝食にしましょう。ミスター・アデア、まだ質問や気がかりな点がありましたら、直接エイヴリー卿と話をするのがいちばんです。ですから、さあ、行きましょう」

「ええ、行くわ」イライザが全員に代わって答えた。

「お父さん？」キャットが促した。

「サー・ハンター、ご親切な申し出に感謝します。このような招待を断るのは無作法というもの」ウィリアム・アデアは言った。「キャットが旅に同行することになれば、必ず与えられた仕事をきちんとこなすでしょう。繰り返しますが、謝礼などはいっさい不要です。たとえ差しだされても受けとりません」

「その旨をエイヴリー卿に間違いなくお伝えしておきましょう」ハンターは請けあった。

そして全員に言った。「皆さん、馬車が待っています」

「でも、こんなに大勢で乗れるかしら」イライザが疑問を呈した。

「大丈夫、ぼくは馬に乗って帰るからね。来るときも馬車の後ろを馬でついてきたんだ。

きみたち四人ならゆったり座れると思うよ」

キャットが考えこむような目つきでハンターを見た。彼は彼女のほうへ軽く首をかしげ、全員に別れの言葉を述べて家を出た。

きっと彼らはついてくるだろう。

キャットは、イライザが身分の高いエイヴリー卿と会うことに神経を高ぶらせているのを感じた。だが、キャット自身も別の男性との再会に神経を高ぶらせていた。

もちろん相手はデーヴィッドだ。エイヴリー卿の愛娘《まなむすめ》も同席するのではないかという考えが脳裏に浮かんだが、長いあいだ遠くからデーヴィッド・ターンベリーを見てきて、今ではマーガレットが彼を愛しているはずはないと確信していた。マーガレットがデーヴィッドとの結婚をけしかけられているのはたしからしいが、彼女は間違いなくほかの男性を愛している。デーヴィッドの気持ちをわたしに向けさせて、彼とマーガレットとの関係を終わらせてやったら、彼女は心からわたしに感謝するだろう。キャットはそう自分を納得させた。

馬車は玄関前の屋根つきの通路に乗り入れた。

「なんてすてきなお屋敷かしら。そう思うでしょう、お父さん？」イライザが言った。そしてキャットにささやいた。「すてきなのはサー・ハンターも同じよ」

キャットは目をあげた。彼らが馬車をおりると、先に着いた屋敷の主人が待っていた。キャットはハンターが見るからに堂々としていて格好がいいことを認めないわけにいかなかった。彼は引きしまった筋肉質の体に合わせて仕立てたグレーのスーツと、綾織《あやお》りのベスト、そしてその下にシャツを着ている。のんきな態度をとっていても、背の高い肉体には貫禄《かんろく》が備わっている。ハンターの目が愉快そうにきらめいているのを見て、彼の寛大な計らいにもかかわらず、キャットはなぜか腹立たしくなった。ハンターにとってはすべてゲームにすぎないのだ。彼はわたしを慰み者にして楽しんできた。これから先も、わたしを見てもっと楽しむつもりでいるんだわ。ハンターはわたしが失敗するのを期待しているのかしら？　わたしが追い求めている夢を滑稽《こっけい》だとあざけっているのかしら？

〝ええ、そうでしょうとも。社会の健全な大多数の人はわたしをあざけるに決まっているわ〟と心の声が警告した。

でも、それがどうだというの？　なるほどハンターはわたしをあざけっている。ひょっとしたらわたしがいつ自分の社会的立場を悟るか友人たちと賭《かけ》をしているかもしれない。そして実際、わたしが上流階級に属していないことはたしかだ。

とはいえ、サー・ハンターの後ろ盾があれば、父の成功は約束されるのではないかしら。さらに父の作品がエイヴリー卿に感銘を与えれば、豊かな生活を送れるようになるのでは？

まもなく家のなかへ入った一行はハンターに案内されて応接室へ行った。キャットはすでに先客がいることを知らなかったので、ハンターがこう言うのを聞いて狼狽《ろうばい》した。「デーヴィッド、きみの人魚を連れてきてやったよ。エイヴリー卿、マーガレット、ご紹介しよう。こちらはミス・キャサリン・メアリー・アデア、そのお父上のウィリアム、お姉さんのイライザ。レディ・ドーズにはお会いしたことがあるでしょう」

そのあとにどのような紹介が続いたのか、キャットはほとんど覚えていなかった。周囲の出来事をまったく意識しなかった。目の前にデーヴィッド・ターンベリーが立っていて、にこやかに笑いながら賞賛のまなざしを自分に注いでいたからだ。彼が歩み寄ってきてキャットの手をとった。わたしにふれた！　その瞬間、彼女はデーヴィッドの強烈なまなざし以外になにも見えなくなった。

「きみに会えてうれしいよ。言葉にできないほどだ」デーヴィッドが言った。彼の声は上ずっていてあまりに感情がこもっていたので、キャットは膝の力が抜けそうになった。

「きみは命の恩人だ。心からきみに感謝しているよ」

キャットはデーヴィッドへの思慕を隠し通せると確信していたが、おそらく彼女の意思を裏切って感情が表に出ていたのだろう。彼は慌ててキャットの手を放して後ろへさがった。

「きみは自分の命を危険にさらしてぼくを救ってくれた。どんなに感謝してもしきれはしない」

いつものキャットならいくらでも言葉が出てくるのに、このときばかりはひとことも口をきけなかった。

「これはまた、なんと美しい人魚が海からやってきたのだろう」キャットをほめそやす別の声がして、背の高い細身の男性が彼女とデーヴィッドのあいだに割りこんできた。キャットは黒褐色の髪と紺青色の目をしたその若者を、デーヴィッドがいつも一緒にいる学友のひとりだと知っていた。「ロバート・スチュアートです。どうぞよろしく。こんなことを尋ねるのもなんだが、ぼくが川へ落ちたら、ミス・アデア、同じように濁流へ飛びこんで助けてくれるかい？」

「ミス・アデア」今度の声の主はマーガレットだった。その声は彼女の手の感触と同じくらいやわらかかった。「わたしはマーガレット・エイヴリー。わたしからもお礼を言わなければいけないわね。泳ぎがお上手で勇敢なあなたがあそこにいなかったら、かわいそうにデーヴィッドはきっと……。ああ、あのまま溺《おぼ》れ死んでいたかもしれないわ」

キャットは頬が赤くなるのを感じた。その若い女性の口調は真剣でとてもやさしく、しかも強い賞賛の響きがこもっていた。あまりにほめられて、キャットは落ち着かなくなった。ここへ来るまでは、大勢の人々から賞賛の言葉を浴びせられれば喜びや満足を覚えるだろうと考えていたのに、かえって反論しないではいられなくなった。

「やめてください……わたしはただ……泳ぎが得意なだけです」彼女はそう言うにとどめた。

キャットは肩に手が置かれるのを感じた。後ろにハンターが立っていた。彼女は手を振り払いたかったが、彼はささやいた。「なるほど。しかし重要なのは、きみは単にだれかの命を救ったのではないということだ。きみが救ったのはデーヴィッドの命だった。だからこうして我々はきみに感謝している。どんな人間であれ命を助けられれば、その友人や家族の人たちが恩人に感謝するのは当然だろう」

すぐにキャットは、ハンターが彼女をかなり年配の男性のほうへ連れていこうとしていることに気づいた。「エイヴリー卿、ミス・キャサリン・メアリー・アデアです」ハンターが紹介した。

彼女はなんとか手を差しだした。「閣下」

「友人たちにはジャガーと呼ばれている、きみもそう呼んでくれたまえ」エイヴリー卿がほほえんで言った。キャットはたちまち彼が好きになった。エイヴリー卿はやせていて背が高く、髪は白くて、娘と同じようにあたたかい笑顔の持ち主だ。こんなにやさしく接してくれる父娘《おやこ》が、デーヴィッドにキャットの卑しいまなざしが向けられていることを知ったら、ぞっとするに違いない。そう思って、キャットは頬がかすかに火照るのを感じた。

デーヴィッドはレディ・マーガレットと婚約するという。

る。

それでも……。

彼らは裕福だ。称号がある。世界は彼らのもの。彼らはなんでも手に入れることができる。

わたしが欲しいのは世界じゅうでたったひとつ。

追い求めているたったひとつのものを、あきらめることはできない。

「お会いできて光栄です……ジャガー」キャットはそっと言った。

「いや、いや、光栄なのはわたしのほうだ。いろいろな意味で。我々は謝礼を出したいと考えたのだが、サー・ハンターの話では絶対に受けとってもらえないとのことだった。そこで謝礼はやめて、今度の旅行にきみを画学生兼助手として同行させようというハンターの提案を受け入れることにした。どうせどこかで助手を見つける必要があったし、アトワージー教授はきみみたいな生徒がいれば喜ぶに決まっているからね。それに、わたしはきみのお父上にお会いできたことを実に光栄に思っているんだ。ミスター・アデア」エイヴリー卿がウィリアムに呼びかけた。「航海中の船を描いたあなたの絵に、わたしは心から感動した。親しい友人の城の壁にかかっているのを見て、わたしもこんな絵が欲しいものだとずっと思ってきた。その友人はどうすればその画家と連絡がとれるか知らなかった。それが今こうして、本人と知りあえたんだ」彼はくっくっと笑った。「カーライル伯爵はまだあなたとお会いする光栄に浴していない。だからわたしは彼に一歩先んじたというわけだ」

父親はキャットに負けないくらい真っ赤になったが、誇らしそうにまっすぐ立っていた。

「エイヴリー卿、お断りしておきますが、わたしにお世辞は必要ありません。また、このたびの件を理由にわたしの作品を買わなければならないと考える必要もありません。あなたの親切なお言葉だけで充分です。あなたがわたしの娘の後ろ盾になってくださるなら、それが娘にとって貴重な財産になるでしょう」

「蛙《かえる》の子は蛙とはよく言ったものだ。わたしは芸術の後援者でありたいと願っている。お嬢さんはたいそう若い……彼女が描いたスケッチをサー・ハンターから見せてもらって、わたしはたちまち魅了された。ミスター・アデア、あなたが我々に恩恵をもたらしているのです」

エイヴリー卿の口調は真剣そのものだったので、ウィリアムは反論するのをやめた。

「ありがとうございます」

エマが戸口に現れた。「朝食の用意が整いました」彼女は陽気な声で言った。

全員がぞろぞろとダイニングルームへ歩いていくときも、キャットはまだ幸福感に浸っていた。

けれどもハンターの決めた席に着く段になって、自分の席がデーヴィッドの隣ではなく、エイヴリー卿とその娘のあいだであることがわかった。レディ・ドーズは――まあ驚いた、あの女のことをすっかり忘れていたわ！――デーヴィッドとロバート・スチュアートのあいだで、イライザの席はデーヴィッドのもうひとりの親友であるアラン……アランなんかの隣だった。彼は感じのいい金髪の青年で、キャットを見て好意的な笑みを浮かべた。彼女も礼儀としてほほえみ返した。

「なんておいしそうな朝食でしょう、エマ！」マーガレットが明るい声でそう言って、テーブルをまわってきた皿からハムの薄切りをとり分けた。「まあ、マフィンに玉子、ハム……ベーコン。もうすぐわたしたちは船に乗って外国へ行ってしまう。そうしたら、もうあなたのお料理を食べられないんだわ」

エマはほめ言葉に気をよくしてうなずきつつも、こう言った。「きっと船の上でもおいしいお料理が出されますよ。それに向こうへ着いてからだって、このようなそうそうたる人たちが一緒ですもの、ひどい食事はしなくてすむんじゃないかしら」

「しかし、あなたのつくったものほどすばらしい料理にはありつけないだろうな」ロバート・スチュアートがそう言って、キャットの視線に気づいてウインクした。

マーガレットが身震いした。「あなたたちは今度の冒険が待ち遠しくてならないのね。わたしなんか、なぜ今住んでいるところに、このロンドンにとどまっていられないのか不思議でならないわ。なんと言ってもロンドンは文明の中心ですもの」

マーガレットの言葉を聞いて、キャットは恥ずかしさも、周囲にいるのは彼女が普段一緒にいるのとは異なる人々だということも忘れて言った。「でも、ロンドンが文明の中心なのは、わたしたちイギリス人が遠い土地へ出かけ、世界じゅうを探検してまわったからだわ」

「よくぞ言った、ミス・アデア！」デーヴィッドがそう言ってキャットを喜ばせた。

マーガレットは気分を害するどころか、笑い声をあげた。「そんなことを言うのは、何日も波に揺られてひどい船酔いを起こしたことがないからよ。あるいは息を吸うたびに口のなかが砂でじゃりじゃりになったことが。そのうちにわかるわ」

「わたしは船酔いを起こしたことがないの」キャットは小声で言った。

「そりゃあ、きみは人魚だもの」ロバート・スチュアートがからかった。

「いいや、彼女は冒険心の持ち主だからだ」ハンターがささやいた。

エイヴリー卿が咳払《せきばら》いをした。「そのとおり、彼女は生きる喜びを知っている。そうそう、すっかり忘れていた。ハンター、我々はきみにも借りがあった。きみもデーヴィッドを助けに川へ飛びこんで、結局は救助者を救助するはめになったんだったね」

「ところが知ってのとおり、彼女を救助する必要はまったくなかったんです」ハンターがキャットを見て言った。続いて彼女の父親を申し訳なさそうに見た。「お嬢さんが溺れるんじゃないかと心配するあまり、ぼくは彼女に怪我《けが》をさせてしまったようです」

「でも〝終わりよければすべてよし〟って言うわ」イライザが快活な声で言った。

「そのとおりよ」レディ・ドーズも同意して、細めた目でキャットを見つめた。「結局、キャサリンにはすばらしい機会が与えられることになったのですもの。それからあなた方は」彼女は言い添えて、サー・ハンターへ、さらにエイヴリー卿へと視線を移した。「天才の手になる情熱的な作品をご自宅の壁にかける機会を得られるのですよ」

「それだ、それ！」エイヴリー卿が言った。「いつあなたの作品を見せていただけるのかな、ミスター・アデア？」

「それが……その……」

「わたしのアパートメントにたくさんかけてあります」レディ・ドーズが言った。「そう遠くありませんので、朝食をすませたら、皆さんで見においでになられてはいかがでしょう」

「残念ながらぼくは行けない」ハンターが言った。「このあと博物館でカーライル伯爵と今後の打ちあわせをしなければならないのでね。ミス・アデアも一緒に博物館へ行ってもらう」

「エイヴリー卿はぜひいらしてください」レディ・ドーズが言い張った。「あなたが国を離れるまで、あまり時間が残されていないんですもの」

「ハンター、きみとミス・アデアは博物館へ行くといい」エイヴリー卿が言った。「きみには悪いが、我々はレディ・ドーズのところへお邪魔して芸術鑑賞としゃれこもう。彼女の言うとおりだ。貴重な時間を有効に使わなくては」

「いいですとも。どうぞ楽しんできてください」

「わたしも皆さんと行ったほうがいいんじゃないかしら」キャットは小声で言った。「父の絵のことならよく知っていますし――」

「このわたしがいるから大丈夫よ。それに、あなたは仕事のことを学んでおく必要があるわ、キャサリン」レディ・ドーズが言った。

「わたしもいるから心配ないわ」イライザがきっぱりと言った。

「そうとも、きみは今後のことについてよく知っておく必要がある」ハンターがキャットをじっと見て言った。厳しい目つきだった。彼女はハンターの言葉の意味を理解しかねた。彼は古代エジプトについて知っておく必要があると言っているのだろうか？　それとも、今のわたしはみんなにちやほやされて喜んでいるけれど、自分の身分をわきまえておく必要があると言っているのだろうか？

「それにしたって」キャットはささやいた。「一日くらい先のばしにしても、どうってことないんじゃないかしら？」

「あと数日しか残されていない。一日一日が重要だ」ハンターが言った。

「きみもぼくたちと一緒に来るべきだよ」ロバート・スチュアートが勇敢にもハンターに反論した。

「そうはいきません」レディ・ドーズが断固たる声で言った。「せっかく勉強の機会を与えてもらっているのです。そのような機会に恵まれるのは、ごく一部の……若い女性だけなのですよ」

キャットは言い返したいのを我慢し、レディ・ドーズが本当に使いたかった形容詞はなんだったのだろうと思った。

キャットが父親のほうを見ると、彼は心配するなと言いたげにほほえみかけてきた。彼女が抗議したのは父親を心配してのことだと信じているようだ。「大丈夫だよ、キャット。博物館を見ておく必要があるのなら、おまえはそうしなさい」

「じゃあ、それで決まりだ」ハンターがそう言って立ちあがった。

キャットは恨めしげに彼をにらみたいのをこらえ、それではお先に失礼しますと礼儀正しく挨拶《あいさつ》して立ちあがった。

「きみは馬に乗れるか?」ハンターがきいた。「イーサンと馬車はきみの家族に使ってもらいたいのでね」

「もちろん乗れるわ」キャットは嘘をついた。たしかに彼女は魚みたいに泳ぐことができる。しかし生まれ育ったのは公共交通機関の発達したロンドンのシティで、馬に乗る必要はなかった。

キャットは父親が眉をひそめるのを見た。

彼女が立ちあがったとき、父親はほかの男性たちと同じように立ちあがっていた。

父親の心配そうな顔を見たキャットは、一瞬デーヴィッドのことを忘れてエイヴリー卿のほうを向いた。「わたしの父は本物の天才です」彼女は誇らしげに言った。「絵をご覧になればおわかりになります」

「もう知っているとも」エイヴリー卿が断言した。そしてキャットのほうを向いて彼女の手をとった。「なにもかもうまくいくよ。安心しなさい」

キャットは礼を述べた。

ハンターがかたわらへやってきて彼女の肘に手をかけた。キャットはほかの人々に別れを告げた。

「まあ、でもこれでお別れではないわ。わたしたちはこれから一緒にすばらしい時を過ごすのよ。何週間も……何カ月も」レディ・マーガレットがキャットに言った。

やましさに胸をむしばまれつつも、キャットはほほえみを浮かべた。「もちろんよ。どうもありがとう」

「やれやれ、まるでイタリア式の別れの場面に立ち会っているみたいだ」ハンターがじれったそうに言った。「離れ離れになるのは今日の午後だけなのに」

「今夜、わたしのほうから連絡するよ」エイヴリー卿がハンターに言った。「といっても、いまいましい電話がちゃんと通じればだが」

「通じないことがよくありますからね」ハンターが同意した。「通じなくても、すぐに会ってお話しできますよ」

ハンターと一緒に部屋を出るとき、キャットは室内を振り返った。デーヴィッドが寂しそうなまなざしで彼女を見つめている気がした。

そして賛嘆のまなざしで。

キャットの胸は高鳴った。

けれども、彼らはすぐに玄関を出て屋根つきの通路へ向かった。そこにイーサンが、ハンターの大きな乗用馬と横鞍《よこくら》をつけた小ぶりの馬の手綱を握って待っていた。

「きみは馬に乗れないのだろう?」ハンターが彼女の顔をじろじろ見て言った。

キャットは胸のなかにふくれあがっていた恨みを目にこめて彼を見た。「乗れるわ。心配しないで」彼女はそっけなく言って、小ぶりの馬のほうへ歩いていった。スカートが邪魔だったが、絶対に馬に乗るのだと決意していた。

手綱を握っていたイーサンが手伝おうとキャットに近づいた。ハンターが機先を制して彼女のウエストを両手でつかみ、軽々と持ちあげた。キャットは彼によって鞍の上にきちんと乗せられ、あぶみに足を入れられた。彼女の全身が怒りで熱くなった。

「これで大丈夫だろう」ハンターが言った。「遠乗りに出かけるのではないから」

「そうね、そもそもわたしたちが出かけるなんて驚くべきことだわ。そうではなくって？」

ハンターが鞍の上のキャットを見あげた。「どういう意味だ？」

彼女は頬を火照らせて身をかがめた。イーサンのそばで口論を始めたくはない。「さっそく今日の午後からエジプト学の勉強を始める必要があるなんて驚くべきことだと言っているの」

ハンターは真剣な目でキャットを見た。「今度のことをすべて投げだしたいのか？」

「博物館へ行くことを？」彼女は期待をこめて尋ねた。

「エジプトへ行くことをだ」

キャットは黙りこんで彼を見つめ、下唇を噛んだ。ハンターは彼女のそばを離れ、イーサンに礼を言って自分の馬の手綱を受けとった。そして生まれたときから乗馬に親しんできた者特有の機敏さでさっと鞍にまたがった。ハンターの馬についてキャットの馬が歩きだしたとき、彼女は鞍の上でぐらついてぞっとした。

ああ、神様。早く今日の午後が終わりますように！

5

イライザが自分でも気づかないうちに息を殺していると、ようやくエイヴリー卿《きょう》が言った。「ぜひこのシリーズをそろえたい」

エイヴリー卿が眺めていたのは、大型帆船をそれぞれ異なる色彩で表現した五枚ひと組の油絵で、ウィリアムの作品のなかでも最高傑作のひとつだった。輝かしい金色と黄色とオレンジ色で描《か》かれた《朝》。銀色を基調にして青みがかった薄紫色と灰色で変化をつけた《夕暮れ》。題名そのままに荒れ狂う陰気な色彩の《嵐《あらし》》。やわらかな淡褐色とピンクの《凪《なぎ》》。そして最後に、明るい紺碧《こんぺき》の空を背景に頭上を勢いよく流れていく白雲を描きながらも、全体として静謐《せいひつ》な雰囲気をたたえている《向かい風》。

イライザは頭がくらくらした。とうてい現実とは思えないほど上々の成り行きだった。

これもすべてキャットが頑固さを発揮してテムズ川へ飛びこんだからだ。

そして今度はデーヴィッドについて砂漠へ行くために、キャットはなにがなんでも調査旅行に同行するつもりでいる……。

レディ・マーガレットも一緒だ。

「ジャガー」ロバート・スチュアートがエイヴリー卿の隣へ来て言った。「なんともうらやましい限りです。これらの絵を見ていると、ぼくには海が感じられます。風が、水しぶきが感じられるのです」彼はウィリアムを振り返った。「ミスター・アデア、ぼくは心底畏怖《いふ》の念を覚えますよ」

ウィリアムは口もきけないようだった。だが、レディ・ドーズは違った。「あら、それでは畏怖の念を覚えたところで取り引きの話に移りませんこと?」

レディ・ドーズがエイヴリー卿の腕をとった。イライザはなぜか彼女に底知れぬ恐怖を感じ、父親を守らなければならないと思った。このような場合、キャットならどうするだろう。

「ねえ、レディ・ドーズ。今は取り引きの話はやめましょうよ」いざとなったら断固たる物言いができることに、イライザはわれながら驚いた。「そうした話はまた別のときに、父とエイヴリー卿がすればいいわ。たしかに父は作品を売って生活をしているけど、絵というのは鑑賞して楽しむためのものでもあるのだし。わたしは父という人をよく知っているわ。父は皆さんに作品をじっくり鑑賞してもらえるのがいちばんうれしいのよ。だから、今という時間を楽しく過ごしましょう。いいわね?」

エイヴリー卿はイライザにたいそう感銘を受けたようだった。

当然ながら、レディ・ドーズは怒り狂っているように見えた。

イライザは思わず勝利の笑みを浮かべた。

「ミスター・アデア」アランが言った。「あなたがぼくらと一緒にエジプトへ行かれないのは実に残念です。日没時のピラミッドをあなたが描いたら、どんなにすばらしい絵ができたことか」

「申し訳ありませんが、同行することはできません」ウィリアムは言った。

「なぜ一緒に行かれないのかな?」エイヴリー卿が眉根を寄せて尋ねた。

ウィリアムはおどおどした表情を浮かべた。「残念ながら、エイヴリー卿、甲板上にいるときは別として、わたしはひどい船酔いを起こすのです」

「ああ、だけどぼくたちには二番めに優秀な画家がいるよ。キャサリンが」デーヴィッドが大声で言った。

「たしかにね……しかし、キャサリンの画風はお父さんとはかなり異なっていると思わないか?」ロバート・スチュアートがきいた。「彼女は偉大な風刺画家になれるかもしれない。彼女の絵はそういうタッチだ」

マーガレットが笑った。「ロバートったら！　わたしたちはキャサリンの作品をまだひとつしか見ていないじゃない」

「ぼくの言葉を信じてくれ。彼女の作品は危険なにおいがする」ロバートはからかうように言って、美人のマーガレットを怖がらせてやろうとばかりに歩み寄った。

「危険ですって？　芸術作品が？」マーガレットが抗議するように言った。

「キャサリンが見たものすべてを絵に描いたら……」デーヴィッドがつぶやいた。彼はロバートからアランへ視線を移し、再びロバートを見た。デーヴィッドの表情はなんとなく奇妙だわ、とイライザは思った。

ロバートがデーヴィッドの背中を軽くたたいた。「いやだな、デーヴィッド、冗談を言っただけじゃないか。ミスター・アデア、お嬢さんはあなたの才能を受け継いでいます。エジプトから帰ってきたときにどのくらい彼女の才能が花開いているかを見たら、きっとあなたは大いに喜ばれますよ」

「あの暴君のハンターが、彼女にアトワージー教授と過ごす時間を与えてやればの話だけどね」アランが注意を促した。

「ハンターは暴君じゃないわ」マーガレットが反論した。

「マーガレットはハンターに首ったけなのさ」アランがロバートとイライザのあいだへ割りこんで、くるりと目をまわしながら言った。

「きみたちみんな尊敬すべき大人として振る舞ってくれ」エイヴリー卿が要求した。「あなたの作品には心から敬服しました、ミスター・アデア。サー・ハンターは仕事に対して実に厳しい人間ですが、決して暴君ではありません。わたしが保証しますよ。すべて順調に運ぶでしょう」

アランがイライザにウインクした。「きみはどうなんだい、ミス・エリザベス？　やはり絵を描くのかな？」

「残念ながらすごく下手なの」彼女は答えた。

「彼女はデザインが得意でしてね」ウィリアムが誇らしげに言った。

イライザは息をのむ音を聞いた。意地悪なレディ・ドーズに違いない。

「服飾の方面よ」イライザは説明した。

「今娘が着ているドレスも、キャサリンが着ていたドレスも、彼女がデザインしたんですよ」ウィリアムが言った。

イライザは父親を見てにっこりした。ああ、なんてすばらしい親を持ったのだろう。ふたりの娘たちを誇りにし、常に同等の愛情と思いやりを示してくれる。

「なんてすてきなんでしょう！」マーガレットが感嘆の声をあげた。「ああ、ミス・アデア。わたしにもなにかつくってもらえないかしら」

「それは……」イライザはほとんど言葉を発することができなかった。「こちらこそ、ぜひよろしくお願いします」ああ、なんていい日だろう。これでレディ・ドーズさえいなかったら……。

それと友人たちを見るデーヴィッド・ターンベリーの奇妙な目つきさえなかったら。

「それはともかくとして」突然、デーヴィッドが《嵐》を指さして言った。「ぼくの記憶では、船から転落したときの水の様子がまさしくこんなふうだった。不思議なことにちょうどこんな感じで風が波を起こし、ぼくらの船をもてあそんでいた。まるで風に腕や脚があって、ぼくらを殴ったり蹴《け》ったりしているようだった。そのうちにぼくは風につかまれて船から突き落とされるのを感じたんだ。ねえ、知っていますか、レディ・ドーズ？　あの日、あなたの義理の息子もぼくらと一緒だったということを」

イライザはレディ・ドーズが体をこわばらせるのを見て喜んだ。だが、レディ・ドーズはすぐに立ちなおった。「いいえ、知りませんでした。でも、きっとミスター・アデアやエイヴリー卿はわたしと同じように、あのようなひどい天候のときに、あなた方はヨット遊びに出かけるべきではなかったと考えているのではないかしら」

「あの天候のなかをミスター・アデアは船に乗っていましたよ」デーヴィッドが慇懃《いんぎん》に指摘した。

「父は船室にいると船酔いを起こすけれど、優れた船乗りなの」イライザは言った。不愉快そうなレディ・ドーズを見てうれしくなったものの、美しい午後がなにか陰鬱《いんうつ》なもので覆われてしまった気がした。「でも、わたしが思うに」彼女は場の雰囲気を明るくしようとにこやかにほほえんで続けた。「たぶん父なる神はデーヴィッドの事故になんらかの形で関与していらしたんだわ。だって、わたしたちとあなた方をこうして引きあわせてくださったんですもの」

「もちろんだとも。雲を縁どっている銀色」エイヴリー卿が言った。

「淡い青……濃い影のついている淡い青」マーガレットが言って、再びイライザを振り返った。「あなたは妹さんの衣装を髪や目や肌の色に合わせてデザインしたのでしょう？　わたしのもそうしてほしいわ。自分では青が似合うと思っているんだけれど、あなたはどう思う？」

「そう思います。あなたの目の色が……青だから」イライザはまたもや胸があたたかいもので満たされるのを感じた。マーガレットは偉ぶったところがまったくない、愛らしくてやさしい女性だ。

イライザは内心たじろいだ。目の前にいるのは、妹が恋い焦がれている男性の花嫁になる可能性がいちばん高い女性なのだ。

とはいえ……。

今日はすてきな一日。信じられないほどすばらしい日。それもこれもキャットの衝動的で無謀な行為のおかげだ。妹に感謝しなくては。

そしてもちろん、キャットの一日がわたしの一日と同じくらいすばらしいものになるよう祈らなくては。

「砂漠できみは馬に乗ることになるんだよ」ハンターが楽しそうに言った。

「いくらでも乗ってみせるわよ」キャットは応じた。ハンターの目に愉快そうな光が躍っているのを見て、いらだちを覚えた。

ハンターは非常に変わった目の持ち主だった。キャットは彼の目を茶色だと思いこんでいた。光の加減によっては黒にさえ見える濃い茶色だと。しかし実際は茶色ではなくて、深い青だった。しかも彼はその目を巧みに利用するすべを心得ていた。相手を赤面させずにおかない軽蔑《けいべつ》の目つきをすることもあれば、他人でなくて自分を滑稽《こっけい》に思っているような目つきをすることもある。今の彼は、キャットが不愉快な思いをしているのを楽しんでいるようなまなざしをしていた。

「そうよ、いくらだって乗れる自信があるわ」キャットは鋭く言い添えながら思った。ああ、この人の顔を引っぱたいてやりたい。

「あと少しで着く」ハンターが言った。

「あら、そう？　もっと何時間も乗馬を楽しみたかったのに」

「それほど気に入ったなら、そうできるよう計らってやってもいいよ」

「そんなこと、できるはずないわ。あなたには仕事があるんですもの」

ハンターは肩をすくめて彼女から視線をそらし、馬を進めた。彼の馬が速歩《はやあし》で駆けだした。キャットの馬も同じように走りだした。彼女の体が上下に激しく揺れる。キャットはびっくり箱の人形みたいに飛んだり跳ねたりしないでちゃんと座っていようと必死の努力をした。

ハンターはわたしを苦しめようとしているのだわ。

午前中の道路は比較的静かだったが、博物館に近づくにつれて人通りが多くなり、そぞろ歩きをしている人や、徒歩や馬や馬車で目的地へ急ぐ人々の姿が見られるようになった。ふたりの馬は速歩のまま辻《つじ》馬車や乗合馬車を追い越して駆け続けた。

キャットはなんとか馬の速度をあげてハンターと並んだ。

「あなたがわたしに寛大さを示したのはこれが理由だったの？」彼女はきいた。「あなたはわたしに苦痛を与えて楽しんでいるの？」

ハンターが眉をつりあげた。「博物館に行くのが苦痛だというのかい？」

彼女は前方へ目をやった。「到着するころには、わたしの歯は一本も残っていないわ、きっと」

彼はかすかにほほえんだ。「今日はきみを公園へ連れていって乗馬の訓練をすべきだった。しかし正直なところ、今日のぼくには仕事がある。カーライル伯爵と打ちあわせをすることになっているんだ。きみが考えているのと違って、ぼくの生活も予定もきみを中心に組まれてはいないし、きみと出会ってから毎朝起きる早々、どうやってきみを苦しませようかと知恵をしぼっているわけでもない」

キャットは頬が真っ赤になるのを感じた。「カーライル伯爵と打ちあわせ、ね」

「当然ながら今回の調査旅行は、彼の古代遺物への関心がいちばん大きな原動力になっている。カーライル伯爵がエジプトへ行くのは、もちろん考古学が大好きだからだ。彼はその性質を両親から受け継いだ」

彼女はハンターを見つめた。「カーライル伯爵の両親は殺されたのよね。大変な騒ぎになって、どの新聞にもその記事が載ったのを覚えているわ」

「ああ。しかし、正義はなされた。そして今度の旅行には彼の精力的な活動と資金力が同じくらい重要な役割を果たしているんだよ」

「カーライル伯爵は庶民と結婚したんだわ！」

ハンターは表情の読めない目つきで長々とキャットを見つめた。そしてため息をついた。

「どうやら本当にぼくはきみに悪いことをしてしまったようだ」彼はつぶやいた。

彼女は目に涙が浮かびそうになってびっくりした。「あなたは悪いことなどなにもしていないわ。結果はどうであれ、あなたは父を正当に扱ってくれる人々の関心を父の作品に向けさせてくれた。わたしはあなたに借りがあるのよ」

彼はぐいと手綱を引いてキャットのほうを向いた。「いいや、きみはぼくに借りなどひとつもない。それにきみがそのちっぽけな頭でなにを夢見ようと好きにしたらいい。しかし、これで取り引き成立というわけだ」

「どういう意味？」彼女は自分を見つめるハンターの目つきに驚いて問い返した。

と同時に、ハンターがいかにも男らしい男性であることに気づいてはっとした。堂々としていて、カリスマ性に富み、鋼鉄の意志を持つ男性。

「わたしはそんな女じゃない……サー・ハンター、そんなことはしない……つまり……今回、機会を与えてもらったのと引き換えに……なにかを……差しだすつもりでいるとは考えないで！」キャットは震える声でぎこちなく言った。

ハンターの視線が氷のように冷たくなった。それに彼の目ときたら、底なし沼のように暗かった。

そして侮蔑に満ちていた。

「ぼくはきみを助手として雇ったんだよ」ハンターは言った。「そういう意味で言ったのに。だからきみには助手として働いてもらう。空いている時間を、絶対にものにできない男をうっとり見つめて過ごそうがどうしようが、きみの自由だ。しかし、本気で絵の勉強や日常の仕事をする心構えがないのなら、ぼくらは今ここで袂《たもと》を分かつほうがいい。きみはもうデーヴィッド・ターンベリーやエイヴリー卿と知りあえたんだし、ぼくも作品を見てぜひ会いたいものだと願っていたきみのお父さんの知遇を得る栄誉に恵まれた。はっきり言わせてもらうが、ぼくが愛人を求めているのだったら、いいかい、こんな面倒なことをしなくても簡単に手に入れられるんだよ」

頬が焼けるように熱くなったが、キャットはハンターの目から視線をそらさなかった。

「だったら同意してもいいわ」彼女は言った。

「きみの望みどおりに」

「あなたのお望みどおりに、でしょ。なんと言っても、あなたは有名なサー・ハンター・マクドナルドですもの」そう言って、キャットは威厳のあるなめらかな動きで彼の前を進もうと馬を小突いた。

運悪くいまいましい馬が前脚を持ちあげようとした。

「おっと！」ハンターが叫んで雌馬の馬勒《ばろく》をつかんだ。「振り落とされなくてよかった」

キャットは彼を見ようともしなかった。「ほら、わかったでしょう。わたしはちゃんと馬に乗れるわ。それと、立派な助手になると約束しますから。さあ、先を急ぎましょう」

彼女は必死に威厳を保とうとした。ハンターが再び先に立って進みだした。

しばらくして馬をおりたキャットは、筋肉も骨もばらばらになってしまいそうな気がした。足を引きずらないで歩こうと懸命になる。

「きみのために婦人用の乗馬服を用意しなくてはならないな」ハンターがキャットの背中に手をあてて大きな階段をあがらせながらつぶやいた。「横鞍《よこくら》で乗るよりもまたがって乗るほうがずっと楽なんだ」

彼は話しながら一階の展示物のあいだをすたすた歩き、二階へ続く階段のほうへ彼女を導いていった。キャットは、きびきびした足どりのハンターについていきながら周囲に視線を走らせた。もちろん彼女はこの博物館へ来たことがある。父親がイライザとキャットを何度か連れてきてくれたのだ。この博物館が特権階級だけのものではなくてイングランドの人々すべてのものであることが決定されたのは、かなり昔のことだ。キャットはミイラが好きではなかったので、それまでエジプトの展示物にあまり興味を持てなかった。かつては生きていた男や女の哀れな顔を見ると、その不気味さにぞっとしないではいられない。彼らがこのような姿をさらしているのは、死体を保存しておけば生き返れるという望みを抱いていたかららしい。

キャットはそうした考えを胸に秘めて階段をあがり、ハンターについて〈関係者以外立入禁止〉と表示のあるドアを入った。そこはテーブルと言ったほうがいいほど大きな机のある部屋だった。机にはだれも座っていなかった。

だが、ひとりの女性が床に座って前に広げた手書きの文書を丹念に調べていた。

その女性は質素なスカートと刺繍《ししゅう》を施したブラウスを着て袖《そで》をまくりあげていた。ピンで留めた髪がほつれている。目をあげた彼女の顔はとても美しくて晴れやかだった。

「ハンター、やっと来たのね。よかった。わたしが行った翻訳と作成した地図にひととおり目を通してちょうだい。あなたが探している墓はここ、神殿の外れの崖《がけ》のところにあるのではないかと思うの。今、きっとそうだと確信して、すごく興奮していたところよ。でも、もちろんわたしの推論のよりどころは古い文献を翻訳したものにすぎないわ。そこへいくとあなたは実際に発掘現場を数多く見てきたんですもの……わたしよりあなたのほうがずっと正確に判断できるわ」早口で話していた女性は、ハンターがひとりでないことに気づいて急に口をつぐんだ。それからおずおずとほほえんだ。「こんにちは」

「カミール、こちらはキャット――キャサリン・アデア。キャット、紹介するよ。こちらはカーライル伯爵夫人のカミールだ」

床に座っていた女性は立ちあがってキャットにほほえみかけた。「ようこそ」彼女は言った。「ずいぶんとり散らかしたところをお見せしてしまったわね。わたしたちはもうすぐ出発する……いよいよわたしの夢が実現するの。わたしはずっとエジプト学の勉強をしてきたけれど、実際に遺跡発掘に携わったことは一度もないのよ」カミールは絶えずキャットに笑顔を向けていたが、ハンターにちらりと投げた視線はこう問いかけていた。

〝この女性は何者？　なぜここへ連れてきたの？〟

「はじめまして」キャットは小声で言った。

「キャットはぼくの助手になるんだ」ハンターが言った。

「そう、わかったわ」本当にわかったのだろうか？　カミールは当惑しているように見えた。「あなたはエジプト学者？」

「いいえ、残念ながら違います」

「キャットは優秀な画家なんだ」ハンターが言った。

「あら」

「まあ、すてき」

「サー・ジョンはどこだい？」

カミールはそっと笑った。「休憩しているわ。この部屋を自由に使って出発前の作業をどんどん進めなさいと言って。わたしの邪魔をしたくないんですって。でも本当のところは、せっかく彼がきれいに整理している資料をわたしがめちゃくちゃにするのを見たら、頭が変になってしまうと心配になったんじゃないかしら」

「ほう、なるほど。どのみちサー・ジョンには休息が必要だったのさ」ハンターが言った。

「サー・ジョン？」キャットは尋ねた。

「古代エジプト・アッシリア遺物部の責任者よ」カミールが説明した。

「ブライアンはいるかい？」ハンターがきいた。

「ええ。さっき部屋を出ていったわ。すぐに戻ってくるでしょう」

「ちょっと見てこよう」ハンターは言った。

そしてキャットを初対面の女性とふたりきりにして出ていった。当惑した表情でキャットを見つめていたカミールが突然大声で言った。「まあ、驚いた！　キャサリン・アデア――あなたがデーヴィッド・ターンベリーをテムズ川から助けあげた人ね」

キャットは顔を赤らめた。新聞に書かれたことをすっかり忘れていた。「ええ」彼女は小声で言った。

「なんて勇気のある行動でしょう」

「いいえ、ちっとも。わたしはエジプト学者ではないけれど、泳ぎは得意なの」キャットは説明した。「それに……今まで自分でも気づかなかったけれど、少しは絵の才能もあるみたい。というのは」彼女は早口で言い添えた。「父がとても優秀な画家なものだから。話すと長くなる――」

「でも、あなたはわたしたちと調査旅行へ行くのよね。すてき。あなたが一緒ならきっと楽しい旅になるわ」

「ありがとう」この女性はまじめに話しているのかしら、とキャットは首をかしげた。しかし、もちろんキャットのほうでもカーライル伯爵夫人カミールについての記事をいろいろ読んでいた。カミールはこの博物館で働いていた庶民の女性で、当時、身の毛もよだつ恐ろしい事件が起こった。キャットは細かなところまでいちいち覚えていないが、とにかくカミールと伯爵は謎《なぞ》を解決して結婚した。醜聞記事を売り物にする新聞や雑誌でさえ、彼女に関してはなにひとつ悪い点を見つけられなかったという。

「きつい仕事への心構えはできている？」カミールがきいた。

「実際に発掘作業に携わることになるのかしら？」キャットは問い返した。

「もちろんよ。わたしはほんの一瞬であろうと現場を離れたくないわ。でも、ほら……こちらへまわってきてごらんなさい。そうしたら見せてあげる」

さまざまな羊皮紙や紙が散らかっている床に広げられた地図は、イタリアの南半分とアフリカの北部を表していた。

「わたしたちはまず船でフランスへ渡るの。それから列車に乗ってパリを通り、さらに南下してイタリアへ入るのよ。たぶんローマでしばらく過ごすことになるんじゃないかしら。そこからまた列車でブリンディジまで行き、再び船に乗るというわけ。旅そのものについて考えただけで興奮してしまうわ。ブリンディジで乗った船でアレクサンドリアまで行ったら、そこからカイロまでは列車で行くの。そこのホテルは最高にすてきなんですってよ。でも、ここ。わたしがいちばん行きたいのはここなの。わたしが読んだ文献に書かれているのは、この狭い地域のことだと確信しているわ」

「それって、王《ファラオ》の墓のこと？」キャットは尋ねた。

「もっとすばらしいものよ。位の高い神官の墓なの。ラムセス二世に仕えた神官の墓。それにしてもラムセス二世ってすごい人生を送ったのね。旧約聖書によれば、彼はモーセがイスラエルの民を率いてエジプトを脱出したときのファラオだった。もっともファラオに即位したのはずいぶん若いときで、その後、偉大な戦士にして指導者へと成長したのよ。もちろんラムセス二世には王妃がいたけれど、大勢の妾《めかけ》がいて、子供が何百人もいたの。

父親を継いでファラオになるべく帝王学を教えこまれた長子は若くして亡くなった。死因は現在に至るまで謎に包まれたままよ。それについては、いろんな憶測が飛び交っているわ。でも、わたしたちが探し求めているのは彼に仕えた高位の神官の墓なの。その神官はファラオに対して信じられないほど大きな影響力を持っていたと考えられているわ。催眠術師とさえ言えるほどに。だから彼は大きな権力と莫大《ばくだい》な富を手にし、自分の墓をこの崖に掘らせることができた。人々を恐れおののかせて服従させた神殿のそばに。高官の墓を見つけて、そのなかに眠っていると思われる古代遺物を発掘できれば、ラムセス二世とその人生に関するこれまでの学説が正しいかどうか証明されるでしょう。伝説や神話から事実を明らかにできるかもしれないわ。まあ、わたしとしたことが夢中でしゃべりまくって。あなたを退屈させたのでなければいいけれど」

「いいえ、退屈だなんて、ちっとも」キャットは正直に答えた。

「実際の作業のなかには退屈なものもあるでしょうね。何日間もただ砂をふるいにかけるだけとか……でも、あなたがそれを気に入ってくれるよう願っているわ」

「それで……聞いたところでは、わたしたちの一行に新しい人が加わるとか」

キャットが床にひざまずいているところへカーライル伯爵が現れた。非常に背の高い男性で、かなり長身のハンターよりもさらに数センチは高い。頬の傷跡は、彼がこれほど感じのいい笑みと陽気な目つきをしていなかったら、顔に凶悪な雰囲気を与えていたかもしれない。

立ちあがろうとしたキャットを伯爵が手で制した。「いいからそのままにしていたまえ。どうせハンターやぼくも、きみと同じように床に座ることになるだろうからね。妻は自分の考えが正しいことをハンターに認めてもらいたがっているんだ。聞いたところによれば、きみは学生を水中から助けあげただけでなく、我々が捜していた人物、つまりきみのお父さんを、我々のところへ連れだしてくれたそうじゃないか」

キャットは目を丸くした。「父の作品をそんなにも高く評価してくださっているのですか?」

「ぼくの城へ来ればきみにもわかるよ」伯爵が彼女に請けあった。

「ハンター、お願い。ここに座ってわたしの出した答えが正しいかどうか見てくれない?」カミールが頼んだ。「洞穴にすばらしい彩色画があるはずなの」彼女は言い添えて、ハンターがかたわらへ来るのを待った。彼が隣にしゃがみこんでカミールの仕事を入念に検討するあいだ、彼女は心配そうに見守っていた。

ハンターはカミールが翻訳した文章からある地点を割りだすと、床に置いてある分度器を用いて地図に手早くいくつもの弧を描いた。「そこか……あるいは……そこだ」彼はようやく言った。

「そうなのね!」カミールが喜びの声をあげた。

「正しいかどうかはわからないよ、カミール」ハンターが忠告した。

「この場所で正しければ、延々と掘り続けなくてもすむだろう。長い年月のうちに砂が移動した。簡単に見えることも実際はそうでないかもしれない」

「まあ。でも、わたしたちはきっと偉大な発見をするわ。わたしにはわかる」カミールがうれしそうに言った。

「ぼくらが発見するのは砂と瓦礫《がれき》だけかもしれないよ」ハンターが警告した。

「たとえなにを発見することになろうと、わたしにとってははじめての発掘になるんだわ」カミールは言った。「わたしは生まれてからずっとこういう機会を待っていたの」

「きみが生まれてからずっと待っていたのはこのぼくだと思っていたよ」カーライル伯爵が言った。

カミールは笑った。「そうね、もちろんあなたも」

伯爵夫妻を見ているうちに、キャットはかつて味わったことがないほど激しいあこがれを覚え、胸を引き裂かれるような気がした。互いを思いやる彼らの気持ちは言葉の端々や笑い声に、見交わす目の表情に表れていた。

だれかを恋い焦がれる気持ちはキャットだって知っている……しかし、これほどやさしい思いやりを示されるとどんな気分になるかは知らない。

視線をそらしたキャットは、ハンターにじっと見つめられていることに気づいた。彼の目がなぜか真剣さをたたえていたので、哀れまれるのは金輪際ごめんだと思い、彼女は慌てて目を伏せた。

とにかく、ハンターが与えてくれた役目を果たさなければ。

「これはどういう意味かしら?」キャットは象形文字《ヒエログリフ》を指さして尋ねた。

「ああ、それのおおよその意味はこうだ。彼は神々に語りかけ、神々より栄誉を与えられる人間である」ハンターが説明した。「彼はファラオの腹心である」

「それからここに書いてあるのは、彼は偉大なる建造者たちのかたわらに、太陽にふれる者たちのそばに眠る、という意味の言葉よ」カミールが続けた。

ハンターがキャットに視線を向けたまま尋ねた。「例の本を持っているかい、カミール?　ローネット教授が書いたあの本を」

「持っているわ。机のなかに。とってくるわね」

「資材調達について確認しておく必要があるんじゃないのかい?」伯爵がハンターに尋ねた。

ハンターはうなずいた。「ミス・アデアに勉強をさせる準備を整えたら、さっそくとりかかろう」

カミールが立ちあがって机から本をとってきた。「わたしが読んだなかで最も正確かつ広範囲にわたって書かれている最高の本よ。楽しんでもらえるといいけれど」

「楽しむだけでなく学んでほしいものだ」ハンターがつぶやき、再びキャットに視線を向けた。

「学ぶつもりでいるわ」キャットは言った。この人はわたしに突っかかったり警告したりせずにはいられないのね。そう思ってなんとなく腹立たしくなった。だが、すぐにまた頭がくらくらしだした。わたしは伯爵夫人と一緒に床へ座っていたのだわ。それにエイヴリー卿と同じテーブルで食事をした。デーヴィッドとも。

あまりに現実離れしているためにこれまで夢見ることさえかなわなかった夢を、わたしは実現させようとしているんだわ。

礼儀正しく振る舞おう。そしてハンターが望んでいる仕事で有能になろう。

「ハンター？」伯爵が言った。

「きみさえ用意ができたなら、こちらはいつでもいいよ、ブライアン」ハンターが言った。

「ぼくらは廊下の突きあたりの古い作業室へ行っているからね」伯爵がキャットに言った。

「最近になって博物館のあちらこちらを改修したんだ」

「なにか必要なものがあれば……」ハンターが言った。

「早く行きなさい。わたしがいるから大丈夫よ」カミールが快活に言って手を振った。男たちが去ると、カミールがキャットに尋ねた。「なにか必要なものがある？」

「いいえ、なにもないわ。すごく幸せな気分。あなたのお役に立てないんだったら、わたしはただ座って勉強しているわ。なにかすることがあったら言ってちょうだいね」

「その本を読むといいわ。わたしは翻訳の仕事に戻って、これまでの発見が正しいことを証拠立てるものがまだあるか探してみるつもり」

ふたりはびっくりするほど心地よい沈黙に身を浸した。驚いたことに、キャットは記号や叙述に興味を覚えた。最初はそれらがなにを意味しているのか読みとるのはかなり難しかった。たとえばフランス語から英語へ翻訳するのとはまったく違ったからだ。だが、しばらくすると次第に記号が意味を持つ連なりになって、そこにこめられている内容が少しずつつかめるようになった。

「キャット?」

彼女は驚いて目をあげた。どうやらカミールはしばらく前からそこに立ってキャットを見ていたようだ。しかし、いらだってはいなかった。

「すっかり夢中なのね」カミールがほほえんで言った。

「なんですって?」

「古代エジプトにすっかり夢中だって言ったの」カミールがうれしそうに言った。「用心しなさい。とりつかれてしまうかもしれないから。わたしはひと休みするわ。あなたも一緒に行く? 館内にお茶を飲めるところがあるの……つい最近できたのよ」

キャットは一緒に行きたかった。だが、その勇気がなかった。いつハンターが戻ってこないとも限らない。

「ありがとう。でも、時間は少ししかないのに、学ぶことはいっぱいあるんですもの」キャットは言った。

「好きにしたらいいわ。スコーンかなにか持ってきてあげましょうか」

「朝食をとってきたから大丈夫よ。ありがとう」

カミールが部屋を出ていった。本に戻ったキャットはしばらくして目をあげ、室内を見まわした。彼女のいる大きなオフィスは一般の来館者が入れる部屋ではなく、職員たちが仕事をする場所だ。部屋はかなり広く、机と書類整理棚とガラスの展示ケースが数個備わっている。キャットは立ちあがって展示ケースのひとつに歩み寄り、眉をひそめて数秒間見つめていたあと、突然、震えに襲われた。

展示ケースにおさまっているのは一対の手だった。ミイラの手。手首のところで折れている。

「いやだ！」

キャットは後ずさりした。不安になって、だれか戻ってこないかとドアのほうへ視線を投げる。だが、しばらくすると恐怖よりも好奇心が勝って、再び室内を歩きまわりだした。別のケースにはさっきのものよりはるかに美しいものが入っていた。光り輝く黄金の装身具。

彼女はその装身具が長い年月を経てもほとんど変わっていないことを見てとった。そこにあるのは何千年も昔のものでありながら、今日の富裕な女性の指や手首や首を飾っても立派なアクセサリーとして通用する美しい品だ。キャットは吸い寄せられるように近づいていった。装身具のなかに、彼女がたった今学んだ記号のついているものがあった。「永遠に偉大なるホルスの加護のもとに」彼女はうれしくなって大声で読んだ。

しばらくしてキャットは展示ケースを見終えた。その部屋にはドアがふたつある。彼女はドアを見つめたままためらった。ここでは自分は単なる客にすぎない。

ああ、しかし客とはいえ、もうすぐ素人や専門家、そしてエジプト学者たちと旅に出るのだ。仕事をしに。キャットは決然たる足どりでひとつめのドアへ歩いていき、開けてなかへ入った。その部屋にも机やたくさんの書類整理棚があって、壁には額入りの古い地図がかかっており、展示物がいくつかあった。

机の上に口を大きく開けた鰐《わに》の剥製《はくせい》がのっていた。キャットは机の上の文房具にＨＭの頭文字がついていることに気づいた。

ハンターのオフィスだろうか？

たぶんそうだろう。いいえ、そうに決まっている。壁に何本も剣が飾ってあって、そのうちのいくつかにはどこそこの支配者からの贈り物であるとか、いつどのようにして受けとったとかいったことを説明した飾り板がついている。机にはまた、きれいな彫刻を施された長い棒がのっていた。それが吹き矢筒であることが、キャットにはわかった。ええ、そうよ。これは全部ハンターのものだわ。

「すてきなことはたしかね」キャットはつぶやいた。

その部屋を出たキャットは、まだだれも戻ってきていないのを見て、ふたつめのドアを開けた。そして後ろで両手の指を組んでぶらぶらとなかへ入った。きっとここがカミールの仕事部屋なのだわ。驚いた、あの女性は伯爵と結婚したあとも博物館で働いているのだ。この机は見るからにカミールのものだ。書類は少し乱雑な状態になっているが、非常に美しい品がいくつかのっている。金にエナメルをかぶせた黄金虫、さまざまな神を表していると思われる小さな品々……。

突然、ドアの向こうの広いオフィスのほうから物音が聞こえてきた。キャットは一瞬うろたえた。カミールが戻ってきたのに違いない……あるいはハンターが。どちらにせよ、キャットは許可もなく部屋のなかを勝手に見てまわっているところを見つかりたくなかった。

慌ててドアを出ようとした彼女はささやき声を耳にした。「ここにはだれもいない」

「で、例のものが見える？」やはり押し殺した別の声がきいた。

「いや、なかへ入って探さなければだめだ。急ごう」

「急ぐ？　我々は間違いを犯した。大きな間違いを。今日はここで大勢の人が仕事をしている。ここを出なくては」

キャットには次の言葉が聞きとれなかった。しかし、最後はこうだった。「さもないとその代償を払わなければならなくなる。それに真実を知られたら……死んだほうが……」

次になにかが続いた。「先日はしくじった……」

「ばか！」再び聞きとれない言葉が続く。「まあいい、機会はいくらでもある。長い旅、暗い砂漠」そのあとまったく聞きとれなくなった。「死んでもらうしかない」そして沈黙。

キャットはあえぎ声をもらしそうになり、慌てて口に手をあてた。わたしは今ここにひとりきり。そしてドアの向こうには何者かが……。

「だれかやってくる」

そのささやき声を聞いてキャットは勇気を奮い起こした。侵入者たちと対決するつもりでカミールの個室から勢いよく飛びだす。きっとハンターやカーライル伯爵が廊下から入ってくるだろうという確信があった。

だが、彼女が駆けこんだ部屋は空っぽだった。しばらく呆然《ぼうぜん》と立ちつくしていたあと、大股に部屋を横切って廊下へ出るドアまで行き、さっと開けた。

やはり廊下にもだれひとりいなかった。

しかも困ったことに、キャットが廊下に立っているうちにドアが閉まった。彼女は向きを変えて部屋へ戻ろうとしたが、ドアには鍵《かぎ》がかかっていた。

キャットは小声で悪態をついた。父親に聞かれたらさっそくとがめられるところだが、ここには聞きとがめる人はいない。少なくとも今は。

キャットが取っ手をぐいぐい引っ張っていると、足音がした。彼女は不安に駆られて振り返った。

やってきたのはハンターだった。「どうしたんだ、キャット？」

「見ればわかるでしょう。しめだされてしまったのよ」

「ほう」ハンターは足を止めて彼女をまじまじと見た。「ぼくがききたいのは、ドアのこちら側でなにをしているのかということだ。てっきり、きみはなかで仕事をしているものとばかり思っていた」

「ちゃんと仕事をしていたわ」

「へえ……しかし、この廊下へ出たところで新鮮な空気を吸うのは無理だ。探検をしていたのかい？」

「違うわ」キャットは否定した。

「それじゃあ……？」

「ささやき声が聞こえたの」キャットは言った。

ハンターはため息をつき、うんざりしたような、と同時に愉快そうな顔をした。「ミイラが生き返って博物館の廊下を歩きまわることは絶対にない。彼らはささやいたりもしないし、布を体に巻きつけたまま走りまわったりもしない。それに彼らの口には布がしっかり巻かれているから、口をきくことも――」

「ハンター・マクドナルド」カミールのやんわりとからかうような声がした。彼女は廊下の反対側から近づいてくるところだった。「彼を調子に乗らせてはだめよ、ミス・アデア。その人は自分の体に布を巻きつけてミイラのふりをしたことがあるくらいなんだから」

キャットはハンターが顔を赤くするのを見て驚いた。「カミール、あのときのぼくはきみの命が心配でああしたんだ」彼は言った。

「ええ、そうだったわね」カミールは彼の腕をぎゅっとつかみ、愛情をこめてほほえみかけた。「でも、ミス・アデアにやさしくしてあげて。彼女にとってはすべてがはじめてのことなのよ」

「キャットと呼んでちょうだい」彼女は小声で言った。

「わたしをカミールと呼んでくれるなら。名前を呼ぶたびに〝レディ〟なんてつけなくていいのよ。で、なにがどうなっているの？」

「キャットがささやき声を聞いて調べてみることにしたらしい」ハンターが答えた。「そうしたらご覧のとおり、部屋からしめだされてしまったというわけさ」

カミールは乱れた髪を後ろへ撫《な》でつけながらキャットを見た。「ここにはほかにだれもいないわ」

「でも、いたの」キャットは言い張った。

「ひょっとして学生のだれかではないかしら？」カミールがハンターにほのめかした。

「学生はひとりも見なかったな」

「わたしも見なかったわ。あなたが人の声を聞いたのはたしかなの？　この博物館は大きな洞窟《どうくつ》みたいに声が反響するから」

「わたしが聞いたのは間違いなく人のささやき声だったわ」キャットはかたくなに言った。

「男の声だった？　それとも女の声？」ハンターがきいた。

「わからないわ」

「わたしが部屋を出るとき、あなたは机で本を読んでいた……そのあと、外で人の声がするのを聞いたというのね？」カミールが尋ねた。

キャットは口を開いてから再び閉じた。〝いいえ、本当はわたし、オフィスをこっそり見てまわっていたの。そうしたらドアの外からささやき声がしてきたのよ〟

彼女はかぶりを振った。「気にしないで」

「きみは怒っているんだね」ハンターが言った。

「あなたは危険にさらされているのかもしれないわ」キャットはぴしゃりと言い返した。

ハンターはほほえんで再びカミールを見た。「どうやらここで起こったことを国じゅうの人が読んだらしいね」彼は言った。

キャットは顔をしかめてハンターとカミールを交互に見た。ふたりともおもしろがっているようだった。きっとふたりはキャットが想像力を働かせすぎたのだと考えているに違いない。

「繰り返すけど、気にしないで」キャットはハンターに言った。「今日の午後、あなたの本をかなり読み進んだし、とても多くのことを学んだと思うわ」

「キャットを家へ送ってあげて、ハンター」カミールが言った。「明日という日があるんですもの。焦ることないわ。あなたとブライアンが予算案を立ててしまえば、すべきことはほとんど残っていない。あとはもう出発するばかり。そうそう、土曜日には出航するから、それまでに用意をしておかなくてはだめよ、キャット」彼女はハンターに鋭い視線を向けた。「手はずは整えてあるの？」

「エマが女性たちの世話をするために一緒に行くことになっているんだ」ハンターが答えた。

「わたしは世話をしてもらう必要なんかないわ」キャットは小声で言った。

「女性たち？」カミールがきき返した。

「レディ・マーガレットが同行することになったんだ。〈シェパード〉までだが」

カミールは笑った。「エマは不満でしょうね」

「ところがエマは旅行をすごく楽しみにしているようだ。キャットをすっかり気に入ってしまったらしくてね」〝なぜだろう？　ぼくにはさっぱり理解できない〟彼はそう言いたいのだとキャットは思った。

「きっとエマは最初から最後まで泣きごとや不満をもらし続けるわよ」カミールが警告した。

「エイヴリー卿はやけにエマとうまが合うんだ。この数カ月のあいだに彼の屋敷のメイドは何人も替わったというのに。それに彼の世界はマーガレットを中心にまわっていて、マーガレットはエマが大好きだからね。うまくいくだろう」

「だったら心配ないわね。さてと、夫が家へ帰りたがっているんじゃないかしら。なにしろ帰り着くのに時間がかかるから。キャット・アデア、会えてよかったわ。ハンター、おやすみなさい」

カミールは彼の頬に軽くキスをした。ハンターはうなずき、去っていくカミールをしばらく見送っていた。ふたりのあいだに深い友情があるのをキャットは感じた。ちょうど兄と妹のような。わたしも彼に対してそのような感情を持てるだろうか？　いや、とても持てそうにない。とりわけハンターに、情け容赦なくキャットの気持ちをいらだたせる特別な才能が備わっているときては。

次にハンターはキャットのほうを向き、長いあいだ見つめていた。「もう遅い。きみを家まで送らせよう」

「また馬に乗る楽しさが味わえるのを心待ちにしていたのよ」キャットは言った。

「乗馬はすぐにうまくなるさ。しかし、馬に乗っていくのはぼくの家までだ。そこからはイーサンが馬車できみを家へ送り届けてくれるだろう」

キャットはハンターの言うとおりにするほかなかった。彼の手を借りて鞍の上におさまる。困惑したことに、ハンターとの接触を強烈に意識した。彼の手がふれた部分が服の下で熱く燃えているようだった。

馬に乗って進んでいくあいだ、ハンターは黙りこくって考えにふけっていた。キャットは邪魔をしないことにした。けれども心のなかでは、あのときもっと強く主張してハンターとカミールに注意を促すべきだったのでは……小声でささやかれていた言葉をそっくり思いだして、ふたりに話すべきだったのではないかと考えていた。

夕暮れどきの道路は大型の四輪馬車や乗合馬車、徒歩の人々などで混雑しており、そうしたにぎやかな雑踏に身を置いていると、あのささやき声がいかにも非現実的に思えてきた。

それにキャットがその話を蒸し返せば、ハンターはまたあざ笑うに決まっている。

屋敷に着くと、ハンターが彼女を鞍からおろした。キャットは軽々と持ちあげられたとき、彼のたくましい腕を意識し、地面へおろされたとき、彼の背の高さを意識した。力強いハンターの手でつかまれたウエストが焼けるように熱くて……。

　そんな思いに浸っている暇はなかった。ハンターが背を向けてイーサンを呼ぶと、まるでそれを待っていたかのように彼が姿を現した。

「ミス・アデアを家へ送り届けてやってくれ」

「承知しました、サー・ハンター」

　ハンターがキャットを振り返った。「明朝九時きっかりに用意をしておいてくれ」

「なんの用意を？」キャットはきいた。

「とにかく用意をしておけばいい」ハンターが言った。

　そして彼は屋敷のなかへ入ってドアをばたんと閉めてしまったので、キャットは〝なんの用意を？〟と繰り返し尋ねることができなかった。

「ミス・アデア？　そこに馬車を停《と》めてあるよ」声をかけてきたのはイーサンだった。

　馬車に乗ったキャットは、心のなかでハンター・マクドナルドをののしった。そして、明日になったら彼にこう言ってやろうかしらと考えた。あなたもエイヴリー卿もずいぶん親切だけれど、気が進まないのなら、どうぞあなた方の申し出を……海へでも投げ捨ててしまえばいいわ。

　たぶん今日は父の作品が何枚か売れただろう。それもかなりいい値段で。

　ひとえにハンターとエイヴリー卿のおかげだ。

　それにもしハンターにそんな言葉を投げつけたら、調査旅行についていけなくなって、デーヴィッドに近づくことも巧みに誘惑することもできなくなる。

眉をひそめたキャットは、博物館に着いてからほとんどデーヴィッドのことを考えなかったことに思い至った。

なんという不誠実！

博物館にいるあいだになにかがわたしに起こったのだ。わたしは自分自身の心のなかにあるなにかに手をふれたのだ。調査旅行についていきたいのは今でもデーヴィッドが第一の理由だ……しかし、彼女はすっかり魅了されていた。今日見たり読んだりしたものによって未知の光景や音への好奇心をかきたてられ、冒険の魅力のとりこになっていた。

ささやき声の一部が脳裏によみがえった。

〝先日はしくじった……〟

〝長い旅〟

〝暗い砂漠〟

〝死んでもらうしかない〟

キャットは馬車のなかでまっすぐ座りなおし、身震いした。

彼らはデーヴィッドについて話していたのだろうか？

キャットの体を戦慄《せんりつ》が走った。だれかがなにかの理由でデーヴィッドを船から突き落としたのだとしたら？　その犯人が……あるいは犯人たちが、また同じことをたくらんでいるのだとしたら？

ばかばかしいにもほどがあるわ。キャットは自分に向かって言った。とはいえ……。わたしが見張っていよう。こうなったら絶えず見張っているわ。

彼女はまたもや戦慄に襲われた。わたしはデーヴィッドになにも起こらないように見張ろう……そして、だれかがわたしのことを見張っていてくれるように祈るしかない。

6

だれも彼も浮き浮きしていることにキャットは気づいた。

実際のところ、だれもがこれ以上ないほど浮かれているようだった。それなのにキャットの気分は暗く沈んでいた。

キャットがドアを入ったとたん、父親がさっと歩み寄って彼女を抱きしめた。彼は興奮しきっていた。「おかえり。ああ、キャット！　わたしはどんな場合でもおまえを危険な目に遭わせるまいと思ってきたが、おまえはあえて自分の命を危険にさらした。そうした行為への謝礼は断じて受けとらぬようにとわたしは言ったが、おまえがわたしに与えてくれたものはどんな大金よりも貴重なものだ。あの人たち……尊敬されている収集家たちは、わたしを優れた画家だと言ったよ」

「あら、あの人たちが言ったのはそれだけじゃないわ！」イライザもキャットを出迎えにドアへ駆け寄ってきて大声で言った。「彼らはお父さんのことをこれまでに見たなかで最も才能豊かな画家のひとりだって言うの。それにキャット、わたしはレディ・マーガレットの衣装をデザインすることになったわ！」

愛情のこもった父親の抱擁から解き放たれるや、キャットはすぐまた姉にぎゅっと抱きしめられた。

「それって……すてきじゃない」彼女はあえぎながら言った。

「これから一週間は猛烈に忙しくなるわ。レディ・マーガレットが出発するまでに服を何着か用意しなくてはならないの。ああ、キャット！　わたしは全身全霊を傾けてそれにとり組むつもり。もしかしたら、彼女の着ているものがほかの女性たちの目にも留まって、わたしはデザイナーとして有名になれるかもしれないわ」

「よかったわね。わたしも……出発までに何着かつくってもらえたらと考えていたんだけど」キャットはつぶやいた。

イライザはひらひらと手を振った。「あなたのためにつくった服なら何十着もあるわ。旅行用の服を見繕ってあげる。任せてちょうだい」

「キャット、博物館ではどうだった？」父親が尋ねた。「楽しく仕事をやれそうかね？　本当にそれがおまえのしたいことなのか？　わたしはおまえたちふたりに苦しい思いをさせてまでなにかを得たいとは考えておらん。今日は心配のしどおしだったが、エイヴリー卿《きょう》がおまえを自分の娘同様に扱ってきちんと世話をさせると請けあってくれた」

「そうね……今から仕事をするのが待ち遠しいわ」

「サー・ハンターと一緒にいろいろ学べるのね」イライザがうらやましそうに言った。

「ええ、まあね。きっとそうなるわ」

「疲れているんじゃない?」イライザが眉をひそめて尋ねた。「あまりうれしそうに見えないわ」

「ううん、そんなことない。とっても幸せな気分よ」キャットはつくり笑いをした。

「マギーがディナーを用意しているんだ」父親が言った。「手伝いが必要か見に行こう」

ウィリアム・アデアは狭いキッチンのほうへ歩いていった。イライザが興奮に目を見開いて再びキャットを抱きしめた。「ああ、キャット! お父さんの前では言えなかったけど、わたし……恋をしてしまったみたい」

「デーヴィッドに？　やれやれだわ」彼の恋人志願者がどんどん増えていってしまう」

イライザは顔をしかめた。「デーヴィッドに? とんでもない。違うわ。アランよ。アラン・ベッケンズデール。あの人はとても親切だったの。わたしたちは話をして……ああ、たくさん話をしたわ。心配しないで。お父さんから目を離したりしなかったから。ずっと気をつけていたの。レディ・ドーズはなにかというとお父さんの前にしゃしゃりでてきて作品を売ろうとしたけど、わたしがうまく立ちまわってお金の話をさせないようにしたわ。でもそのうち……お父さんはあなたの心配ばかりしだして、エイヴリー卿と真剣に話をし始めたの。それで、レディ・ドーズはといえば、いつのまにか消えてしまったわ。だけど、わたしはほかの人たちがお茶の席に着くのを待つあいだ、リビングルームでアランととても楽しいひとときを過ごしたわ。彼は医者になるんですって。そして……ええ、彼にはたいして土地もなくて裕福ではないらしいの。おじい様が遺《のこ》してくれた信託財産で大学までは出られるけれど、そのあとは自活しなければならないそうよ。それにしてもアランは本当にいい人なの。男と女の役割について話しているうちに家族が欲しいという話になってね、彼が妻として望んでいるのは自分の考えをしっかり持っている女性だと言うの。そのあと、わたしたちは本やお芝居の話をして……すばらしかったわ」

「アランも一週間後にはエジプトへ出発するのよ」キャットは忠告した。

「でも戻ってくるわ。それに彼は旅行中ずっと手紙を書いてよこすと約束してくれたの」

「まあ、すてきじゃない」キャットは言った。

イライザがまた顔をしかめた。「キャット、ごめんなさいね」

「なにが？」

「たった今気づいたけど……わたしとお父さんは夢の世界を生きているみたいに幸せよ。ただ、わたしたちがこんな寛大な扱いを受けるのと引き換えに、あなたが魂を売ったんじゃないかと心配なの。それに――」

「それに、なんなの？」キャットは少し鋭い口調できいた。

「こんなことは言いたくないけれど、たぶんレディ・マーガレットもエイヴリー卿もデーヴィッドも考えているんじゃないかしら……いずれデーヴィッドはレディ・マーガレットと結婚するって」

「わたしには彼女がデーヴィッドを愛しているとはどうしても思えないわ」キャットはかたくなに言った。

「どうしてそんなことが言えるの？」イライザは悲しそうにキャットを見つめた。「あなたは実際に彼らと過ごしたことがないじゃない」彼女は穏やかに指摘した。

「わたしはあの人たちと一緒に船に乗って長い旅に出るのよ」キャットは言った。「砂漠にも長期間滞在する。戻ってくるまでに時間はたっぷりあるわ」

「キャット」イライザが心配そうに言った。「あなたはまさか……あの、そんなことをするつもりはないわよね……デーヴィッドのような身分の男性を罠《わな》にかけようなんて絶対にだめよ」

キャットは身をこわばらせて姉を見つめた。「だれかを罠にかけようなんて思っていないわ」彼女は断言した。たしかにレディ・マーガレットはわたしの持っていない財産や称号を持ってはいるが、こんなふうに言われては腹が立つ。キャットは姉の横をすり抜けて階段へ向かった。

「キャット」イライザが呼びとめた。

彼女は立ちどまった。

「あなたを傷つけるつもりはないのよ。すごく感謝しているんだもの。でも、あなたはたったひとりの愛する妹よ。世界はわたしたちのために開かれようとしているのに……あなたが人生を無駄にするのを見たくないの」

「わたしは人生を無駄にする気なんかないわ」

「そうは言っても、あなたにはずいぶん……向こう見ずなところがあるから。それに、あなたはあまりにも……デーヴィッドに夢中になりすぎているわ」

「お父さんはわたしを信頼することにしたわ。姉さんも信頼してくれなくちゃ」

「お父さんはあなたがデーヴィッドに夢中だなんて知らないもの」

「彼に夢中だからって、頭がどうかしたりはしていないわ。それじゃ、わたしはディナーの前に手を洗ってくる」

階段を駆けあがったキャットは体が震えて泣きだしそうになっていることに気づいた。父を愛している。いや、敬愛している。父はこのうえなくやさしい親だ。そして姉は世界じゅうでいちばんの親友だ。だが、彼らは有頂天になっているのに、わたしは疲れきっている。エジプトの記号が目の前をぐるぐるまわっているような気がする。しかも馬の背に不自然な体勢で乗っていたせいで筋肉が痛い。

もちろんキャットには確信があった。ハンター・マクドナルドが馬をずっと速歩《はやあし》で駆け速歩で駆ける馬。

させたのは、わたしに苦痛を与えるためだ。

顔を洗った彼女は、いくらか気持ちが落ち着いた。

しかし階下では、マギーさえもがその晩はやけに上機嫌で、エイヴリー卿という人物のすばらしさについて延々と話し続けた。マギーはキャットたちの母親が死んだあともこの家にとどまり、アデア家の家計が苦しいときは給料返上で一家の世話をしてくれた女性だ。

キャットはベッドルームへ行きたくてたまらなかった。

しかし、ようやくベッドに入ったと思ったら夢を見た。展示ケースに入っていたミイラの両手が黒い霧のなかをぴょんぴょん跳ねまわっている夢で、ふたつの手は跳ねながらささやきあっているようだった。

キャットはぎょっとして目を覚ました。

目が覚めたのは玄関をノックする音のせいだと気づいた。

彼女は顔をしかめて飛び起き、ほかのだれかが目を覚ます前に玄関へ行こうとコットンのナイトガウン姿のまま階段を駆けおりた。きっと乳製品の配達人だろう。

だが、そうではなかった。ハンターがじれったそうな顔で立っていた。

「さあ、急いでくれ。仕事が待っている」

「でも……あなたは九時と言ったじゃない」

ハンターは懐中時計をとりだした。「あと十分で九時になる」

キャットは彼の顔の前でドアをばたんと閉めたかったが、その衝動を抑えこんだ。「だったら、まだ十分あるわ」

「とっくに用意ができていると思ったのに」

「ええ、まあね。あなたが来てしまったからには急ぐわ。仕事ってなに？　今日も博物館へ行くの？」

「いや、今日は公園へ行く。そこで乗馬の練習をしよう」ハンターは包みを彼女に差しだした。「服を二度着替えるのは時間の無駄だ。さあ、急いでこれに着替えてくれ。ぼくは午後に別の約束がある。しかし、焦る必要はない。まだ三時間あるからね」

「三時間も馬に乗って過ごすなんて楽しそう。待っていて、すぐに着替えてくるわ」

どうやらこの一家は早起きでないと見える。ハンターは苦笑しながら待った。メイドのマギーが戸口に出てきて、コーヒーか紅茶でもいかがですかと尋ねた。愛らしい女性だが、あまりにアイルランド訛《なまり》がひどいので、ハンターは頭のなかで翻訳しながら聞かなければならなかった。彼は丁重に断った。次にウィリアムが出てきて、しきりに昨日の礼を述べ始めた。ハンターは辟易《へきえき》し、運がいいのはぼくのほうです、なぜならウィリアム・アデアを見いだした人間として有名になれるのですから、と言ってやった。

イライザも彼に挨拶《あいさつ》をしようと階段を駆けおりてきた。そんなわけでキャットがフランチェスカのお古の乗馬服を着て階段をおりてきたときには、家族全員がその場にそろってにこやかにほほえんでいた。

ハンターの心は乱れてもいた。乗馬服はキャットによく似合っている。薄いベージュのスカートがズボンをすっかり覆っているので、燕尾《えんび》ジャケット、シャツ、ベスト、スカートというひとそろいに見える。だが、その下には女性が馬にまたがって乗るためのズボンが隠れていて、ズボンの外に出して着るシャツの裾《すそ》にはスリットが入っており、鞍《くら》に座ったときに膝を美しく覆うようになっている。服とそろいの帽子が粋《いき》に頭にのっていた。実用的につくられたベージュの乗馬服は、ほっそりしていながらも曲線的なキャットの体形にぴったりだった。

もっとも、ゆったりしたコットンのナイトガウンに身を包み、顔に乱れた赤い髪を垂らしていた彼女も、息をのむほど美しかった。

愛情あふれる家族に囲まれて立っているうちに、ハンターはなにが自分の心をこれほど激しく駆りたてるのかに気づいた。

ぼくはキャットに魅せられている。肉体的にも精神的にも刺激されて、気持ちを揺さぶられている。彼女は若くて純真だ。勇気と、危険をものともしない大胆さを持ち、一見いかにも無頓着《むとんちゃく》な態度をとっていても、心底家族を愛している。キャットは夢見がちな心と冒険心にあふれ、世界を欲しがっている。決して手に入らないものを欲しがっている。何物も彼女を止めることはできないだろう。

そしてぼくはといえば、わずか数歩のところに父親がいるというのに、キャットを欲している。

「これはまた！」ウィリアムが振り返って顔をしかめたので、ハンターは胸のなかにわきあがった卑しい欲望に気づかれたのかと不安になった。だが、そうではなかった。ウィリアムは娘が着ている服を見て動転したのだ。「最高に上等な乗馬服だ。このようなものを受けとるわけには――」

「ミスター・アデア、どうぞお気になさらずに。その乗馬服は妹のものです。あなたの娘さんに着てもらえると知ったら、妹は大いに喜ぶでしょう」

「それにしてもいただくわけにはいきません」

ハンターは首をかしげた。「では、お貸しするということで」

「それはご親切に」キャットが小さな声で言った。そこには父親に気づかれないほどひそやかな皮肉がこめられていた。「サー・ハンターはわたしが乗馬というスポーツにすっかり夢中になってしまったことに気づいたのね」

「調査旅行においては、乗馬はスポーツではないよ」ハンターが訂正した。「絶対に必要な交通手段だ」

ウィリアムが真剣にうなずいた。「おまえの体にぴったりだ。よく似合っているよ」彼は言った。

「ありがとう、お父さん」キャットはささやき、父親に歩み寄って頰にキスした。

「すてきなデザインね」イライザがつぶやいた。

「姉さんならこれを参考にもっといいものがつくれるわ、きっと」キャットは言った。

「じゃあ……もう出かけなくてはならないんでしょう?」彼女はハンターを振り返り、慇《いん》懃《ぎん》な言葉づかいのなかにいらだたしさの感じられる口調で尋ねた。

「ああ、出かけよう」ハンターは言った。「ミスター・アデア、ミス・アデア、それではまた」

「気をつけてね」イライザが注意した。

「彼女が怪我《けが》をしないように、ぼくが注意しています」ハンターはウィリアムとイライザに請けあった。

「あなたと一緒なら娘は安全でしょう、サー・ハンター」ウィリアムがまじめに言った。

ハンターは歯ぎしりしてその場をあとにした。あの善良な男性が真実を知ったらそうは思わないだろう。しかし、そうとも。彼の言うとおり、彼女はぼくといれば安全だ。

「行こう」ハンターはキャットに言って、アレクサンダーに乗ってここへ来るときに引いてきた雌馬のジゼルのところへ彼女を連れていった。二頭の馬は気が合った。ジゼルが乗せる女性はキャットが最初ではなかった。

彼女はジゼルに歩み寄った。自分ひとりの力で乗るつもりなのは明らかだ。ハンターはキャットの肩に手をかけて制止した。

「乗るときは必ず左からだ」

「そんなこと、知っているわ」

「手をここへ置いて」彼は指示した。「手綱を握る。どんなときでも手綱を放してはいけない。ぼくの馬たちは老いぼれではないから、ちょっとしたことに驚いて駆けだすかもしれない。ロンドンの通りを引きずられていくなんて冒険は、きみだってごめんこうむりたいだろう」

「今からひとりで馬に乗れるよう練習しておく必要があるんじゃないかしら。向こうへ行ったら、いつもあなたが助手の要望に応じられる状態にあるとは思えないもの」

「そのとおりだが、今は手伝ってやったほうがよさそうだ」

キャットはときとして議論のための議論を吹っかける傾向がある。そう思ったハンターは、彼女に次の抗議の言葉を発する暇を与えなかった。彼はキャットの腰を両手でつかんで馬の背に乗せ、彼女を見あげた。

「鞍にゆったり座るといい。かかとは常にさげておく。いいね、ここがいちばん肝心な点だ。かかとは常にさげておく。仮に馬から落ちても、あぶみに足が引っかかってしまうより馬から離れるほうがずっと安全なんだ」

キャットはうなずいた。ハンターはアレクサンダーのところへ行ってさっとまたがった。

「じゃあ、公園へ向かおう」彼は言った。

「いいわ、サー・ハンター。わたしの時間はあなたの時間ということみたいね。どこでもあなたの望みどおりの場所へ行くわ」

平日の道路はいつもながら混雑していた。果物やパイを呼び売りして歩く行商人。目的地へと急ぎ足で向かう人々。道をふさいでいる配達用の馬車。それぞれの方角へ進んでいく乗合馬車や貸し馬車。次第に数を増して以前ほど人々の関心を引かなくなりつつある自動車が、あちらこちらで急に煙をあげたり騒音を発したりして、かたわらを重い足どりで歩いている荷馬や乗用馬をおびえさせている。前を行く自動車が耳ざわりな警笛を鳴らしたり、突然エンジン音をたてたりしたが、キャットはなんとか雌馬を制御してハンターの後ろをついていった。

やっと彼らは町の喧騒《けんそう》を抜けて公園内に入った。そこでいちばん用心しなければならないのは乳母車を押している乳母たちだった。

「けっこうさまになっているじゃないか。横鞍に乗るよりも、またいで乗ったほうがはるかに楽だろう?」ハンターが尋ねた。

「ええ」キャットはそう認めてから、ためらった。「エジプトへ着いたらさっそく馬に乗るの?」

彼はほほえんでかぶりを振った。「アレクサンドリアからカイロまでは列車が走っているんだ。そこのホテルから発掘現場までは馬で行くことになるね」

「それで、わたしたちの行く発掘現場って、カーライル伯爵夫人が研究しているのと同じもの？」

ハンターはうなずいた。「ああ。だったら文句はないってきみは言いたそうだね」

「彼女のことは大好きよ」キャットが言った。

「へえ、伯爵と結婚した庶民だからかい？」

キャットは目を細めた。「好きだから好きなの」

「カミールは実に驚くべき女性だ」ハンターは言った。

「あなたは彼女を……とてもよく知っているのね？」キャットがきいた。さりげない質問に聞こえたものの、あてこすりがこめられているのをハンターは聞き逃さなかった。その気になればいくらでも説明できたが、やめておくことにした。

「ああ、よく知っている」

「それにもちろん彼女の夫のことも」

「ブライアンとは昔、大英帝国陸軍で一緒だったんだ。その後しばらく会わなかったが、去年になって旧交をあたためたのさ」

「わたし、思いだそうとしているの」キャットが言った。「新聞にさんざん書きたてられたのよね。たしかカーライル伯爵の両親は殺されて、そのあと彼は世間から隠れるようにして暮らし、人々から〝獣〟と呼ばれるようになった。でもそのあいだ伯爵は、両親の死の真相を突きとめようとしていたんだわ。それから名前を忘れてしまったけれど、ある紳士が危うく殺されるところだったのを、カーライル伯爵が助けたんじゃなかったかしら。そして伯爵はついに両親を殺害した真犯人を突きとめ……記事のいくつかにあなたの名前も載っていたわ」

「それは全部過去の話だ。今度はぼくが現在のことを話してやろう。両親の遺産を受け継いだブライアンは今度の調査旅行を是が非でも成功させたいと願っている。彼はあまりに多くの品が国外へ不法に持ちだされることを憂えていて、エジプトで発見されたものはエジプトに残しておくべきだと考えているんだ」

「エジプトに残しておくべきだと考えているのなら、伯爵はどうしてそんなに遺物を発見したがるの?」キャットが尋ねた。

ハンターは眉をつりあげた。「それは、かくも偉大な遺跡を建造した人々を理解したいという気持ち、彼らに関する知識、発見……彼らが今日のために残したもの、我々が彼らから学べるもの、そうしたことがあまりにも重要だからだ。それに砂漠は広大だ。発見できるものは無限にある。財宝に関する限り、肝心なのはこの点だ。つまり、合法的に入手することができ、それらは唯一無二というわけではない。ここ大英博物館にも、カイロ博物館にも、すばらしい遺物がある。なにからなにまで法律に基づいて正しく扱った場合でも、遺物でひと財産つくることができる。世界じゅうの博物館が保存状態のいいエジプトのミイラや工芸品を欲しがっているからね。それらが人々を引きつけるからだ。博物館に来た人たちはカフェで食事をし、展示物についての本だとか小さな装身具などを買う。だから、我々の博物館のように入館料をとらなかったり、政府の財政援助で運営されたりしていても、新しい発見によってもたらされる優れた展示物は博物館の発展にとってきわめて重要なんだ。展示物のなかにはよそから借りてくるものがある。それからぼくが言ったように合法的に入手するものもある。しかし……繰り返すが、重要なのはそれを発見することにあるんだ。情報を求め、謎《なぞ》を解明し、自分が大昔の手がかりを正しくたどってきたとわかったとき、そこに本当の財宝が存在するのさ」

キャットが口もとにかすかな笑みを浮かべて、真剣になにかを考えているような表情でこちらを見つめていることに気づき、ハンターは話すのをやめた。

「こんな話、おもしろいかい？」彼はきいた。

彼女の笑みが大きくなった。「いいえ、サー・ハンター。実を言うと、あなたの情熱に感銘を受けたの。それに残念ながらわたし、あなたを魅了してやまないこの話題についてほとんど知識がないわ。だけど約束する、あなたの要求に応じられるよう最善をつくすって」キャットは自分が不適切な言葉づかいをしたことに気づいて顔を赤らめた。「有能な助手になるよう努めるわ。メモをとったり……仕事をしたり」

これまでハンターはこのような言葉に対して機知に富んだ軽口で応じては、もっと年かさのたいして魅力的でない女たちを、自分は美人だという気にさせてやったことが何度もある。からかいや性的なほのめかしは彼が得意とするところだ。しかし、今はそんな気分になれなかった。

「不思議なことに、きみならいったん始めたことを最後までやり遂げるだろうという気がするよ」ハンターは言った。「速度をあげようか？」

彼はアレクサンダーの脇腹《わきばら》をかかとで蹴《け》った。今日は速歩にあまり時間を費やさず、並足からゆるやかな駆け足へ移行するやり方をキャットに教えるつもりだった。

彼女は優秀な生徒だ。

乗り心地はどうかと尋ねられたキャットは、いいとも悪いとも答えなかった。「しっかり練習して、どんな馬でも乗りこなせるようにするわ」

「ああ、きみならすぐに上達するだろう」

やがて乗馬の練習を切りあげたふたりは、公園をあとにしてキャットの家へ向かった。たとえキャットがどう言おうと、彼女の体じゅうが苦痛に悲鳴をあげているに違いないとハンターは確信した。アレクサンダーをおりた彼はキャットを鞍から持ちあげた。

キャットはかすかに身を震わせた。体を支えようとして両手をハンターの肩に置く。彼は彼女を地面におろすとき、肩に指が食いこむのを感じた。

自分の足で立つ前に、ほんの一瞬ではあったけれどキャットはハンターにしがみついた。彼はキャットの香水のほのかな香りを、体のあたたかさを、平らな腹部を感じた。ハンターは彼女がしっかり立てるようになるまで支えていて、それから肩をつかんでいる彼女の手を離させた。

「痛むかい?」そう尋ねた彼は自分の声がかすれていることに困惑した。

見あげたキャットの顔が間近にあった。「たいしたことないわ」彼女は言った。

「あたたかい湯にゆっくりつかるといいよ」

「ありがとう」キャットの目がまっすぐにハンターの目を見つめた。「そうするわ」

ハンターはほほえんで後ろへさがった。「じゃあ、また明日」

「明日は博物館へ行くの?」

「そうだ。九時までに支度をしておいてくれ」ハンターはそう言って、アレクサンダーにまたがった。

「あなたって独裁者ね」キャットが背後から呼びかけた。

「九時だぞ」ハンターはつけ加えたあとで、自分がぶっきらぼうな声を出したことにいらだちを覚えた。奇妙なことに、一刻も早く立ち去りたかった。

アレクサンダーにまたがったハンターは、雌馬の手綱を引いて一度も振り返らずにその場をあとにした。町のにおいが彼を包んだ。馬、行商人たちが売っている食べ物、生ごみ……。

だが、それらのにおいにまじって、彼女のものである独特な香りがほのかに感じられた。その香りは彼の屋敷までずっとついてくるように思われた。

体じゅうが痛い。苦しみもだえるとはこのことだわ、とキャットは思った。

イライザは家にいなかった。レディ・マーガレットの衣装をデザインする仕事にすっかり夢中で、生地を買いに出かけたのだ。

父親も留守だった。絵の売買に関することでレディ・ドーズとどこかへ出かけたらしい。マギーの話では彼も上機嫌だったという。

キャットが消耗しきった様子をしているのを見て、マギーは舌打ちをし、彼女に両腕をまわして言った。「かわいそうに。馬に乗りどおしだったのね。すぐにあたたかいお風呂を用意してあげるから、ゆっくりつかるといいわ。それにしてもあのサー・ハンターときたら。わたしが考えていたのとはまったく違って、厳しい人だわ。ハンサムなのはたしかよ。冒険家で探検家。無作法な人かと思っていたけれど、ちっともそうじゃない。でも、あなたにとってはつらいことね。このような幸運に恵まれた代償をあなたが払わなければならないんですもの」

「わたしはなんの代償も払っていないわ。本当よ。ただ体が少し痛いだけ」

「すぐにお風呂の用意をしましょう。ああ、これほどの幸運に恵まれたというのに、レディ・ドーズがまだこの家に居座って貴婦人を演じているなんて。そりゃあ、あなたのお父様はとても聡明《そうめい》で立派な方だけれど、今の自分があるのはひとえに彼女のおかげだとか、彼女が絵を売ってくれるおかげで生活できるのだとか信じこんでいて、いまだにあの魔女の言いなりになっている。わたしがあの女を魔女と呼んだこと、お父様には内緒よ。お父様が彼女と結婚するようなことにでもなれば、わたしはお払い箱になってしまう」

「絶対にそんなことにはならないわ」キャットは断言した。「たしかに父は少しばかりあの魔女の魔法にかかっているけれど、あなたが母につくしたことや、お給料を払えないときでもここにとどまってわたしたちの心強い支えになってくれたことはわかっているはず。父がそれを忘れるものですか」

「まあ、それはともかく、不思議なことに人は恋に落ちると奇妙な振る舞いに及ぶもの」マギーが分別くさく言った。「恋に落ちた人間は……ええ、そう、危険を顧みずにどんなことでもしてしまう」

キャットはマギーに弱々しくほほえみかけた。わたしも恋のためならどんなことでもするだろうか？　これまでのところ、実際に魂を売り渡してしまったように思える。

しかも最悪なのは、わたしは以外はだれでも簡単にデーヴィッドと会えるのに、わたしは彼のそばにいるためにいつも大変な思いをしなければならないことだ。

るわ」

「お風呂に入って」マギーが言った。「あたたかいお湯につかれば、きっと気分がよくな

この家にはかなり近代的な上下水道設備と立派な浴槽が備わっていたので、キャットは二階に残された。だが、湯が冷めてくると、マギーがキャットたちの部屋の暖炉でわかした湯を加えた。そのうちに玄関の呼び鈴が鳴り、マギーはせかせかと玄関へ向かった。

数分後、彼女は興奮してバスルームに戻ってきた。「早く出てちょうだい。下にデーヴィッド・ターンベリーがお見えになっていて、これからあなたと一緒にお茶を飲みに行きたいんですって。十年前に彼のお父様が遺跡発掘の旅に出かけたときの写真があるから、今度の旅行であなたが出合うことになるものを見せておきたいのだそうよ」

キャットはあまりの驚きと喜びにわれを忘れ、デーヴィッドに夢中であることを危うく態度に出すところだった。

「デーヴィッド・ターンベリーが?」彼女はなんとか平静な声で言った。「それで……レディ・マーガレットも一緒?」

マギーは首を横に振り、顔をしかめて再び舌打ちをした。「彼だけよ。わたしが下へ行って、たとえただの午後のお茶であっても、あなたは殿方とふたりきりで外出はしませんと言ってあげたほうがいいかしら」

「いいえ!」

キャットはすばやく浴槽を出てタオルをつかみながら、なにを着ようかしらと頭をひねった。

「あのね……デーヴィッドはとても礼儀正しい男性なの。それにお茶でしょ。お茶ぐらい男性とふたりで飲みに行ってもどうってことないわ。当然ながら、彼は親切にしようとしてくれているだけなのよ」

「さあ、どうかしら……わかったもんじゃないわ。こういうことは今まで一度もなかったから」マギーが心配そうに言った。「ああ、さっさと追い返せばよかった」

「やめてよ！　今は一八九〇年代なのよ」キャットはマギーをなだめすかそうとした。「ああ、お願い。デーヴィッドが一緒に生地を買いに行こうとイライザを誘いに来たのなら、あなたは心配なんかしないはずよ。それに、わたしは何時間も馬の背に揺られたり、博物館の床に座って仕事や勉強をしたりして過ごしたの。少しくらい楽しい思いをしたって悪くはないんじゃないかしら」

「あなたが着替えをしているあいだに、きっとお父様が帰ってくるわ」マギーはぼそぼそと言った。

帰ってくるかもしれない。キャットは電光石火の早業で支度をしようと考えた。「お願い、マギー。デーヴィッドを引きとめておいて。下へ行って、わたしが着替えをするあいだ彼をもてなしてちょうだい」

マギーは相変わらず腑《ふ》に落ちない様子で出ていった。キャットはバスルームを飛びでて、適当な服を探そうとクロゼットのなかをかきまわした。

あの人はわたしに会いに来たのだ。きっとわたしが好きなのだわ。川から助けあげたとき、デーヴィッドは憧憬《しょうけい》のまなざしでわたしを見あげた。彼にそれを思いださせてあげさえすれば……。

完璧《かんぺき》だ。小さな腰あて《バッスル》のついた細身のスカート、格式張った品のいいシュミーズにオーバーブラウス、そして小さめのジャケット。これなら少しも見苦しくない。

キャットはふさふさした赤毛と格闘して乱れた房をピンで留め、少しでも髪をきれいに見せようとした。だが、最後のピンを髪に差したところで不満足ながら部屋を出なければならなかった。父親がいつ帰ってこないとも限らない。

それどころかレディ・ドーズを連れて帰ってくるかもしれない。

キャットは階段を駆けおりた。すると目に楽しそうな光と感謝の色を浮かべたデーヴィッドがいた。グレーのベストを着て鳥打ち帽をかぶり、さりげなく優雅さを漂わせている。彼はマギーの小言に耳を傾けていたが、キャットを見てきらきらする目をくるりとまわしてみせた。

「ミス・アデア」デーヴィッドは軽くお辞儀をして言った。「今、絶対に大通りを外れてはいけないことや、二時間以内にきみをここへ送り届けなければならないことを注意されていたんだ」

「ありがとう、マギー」キャットはわずかに顔をしかめて言った。デーヴィッドの家ではメイドはメイドでしかないだろう。だが、マギーはメイド以上の存在なのだ。「デーヴィッド、わざわざお茶に誘いに来てくれたなんて、なんてやさしい心づかいでしょう。今日の午前中は乗馬の練習で大変だったの」

「ああ、サー・ハンターか」デーヴィッドがそう言って瞳をきらめかせたので、キャットは遠くから見ただけで彼にのぼせあがった理由がその日にあったことを思いだした。「いざとなると彼は厳しいだろう？　なにしろ兵士として常に前線で戦い、負傷してナイト爵を授けられたほどの男だ。おびえなくてもいいよ。サー・ハンターは調査旅行に参加する学生全員に厳しい態度をとるのさ。両手を土まみれにして働け、作業には細心の注意を払え、とくる。それに一時間のあいだにこなすべき仕事量の多いこと。なぜって日没までに終える仕事が決まっているんだからね。きっとぼくたち全員が彼のきついスケジュールに苦しめられるよ。しかし、それによって学ぶことは多い。そうだろう？　さてと、出かけようか。マギー、ミス・アデアと出かけるのを許してくれてありがとう。決められた時間内に必ず彼女を送り届けるよ。約束する」

マギーが警告するように眉をつりあげたので、キャットはまたしかめっ面をし、デーヴィッドの先に立って玄関へ向かった。

マギーのことはすぐに忘れた。

「わたしたちは……まあ！」キャットは声をあげた。そう、彼らは馬に乗っていくのでもなければ、歩いていくのでも、公共交通機関を利用するのでもなかった。美しい馬車がふたりを待っていた。

「〈ターリントン・クラブ〉へ頼む」デーヴィッドは、ふたりが踏み段に足をかけて馬車に乗りこむのを助けようと待機していた御者に言った。馬車にはデーヴィッドの家の華やかな盾形紋章が飾られていた。

キャットは彼の向かい側の席にきちんと座った。だが、デーヴィッドが席に着くときに、彼の膝がキャットの膝に軽くふれた。腰をおろしたデーヴィッドが彼女の両手をとった。

「きみが一緒にエジプトへ行くことになって、すごくうれしいんだ」彼は熱っぽい口調で言った。

「ありがとう。わたしもうれしいわ」

キャットは、なぜかデーヴィッドがかすかに体を震わせたような気がした。「こんなことを言ってはなんだが、きみはぼくにとって救世主であり、輝かしい甲冑《かっちゅう》をまとった貴婦人でもあるんだ」彼はからかった。

「やめてちょうだい、デーヴィッド」キャットは口にした彼の洗礼名の響きを心地よく感じた。「わたしは泳ぎが得意なだけ。川から人を助けるのは英雄的な行為でもなんでもないわ。父が常々言っているように、人間としてあたりまえの行為なの」

「それはそうだが……」残念なことに、デーヴィッドは彼女の手を放して座席に深く座りなおし、窓の外へ目をやった。「しかし、ぼくはあのとき何人もの頑健な男たちと一緒だったんだよ」彼は再びキャットを見つめた。「アルフレッド・ドーズ卿もあの場にいたんだ」

「アルフレッド・ドーズ卿が？」キャットは問い返した。

「ああ。レディ・ドーズの義理の息子の」キャットが知らないとでも思ったのか、デーヴィッドは説明した。

「あのふたりは……仲がよくないと聞いているけれど」彼女は慎重に言った。

デーヴィッドはそれほど慎重ではなく、短い笑い声をあげた。「よくないどころか最悪さ。レディ・ドーズがきみの家族の一員だと知って、ぼくはそれこそびっくりしたよ」

「彼女はわたしの家族の一員じゃないわ」キャットは反論した。

デーヴィッドがまた笑い声をあげ、やさしいまなざしをキャットに注いだ。「それそれ、その激しさだ。きみはそんなにも愛らしいのに、光り輝く甲冑に身を固めた勇猛な貴婦人で、身近にいる弱い人たちのために戦おうとしている」

今度はキャットが窓の外へ目をやる番だった。「わたしの父は弱い人間じゃないわ」彼女は少しそっけなく言った。

「とんでもない。そういう意味で言ったんじゃないよ。きみを不快にさせるつもりはなかった。ただ、男というのはどいつもこいつも……弱い生き物だ。どうやらレディ・ドーズは魅力的な女らしいね」デーヴィッドは再び身を乗りだした。キャットはすぐ目の前にあるいとしい彼の顔にふれたかった。「アルフレッドは、ドーズ卿は、あの女について話すときはそれほど好意的ではないし慎重でもない。とはいえ……なぜ自分の父親が彼女のとりこになったのかは理解できるそうだ。知ってのとおり彼女はサー・ハンターより少し上くらいの年齢だ。彼女はアルフレッドの父親には若すぎた。そしてもちろん、そこに問題の根がある。アルフレッドは彼女が金目あてで年老いた父親と結婚したのだと確信していて、一家の富の半分は母方の一族から受け継いだものであることを感謝しているよ。なぜなら、すべてが彼のための信託財産になっていて、継母から遺産をむしりとられなくてすんだのだからね。おっと、こんな話をマギーに聞かれたら、えらい剣幕で文句を言われるに違いない。まずかったな」

「マギーはここにいないわ」キャットは言った。

そしてマギーがいないことを神に感謝した。キャットはいつまでも馬車に乗っていたかった。デーヴィッドはわたしに心の内をさらけだしている。彼がこんな危険を冒すのは、たぶんわたしがレディ・ドーズについてなにを知っているのかに興味があるからだろう。でも、デーヴィッドが本当はなにを求めていようとかまわない。ふたりの膝がふれあって、彼が情熱的にわたしの手を握りしめ、すぐそばに顔が……。

「ちっともかまわないわ。話がはしたない方向に進んでしまったついでに言うけれど、レディ・ドーズは父の友人というだけで、さっきも言ったように、決してわたしたちの家族の一員ではないの」

「だが見た目は愛らしい」デーヴィッドが言った。

「まあね」

デーヴィッドが再び笑った。彼はふたりが一緒に過ごす時を、そしておそらくキャットのそっけない口ぶりさえも、心底楽しんでいるようだった。

「しかし」デーヴィッドがかすれた声で言った。「きみの愛らしさとは比べようもない。もちろんレディ・ドーズは魅力的で、それを利用してきたが……きみには野火のような美しさがある。本当だ、キャット。気がついてみたらぼくは、男が火に魅せられるように、野火に魅了されていて、勢いよく燃え盛る赤やオレンジの炎にますます引き寄せられていく……」

ふれそうなほど近づいている……ふたりの顔。キャットはデーヴィッドを、彼のかぐわしい息づかいを、今にもふれんばかりの唇を感じ、自分が息を止めていることに気づいた。

彼女は待った。そしてまさに滑稽《こっけい》なほどはしたなく……。

馬車が停《と》まってドアが大きく開いた。ふたりはぱっと離れた。

「着きました」御者が言った。

「よし、お茶の時間だ」デーヴィッドが大声で言った。

すぐに彼は顔を赤らめて気まずそうな表情を浮かべた。魔法にかけられていて、今それから解き放たれたかのようだった。そして勢いよく立ちあがって馬車の屋根に頭をぶつけた。馬車をおりたデーヴィッドはキャットがおりるのを手伝おうと手を差しのべた。

「ここで出す午後のお茶は最高なんだ」彼は言った。「きみが楽しんでくれるといいが」

「心配しないで」キャットは明るく応じた。「楽しいに決まっているわ」

彼女はデーヴィッドの腕につかまって趣味のいいカフェに入った。

「あなたのかわいらしい火の女神についてもっと話してちょうだい」カミールが廊下に面した広いオフィスの椅子に深く座りなおして言った。

それまでハンターはまじめに仕事の話をしていた。いつものカミールならそうした話題に真剣に耳を傾けるのだが、今は興味を示さなかった。

彼らはブライアンを待っていた。彼がやってきたらすぐに、荷づくりについて最後の打ちあわせをすることになっている。カイロへ到着しさえすれば人を雇うことも必要なものを買うこともできるが、優秀なエジプト学者とはいえカミールはまだ実際に遺跡発掘の旅に出たことがないので、ハンターもブライアンも彼女が安心できるように出発前からすべ

て の準備を整えておくつもりでいた。

ハンターがひらひらと手を振った。「カミール、ほかに話すことなどないよ。とても単純なことさ。ほかのやつらが愚かだったときに、キャットはあの若者のために自分の命を危険にさらすという、もっと愚かな振る舞いをした。彼女の父親は非常に誇り高い男で――」

「すばらしい画家なのね」カミールが口を挟んだ。

「そう、実にすばらしい画家だ。これまでウィリアムの作品が正当に評価されてこなかったなんて、まったく信じられないよ」

カミールが美しい眉をつりあげた。「わからなくもないわ。だって、イザベラ・ドーズが〝影響力〟を発揮して彼の作品を〝売りさばいて〟きたらしいじゃないの」

「ああ、ぼくはレディ・ドーズがどのようにして作品を売ってきたか説明するのを聞いたし、それらが裕福な人々の家に飾られているのも見てきた。彼女にはたしかにある種の魅力と、どんな質問をされても当意即妙の答えでうまく切り抜ける機転がある。彼女はまた、ウィリアムが貴族階級の人々の注目を浴びるようになったことを大いに喜んでいるふりをしている。ぼくが思うに、おそらくレディ・ドーズは絵をかなりの値段で売っておきながら、彼にはほんの少しの金しか渡していなかったのではないかな」

「大いにありうるわね。知ってのとおり、彼女は去年、夫が収集していた古代エジプトの工芸品を博物館へ売ろうとしたのよ」

「へえ？　ぼくはてっきりアルフレッドが遺産を相続したのだと思っていた」

「そうよ」カミールが言った。「でも、夫の個人資産の一部はレディ・ドーズに遺されたらしいの。彼女には浪費癖があって、絶えずお金に困っていたみたい。実を言うと、つい先日も彼女は博物館へ来たのよ。たまたまその日はアルフレッドが今度の調査旅行に関する書類に記入する用事があって博物館へ来ていたの。ふたりがロゼッタ・ストーンの前でばったり会うのを、わたしは見たわ」

「流血沙汰《ざた》に至らなかったかい？」ハンターがきいた。

カミールがそっと笑った。「いいえ、ふたりともとても礼儀正しかったわ。今でも覚えているけれど、ドーズ卿が彼女と結婚したときはだれもがショックを受けたのよね。あのときはひどい噂《うわさ》が飛び交った。ドーズ卿の最初の奥様は何年も病気がちだったから、イザベラが彼女を殺したのだという噂をわたしは信じなかった。もちろんわたしは当時の彼らと直接面識があったわけではなくて、知っていたのはドーズ卿が博物館の仕事をしていることや、古代の工芸品を寄贈したことくらい。でも、彼はイザベラをずっと以前から知っていたらしいわね」カミールはため息をついた。「きっと今ごろイザベラは有頂天になっているんじゃないかしら。どうやら彼女はしばらく前からウィリアム・アデアと関係を持っているみたいよ」

「レディ・ドーズは貧乏画家とは絶対に結婚しないが、金持ちの画家となれば話は別だというのかい？」ハンターがそっけなくきいた。

「そのとおりよ」カミールは同意した。「だから、あなたがどういう手段を用いたかはともかく、ウィリアムの娘さんが一緒に行くことになったのを、わたしは喜んでいるの。彼女はものすごく物覚えがいいのよ。わたしが本を一冊与えたら、彼女は信じられないほど短期間に象形文字《ヒエログリフ》の読み方を覚えてしまったわ」そう言ったあとでカミールは首を振り、額にしわを寄せた。「このところ後援者や学生たちが出入りして室内がごった返しているけれど、地図や旅行の計画表がある場所はしっかり把握しているつもりだった。ところが最近、さっきまで机の上にあったものが、次に見たときは消えてしまっているの。実際のところ書類を何枚かなくしてしまったみたい」

「なくした？」

彼女は肩をすくめた。「今言った地図や旅行の計画表、それと計算書なんかも。ただし本当に重要なものはなくなっていないわ。そんなに怖い顔をしないで。押しこみ強盗に遭ったわけではないんだから。とはいえ、キャットみたいにひと目でイメージをとらえてその意味を理解できる頭のいい人が一緒に行くから安心だわ。彼女を助手に雇えたなんて、いったいどういう手を使ったの？」

ハンターはためらったあとで言った。「正直に言うと、キャットはデーヴィッド・ターンベリーや彼の住んでいる世界にばかばかしいほど心を奪われていてね。ぼくは彼女がデーヴィッドやその仲間たちと時間を過ごせば、彼や彼の世界がいかに浅薄で無価値なものか気づくだろうと考えたんだ。我々のカイロへの旅にキャットが強い関心を抱いていることを知ったぼくは、彼女になんらかの形で礼をしなければならないと考えているエイヴリー卿と相談し、旅行に連れていくことにしたというわけさ」

「そしてキャットがへとへとになるまでこき使うつもりなのね」

「一緒に行きたがっているのは彼女だよ。こちらはその望みをかなえてやっているだけだ」

「ふうん。でも、あなたは彼女をこき使いたがっている。それとも罰したがっているの？」カミールはそっと尋ねた。

「罰するだって？　いったいなんのために？　キャットはたぐいまれな勇気を示したんだよ」

「それは……さっきあなたが言ったように、愚かしさを罰するとか」

ハンターは手を振って気づかわしげに顔をしかめた。「今それを問題にするのは無意味だ。キャットは川へ飛びこんでばかな若者の命を救った。若者はターンベリーの大事な息子で、ターンベリーとエイヴリーは親友同士だ。そんなわけで彼女は偶像みたいにあがめられている。残念ながら莫大《ばくだい》な遺産でもなければ、人はいつまでもあがめられてはいない。

キャットの父親は施しを受けとりはしないだろう」

「でも、彼女の父親はお金持ちになる可能性があるわ」

「たしかに」

「お金はさまざまな方法で獲得できるし、なかには生まれながらに大金を持っている人もいる。だけど才能は、そう、才能はお金では買えないわ」

「キャット自身も大変な才能の持ち主なんだ」ハンターは言った。

「そしてあなたは芸術の擁護者ですものね」カミールがからかった。

「なにが言いたいんだ?」ハンターはきいた。

「あなたがこんなにおかしな振る舞いをするのを、見たことがないわ」カミールは無邪気に言った。

「おかしな振る舞いなんかしていないよ」

「しているわ。それと、気をつけなくてはだめよ」

「ほう?」

「ねえ、どうしてあなたは自分の気持ちや考えを率直に表して、あの子に言い寄らないの?」

「なんだって?」

「そりゃあ、彼女はレディの称号を持っていないし、裕福な未亡人でもなければ、浮ついた離婚経験者でもない……だけどまじめな話、あなたを知っていて心から愛している人間として、わたしはあれこれ詮索《せんさく》したり助言したりせずにはいられないの」

「ぼくに助言は必要ないよ」

カミールは笑った。「個人的には、キャットはあなたにぴったりだと思っているわ」

「ぼくにぴったりだったのはきみだ。覚えているだろう。ぼくは以前きみに結婚を申しこんだんだよ」ハンターは思いださせた。

「でも、あなたは本気でわたしを愛してはいなかったじゃない。あれは単なる社交辞令だったんだわ。でも、あの子は……」

「ぼくはただキャットのお守りをしているだけだ」

「あなたが？　見あげたものね」

「そうとも、そのとおりさ」

「まあ、冗談はほどほどにして。わたしはあなたが見かけよりもはるかに高い倫理観の持ち主であることを知っているわ。あのときあなたがわたしに結婚を申しこんだのは、わたしが困った状況に陥っていると考えたからなのよね」

「カミール、きみはすばらしい女性だ」

「あなたってお世辞が上手なのね。さっきも言ったように、あなたはわたしを気づかってくれたけれど、一度だって愛してはくれなかったわ」

「ぼくはあの娘を愛してなどいない。ばかなことを言わないでくれ」

「わかったわ。そういうことにしておきましょう。それで、その愛らしい娘さんだけど、今日はどこにいるの?」カミールが尋ねた。

「家にいると思う。午前中、乗馬の訓練をしたんだ。彼女は馬に乗ったことがないそうだ。砂漠へ行ったときのために馬を乗りこなせるようにしておく必要があるからね。気の毒に、今ごろは体じゅうが痛くて悲鳴をあげているんじゃないかな」

「悲鳴をあげている?」そう言ったのは、ちょうどオフィスへ入ってきたブライアン・スターリングだった。「とてもそうは見えなかったな。キャットはデーヴィッド・ターンベリーと〈ターリントン・クラブ〉にいたよ。そこを出るときに、ふたりのテーブルに気づいたんだ」彼は妻の椅子の後ろへ歩いていき、にやりと笑ってハンターを見た。「なにしろ目を見張るような美人だ。彼女のことを周囲がひそひそ話していた。それにあれだけ輝く髪をしているとあっては、目立たないわけがない。何人もの男が振り返って彼女を見ていたよ。父親の名声がとどろくようになれば、キャットもすぐに町の花形になるだろう。

ああ、そうとも、噂が華々しく飛び交うに違いない」

ハンターは驚いてブライアンを見つめた。キャットは思いを寄せるデーヴィッド・ターンベリーと一緒にいる。そして、そう、彼女は美人だ。本当にみんなの注目を浴びているのだろう。

デーヴィッドはどういうつもりなんだ？

「それでは」ブライアンが続けた。「一覧表の検討にかかろうか」

ハンターは彼の言葉に耳を貸さず大股にドアへ歩いていった。

「ハンター」ブライアンが呼んだ。「どこへ行くんだ？」

「きっと外へお茶を飲みに行くんだわ」カミールが言った。

どちらの声もハンターの耳には入らなかった。

デーヴィッド・ターンベリーは絶対にレディ・マーガレットとの結婚に背を向けはしまい。しかし、彼は若い。

そして誘惑されている。

そして、ああ、あの愚かな人魚はとうていデーヴィッドに抵抗できないだろう。

7

キャットは周囲で交わされているひそひそ話をまったく気にしなかった。〈ターリントン・クラブ〉はとても趣味のいいカフェだ。窓には大きなステンドグラスがはまっていて、道行く人々が店内をのぞき見ることはできない。会員になるのに大金がかかるため、ロンドンの社交界でも最も上流の人々しか入れない。椅子は上等な革張りだ。全体に煙草《たばこ》のにおいが立ちこめていて、上品なテーブルの並ぶティールームにいてさえカウンターのほうから煙が漂ってくる。ぴかぴかに磨かれた銀器、洗練の極みとも言うべきティーカップ。テーブルに着いて優雅に小さなサンドイッチを食べている人々は最新流行の服を着ている。

キャットは目の前の若い男性にすっかり心を奪われて、周囲の粋《いき》で贅沢《ぜいたく》な雰囲気をほとんど意識していなかった。彼女はよく笑った。そして紅茶を飲む合間にサンドイッチを少しずつ食べた。だが、ほとんどの時間はただデーヴィッドを見つめ、学生生活に関する話を聞くことに費やされた。彼の話は主としてアルフレッド・ドーズやアラン・ベッケンズデール、ロバート・スチュアートといった友人に関するものだった。

キャットは他人と一緒にいてこれほど親密な気分になったことがめったになく、心臓がどきどきしっぱなしだった。心は浮きたっていた。室内の男性の多くが賛嘆のまなざしで自分を見ていることは、わかっていた。また、デーヴィッドが自分と一緒にいるのを誇らしく思っていることも。なんという爽快《そうかい》さ。天にものぼる心地とはこのことだ。彼がわたしを見るときの目つきときたら――。

「おや、デーヴィッド。それに、こちらはなんとミス・アデアじゃないか」

キャットが視線をあげると、テーブルの横に背の高い魅力的な若者が立っていた。黒褐色の目と明るい髪が人目を引くほど対照的だ。贅肉のない引きしまった体つきをしている。

キャットは彼になんとなく見覚えがあるような気がした。

「やあ、アルフレッド」デーヴィッドが立ちあがって手を差しだした。

若い男性は握手をしながら興味深げな視線をキャットに向けた。

「紹介しよう」デーヴィッドが言った。「ミス・アデア、こちらはアルフレッド・ドーズ卿《きょう》。アルフレッド、こちらはミス・キャサリン・アデアだ」

アルフレッド・ドーズはキャットの手をとって目を見つめ、手に軽く口づけするふりをした。「はじめまして。今日、ここできみに会えるとは夢にも思わなかったな」彼はほほえんだが、目は笑っていなかった。「きみはたしか、ぼくの父の未亡人と知りあいではなかっただろうか」

　そのときになってキャットは、アルフレッドに見覚えがあるような気がした理由を悟った。新聞の社交欄で彼の写真を見たことがあったのだ。アルフレッドがレディ・ドーズを嫌っているのは明らかだった。キャットは彼がレディ・ドーズを継母とは言わずに父の未亡人と呼んだことに気づいた。そういえば、アルフレッドとレディ・ドーズは仲が悪いと姉が話していた。

「どうぞよろしく」キャットはつぶやいた。「ええ、あなたの……お父様の未亡人のことは知っています」彼女はアルフレッドの呼び方を借りて言った。

　アルフレッドはあたたかな笑みを浮かべた。「ここ、いいかい？」彼はテーブルの空いている椅子を指さしてデーヴィッドに尋ねた。

「いいよ」デーヴィッドはぶっきらぼうな口調で答えた。

　だが、アルフレッド・ドーズは暗に拒絶されていることを無視して、キャットに視線を注いだまま椅子に腰をおろした。「デーヴィッドを川から助けあげたのがきみだったなんて不思議もいいところだよ、ミス・アデア。きみのおかげで我々男どもは形なしだ。みんなおろおろするばかりで、捜索用のボートを出そうなどと言いあっているだけ……ところがきみは、すぐさま水中へ飛びこんだ。そのあと、きみのお父さんが謎《なぞ》の画家であることがわかり、しかも彼の傑作をあのイザベラが売りさばいていたとは……まったく驚いたとしか言えないよ」

「世界は狭い」デーヴィッドがつぶやいた。

「そうみたい」キャットは言ったが、それまで世界が狭く思えたことはなかった。

「きみも紅茶を飲むかい、アルフレッド」デーヴィッドがきいた。

アルフレッドは手を振って言った。「紅茶だって？　この時間に飲むのはシェリーだろう。それかシャンパンだ。デーヴィッド、きみは礼儀をどこへ置き忘れてきた？　この勇敢な女性に敬意を表するにはシャンパンでないとまずいだろうが」

「いえ、やめて、お願い……」キャットは拒否した。

「きみがあんまり大騒ぎするから、ミス・アデアは困っているじゃないか」デーヴィッドがとがめた。

「だったらデーヴィッドとぼくへのつきあいとして、ちょっとシャンパンを口にするだけでもいいよ」アルフレッドはそう言って、デーヴィッドに視線を移した。「きみも知ってのとおり、ぼくらは気の合う学生仲間でね。残念ながらふたりとも教授たちにはあまり受けがよくないんだ。というのも、しょっちゅうはめを外しては迷惑をかけるもので。しかし、今シャンパンを頼んだからってはめを外すことにはならないと思うよ」

彼らのテーブルを担当しているウエイターが、若い客がひとり加わったのを見て近づいてきた。

アルフレッドがウエイターを見て言った。「やあ、ハンフリー」

「ようこそ、ドーズ卿」ハンフリーが挨拶《あいさつ》をした。

「シャンパンがいいな。ミス・アデアにとっておきのを頼む」

「承知しました」

「ところできみはイザベラをどの程度知っているんだい？」アルフレッドがきいた。

キャットは肩をすくめた。〝彼女が魔女であることを知っているくらいよく〟と言いたかった。だが、あの女を忌み嫌っているにもかかわらず、それを口にするのはためらわれた。アルフレッドがどんな人間か知らないからだ。

それに残念ながら彼は、キャットがデーヴィッドと過ごしていた夢のような時間を邪魔した男でもある。

「あなたが言ったように、彼女はわたしの父の知りあいなの」キャットは認めた。

「いやはや、なんともおやさしいことで」アルフレッドがあざ笑いながら言った。

「アルフレッド」デーヴィッドが忠告した。「いくら貴族の肩書きがあるからといって、無礼な振る舞いをしていいことにはならないぞ」

しかし、アルフレッドはひるまず、さらに大きな笑みを浮かべた。「ミス・アデアはここにいる年老いた尊大な女たちとは違うさ」彼は反論した。「それに彼女はぼくの継母を知っているんだ。さあ、シャンパンが来た」

ハンフリーがコルクを抜いて泡立つ液体を注《つ》いだ。

アルフレッドがひと口すすってうなずいた。「うまい。辛口で、口あたりがよくて、すっきりしている。よし、ハンフリー、注いであげてくれ」

ハンフリーが細長いグラスをキャットに手渡した。彼女は礼を言って受けとり、恐る恐るすすった。今までシャンパンを飲んだことがなかった。

「きみに乾杯、ミス・アデア！」アルフレッドが言った。

キャットは頭をさげて感謝の意を表した。「ありがとう」彼女はささやいた。

「ところで、きみはぼくらと一緒に砂漠へ行くんだってね」アルフレッドが言った。

「ええ、サー・ハンターの助手を務めることになったの」

「やれやれ。気の毒に、きみは奴隷として売られてしまったというわけだ」アルフレッドがくっくっと笑った。

「奴隷として売られたのはぼくらも同じさ」デーヴィッドが言った。

「たしかに」アルフレッドはシャンパンを飲み干した。「きみたちもぐっと飲み干したまえ。きみを友達と呼んでもいいかな、ミス・アデア？」

「ええ、いいわ」キャットは小さな声で答えた。

「今日の午後はどうやってサー・ハンターから逃れたんだい？」アルフレッドがきいた。

「さあ」彼女は言った。

アルフレッドがキャットのグラスに再びグラスを合わせた。「さあ、飲んで、ミス・アデア」彼は身を乗りだした。「ねえ、きみも気づいているだろうが、上品ぶった子持ちの女たちが全員このテーブルを見ているよ」

「みんな、わたしがここにいるのを不思議がっているんだわ」キャットはあっさり言った。

「ああ、それだけじゃない。彼女たちはみだらな噂話《うわさ》に花を咲かせているんだ。なぜか知っているかい？　社交界デビューした自分の娘たちより画家の娘のほうがはるかに美人だからさ。かまうことはない。さんざん羨望《せんぼう》をかきたててやって、気がすむまでしゃべらせておこう」

常軌を逸した物言いにもかかわらず、キャットはアルフレッドが気に入った。

彼の軽率な態度にも目をつぶれそうだ。というのは、キャットとアルフレッドのあいだには間違いなくひとつの共通点が存在するからだ。ふたりともレディ・ドーズを毛嫌いしている。

さらにシャンパンを飲んだキャットは、飲めば飲むほどおいしくなることに気がついた。しかも次第に陽気な気分になってくる。

「ぼくはきみを困らせているようだな。ごめんよ」アルフレッドが謝った。

「大丈夫よ」彼女はささやいた。

「ぼくは大丈夫じゃない」デーヴィッドがいらだたしげに言った。「アルフレッド、きみのせいで全員がぼくらを見ているじゃないか」

「ぼくが来る前は見ていなかったとでも思うのかい？」アルフレッドは問い返し、テーブル脇《わき》のスタンドの氷で冷やされている瓶からふたりのグラスにシャンパンを注いだ。

「もっと小声で話してくれよ」デーヴィッドが懇願した。

「きみはここにいることを気づかれたくないのか？」アルフレッドは尋ね、キャットに向かってウインクした。

「ばかなことを言うな」デーヴィッドはやり返したが、その声から図星を指されたことは明らかだった。

「なんならここを出ようか」アルフレッドが提案した。

「そうね、わたしは家へ帰らなくては」キャットは心から残念に思いながら言った。

「きみを家へ帰らせるつもりで言ったんじゃない。それどころか、きみはまだ帰るべきではないよ。しかし、ここは出よう。その前にこのシャンパンを空けてしまわなくては。恐ろしく高いのだから残すのはもったいない。そうしたら出よう。ここにいる連中には勝手にしゃべらせておくさ」

デーヴィッドがグラスのシャンパンを飲み干してキャットをちらりと見た。彼女も残りを飲み干した。デーヴィッドは早くここから立ち去りたくて仕方がないと見える。キャットは彼を喜ばせたかった。

「ハンフリー、今日の分はぼくの勘定につけておいてくれ」アルフレッドが陽気な声で呼びかけ、先に立ちあがって、キャットのために椅子を後ろへ引いた。

彼女は立ちあがった。

世界が少しぐらぐらしたが、キャットはすぐに平衡感覚をとり戻した。笑いだしたい気分だった。室内には顔をしかめている人たちがいたが、彼女は気にしなかった。ドーズ卿には高位の貴族の称号がある。そのドーズ卿は、彼自身が尊大な女と呼ぶ既婚婦人たちのばかげたしかめっ面など歯牙《しが》にもかけない。そしてデーヴィッドはといえば……。

デーヴィッドはキャットの腕をとっていた。彼女にふれているのだ。彼はキャットが自分の足でしゃきっと立っていられないことに気づいているようだった。

デーヴィッドはキャットをティールームから連れだした。建物の外に出て、薄暗くなりだした歩道に立った彼は、あたりを見まわしてからアルフレッドのほうを向いた。

「ぼくの馬車がない」

「当然だ。ぼくが帰しておいたからな。ぼくの馬車で行こう」

周囲の世界がわずかに傾いていたけれど、時刻が遅くなっていることはキャットにもわかった。「家へ帰らなくては」彼女はそっと言った。

「もちろんだよ」デーヴィッドがやさしく応じた。

キャットはそれほどたくさんシャンパンを飲んだわけではなかった。しかし、アルフレッドが彼女のもう一方の側へ来て体を支えるために腕を差しだしたとき、キャットはそれを当然の行為と思った。どうやって乗ったのかもわからなかったが、少しして自分が立派な馬車のなかにいることに気づいた。彼女はにこやかにほほえんだ。

なぜなら夢が実現してデーヴィッドが隣に座っていたからだ。実際、人生は今やこのうえなく甘美な夢と化していた。もちろんハンターと一緒にいるときは別だ。しかしそのハンターは、今はそばにいないし、若いふたりの男性はどちらもハンサムでよく気がきく。

「ミス・アデア、きみを見つめてばかりいてごめんよ」アルフレッドが言った。「きみがあまりにも美しいものだから」

「ありがとう」キャットは顔を火照らせてささやいた。デーヴィッドが彼女に身を寄せた。

わたしを守ろうとしているのだわ。そう思って彼女はうれしかった。

「それに、きみはぼくらと一緒にエジプトへ行く。最高だ!」アルフレッドが続けた。

「アルフレッド」デーヴィッドがやや鋭い声で言った。

アルフレッドが奇妙な目つきで彼を見た。そして両手をあげて言った。「なあ、デーヴィッド……ぼくはきみの味方だ。わかっているだろう」

キャットは窓の外へ目をやった。「あの、ごめんなさい。さっきの角を曲がらなくてはいけなかったみたい」

アルフレッドが身を乗りだした。「もちろん、どうしてもと言うなら次の角を曲がってもいい。しかし、キュー・ガーデンズ近くのぼくのアパートメントにあるエジプトの財宝をきみに見せてあげたいんだ」

「悪いけど、どうしても家へ帰らなくてはならないの。父が帰宅したらきっとすごく心配するわ」キャットは言った。

「たぶん」デーヴィッドが少しぎこちない口調で言った。「きみのお父さんは遅くまで忙しいんじゃないかな」

「そうなの?」キャットは驚いて言った。

「そうとも、ウィリアムはエイヴリー卿やぼくの父の未亡人と一緒だからね」アルフレッドがそう言って、キャットをじっと見つめた。「知っているかい、エイヴリー卿はレディ・マーガレットの肖像画をウィリアムに依頼したんだ。エイヴリー卿はウィリアムが描《か》いたきみとお姉さんの肖像画にとても感銘を受けたのだそうだ」

「まあ。でも、やっぱり家へ帰らないと」

「お願いだ、キャット」隣に座っているデーヴィッドが言った。「アルフレッドの住まいへ行けば、ほんのわずかな時間であれ他人の目を気にしなくてすむ。それに彼がエジプトの財宝を所有しているのは本当だ。アルフレッドは以前、調査旅行に参加したことがあるから、今度の参考になるものをきみに見せてあげられるだろう。地図や本なんかを見せてもらったら役に立つんじゃないかな」

「ぼくはサー・ハンターと仕事をしたことがある」アルフレッドが説明した。「彼には奴隷みたいにこき使われたよ」

「あの……本当に父は帰りが遅くなるのかしら？」キャットは心配そうに尋ねた。

「それは間違いないよ」膝に置かれているキャットの手にデーヴィッドの手が重ねられた。

ふいに彼女は、アルフレッドとの出会いは計画的だったのではないかという気がした。デーヴィッドはクラブでアルフレッドに邪魔されたのが気に入らないふりをしていただけではないだろうか。デーヴィッドはロンドンに自分の住まいを持っておらず、エイヴリー卿の屋敷に滞在している。だが、アルフレッド・ドーズは自分だけのアパートメントを所有している。彼らが利用できる場所……。

これはまずい。わたしは危ない橋を渡ろうとしている。

そう思ったが、キャットは誘惑に勝てなかった。なんとしてもデーヴィッドが自分を愛するように仕向ける必要がある。レディ・マーガレットを忘れてしまうほど深く愛させなければ。手後れになる前に。ふたりが正式に婚約する前に。

「ぼくはきみとの一瞬一瞬を大切にしたい」デーヴィッドが彼女の目を見つめて言った。

キャットはまっすぐ座りなおして向かいの席のアルフレッドを見た。「長くはいられないけれど、どうせあなたの住まいへ向かっているんですもの、少し寄らせてもらおうかしら」

「よかった」アルフレッドが言った。彼がちらりとデーヴィッドに視線を走らせたのを見て、キャットはかすかな不安を覚えた。デーヴィッドが元気づけるように彼女の手を握りしめた。

キャットは再び窓の外に目をやった。すっきりした街並みのあいだを走っていた馬車が角を曲がって、両側に密生した茂みや高くそびえる木々のある私道へ入った。馬車は蔓《つる》植物に厚く覆われたあずまやのそばで停《と》まった。まずアルフレッドが馬車をおり、続いてデーヴィッドがキャットを助けおろした。

母屋まではほんの数歩だった。アルフレッドが鍵《かぎ》でドアを開けた。入ったところが洗練された玄関広間になっていて、アルフレッドがキャットの上着を受けとろうとした。

「あまり長くいられないから自分で持っているわ」

「そうか、じゃあリビングルームへ行こう」アルフレッドが先に立って歩きだし、キャットはデーヴィッドに背中を押されるようにして廊下を歩いていった。リビングルームへ入ったキャットは、これほどの財産がすべてアルフレッドのものになってしまったことにレディ・ドーズは憤慨しているに違いないと思った。家具はどれも光り輝き、ランプには上品なシェードがかけられて、壁は見事な絵で飾られている。エジプトの財宝があるとアルフレッドが言ったのは嘘《うそ》ではなく、部屋の反対側のソファの横には石棺が見栄えよく置いてある。石棺には入念な彩色が施されていて、キャットは数時間を博物館で過ごしたおかげで、そこに書かれている文字の一部を読みとることができた。

「ナシーバ」彼女は声に出して読んだ。「偉大なる王《ファラオ》の妻にして、神殿の王子トトメスの母」

「きみはそこに書かれていることが読めるんだ！」アルフレッドが感嘆の声をあげた。

「読めるというほどではないわ。記号をいくつか学んだ程度なの」

「すばらしい。そうだ、ふたりにエジプトのお茶をごちそうしよう」アルフレッドは言った。「しばらくきみたちをふたりきりにするが、かまわないよね」

彼は趣味のいいリビングルームから出ていき、あとにはキャットとデーヴィッドが残された。

「キャサリン……」デーヴィッドがささやいて彼女に歩み寄った。

キャットはびっくりするあまり、最初はなにをされようとしているのか理解できなかった。気がついたときは彼の腕のなかにいた。

デーヴィッドは彼女の目をじっと見て再び名前をささやいた。「キャサリン……美しくて、堂々とした、勇敢な女性」

そして彼はキスをした。

キャットは彼の唇を感じた。どこかぎこちなく彼女の唇にそっと重ねられたデーヴィッドの唇。両手が背中に添えられて、キャットはぎゅっと彼に引き寄せられた。

これがわたしの夢だったのだわ。デーヴィッド。彼はわたしを欲しがっている。わたしにキスをしている。

でも、なにかが違う。彼のキスはわたしがずっと想像してきたものとは違う。キスをしてほしい。それはたしかだ……。

けれど、こんなふうにではない。

キャットは両手をデーヴィッドの胸にあてて押した。彼はその行為を単なる形だけの抵抗と解釈したらしく、いっそうきつく抱きしめて唇を強く押しつけた。

彼女はぐいと顔をそむけた。「デーヴィッド！」

「どうしたんだい？」彼はかすれた声でささやいた。「ああ、キャット。ぼくはきみが欲しい。きみはぼくにとって必要な人……ぼくが望んでいる人だ。この前会ったとき……きみはぼくの命を救ってくれた。そのあときみは行ってしまい……そして戻ってきた。しかもいっそう美しく、いっそう魅力的になって……。ぼくはきみの息づかいを感じ、きみの目を、きみのまなざしを夢見る。それにぼくは知っているんだ。きみがぼくに関心を抱いていることを」

「ええ、そのとおりよ。でも……」

「でも？」

「こんなの、よくないわ……こんなところで」

「ほかにどこならいいというんだ？　ぼくらはすでにたくさんの人に見られている。アルフレッドは友達だ。ぼくらを守ってくれるだろう。ぼくたちはここでいくらでもこっそり会うことができるよ」

デーヴィッドは腕の力を抜き、キャットの顔をやさしく撫《な》でて目をのぞきこんだ。彼の言葉には率直さがうかがえる。苦悩が、渇望が。彼はわたしに関心を持っている。わたしを欲しがっている。

世界は熱く燃えていてもいいはずだった。

だが彼女は寒気を感じた。

「なぜこっそり会わなくてはならないの？」キャットは尋ねた。

デーヴィッドはうめき声をあげてまた彼女を抱き寄せた。「ああ、キャット！　きみが貧しい娘のままであればよかったのに。しかし今では、きみのお父さんは名前が売れ、そのうちに金持ちになるだろう……。もっとも芸術家というのは奔放だし、前衛的な考え方をするから……。いや、やっぱり彼は理解してくれまい。きみは……このことをお父さんに知られたくないはずだ。もちろんエイヴリー卿にも知られてはならない。それとマーガレットにも」

キャットは体をこわばらせた。口が思うように動かなかった。「あなたはわたしを……愛人にしたいのね」

デーヴィッドは顔にありありと困惑の色を浮かべて彼女を見つめた。「ぼくはずっときみを大切にするよ」

「でも、わたしと結婚する気はないのね」キャットは言った。

「ぼくはロスチャイルド・ターンベリー男爵の息子だよ」

生まれてこのかた、これほどの寒気を覚えたことはなかった。「末息子じゃない」彼女は指摘した。

「ああ、そうだが、本気できみを愛しているんだ」

「それにマーガレットも？」

「そりゃあ、もちろん。そこには違いがある。どうかわかってくれ。世の中の仕組みを知らないほどきみはうぶじゃあるまい。頼む、そんな目でぼくを見ないでくれ。きみがこれを望んだんだ。ぼくはてっきりきみが了解しているものと思った……ぼくたちの関係は秘密にしておかなくてはならないと」

デーヴィッドの手は相変わらずキャットの顔の上を動きまわり、指の関節が顎を撫でた。今や彼の顔に浮かんでいるのは生徒に道理を説こうとするやさしい教師の表情だった。やがて前かがみになって再びキャットにキスをした。さっきよりも強引なキスで、彼女の唇をこじ開けようとする。しかも彼の両手はキャットの体を這《は》いまわり、胸郭のあたりをまさぐって乳房のほうへあがってくる。

キャットは抗議の声を出してデーヴィッドの胸をぐいと押した。今の彼女は氷のようだったが、愛は簡単には冷めない。

デーヴィッドが再び彼女から体を離した。「キャット、きみをぼくのものにしたい！」彼は狂ったようにささやいた。「きみは熱い火だ。そして……そして、ぼくの未来の花嫁は氷だ。きみは情熱そのものだよ。男の人生には情熱が必要なんだ」

キャットをなかなか放そうとしなかったデーヴィッドが突然強く押したので、彼女は後ろ向きにソファの上に倒れた。

すぐに彼がのしかかってきた。「キャット……どうかわかってくれ」

彼女は力いっぱいもがいたが、デーヴィッドを押しのけることはできなかった。キャットが首を横にひねると、彼は手で彼女の顎を挟んだ。

「きみを愛している！」デーヴィッドが言ったその言葉には、まるで心の底からしぼりだされたような真実味がこもっていた。彼の唇がまたもやキャットの唇に押しつけられた。

〝きみを愛している！〟

しばらくその言葉が甘い響きとなってキャットの胸にとどまり続けた。それに彼のキスの味わいは不快ではなくてほろ苦く、少しも感動的ではないけれど念入りで甘かった。これがおそらくデーヴィッドの求めている夢なのだ。彼女の夢に似てはいるが……決定的に違う。

やがて真実がキャットの心に容赦なく切りこんできた。デーヴィッドはわたしを欲しがっている。そしてわたしは欲望の対象であり、愛人となるべく生まれついた女。身分の高い男性の妻になることは絶対にない。

キャットは唇を無理やり離した。「どいてちょうだい、デーヴィッド」

彼は動くのをやめてキャットをまじまじと見つめ、顔をしかめた。心のなかで怒りが募っているのがわかった。「きみはイーストエンドの安っぽい性悪の売春婦みたいに人をからかったんだ」デーヴィッドがしわがれた声で言った。

彼女はぎょっとして彼を見つめ、あえぐように言った。「どいて。さあ早く」

「キャット」デーヴィッドの顔から怒りが消えた。「きみにはわからないんだ。ああ、ごめんよ。だがぼくは、どうしてもきみを自分のものにしたい」彼は繰り返した。

「放して！」キャットはきっぱりと言った。

「きみは聞いていなかったんだな。ぼくは本当にきみを愛しているんだ！」

そのささやき声には今度も真実味があり、目の表情も真剣そのものだったので、キャットの心臓はどきんと打った。彼女はさっきの彼の言葉の卑劣な残酷さを忘れた。

「きみを愛している！」デーヴィッドがささやいた。

キャットは彼を見つめた。「愛だけでは充分じゃないわ」彼女は静かに言った。

「キャット」デーヴィッドはいまだに彼女を放していなかった。それどころか頭を胸にうずめてきた。キャットは自由になろうともがいたが、彼の体はずっしりと重かった。彼女はとるべき手を考えた。悲鳴をあげ、引っかき、蹴《け》飛ばそうか。

「デーヴィッド、どいてちょうだい」キャットはもう一度頼んでから、力任せに彼を押した。今度はなんとか押しのけることに成功し、よろよろと立ちあがった。そしてそのままそこに立っているつもりが、デーヴィッドにドレスをつかまれて引っ張られ、再び倒れた。

しかし、今度は彼女が上だった。

ハンターが部屋へ飛びこんできたのはそのときだ。

「どうしてここへ……?」デーヴィッドがきいた。

「彼女を放せ」ハンターが怒鳴った。「早くしろ!」

たちまちデーヴィッドはキャットを抱き寄せて、守ろうとするかのように両腕をまわした。そして彼女を抱きしめたままぎこちなく立ちあがろうとした。

立ちあがる暇はなかった。ハンターがつかつかと部屋を横切ってきてキャットのウエストをつかみ、デーヴィッドの腕から離したのだ。しばらくのあいだ、彼女は悪さをした生徒みたいにハンターの腕にぶらさがっていた。

「立て、デーヴィッド」ハンターの声は低くて威嚇的だった。

キャットは憤慨した。「サー・ハンター、おろしてちょうだい」

「サー・ハンター」デーヴィッドが命じられたとおり立ちあがって抗議した。「ぼくたちはどちらも大人なんだ！」

「彼女の父親は娘の身を心配している」ハンターが言った。

「お願いだからおろしてちょうだい！」キャットは繰り返した。

「出しゃばりにもほどがある」デーヴィッドが文句をつけ、顔を紅潮させて暗い怒りをあらわにした。「あなたには愛人が大勢いるじゃないか！」

「ぼくは純真な若い女性を食いものにはしない。彼女をシャンパンで酔わせて、その日に限ってなぜか使用人たちが出払っている友人宅へ連れこむなど、もってのほかだ」ハンターが怒鳴り返した。

「彼女はぼくと一緒にいたいんだ」デーヴィッドが反論した。「キャット、彼に言ってやってくれ」

「お願いだからわたしをおろして！」キャットはもう一度ハンターに言った。

ハンターが彼女をおろした。当然ながらキャットがよろめいたので、ハンターが手をのばして支え、そのまましっかり腕をつかんでいた。彼に激しい怒りと失望のこもった目でにらみつけられて、彼女は口もきけなかった。

「彼女はぼくといたがっているんだ」デーヴィッドが繰り返した。

ハンターの突き刺すような視線がキャットに注がれた。彼はキャットの腕から手を離して後ろへさがった。

「きみとアルフレッドは彼女をだましてここへ連れこんだ」ハンターが非難した。

「キャットはぼくといたいそうだ」デーヴィッドがまたもや繰り返した。

「なるほど。すると、ここへ来たのは彼女の意思だったというわけか」

「キャットがもう一度ふたりきりで会いたがっていたのを、ぼくは知っていたんだ」デーヴィッドが言い返した。

キャットの頬が熱く火照った。デーヴィッドの言うとおりだ。たしかにわたしは彼とふたりきりで会いたかった。でも、事態はこれほど急速に進展すべきではなかった。彼はまず何日かわたしと過ごして恋に落ちなければならなかったのだ。わたしがデーヴィッドの声を聞きたくなったように、彼のほうでもわたしの声を聞かずにはいられなくなる。わたしの目を見たり笑い声を聞いたりしたくて仕方がなくなる。それからどこかの時点でさりげなく互いにふれる。そして最後に……キス。そのキスに対して彼は謝って、それから……。

それからもちろんデーヴィッドはわたしを愛していると言うべきだった。わたしを愛していて、結婚したい、と。ほかのすべてをなげうってもいい。必要とあれば父親にだって逆らう、と。だって、それが愛なのだから。

「きみはだまされてここへ連れこまれたのか？」ハンターがキャットにきいた。「それとも」彼の声が辛辣《しんらつ》さを増した。「ここへ来たのはきみの意思だったのか？」

キャットはあえぎ、デーヴィッドではなくハンターの頬をたたこうとして思いとどまった。涙がこぼれそうだったが、どちらの男にも涙を見せたくなかった。ハンターの質問に答えを与えてやるつもりもなかった。

彼女は背筋をのばして威厳のある態度をとろうとした。「わたしはひとりで家へ帰るわ。ふたりとも、さようなら」

そして昂然《こうぜん》と頭をそらし、ドアへ向かって歩き始めた。

ところがその瞬間、アルフレッド・ドーズが駆けこんできてハンターめがけて突進した。怒り狂っていて、ハンターに襲いかかるつもりらしい。

キャットはさっと身をかわしたハンターの敏捷《びんしょう》さに目を見張った。アルフレッドはソファの上に倒れこみ、すばやく立ちあがって振り返った。ハンターが拳《こぶし》を振りあげて彼の顎を殴りつける。アルフレッドは床に倒れた。

キャットはハンターをにらんだ。「あなたたちって、みんな獣みたい」彼女は低い声で言った。それから部屋をあとにし、玄関から外へ出た。

髪からピンがぶらさがっているのも、服が目もあてられないありさまになっているのも知っていた。乱れた髪を直そうとしたが無駄だったので、せめて濃い茂みの陰にいるあいだにスカートだけは整えようとした。

ハンターの足音は聞こえなかったが、気がついたときには彼がすぐ後ろにいて、キャットの背中に手をあてていた。「行こう」

「あなたとはどこへも行かないわ！」彼女は叫んだ。

「そういうわけにはいかない」

「わたしは絶対に――」

「お父さんがすごく心配している」

キャットは黙りこんだ。それまでの怒りに狼狽《ろうばい》がとって代わった。「まだそれほど遅くないはずよ」

「エイヴリー卿がきみに自宅へ来てもらおうと、クラブにいるはずのデーヴィッドに連絡をとろうとしたのだが、きみたちはすでにそこにはおらず、きみは家へも帰っていなかった。アルフレッド・ドーズがクラブできみたちと一緒だったと聞いて、きみがどこにいるか、ぼくにはぴんときたんだ。幸い、ぼくの勘はあたった。礼を言いたくなったらいつでもどうぞ」

「あなたにお礼を言うですって？」

「するときみはデーヴィッドとベッドをともにする気だったのか？」ハンターが冷たくきいた。

キャットは怒りに喉をつまらせてハンターをにらんだ。やがて彼女は行動に移った。腕を後ろに引いて思いきり彼を引っぱたこうとしたのだ。てのひらが目標をとらえる前にハンターが彼女の手首をつかんだ。

「やめるんだ。ぼくには殴られる理由が少しもない。ぼくが部屋へ駆けこんだときのきみたちの様子を考えればなおさらだ」

「彼とベッドをともにする気などなかったわ」キャットは冷ややかに言った。「だけど、あなたに助けてもらう必要もなかった。自分の面倒は自分で見られたわ」

ハンターが眉をつりあげた。「なるほど。すると、ぼくが見たのはその場面だったのか」

彼の口調はそっけなかった。

キャットはつかまれていた手首を振りほどいた。「わたしは立ちあがろうとしていたの」

「あまり成功していなかったようだが」

「もう少しで立ちあがるところだったのよ」

突然、ハンターがののしりの声をあげて彼女の両肩をぐいとつかんだので、キャットはぎょっとした。「ばかだな。他人よりも自分のほうが偉いと考えている傲慢《ごうまん》な学生ふたりがきみを強姦《ごうかん》することにためらいを覚えると、本気で思っているのか?」

キャットはごくりと唾《つば》をのみこんでかぶりを振った。「わたしは信じない……絶対に信じないわ……彼がわたしの拒絶を受け入れないなんて」

肩をつかんでいる彼の手に力がこもった。「男たちとつきあうには、きみは気の毒なほど純粋すぎる」ハンターはそう言ってから手を離し、後ろへさがって怒ったように首を振った。「服を直すんだ」彼の声があまりに穏やかだったので、かえって恐ろしく聞こえた。「これからお父さんに会うんだから」

ハンターが厳しい非難の視線を浴びせ続けるのにたじろぎながらも、キャットはできるだけ威厳を保ちつつ服装の乱れを直そうとした。だが、彼女が直し終わらないうちにハンターは背を向け、イーサンと馬車が待っている道路へ出ていった。どんなときも礼儀正しさを失わないイーサンがキャットを見て元気づけるようにほほえんだ。「こんばんは、ミス・アデア」

「こんばんは、イーサン」キャットはなんとかほほえみ返した。そして彼の助けを借りて馬車に乗った。すぐあとからハンターが乗りこんできた。

窓の外を見てもなにひとつ目に入らなかった。街灯の明かりが揺れながら後ろへ過ぎていくだけで、ほかはなにもかもぼやけている。それでもキャットは窓の外を見続けた。ハンターは口をきかなかった。彼を前にして座っていると、キャットは焼栗《やきぐり》売りの石炭が近くでかっかと燃えているような熱さを感じた。ハンターは腕組みをしている。馬車を引いていく馬たちのひづめの音が街路に響く。キャットはハンターの視線がじっと自分に注がれていることに気づいていた。彼はキャットにさわらなかった。ふたりの膝がふれあうこともなかった。

かなり進んだところでようやくハンターが口を開いた。「その髪をなんとかしたほうがいいんじゃないか」

キャットは彼の目を意識しながらできるだけ髪の乱れを整えようとした。ハンターが彼女の隣へ移ってきた。

「向こうを向いて」ハンターに命じられてキャットは背を向けた。彼女が肩と背中をこわばらせていると、彼はまずピンを集め、それからぼさぼさの髪を整えて、最後に慣れた手つきでピンを留めなおした。

ハンターの指が軽くふれると、キャットは背筋がぞくぞくした。彼のちょっとした動きを痛いほど意識した。

だが、ハンターは彼女の隣にいつまでもとどまりはしなかった。髪を整え終わると、すぐにもとの席に戻った。

「本気で彼の愛人になりたいと思っているのならともかく、そうでなければ、しばらくのあいだデーヴィッド・ターンベリーには近づかないほうがいい」暗い馬車のなかでハンターが忠告した。

「彼はわたしの言葉に耳を傾けてくれたはずよ」キャットは言った。

ハンターが鼻でせせら笑った。「そうは見えなかったがね」

「そんなこと、わからないわ。そうでしょ？」

「助けてもらったことに感謝するのが」ハンターが再び言った。「礼儀正しい行いというものだ」

「もう一度言うけれど、助けてもらう必要があったとは思えないわ。それに……あなたはアルフレッドにあんな暴力を振るう必要があったの？」

「いいや。彼に殴られるままになっていることもできたさ」

キャットは涙がこぼれそうになるのを感じてうつむいた。

「波紋を呼んだりしないかしら？」しばらくして彼女は尋ねた。

「なにが？」

「なにがって……あなたがアルフレッドにしたことがよ」

「あのふたりはあそこで起こったことを絶対に口外しないだろう。きみはそうは思っていないようだが、今夜のきみは被害者だったんだ。しかも、もっと悪い事態になっていたかもしれない」

「でも……」

「でも、なんだ？」

キャットは傷ついて再び窓の外へ目をやった。

夢は簡単には死なないのだわ。

「あなたの意図はデーヴィッドよりもはるかに立派だったというの？」キャットは尋ねた。

黙っていればよかった。ハンターのほうから怒りが熱波となって押し寄せてくるのが感じられる。

彼は身を乗りだしたが、キャットにふれようとはしなかった。「ぼくがいろいろと非難を受けてきたのはたしかだ。なかには的を射た非難もあった。しかし、純真な若い娘をたぶらかして強姦したかって？　そんなことをしていたら、とてもじゃないがぼくの良心は罪の重荷に耐えられない」

突然、馬車のドアが開いたので、キャットはびっくりした。ハンターに注意を引かれるあまり、エイヴリー卿の玄関先で馬車が停まったことに気づかなかったのだ。

イーサンがいつもどおり礼儀正しく彼女を馬車から助けおろそうと待機しているのを見て、キャットはほっと息を吐いた。

そのときになってやっと、自分が息をつめていたことに気づいた。

そしてまた自分が後悔していることや、実際に大変な事態になっていたかもしれないことにも気づいた。

キャットはイーサンの手をとって馬車をおりた。ハンターが続く。彼女は自分が間違っていたことや、悲しみのあまり間違いを認められないでいることを悟り、ごくりと唾をのみこんだ。

彼女はハンターに謝るつもりで振り返った。

だが、彼はキャットの横を通り過ぎた。玄関が開いて、マーガレットが踏み段を駆けおりてきた。

マーガレットはハンターの前で立ちどまってにっこりし、爪先立ちになって彼の頬にキスをしてからキャットのほうを向いた。

「ああ、よかった！　ハンター、あなたが行方不明のキャットを見つけてくれたのね。さあ、キャット、早くなかへ入って。あなたのお父様がなさったことを見せてあげる。さあ、いらっしゃい」

マーガレットに手を引っ張られながら、キャットは後ろを振り返った。

ハンターが彼女を見ていた。彼の目に浮かんでいる失望の色が、なぜかキャットの胸に、まるで傷口に塩をすりこまれたような苦痛を与えた。

ごめんなさい。本当にごめんなさい。

だが、もはやキャットはその言葉を口にすることができなかった。二度と開かないドアが閉じてしまったのではないかと、彼女は心底不安になった。

8

ハンターにはその晩が耐え難いほど長く感じられた。マーガレットはいつものようにしとやかでだれに対しても愛想がよかった。ディナーを待つあいだ、マーガレットとエイヴリー卿《きょう》が昼間のうちにウィリアム・アデアがした仕事をキャットに見せた。ハンターはウィリアムが制作するマーガレットの肖像画の下絵を見て、なぜこれほど才能豊かな画家が今まで見いだされずにいたのだろうと不思議に思った。画布にはまだ下絵の段階ながらマーガレットの本質がとらえられていた。若い金髪女性の美しさ、やさしさ、思いやり、心のあたたかさが。

父親の仕事をじっと見つめるキャットを眺めるのは興味深かった。彼女が痛ましいほど心の内をさらけだしたような数分間があった。キャットはマーガレットを好いており、彼女に敬意と感謝の念を抱いている。そのマーガレットと結婚する気でいる若者を熱愛しているせいで、相当に葛藤《かっとう》しているに違いない。そんなキャットの様子を見ていたらつい同情したくなりそうなものだが、ハンターの胸には怒りしかわいてこなかった。デーヴィッドの愛人にはなれないと断りさえすればそれですむと、なぜ彼女はあれほどまでに確信を持てるのだろう。まったく正気の沙汰《さた》とは思えない。

本当にキャットはそう信じているのだろうか？　それともぼくを、このハンターを、納得させようとしただけだろうか？

エイヴリー卿の屋敷にはデーヴィッドの友人のロバート・スチュアートとアラン・ベッケンズデールが顔を見せていた。ふたりは過度なほどマーガレットに対して礼儀正しかったものの、どちらもイライザ・アデアにすっかりのぼせあがっていた。作品を見終えてワインが振る舞われるころ――キャットは出されたグラスを丁重に断った――エイヴリー卿がやきもきし始めた。

「マーガレット、デーヴィッドとその友人はどこにいる？　時刻は遅くなってきたし、わたしの胃袋はぐうぐう鳴っている。みんなだってこれ以上は待ちきれないだろう」エイヴリー卿がいらだたしげに言った。

当然ながら、エイヴリー卿はキャットを見た。マーガレットも同じようにキャットを見た。

「あの……たぶんあの人たち、ドーズ卿の家ですることがあったのだと思います」キャットはもごもごと言った。

「もうすぐ来るんじゃないかな」ハンターが助け舟を出した。

キャットは彼を見なかった。暖炉の火を見つめている彼女の頬が赤く染まった。

「電話をかけてみたら、お父様？」マーガレットが促した。

「冗談を言うな。あんな機械にはさわりたくもない」エイヴリー卿がこぼした。

「ぼくが電話してみよう」ハンターは申しでた。だが彼が電話に向かって歩いているときにエイヴリー卿の執事が現れて、デーヴィッド・ターンベリー様とアルフレッド・ドーズ卿がご到着なさいましたと告げた。

ふたりが部屋へ入ってきた。デーヴィッドの外見はきちんとしていたが、アルフレッドの顎にはくっきりとあざができていた。

「デーヴィッド」マーガレットが身に備わった優雅さでひとりの若者を迎え、次いでもう一方の若者を振り返った。「それにアルフレッドも、いらっしゃい」

ふたりがマーガレットに挨拶《あいさつ》をした。デーヴィッドがおどおどした態度でハンターを見てぎこちなく握手をした。アルフレッドもおずおずと近づいてきた。ハンターは首をかしげただけでなにも言わず、ふたりがキャットにどう挨拶をするかと興味深く見守った。

ふたりは慇懃に挨拶をした。キャットも口をつぐんでいた。

「さてと、それではディナーにしよう」エイヴリー卿が告げた。

その晩、ハンターにあてがわれたのはイライザとマーガレットに挟まれた席だった。彼は内心いらだった。

キャットの席はデーヴィッドではなくてアルフレッドの隣だった。食事中、しばしばキャットとアルフレッドが頭を寄せて何事かささやきあっているのがハンターの目に入った。

そのうちにハンターはイライザ・アデアが真剣な目で自分を見ていることに気づいた。彼が見つめ返すと、イライザは顔を赤らめた。

「なにか？」ハンターはきいた。イライザはキャットほど情熱的ではないものの、やさしい性格と落ち着きのある態度の持ち主だ。

「妹のことが気がかりなのね」イライザが静かに言った。

「そう見えるかい？」ハンターは尋ねた。

「ええ。それにわたしも気がかりなの」

「ほう？」

「人はだれでもときどき分別を失うみたい。父にはレディ・ドーズのよこしまな性格が見えていないけれど、ほかの人たちはたいてい彼女の人間性を見抜いているわ。キャットはデーヴィッド・ターンベリーがすぐにすねることや、自分をほかの人たちより偉いと考えていることに気づいていない。そりゃあ、父親が大変な資産家だから、自分を偉いと思うのは当然かもしれない。でも……。人は自分が見たいものしか見ないというのは、たぶん真実なのね」

ハンターはイライザにほほえみかけた。「きみはとても頭の切れる女性だ」

「ご存じかしら。キャットはあなたの言うことならなんでも聞くのよ」イライザが言った。

彼はそっと笑った。「いや、残念ながら違うみたいだ」

「いいえ、妹はあなたの言うことになら耳を傾けるわ」イライザは言い張った。「もっとも妹は絶対にそれを認めないでしょうけど。たぶんあなたなら、デーヴィッドにのぼせあがっている妹の目を開いてやれるんじゃないかしら。キャットの絵の才能が開花するように計らってくださるんですってね」

イライザの口調も目つきも真剣そのものだった。

「正直なところ、ぼくにできることはほとんどない」

「サー・ハンター」イライザが笑って言った。「あなたは自分を過小評価する人にはとても見えないわ。なんと言っても妹はあなたのために働くんですもの」

ハンターはテーブルの反対側を見やった。キャットとアルフレッドの話し声は相変わらず聞きとれなかったが、おそらく彼は自分の家での出来事を謝っているものと思われた。やがてキャットの顔に笑みが浮かんだ。

「レディ・ドーズは、今夜はどこに？」ハンターはイライザに尋ねた。

「仕事の話でどこかへ出かけたらしいの。わたしが聞いているのはそれだけよ」

「その仕事の話がいつ持ちあがったのか知っているかい？」

イライザがハンターに笑いかけた。「デーヴィッドの学友のアルフレッド卿がディナーに出席することをレディ・ドーズが聞いたときよ」

「なるほど」ハンターはつぶやいた。

ついにディナーが終わって、男性たちにとってはブランデーと葉巻の時間になり、ハンターはエイヴリー卿やウィリアム・アデアや若者たちと一緒に喫煙室へ移った。デーヴィッドとアルフレッドはハンターを前にしてそわそわしっぱなしなので、彼は小気味よかった。だが、永久に言葉を交わさないでいるわけにはいかない。その機会は、ウィリアムを大いに気に入ったエイヴリー卿が二階の大広間にあるレンブラントの絵をどうしても彼に見せたいと言いだしたときにやってきた。

エイヴリー卿とウィリアムとロバートとアランが二階へ去ったあと、しばらく沈黙が続いた。やがてデーヴィッドとアルフレッドが同時にしゃべりだした。

「サー・ハンター、ぼくは自分がなにをしようとしていたのか、いまだにわからなくて……」アルフレッドが言った。

「悪気があったんじゃない。本当だ」デーヴィッドが断言した。

「それほど見込みがないとは思えなかったんだ」アルフレッドが言った。「彼女がこれまでなにをやってきたのかわかったものではないし、デーヴィッドは本気で信じていたんだからね……つまり……」

ハンターは首を振り、ひとにらみして彼らを黙らせた。「彼女は立派な家の娘だ。それはきみたちにもわかっただろう」

「しかし――」デーヴィッドが言いかけた。

「彼女はだれの愛人にもならない」ハンターはぴしゃりと断言した。

「ぼくの父は絶対に結婚を許してはくれないだろうな」デーヴィッドが哀れっぽい声で言った。

「ふん、今は新しい世の中だ。きみが本当にあの若い女性を愛しているのなら、父親に逆らってでも彼女と結婚すればいい」ハンターは指摘した。

デーヴィッドは顔を赤らめた。「で、そのあとの生活は？」

「きみはまだ学生だ」

「卒業したあと、ぼくが法曹界で身を立てていけると思うかい？」デーヴィッドは疑わしげに言った。

「あなたはもう少しでぼくの顎を砕くところだった」アルフレッドがハンターに思いださせた。「あなたの言い分はわかった。だが信じてほしい。あのときのぼくらは少々頭に血がのぼっていたんだ。それに、なんと言ってもあなたはぼくの家に勝手に入りこんできたんだし」

「入っていったのがぼくでよかった」ハンターは言った。「彼女の父親だったら、死人が出ていただろう。いずれにしてもいくつかの人生が台なしになっていたのは間違いない」

「方法があるかもしれない……」デーヴィッドがぽつりと言った。

「なんの方法だ?」ハンターが鋭く問い返した。

「ぼくは彼女を愛している」デーヴィッドが挑むように言った。

「だったら、きみはその問題についてまずエイヴリー卿と相談し、そのあとでミス・アデアの父親と話をつけるべきだろう」

「そんなことはできない」デーヴィッドが反論した。

「じゃあ、仕方がない。彼女には近づかないでおくんだな」

「サー・ハンター、あなたは彼女を調査旅行へ連れていけるようにとり計らったじゃないか」

「彼女は常にぼくのそばに置いておく」ハンターは断言した。

「彼女を傷つけるつもりはなかったんだ」デーヴィッドがまた弁解した。

廊下から足音が聞こえてきた。

「それを肝に銘じておくがいい」ハンターは穏やかな口調で警告した。「さもないと、今度は顎にあざができるだけではすまないぞ」

「もう出発のための荷づくりはできている?」マーガレットがそう尋ね、紅茶をすすって関心とやさしさのこもった目でキャットを見つめた。

後ろめたさがキャットの胸をさいなんだ。実際のところ、今日の午後は最悪だった。キャットはイライザの存在を意識すると同時に、姉には多くのことを知られているのだと思って、つくり笑いを浮かべた。

ありがたいことに、イライザは今日の午後の出来事についてはまだ知らない。

「それがまだ全然準備をしていないの」キャットは答えた。

マーガレットは笑ってティーカップを置いた。「そう、足りないものがあったら遠慮なく言ってちょうだい。きっとわたしが用意できるわ。かなり前から旅行の準備をしてきたの。最初は行こうかどうしようかずいぶん迷ったのよ。でも、行かなかったら……ええ、ここにいるしかない。もっとたくさんレッスンを受けに出かけて……なにかを学びたいけれど、悲しいことにわたしはピアノも弾けないし歌も下手なの。それでも父は先生について熱心に習えば、わたしだって立派にできるようになると信じているわ」

マーガレットの笑顔は美しくて感じがよかった。キャットはますますやましさを覚えた。

「あなたならきっとピアノや歌が上達すると思うわ」キャットは言った。

「いいえ、だめよ。そういうのは……そう、美術と同じ。たぶん授業に出たり指導者についていたりすれば図柄や配置や色彩について学ぶことはできる……でも、生まれつきの才能がなければ、いくらレッスンを受けても傑作は生みだせない。だけど、ほら」マーガレットは少し悲しそうに続けた。「率直なところ、わたしに期待されているのは模範的な妻や母親になることだけ。女王陛下の例にならって家族につくすことなの。わたしの父はとても古風な考えの持ち主なのよ」

「そう……模範的な妻や母親になることだって、一概にくだらないとは言えないわ」キャットは言った。

「家賃をきちんと払ったり、食卓にお料理が並んでいるよう心を配ったりするのは、とても大切なことよ」イライザが口を挟んだ。

「まあ、いやだ！　わたしったら、つい愚痴っぽくなって」マーガレットは言った。「ごめんなさいね。だれもが今度の旅行のことですごく興奮しているじゃない。それなのに、わたしはなにひとつ役に立てそうにないのが残念なの」

「あら、あなただってきっと役に立てるわ」キャットは言った。

マーガレットはかぶりを振った。「サー・ハンターが父に話していたけれど、あなたはエジプト学をほんの数時間自習しただけなのに、信じられないほど多くの事柄を理解したんですってね。あなたならチームの一員として立派に役割を果たせるでしょう。それに正直な話、わたしは快適な生活が好き……だからたぶん、あちらへ行ったらほとんど毎日市場へ出かけたり〈シェパード〉でお茶を飲んだりしながらみんなの帰りを待つことになるわ。何時間も遺跡を掘り続け、小さな刷毛《はけ》で丹念に遺物から砂を払い落とさなければならないなんて、わたしにはとうてい耐えられない。にもかかわらず、あちらへ行って少しでも興奮を味わいたいの。父の話によれば、古代への強い関心があって財宝や冒険が好きな男性は皆、エジプトへ行くんですって。イギリス人も行くし、フランス人も行く……それどころか、知っていたかしら、古代ローマ人も休暇にはエジプトへピラミッドや神殿を見に出かけたそうよ。観光旅行って昔から行われていたのね。それに父はカーライル伯爵と並んで今度の調査旅行に大金を出資しているでしょう。だからわたしも行かないわけにはいかないの」

「どうしても行きたくないのなら、こちらに残ってもいいんじゃないかしら」イライザがほのめかした。

マーガレットは笑った。「それがそうはいかないのよ」彼女はため息をついた。「父は早くわたしを結婚させたがっているわ。かなり高齢になってから家庭を築いた父は、死ぬ前に孫の顔を見たいと願っていて、だから……わたしは来年の夏までに結婚すると父に約束してしまったの」

キャットは息がつまりそうだった。幸い、イライザが口を開いた。「詮索《せんさく》するようで悪いけれど、結婚の相手はもう決まっているの?」

にっこりしたマーガレットの頬にきれいなえくぼができた。「いちばんの候補はデーヴィッドよ。だけどそれについては……ええ、だからこそたぶん、わたしは旅行についていく必要があるんだわ。今までアランもわたしに夢中なのだと思っていたけれど……彼があなたを見るときの目つきに気づいた、ミス・アデア？」

マーガレットはイライザを見つめていた。イライザは息をのんで顔を真っ赤にした。

「あら、でも……たしかに、アランは魅力的よ。だけど彼は貧乏画家の哀れな娘に親切にしているだけだわ」

マーガレットは首を横に振った。「心配しないで。わたしはわたしを、わたしだけを愛してくれない男性には興味がないから。ああ、あなたも一緒に行けたらいいのに！」

「わたしはここにいなくては」イライザが言った。「父に目を光らせていなくてはならないの」

「すると、レディ・ドーズは本当にそれほどよこしまな人なの？」マーガレットがそう言って、噂《うわさ》話に花を咲かせたいとばかりに身を乗りだした。

イライザはちらりとキャットを見た。「今の言葉、わたしが使ったの」

「アルフレッドは彼女を毛嫌いしているわ」マーガレットが身震いして言った。

「それなのに……」キャットは言いかけた。

マーガレットが真剣なまなざしをキャットに向けた。「それなのにどうして、人々は喜んでレディ・ドーズを迎え入れるのかと言いたいのね？　仕方がないわ。彼女はドーズ卿の未亡人ですもの。アルフレッドは彼女のほうでも彼を嫌っていると言っているわ。気づいているでしょうけど、今夜は彼女、ここへ来ないの」

「なるべくアルフレッドにそばにいてもらいたいものだわ。できればだけど」イライザが軽口をたたいた。

「そうよね」マーガレットが同意した。

マーガレットとイライザは衣装についておしゃべりを始めた。キャットは聞いているふりをしたものの、頭がずきずきした。

ようやく男性たちが戻ってきた。ウィリアムは明日また仕事をしにイライザとこちらへおうかがいすると言い、今日は親切なおもてなしを受け、心から感謝すると屋敷の主人に礼を述べた。エイヴリー卿はしわがれた声で感謝には及ばないと応じた。

別れを告げる段になってデーヴィッド・ターンベリーがキャットの手を長く握りしめ、じっと彼女の目を見つめた。悲しみのこもった彼の目は許しを請うていた。キャットの心臓はどきりとした。それでいながら……。

以前とは違った。彼女はなにか違うものを感じた。

それでも彼女たちはなんとかその晩を切り抜けたのだ。イライザは疑っていたかもしれないが、ウィリアムはまったく異状に気づいていないようだった。

そしてハンターは……。

ハンターはいつもと変わりがなかった。彼は馬車でアデア一家を送り届け、別れ際に厳しい声でキャットに念を押した。「九時だ。最初に乗馬の訓練をし、そのあと博物館で仕事をする。一日じゅう忙しくなるぞ」

キャットはうなずいたきり、彼にさよならの挨拶をしている父親と姉を尻目に階段をあがっていった。

翌朝、キャットは支度ができていた。ハンターがドアの呼び鈴を鳴らすまでもなかった。彼が雌馬を引いて到着したとき、彼女は玄関前で待っていた。

ハンターはキャットが乗るのを手伝おうと馬からおりかけた。

「いいの。ひとりで乗れると思うわ。どのみち乗れるようにならなくてはいけないんだもの」キャットが言った。事実、早くも自力で乗るすべを身につけたらしく、あぶみに足をかけて難なく鞍《くら》にまたがった。彼女はそれを自慢するふうでもなく、ただハンターを見て言った。「これでよかったかしら？」

「ああ」

キャットはそれきりなにも言わなかった。

しばらくしてハンターはきいた。「きみは今も調査旅行に同行したいと思っているのか？」

「ええ、思っているわ」彼女が真剣な口調で答えた。

彼は次の言葉を慎重に選んだ。「きみが心を奪われている相手は絶対にきみの望みどおりにはならない。いや、望みどおりにできないことを、きみはもう悟ってもいいころだと思うんだが」

キャットはハンターをちらりと見て、首をかしげた。「できないですって、サー・ハンター？」

「彼の父親がそれを許さないだろう」

「彼は父親に逆らうかもしれないわ」

ハンターは馬を速歩《はやあし》にさせた。キャットが姿勢を保ったまま同じ足並みでついてくる。公園に入るとハンターは馬を駆け足にさせたり並足にさせたり速歩にさせたりしてから、キャットに何度も馬を乗りおりさせた。彼女はそのすべてをそつなくこなした。

ついに彼は訓練の終了を告げた。

「で、今度は？」キャットがきいた。

「きみの家へ戻ろう。服を着替えるといい。しばらくしたら迎えの馬車をやるよ」

「それから……？」

「博物館へ行くのさ。きみが着くころには、ぼくはもう博物館にいるだろう」

キャットはうなずいた。「わかったわ」

家の近くまで来たときにキャットが後ろから声をかけてきたので、ハンターは驚いた。

「サー・ハンター？」

彼はいらだって振り返った。「どうした？」

キャットの頬が赤らんでいたが、運動をしたせいではなかった。「わたし……謝っておきたくて」

ハンターはまじまじと彼女を見た。「じゃあ……自分が危険な状況にあったことを認めるんだね？」

キャットはほほえみながらかぶりを振った。「あなたはわたしを見くびっているようね。それに、なにかというとデーヴィッドのことを非難するわ。アルフレッドのこともね。ただ、あなたはわたしが危険な状況にあると本気で思って助けに来てくれた。だから、あなたを心配させたことを謝って、わざわざ助けに来てくれたことに対してお礼を言いたいの」

たとえどんな言い方であれ彼女の口から謝罪の言葉が聞けたことにハンターは満足し、先へ進んだ。

いつものようにカミールは図表や地図や文書の山にうずもれていた。ハンターが入っていくと、彼女は目をあげた。「おはよう。すべて順調に運んでいる？」

「ああ」

「デーヴィッド・ターンベリーとキャットはすぐに見つかった？」

　ハンターはためらった。「見つかったよ。キャットはまもなくここへ来ることになっている。今日は彼女をきみに預けようと思うが、かまわないかな？」

「喜んで」カミールが請けあった。

「だったらぼくは地下室へ行って、道具や生活用品といった積み荷の手配をしよう」ハンターは言った。

「ええ、そうして」カミールは同意してから机の上に視線を戻し、顔をしかめた。

「どうしたんだ？」

「なくなった地図やらなにやらがいまだに見つからないの。わたしったら、どうしてこんなに不注意なのかしら。あなたも知っているとおり、今度の旅はわたしにとってとても重要なの。それにカーライル伯爵夫人になってまもないとはいえ、この博物館にはずっと前から勤めているし、自分の仕事はいつだってきちんとこなしてきたのに」

「ぼくも手伝おうか？」ハンターはきいた。「ファイルや机のなかを探してみようか？」

「もうあらゆるところを探したわ」カミールはそう言って首を振った。「わたしのほうは大丈夫。持っていくつるはしや刷毛など、まだ用意しなくてはならないものがたくさんあるのよね。あなたがそちらの手配をしてくれたら助かるわ」

「今度の調査旅行に不安を抱いてはいないだろうね？」

　カミールはうなずいたが、目をかすかな不安の色がよぎったように見えた。「ええ。そりゃあ、たしかに騒動があって……わたしたちは恐ろしい目に遭った。でも……終わったのよ。ただ、そうは言っても……欲に目がくらんで黄金を盗みたがる人はいつだっているわ」

「当然ながら遺跡発掘にあたっては常に用心している必要がある」ハンターは言った。

「黄金が絡んでくると、人間はなにをしでかすかわからないからね」

「もちろんよ。だけど……」

「ぼくはまた遺跡発掘の旅に出かけられるということにわくわくしているんだ。不安なんかこれっぽっちもない」

カミールがほほえんだ。「うらやましいわ。じゃあ、わたしも楽しいことだけを考えて、期待に胸をふくらませることにしましょう。もうすぐわたしたちは出発するんだわ」

「ああ、そうだね」ハンターは言った。そしてカミールを残して部屋を出ると、作業室や保管室のある地下への階段を目指して歩いていった。

この一週間余り、博物館は大にぎわいだった。間近に迫っている調査旅行について新聞が盛んに書きたてたため、新しい遺物が到着したときにそれが見分けられるよう今のうちに既存の展示物を見ておこうと、人々が押しかけてきたのだ。

ハンターはポケットから鍵《かぎ》束を出して作業室へ向かった。ドアを開けて照明のスイッチを探る。この博物館は数年前に電気の配線工事が行われていた。

明かりはつかなかった。

ハンターがランタンをとりに戻ろうとしたとき、室内で物音がした。彼はじっとたたずんだまま待った。音は二度としなかった。だが、彼が再び引き返そうとしたとき、どさっという音がたしかにした。

「だれかそこにいるのか?」ハンターは鋭い声で呼びかけた。

返事はない。

もちろん暗闇《くらやみ》ではなにも見えなかったが、彼は状況を見極めるまでそこを離れるつもりはなかった。決然たる足どりで室内へ入り、ドアを閉めて床にしゃがみこむと、目が暗闇に慣れるのを待つ。数秒後、部屋の反対側からだれかの息づかいが聞こえた気がした。

そこでハンターは音をたてないように用心しながらその方角へそろそろと進みだした。並んでいる棚の角を曲がったとき、すぐ前の棚が急に倒れてきた。棚は大きな音とともに次の棚にぶつかってそれを倒し、その棚が次の棚を倒した。

壁のおかげで棚が倒れるのは止まったものの、ハンターは棚のあいだに閉じこめられてしまった。

そのとき、また音が聞こえた。駆けていく足音だ。

ハンターは大急ぎで棚のあいだから這《は》いだして侵入者を追いかけようとした。彼が出口に達したときにはドアが開いていて、侵入者は逃げ去ったあとだった。

ハンターは舌打ちをして館内を歩きまわり、怪しげな人物がいないか捜してまわった。だが見つけられなかった。

彼が二階へあがってみると、ブライアン・スターリングが妻と一緒にファイルを調べていた。

「なにかが起こっている」ハンターは言った。

ふたりがハンターを見あげた。「髪に白い粉みたいなものがついているわ」カミールが指摘した。「なにがあったの?」

「作業室にだれかがいた。あそこには道具類しかないのに、いったいなにが目的で入ったのだろう」

「本当にだれかいたのか?」ブライアンがきいた。ハンターは眉をつりあげた。「すまない。念のために確認しただけだ。よし、一緒に地下へ行ってなにか変わった点がないか調べてみよう。興味深い。実に興味深いよ」

「ほかにだれかを見かけたかい?」ハンターは尋ねた。

カミールは首を横に振った。「いいえ。でも、やっぱりわたしの書類がなくなっているわ。あんなもの、わたし以外の人や今度の旅行以外にはなんの役にも立たないのに」彼女は眉をひそめた。「ブライアン、だれかが調査旅行を邪魔しようとしているとは考えられないかしら?」

ブライアンはかぶりを振った。「だれがそんなことをしたがるというんだ？」

カミールはハンターを見た。「この前、キャットがここでささやき声を聞いたと言ったわね。彼女の話をもっと真剣に受けとめるべきだったわ」

ハンターはうめき声をあげた。「頼むから、あんなばかげた話を蒸し返さないでくれ」

「だけどハンター、作業室にだれかがいたんでしょう。たった今、あなた自身がそう言ったじゃないの」

「たぶん学生のだれかだろう。なぜ逃げたのかはわからないが。あそこには重要なものはなにもない。ブライアン、もしよかったら一緒に来てくれないか」

ふたりは館内を地下へおりる階段に向かって歩いていった。ハンターは周囲の人々をじろじろ見ないではいられなかった。それに気づいたブライアンが注意した。「きみは学生のだれかだろうと言ったじゃないか」

「ああ、言った」

「だったら……」

「どの学生なのか知りたくないとは言わなかったぞ」ハンターは言い返した。

正面玄関の前に立ったキャットは、自分がこの博物館を愛していることに気づいた。この大きな建物には数えきれないほど多くの財宝が収蔵されている。しばらくのあいだ、彼女はほかのすべてを忘れて壮麗な建物をただ眺めていた。それから周囲を見まわした彼女は、さまざまな人々が展示物を見に訪れているのをうれしく思った。作業着姿の人たちは、おそらく仕事帰りに寄ったのだろう。もっと立派な服を着た人たちもいれば、親か教師に伴われた子供たちもいる。このすばらしい博物館と関係のある調査旅行に参加するよう求められたことを、彼女は今さらながら誇らしく感じた。

キャットが二階のオフィスへ行くと、カミールが机に向かって仕事をしていた。彼女はいつもと同じように笑顔でキャットを迎え、愛想よく言った。「ああ、キャット。来てくれたのね。よかった。ひどい散らかりようでしょう。いつもはこんなふうじゃないのよ。その本とそちらにある文書を持ってきてちょうだい」カミールはガラスの額に入っているパピルスを指さした。「それを訳してみてくれないかしら。あなたは物覚えが早いから助かるわ」

「できるかどうかわからないけれど、とにかくやってみるわ」キャットは言った。ハンターの姿が見えないことに驚くと同時に、がっかりしている自分にはっとした。

昨夜、キャットはほとんど眠らないで昼間の出来事をつぶさに考察した結果、もっと賢明に振る舞うべきだったことを悟ったのだった。もっとも、汚れてしまったとはいえ夢は完全に死にはしなかった。

彼女はカミールを見てさりげなく尋ねた。「サー・ハンターは館内にいるの？」

再び仕事に没頭していたカミールは片手をあげただけで目はあげなかった。「ブライアンと地下の保管室へ行っているわ。持っていく荷物の手配をしているの」

「そう。じゃあ、わたしも仕事にかからなくては」

「わたしの部屋を使ってちょうだい。机の上が空いているわ」

「ありがとう」

キャットはカミールの部屋へ入ってなかを見まわした。机に向かって座ったとたん、寒気を覚えた。この前、この部屋でささやき声を聞いたときのことがよみがえってきた。眉根を寄せてひそひそ話の内容を思いだそうとした。

あのとき、ふたりの人間がいたのは間違いない。彼らはなにかを探しに来たのだ。そして、その現場を見つかりたくなかった。〝その代償を払わなければならなくなる〟聞こえたのはたしかそんな言葉で、そのあとに〝長い旅、暗い砂漠……死んでもらうしかない〟

キャットは立ちあがって、あのとき聞いたことをカミールに話しに行こうとした。だが、再び腰をおろした。前に一度、ハンターとカミールに話そうとしたのに、ふたりともとりあってくれなかったではないか。やっぱり目の前の仕事に打ちこもう。

キャットは机のいちばん上の引きだしに紙と鉛筆を見つけ、本の記号をひとつひとつ丹念に調べ始めた。そのうちにカミール同様、仕事に没頭した。パピルスに書かれているのはひとつの物語だった。

〈ハスシェス、神々に語りかけ、その知恵の言葉を聞いて人々に伝える者。彼らとともに座する者には大いなる褒賞が与えられる。その者は生前に所有していたすべてを必要とし、褒賞として黄金を与えられるであろう。彼が王《ファラオ》と分かちあった知恵は黄金であり、彼の人生のすべてもまた黄金であるからだ。その者は新たな生においてもあがめられるであろう。王たちのかたわらに横たわるであろう。彼は妻たちよりも、息子たちよりも、上位に置かれるであろう。なぜならファラオと同じく神々の高みにのぼりつめるからである。しかし、いにしえの人々と同じく休むであろう。召使いと侍者を連れていくであろう。彼は王国を築いた者たちのやさしい御霊《みたま》のなかに横たわるであろう。そして彼は、すでに亡き者たちに、太陽に、御霊に守られて、偉大なるナイルの左岸に永遠に横たわり続けるであろう〉

キャットは指がこわばり、首筋が凝ってきたので、ひと休みすることにして目をあげた。そして、ぎょっとした。足音は聞こえなかったのに、ハンターが室内にいたからだ。いつからわたしを見ていたのかしら。

「いいかな?」彼は尋ね、机へ歩いてきた。

「あなたはなんでも好きなようにできるでしょう」キャットはささやいた。

「ああ、そのとおりだったらいいがね」ハンターは応じたが、視線は彼女に向けられていなかった。彼はキャットが翻訳したものを手にとって読みあげた。

それから額入りのパピルスに手をのばして、そこに書かれている記号を見ようと自分のほうへ向けた。そしてキャットを見た。

「たいしたものだ」

「ありがとう」

「きみがここまでできるとはだれも……」

そこへカミールが入ってきた。「もう訳し終えたの？」彼女はきいた。

「ほとんど」キャットは答えた。

カミールも彼女が訳したものを手にとった。そしてにっこりした。「ハンター、これでわかったでしょう？」勝ち誇ったように言う。「彼は王家の谷にいるんじゃないわ。いにしえの人々に守られているのよ……。これはきっと彼がギザの大ピラミッド近くに眠っていることを示しているのだわ。そう思わない？」

「ああ。探すべき場所に関するきみの計算は非常に正確だったと思う。ぼくはただ、きみがあとでがっかりするのを見たくないだけだ。期待が大きければ、間違っていたときの失望もそれだけ大きいからね」カミールに注ぐハンターの笑みには気づかいと愛情がこもっていた。

「ハンター、それはいらぬ心配というものだわ。失望するかもしれないことはわかっているつもり。でも、これはわたしたちにとって特別の遺跡発掘ですもの。期待するなと言われたって無理よ」カミールはふいに顔をしかめた。「それに、わたしはひとりで発掘するんだから」

ハンターが笑い声をあげた。「だれもきみの邪魔はしないよ、カミール」

「あともう少しだから、最後まで訳してしまいたいんだけれど」キャットは小声で口を挟んだ。

「ええ、それはもちろん……いえ、もう遅いわ」カミールが言った。「ブライアンが待っているの。それにもうすぐ閉館よ」

「そんなに長くかからないわ」キャットは言った。「できれば終えてしまいたいの」

「ぼくは地下へ鍵をかけに行かなくては」ハンターが言った。彼はカミールの頬にキスをした。「ブライアンのところへ行くといい。イーサンを待たせてあるんだ。キャットとぼくは馬車で帰る」

「わかったわ」カミールはキャットにほほえみかけた。「あまり無理しないでね。出発までに訳し終わらなくたって、持っていけばいいんだから。目を酷使すると、ものを見るのに目を細めなくてはならなくなるわ。そんなのいやでしょう」

キャットは曖昧《あいまい》にほほえんだ。「じゃあ、おやすみなさい」

「おやすみなさい」

「キャット、机の上に鍵束がある」ハンターがそう言ってカミールと一緒に部屋を出ようとした。彼女を博物館の正面玄関まで送っていくのだろう。「仕事を終えたら正面玄関へ来るんだ。部屋を出るときはここのドアに鍵をかけるのを忘れないで」

キャットはうなずいて仕事に戻った。

しばらくして彼女はがっかりした。残りはハスシェスの美徳をほめたたえる言葉が書き連ねてあるだけのようだ。それらの言葉のなかに彼の力に言及した部分があった。〈他人の目を見て、そこにあるものを見る者。言葉を発して大地を揺るがす者。人間と獣を支配下に置く者〉

キャットは自分の訳した文章を読みなおして身震いした。正確に理解して訳したとしたら、ハスシェスは大勢の妻を死出の旅の道連れにしたことになる。どうやら彼女たちは彼の死体と一緒に埋められたらしい。生き埋めにされたのだわ。

彼女は現代の英国に、長い繁栄を誇るヴィクトリア女王の治世下に生まれたことを神に感謝しながら立ちあがると、机の引きだしを閉めて額入りのパピルスや書類を整頓《せいとん》してからカミールの部屋を出た。広いオフィスの机に鍵束がのっていたので、そこを出てドアに慎重に鍵をかける。

キャットは廊下で立ちどまった。

博物館は人気がなかった。空っぽの建物は巨大な洞穴のように、廊下を行く彼女の足音を不気味なほど大きく響かせた。

あのね、わたしはだれかにこっそり忍び寄る気なんてないのよ。キャットはユーモアで気持ちを引き立てようとした。

だが、うまくいかなかった。不気味さと不安は去ってくれない。

キャットは展示物のあいだを歩いた。巨大な像。宝石。さまざまな段階のミイラを展示しているずらりと並んだガラスのケース。まだ石棺に入ったままのものもあれば、布で巻かれているものや布をほどかれたものもある。大昔に死んだ人々のしなびた顔がキャットを見つめているようだった。

彼女は足を急がせた。

そのとき、二階でなにかの音がした。わたし、たしかにドアに鍵をかけたわよね？　でも……。

キャットは歯ぎしりした。わたしは空想をたくましくしているのだわ。そうは言っても……。彼女はため息をついて引き返した。ミイラの茶色い顔から目をそむけて展示室を通り抜け、階段をあがってオフィスのドアへ急ぐ。

今は常夜灯が廊下を照らしているだけだ。ドアへ近づくにつれてキャットの心臓が激しく打ちだした。

ドアの前の床になにかが横たわっていた。

なにかが。あるいはだれかが。

動いてはいない。

一瞬、彼女は凍りついた。それから行動を起こし、勢いよく駆けだした。だれかが、そう、人の体が、鍵のかかったドアの前にぐったりと倒れている。

キャットはしゃがんだ。心臓が相変わらず激しく打っていた。

倒れているのがだれなのかわかったとたん、彼女は叫んだ。

9

またか、とハンターは思った。あの胸をしめつけられるような底知れぬ不安。そして今彼の心を粉々に打ち砕こうとしているのは、怪我《けが》をしているのが明らかなデーヴィッド・ターンベリーの上にかがみこんでいるキャットの姿だった。

ハンターは正面玄関にいたときにキャットの悲鳴を聞き、脱兎《だっと》のごとく階段を駆けあがった。二階へ達した彼の目に、キャットが床に座ってデーヴィッドの頭をやさしく膝に抱き、ペティコートから引きちぎった布切れで彼の額の傷口を押さえているのが見えた。

苦々しい気持ちを押し殺し、ハンターは若者の命を心配して駆け寄った。デーヴィッドは低いうめき声をあげて起きあがろうとしていた。

「どくんだ！」ハンターは少し厳しすぎる声でキャットに命じた。

彼女が空けた場所にハンターがしゃがみこんだとき、デーヴィッドがまばたきして目を開けた。その目はしばらく宙をさまよっていたが、やがてハンターに焦点を合わせた。

「サー・ハンター……」

「まだ動いてはいけない」ハンターはそう言って、キャットのペティコートの切れ端で傷口を押さえた。出血が多いのは頭部だからで、すぐに傷は浅いことを見てとった。しばらくすると出血が止まった。「よし、さあ、今度はゆっくり起きあがるんだ」彼は言った。まだうめき声をあげながら、デーヴィッドは手伝ってもらって上半身を起こし、壁に寄りかかった。

「なにがあった?」ハンターはきいた。

「どう、デーヴィッド? ハンター、彼は大丈夫なの?」キャットが心配そうに尋ねた。

「ああ、大丈夫だろう」ハンターは答えた。「デーヴィッド、なにがあったんだ?」

デーヴィッドは首を振った。「ぼくはあなたに会いに来た」彼はハンターに言った。「博物館に電話をしたら……レディ・カーライルがあなたはここでカーライル卿《きょう》と仕事をしていると言ったので、ぼくはここへ来ればあなたに会えると思ったんだ。着いたのは閉館間近だったが、警備員はもちろんぼくを知っていて、あなたがまだここにいると教えてくれた。ぼくがこのオフィスの前までやってきたら——」

「やれやれ」ハンターが口を挟んだ。「ぼくがカミールを玄関へ送っていったときに、なぜきみと行き会わなかったのだろうな? きっと我々は——」

「それでどうなったの?」キャットがハンターを遮ってデーヴィッドに先を促した。

「どうって、たぶん……ぼくが思うに……」

「なんなの?」

「ぼくは……つまずいてドアのほうへ倒れ、頭を標札にぶつけたんだ」デーヴィッドが言い終えた。

「ドアの前でつまずいて標札に頭をぶつけたというのか?」ハンターが疑わしげに繰り返した。

「きっとそうだ」デーヴィッドは少しむきになって言った。

ドアの前にはマットが敷いてある。うっかり者がつまずくことも考えられるが、その可能性はきわめて低い。

「それはばかげている」ハンターは言った。

デーヴィッドもばかげていることは認めてぶつぶつ言った。「だが、きっとそうなんだ。だって、それ以外になにが考えられるんだい? 館内にはほかにだれもいないというのに」彼はせつなそうな目でキャットを見あげて弱々しくほほえんだ。「まさかきみは、ぼくには頭への一撃をお見舞いすべきだなんて考えはしなかったよね?」

「もちろんよ」キャットはハンターを見た。「ここにはほかにだれもいないわ」

「確かめてみよう」ハンターは立ちあがった。

「どこへ行くんだい?」デーヴィッドが不安をあらわにして尋ねた。

「警備員たちに館内を調べるよう言ってくる」

「しかし、ぼくは大丈夫だ。本当に――」デーヴィッドが言いかけた。

「どうやらなかにいたずら者がいるようだ」ハンターは言った。「帰る前に博物館の安全を確認しておきたい」

ほんのしばらくでもキャットとデーヴィッドをふたりきりにするのはいやだったが、ハンターはこの出来事に遭遇してますます疑惑を募らせ、どうしてもなにが起こっているのか突きとめたくなった。彼は階段を駆けおりながら大声で警備員を呼んだ。残っていたのはわずか数人だったものの、ホールに反響する彼の声を聞いて駆けつけてきた。彼らはハンターの説明を受けて館内へ散っていった。

しかしながら警備員たちはなにも見つけられないだろう、とハンターは確信していた。この博物館は広い。ちょっと内部に明るい者なら、奥まった場所や隙間《すきま》、オフィス、清掃用の物置、保守用のクロゼットなど、隠れる場所をいくらでも知っている。

だれかがデーヴィッド・ターンベリーを殴ったのだろうか？　それともあの若者の策略だろうか？

ハンターは階段をあがって戻っていった。「今、警備員たちが館内を調べている」彼は言った。

当然ながらデーヴィッドはキャットにもたれかかり、これまた当然ながらキャットは例のやさしい目つきでデーヴィッドを見ていた。

「警察へ行くか医者を呼ぶかしたほうがいいんじゃないか？」ハンターはきいた。

デーヴィッドがゆっくりとかぶりを振った。「警察へ行っても話すことはなにもない。たぶんぼくは転んだんだ。それに医者だって必要ない。だって、ほら……気絶していたのはほんの数秒だっただろうから」

「わかった。じゃあ、きみを一階へおろそう」

「わたしも手伝うわ」キャットが申しでた。

「いや、ぼくがやる」ハンターはいらだたしげに言った。「ぼくのほうが力が強い」

彼はキャットを押しのけはしなかったものの、ふたりのあいだへ強引に体を割りこませた。だが、デーヴィッドはかなり回復していて、どうにか自力で立ちあがることができた。

「ぼくなら大丈夫だ」彼は言い張った。

「ああ。しかし、きみはつまずきやすいようだし、階段を転げ落ちでもされたら困るからな」ハンターはそっけなく言った。「博物館へはどうやって来た？」

「自分の馬で」

「じゃあ、イーサンに馬車で送らせよう。頭を打ったあとで馬に乗るのは危険だ。ぼくはきみの馬に乗って後ろをついていく」ハンターは次第に募りくる怒りを抑えようとして言った。キャットとデーヴィッドが馬車のなかでふたりきりになるのだと思うと腹が立つ。しかもハンター自身がそうするよう主張しているのだ。

しかし、ほかに手はなさそうだった。

正面玄関の前でイーサンが待っていた。ハンターはデーヴィッドとキャットをイーサンに預けて、夜間警備の主任と話をしに戻った。まだなにも発見できていないが、夜中じゅう気をつけて見張っていると主任は請けあった。

通りへ出たハンターはデーヴィッドの馬を見つけ、むしゃくしゃした気分でまたがった。

不思議だ。わたしはこうしてまたデーヴィッドと馬車のなかにいる。しかも今度は彼とふたりきり。

それにデーヴィッドの顔は傷があっても相変わらず美しく、目には切ない焦がれが浮かんでいる。けれどもわたしの心は、彼のわたしに対する気持ちとは別のところにある。

「デーヴィッド」キャットは彼女の膝に頭をのせているデーヴィッドに声をかけた。「たしかなの？　つまずいて頭をぶつけたというのは本当なの？」

彼がほほえんだ。「それしかないよ」

キャットは首を振った。「でも、わたしが水中から助けあげたとき、あなたは気になることを口走ったわ」

「そうかい？」デーヴィッドが用心深く言った。

「あなたはだれかに押されたと言ったのよ」

彼が目を閉じると、美しいまつげが頬にかかった。再び目を開けて軽く首を振り、憂いのある笑みを浮かべる。「あのときは頭がどうかしていたんだ。ぼくはきみを天使か人魚に違いないと思ったんだよ」

「あなたはヨットから転落したのよ」

「あんな日に川へ出かけるべきではなかった。ヨットの揺れがひどかったから、たぶんぼくは――」

「あなたの額に傷ができているわ」

デーヴィッドが手をあげて彼女の顔にふれた。「きみは本物の天使だ。今もこんなにぼくを気づかってくれている。そしてぼくは……ああ、キャット！」

彼女はデーヴィッドの手を握って押し戻し、顔をしかめた。「あなたは心配ではないの？」

「ぼくは不注意もいいところだ」彼がつぶやいた。「最初はヨットから落ちて、今度は床でつまずくなんて。正直言ってばつが悪いよ」

デーヴィッドは嘘《うそ》をついている、とキャットは思った。彼は恐れている。でも、なにを？　あるいはだれを？　それに恐れているのなら、なぜそれを認めないのだろう？

「ばつが悪いなんてことはないわ」キャットは言った。「とりわけ、あなたが恐れているのなら」

「ぼくは恐れてなどいない！」デーヴィッドは起きあがって言った。

キャットはため息をついて窓の外へ目をやった。「そう、だったら」彼女は穏やかに言った。「わたしにあなたの心配をさせてちょうだい」

「きみはなにかを恐れるなんてことがないのだろう？」デーヴィッドにきかれてキャットは驚いた。声にかすかな苦々しさを聞きとり、さっと彼に視線を戻した。

だが、デーヴィッドの顔には笑みが浮かんでいたし、キャットを見る彼の目にはさっきと同じ焦がれが浮かんでいた。その目はこう言っているようだった。〝ぼくは心からきみを愛している。それなのにきみはぼくを傷つけ、拒絶して……〟

「あなたは今度の旅行に行かないほうがいいんじゃないかしら」キャットは言った。

「いや、ぼくは行かなければならない」

「どうして？」

「行かなければ」彼は繰り返した。「どうしても行かなければならないんだ」

「行けることを証明するために？」キャットは静かに尋ねた。

デーヴィッドは体をこわばらせ、いかにも男爵家の息子らしく見下すようにキャットを見た。「エジプトくらいだれでも行ける。ぼくは上流社会の一員だ。遺跡発掘に携わって財宝の発見に貢献するんだ。きみはぼくの心配なんかしなくていい。わかったね。ぼくは乗馬が得意だし、優れた船乗りでもある。射撃の腕前だって一流だ」彼は深く息を吸って吐いた。「ぼくは勇敢な男なんだ」

「もちろんよ。違うなんてひとことも言っていないわ。ただ、どんなに勇敢な人でも悪者の餌食《えじき》になることがあるのよ」キャットは反論した。

デーヴィッドがまたほほえんだ。そして手をのばし、彼女の額にかかった髪を後ろに撫《な》でつけた。

「ぼくは恐れる必要などこれっぽっちもない。だって、きみがそばについていてくれるんだから。そうだろう?」デーヴィッドがそっと尋ねた。

キャットは彼を見つめ返した。身を引きはしなかったけれど、不思議なことに相手のやさしいまなざしにも心は冷えたままだった。「でも、わたしはあなたのそばにいるわけにいかないわ」彼女は言った。

馬車が停《と》まってドアが勢いよく開いた。

ハンターがそこにいた。「イーサンがきみをなかまで送っていく、デーヴィッド」彼はそっけなく言って手を差しだした。デーヴィッドがキャットを見た。

「ありがとう」彼は静かに言った。

それで終わりだった。デーヴィッドはハンターに馬車から助けおろされ、イーサンに抱きかかえられるようにして家へ歩いていった。ハンターが馬車に乗りこんできた。

彼はなにも言わず、イーサンを待つあいだキャットを見つめていた。暗がりのなかで怒った顔をしているように見えた。

「なんなの？」キャットはささやいたあとで、自分の声に自暴自棄な響きがあったことにうろたえた。「わたしはなにもしなかったわ」

「きみがなにかしたなどとは言っていない」

それきりハンターはまた黙りこんだ。その沈黙がキャットは耐えられなかった。

「デーヴィッドは危険にさらされているんじゃないかしら」彼女は言った。

「なんだって？」

「デーヴィッドは危険にさらされているわ」キャットは断固たる口調で言った。

ハンターはいらだたしげな声を出し、早く出発したそうに家のほうへ目をやった。

ふいに彼は怒ったようにキャットに視線を戻した。「きみはいまだにデーヴィッドに心を奪われていることを正当化したくて、なんでもないことを大げさに騒ぎ立てているのだろう」

キャットは頬を張られたような気がした。馬車の壁に体を押しつけてハンターをにらみつける。「なんでもないことを騒ぎ立てているんじゃないわ。デーヴィッドを水中から助けあげたとき、彼はわたしを見て、だれかに突き落とされたようなことを言ったのよ」

「それはおかしいな。デーヴィッドはほかのだれにもそんなことを話さなかった」

「ええ、知っているわ。彼は今では覚えていないふりをしているの」

「覚えていないのは、たぶん実際にはなかったことだからだろう」

「いいわ。だったら今夜、デーヴィッドがどうやって額に傷をつくったのか教えてちょうだい。つまずいて標札にぶつかった？　そんなのばかばかしくって」

「きみはほかにだれかがいるのを見たか聞いたかしたのか？」ハンターが尋ねた。

「いいえ」キャットは認めた。それからまっすぐ座りなおした。「でも、前に話したように……この前、博物館にいたとき、ささやき声を聞いたわ」

ハンターはため息をついて再び視線をそらした。

「ハンター、本当よ。たしかにささやき声を聞いたわ。あのとき強く言い張らなかったのは……後ろめたかったから。つまり、わたしは……少し探検してまわっていたの。あなたのオフィスをのぞいたあと、カミールの部屋にいたら、廊下側の広いオフィスにだれかがこっそり入ってきたのよ」

ハンターはまじまじと彼女を見つめた。馬車のなかは暗かったが、キャットには彼の刺すような視線が感じられた。「あのオフィスには大勢の人たちが出入りする」

「ええ、だけどあれは……こそこそしていたわ。彼らはひそひそ声で、なにかを探すとかどうとか話していた。それから……暗い砂漠とか。嘘じゃない。きっとデーヴィッドは危険にさらされているんだわ」

イーサンが戻ってきた。馬車が揺れて再び進みだした。予期していなかったので、キャットは向かい側の座席にほうりだされてハンターの上へ倒れた。

ハンターがすぐに彼女の体をつかんで起こした。キャットは彼の息を顔に感じ、彼の肉体が発する熱を肌に感じた。

キャットをつかんだまま、ハンターは言った。「ばかだな。きみはデーヴィッドのそばにいるためなら、どんなことでも言うし、なんでもやる気でいるのだろう」

ハンターはまだ彼女を放そうとしなかった。キャットはその場に接着剤でくっつけられたかのように、彼から身を離すことも視線をそらすこともできなかった。体はハンターの広げた太腿のあいだにあって、彼の胸に押しつけられている。気まずい姿勢をとっているうちに、キャットのなかにもハンターが発している熱に負けない熱い火がともったように思われた。

やがてハンターの手の力がわずかにゆるみ、彼の親指がキャットの頬から唇へそっと伝いおりて顎で止まった。彼女は息をすることもできなかった。

「いいえ」キャットはささやいた。「本当に――」

「デーヴィッドはきみが望んでいるような男ではない」ハンターが遮った。

「わたしは自分の身ぐらい自分で守れるわ」キャットは小声で言った。

ハンターは首を振った。「守れるだって？　そう思うのは、きみが相手にしているのが未熟な若者にすぎないからだろう？　彼が突然なにもかも投げ捨てて正式にきみと結婚すると言いだしたら、きっときみは後悔する。それがわからないのか？」

キャットには答える暇がなかった。ふいに彼がキスをしてきたからだ。そのキスはつい昨晩彼女が経験したものとはまったく違った。ふたりの唇がふれあったときから、ハンターの唇はわが物顔に振る舞ってキャットの心臓を高鳴らせた。キスはあっさりしてもいなければ、からかうようでもなく、ぎこちなくもなかった。ハンターの唇はキャットの唇とぴったり合わさって情熱的に溶けあい、彼の舌が彼女の唇をこじ開けて押し入ってくると、炎のような欲望がかきたてられた。求めてくるハンターの激しさに、キャットのなかでたちまち欲求が頭をもたげ、彼女を驚かせた。飢えたようなキスには活力が、たくましさが、魂をよみがえらせる生命力があった。キャットは彼に逆らうべきだった。身を引くべきだった。だが、動けないどころか、動きたくなかった。かつて経験したことのないあたたかさをいつまでも味わっていたかったからだ。キャットの体に置かれた彼の手は今、彼女にふれて……。

やがてハンターが唇を離した。それに続く彼の言葉がキャットの胸に深く突き刺さり、燃えあがりかけていた炎を消した。

「ああ、なるほど。わかったよ。きみは無理強いされても自分の身は自分で守れるわけだ」

「まあ！」

もういや！　キャットはハンターの胸を力いっぱい押し、もとの席に戻るために彼の膝に両手を突いて立ちあがろうとした。だが、一方の手が滑ってハンターの太腿の奥のほうにふれてしまい――。

「あっ！」キャットは再び叫んで体の平衡をとり戻そうとした。逃げられるなら、彼のどこにでもふれただろう。

けれどもそのとき、ハンターの両手がキャットのウエストをつかんで持ちあげ、彼女をもとの席に座らせた。

幸い、やっと馬車が停止した。キャットは震えながら手の甲で顔をぬぐった。すでに馬車から出ていたハンターはそれに気づかなかった。彼が助けおろそうと手をのばしたとき、キャットは身を引いたが、彼女の思いどおりにはしてもらえなかった。だが、キャットが恐れる必要はなかった。明らかにハンターは早く彼女と別れたがっていて、すばやく彼女を抱えあげて地面へおろした。

キャットは口もきかずにくるりと向きを変え、自宅の玄関へ駆けていった。ドアが開いてマギーが出てきた。キャットは激しく打っている心臓の鼓動を静めようとした。ハンターによってつくりだされた感情の嵐《あらし》に気づかれたくなかった。

「こんばんは、サー・ハンター」マギーがドアのところから呼びかけた。

ハンターが応じたのかどうか、キャットにはわからなかった。

それどころか、マギーが再び彼に呼びかけたのか、それともドアを閉めたのかさえわからなかった。キャットは階段を駆けあがっていた。

「キャット」マギーが呼んだ。「夕食はどうするの？」

「ああ、マギー、せっかくだけど……いらないわ。わたし……その……疲れていて、おなかがすいていないの。ごめんなさい」

「お父様があなたに会いたがるわ」

「お願い、お父さんによく説明しておいて……わたしはすごく疲れているって」

そしてキャットは自分の部屋へ駆けこんだ。体がまだ震えていた。

すごく疲れている。ええ、そうよ、もうくたくた。でも、眠れるかしら？

キャットは眠ろうとしたが、いつまでも火照りがおさまらず、ひと晩じゅう寝返りを打ち続けた。彼女が感じているのは体の火照りだけではなかった。デーヴィッドにさわられてもなんでもなかったのに、なぜハンターのときはこんなに心が乱れるのだろう？

自宅へ帰り着いてみると家の前に馬車が停まっていたので、ハンターは波立ち騒いでいる自分の気持ちについて考える暇がなかった。

エイヴリー卿が訪ねてきていた。

ハンターはデーヴィッド・ターンベリーをエイヴリー卿の家に送り届けてからまだそれ

ほどたっていないことを思いだし、眉をひそめた。

脇《わき》の戸口からなかに入ったハンターは、エマ・ジョンソンが銀のトレイにウイスキーの入ったグラスをのせているのを見て顔をしかめた。

エマは肩をすくめた。「少し前にエイヴリー卿がお見えになりました。あなたもウイスキーを召しあがります？」

「大きなグラスで頼む」ハンターはそう言って礼代わりにうなずき、大股で客間へ向かった。「エイヴリー卿」彼は声をかけた。

エイヴリー卿は興奮した様子で暖炉の前を行ったり来たりしていた。ハンターのすぐ後ろからトレイを持ったエマが入ってきた。

「ありがとう、エマ」エイヴリー卿はグラスを受けとった。エマがハンターに視線で、訪ねてきた理由をまだエイヴリー卿から聞いていないと告げてきた。ハンターがトレイからグラスをとると、エマはそそくさと部屋を出ていった。

「どうしたんです？」ハンターが尋ねた。

「わたしは悩んでいる」エイヴリー卿が言った。「大いに悩んでいるんだ」

「今夜はぼくもなんです」ハンターはつぶやいた。

「なんだって？」

「いえ、なんでもありません。エイヴリー卿、あなたの悩みというのは？」

初老の男はウイスキーを飲み干した。ハンターのグラスはすでに空だった。ふたりは空のグラスを手に見つめあった。

エイヴリー卿が口を開けて閉じた。そしてため息をもらした。

「エイヴリー卿、いったいどうしたんです？」

「あの娘を連れていくのはまずいと思う」やっとエイヴリー卿は言った。

「なんですって？」

エイヴリー卿が再び行ったり来たりを始めた。「まったくマーガレットときたら、いつまでも心を決めようとせん。だから、これはマーガレットの落ち度なのだ」

「これとは……なんのことです？」ハンターは顔をしかめた。まさかデーヴィッド・ターンベリーは本気だったのだろうか？　彼は今夜、エイヴリー卿父娘《おやこ》に画家の娘を愛していると打ち明けたのか？

「ハンター、われながらこんな言い訳を持ちだすのは英国貴族として実に情けないと思う。実際のところ、これという特別な出来事があったわけではないのだ。きみは目が見えないのかね？　ミス・アデアは単に愛らしいだけではない。まるで熱い溶岩みたいだ。彼女の一挙手一投足、その笑顔、まなざし……。いや、誤解しないでくれよ、彼女を尻軽女だなどと考えてはおらん。ただ彼女は……危険だ」

「危険ですって？」ハンターは問い返した。

ときどきハンター自身がそのように考えたことがある。事実、今夜馬車で家へ帰ってくるときも……。

「キャットはなにをしたわけでもない」ハンターは言った。「しかし彼女は危険だ。あなたはそうおっしゃるのですね」

「彼らが彼女を見るときの目つきにわたしは気づいた」

「彼ら？」

「例の若者たち全員だ」エイヴリー卿は激しく手を振った。「マーガレットが選ぶのを拒んでいる若者たちだよ」

「ああ」

「しかし、わたしが約束を破ったらミス・アデアの父親はどう思うだろう？　彼は実に立派な人物だ。今では友人と呼びたいとさえ思っている。ああ、デーヴィッドを救ったのが姉のほうであったならよかった。性質が穏やかでやさしく、まるで……そう、おとなしい鼠《ねずみ》のようだ」

「マーガレットはキャットを同行させたくないと言っているのですか？」ハンターは尋ねた。

「マーガレットはあの娘を大いに気に入っておる。ぜひ、彼女と一緒に行きたいと言っているよ」

「本当に特別な出来事があったのではないのですか?」ハンターはきいた。

エイヴリー卿はためらい、またもやため息をついた。「デーヴィッドのことだよ。彼が今夜帰宅したときに話したところでは、怪我をして床に倒れているところをミス・アデアに発見されたという。そのときの彼女について語るデーヴィッドの口調ときたら……親ばかと言われても仕方がないが、わたしは娘の恋敵を旅に同行させたくないのだ」

「なるほど」ハンターは言った。エイヴリー卿の言い分は理解できる。ハンター自身、これまでに何度か、キャットを行かせないようにする手はないかと考えたことがあった。最初のころは、自分が支配権を握っていると思っていた。それだけでなく、自分には強い自制心があると。

だが、そうではなかった。ハンターは完全に自分を失い、キャットに群がる若者たちと同じように欲望をかきたてられたのだ。

つまり、これで終わりということだ。エイヴリー卿は心を固めている。ハンター自身が冷酷な人間になる必要はない。

とはいえ……。

「あなたは彼女に美術の教師をつけさせてやると父親に約束したことを忘れています」

「ほかにも教師はいるはずだ」

「ぼくがキャットに気をつけていると言っても信用してくれませんか?」自分はいったい

なにをしようとしているのだ、とハンターは思って歯ぎしりした。ぼくは最善をつくした、と嘘偽りなく言えることを願っているのだろうか？

違う。ぼくはキャットに会いたいのだ。彼女にふれ、彼女をわがものにし、ぼくの内部に赤々と燃え盛っている欲望を静めたいのだ。キャットがこれまでに出会った数多くの女性たちとなんら変わらない、ただの女であることを確かめたいのだ。

「あの女性がきみの愛人で、若者たちがそれを知っていたなら、だれも彼女の頬にキスする勇気さえ持てないだろう。しかし、わたしやきみが知っているとおり、ミス・アデアは父親に守られて育った純真無垢《むく》な娘で、男の愛人になるにはあまりにも若い。わたしは気が気でならんのだよ」

「彼女はまた助手としても優秀です」ハンターは考えながら言った。「並外れた学習能力の持ち主で、早くも難解な文書を翻訳することができるんですよ」

エイヴリー卿がまた歩きまわり始めた。「エマにウイスキーのお代わりを頼んでもらえないかね？」彼は頼んだ。

「いいですとも」ハンターは応じた。

彼がエマを捜しにキッチンへ行ったところ、彼女はもちろん盗み聞きするためだろう、壁に耳を押しあてていた。

「ウイスキーのお代わりを持ってきてくれないか」ハンターは言った。

「なんですって？　あら、ええ、わかりました」エマは答えた。

「ウイスキーを持って部屋へ来たら、我々の話をもっとよく聞けるだろう」ハンターは愉快そうに口もとをゆがめて言った。

「まさかそんなこと」エマは言った。だが、すぐにハンターのそばへ来て憤慨したようにささやいた。「エイヴリー卿の好きにさせてはいけません。だって、あの娘さんは……命を危険にさらしたのに、その代償をなにも求めなかったのですよ」

「まあね」ハンターは曖昧《あいまい》に答えた。

「彼女は愛らしくて礼儀正しいし、とても魅力的だわ……エイヴリー卿の言いなりになってはだめです」

「ありがとう、エマ。きみの考えはよくわかったよ。しかしながら彼はエイヴリー卿だ」

「でも、あなたなしには調査旅行には行けません」

「残念ながらそうではない。ぼくがいなくても、カーライル伯ブライアン・スターリングとその妻のカミールがいる。ふたりとも優れたエジプト学者だ」

「あなたがいちばんです。あなたはいちばん知識が豊富で、わが国のために戦地へ赴き、現地の言葉を話すし……カイロの人たちを大勢知っているじゃありませんか」

「ありがとう。飲み物を持ってきてくれるね？」

ハンターは客間へ戻った。どうやってそんなに早くウイスキーを注《つ》げたのか知らないが、すぐ後ろにエマがいた。

エイヴリー卿がグラスをとった。ハンターも同じようにした。

ふたりは互いを見やってから一気にグラスを飲み干した。

エマが眉をひそめた。「エイヴリー卿、もう一杯いかがです？」

「いや、けっこうだ。そろそろおいとましよう。話すべきことはすべて話した」

エマが恨めしそうにハンターを見た。

「そういうことだ、エマ。ありがとう」ハンターは言った。

エマはきぬずれの音をさせながら、のろのろと部屋を出ていった。

「エイヴリー卿、さっきの件についてひと晩考えさせてください」ハンターは頼んだ。

エイヴリー卿は顔をしかめたものの、うなずいて言った。「冗談であんな話を持ちだしたのではないぞ。わたしは心配でならん……心配なのはウィリアムのためでもある。旅に出たら、わたしはあの娘に対して責任を負う。わたしだって自分の娘を彼に預けたら、ちゃんと責任を持って面倒を見てもらいたいからな」

「残念ながら、ふたりとももう子供ではありません」

「それはそうだが」

「なにかいい手がないか、ぼくに考えさせてください」ハンターは言った。

「わたしは愚か者か？」エイヴリー卿が尋ねた。「これ以上ないほどいい考えに思えたのだが。あの男は、ミス・アデアの父親は、本物の天才だ。彼ら一家はみんな純真な性格をしている。彼らを傷つけたくない。しかし同時に、わたしの娘を悲しませるような事態も招きたくない」

「レディ・マーガレットはあまり悲しまないかもしれませんよ」ハンターは言った。

「さあ、どうかな」エイヴリー卿が首を振った。「たぶんわたしはなんでもないことを大げさに考えているのだろう……。きみの言うとおりだ。ひと晩寝てから考えよう。そうすればいい解決策が浮かぶかもしれん。ありがとう、ハンター。いいことを教えてくれた」彼はちらりと笑みを浮かべた。「じゃあ、帰るとしよう。明朝また連絡するよ」

「いつでもお電話ください」

「ふん！　あんながらくた機械にはさわりたくもない。いずれにしても話しあおう」

「出発まであと二日。それまでに片づけなければならないことが山ほどあります」

「話しあおう」エイヴリー卿は繰り返し、正面玄関から出ていこうと体の向きを変えた。

「じゃあ、おやすみなさい」ハンターは声をかけた。

　エイヴリー卿は帽子とケープを身につけて帰っていった。ハンターは真っ赤なソファに腰をおろした。

　すぐにエマが現れた。

「今さらあの気の毒な娘を連れていくのをやめるなんてだめです」エマは言った。

「気の毒なものか」ハンターはつぶやいた。

「サー・ハンター！」

「もう一杯ウイスキーをもらおうか」

「いい加減になさってください！」

「いっそボトルごと持ってきてくれ」

「サー・ハンター！」

「ぼくは考えごとをしているんだ」

「困った方だこと！」

エマはキッチンへ行ってボトルと新しいグラスを持ってきた。だが、トレイにのっているのはウイスキーだけではなかった。遅い時刻にもかかわらず、ハンターのためにあたたかい夕食が用意されていた。

「食事をなさらないと」

「わかった」

エマは部屋を出ていった。

ハンターはボトルをとりあげ、グラスに注がないで直接口をつけた。焼けるようなウイスキーが喉から食道へと伝い落ちていく。

彼はさらに飲んだ。

ハンターはドアをどんどんたたく音に気づいた。まるで頭をハンマーで殴られているかのようだ。

彼はうめき声をあげて怒鳴った。「静かにしてくれ！」

「サー・ハンター」エマだった。

「火事にでもなったのか？」

「火事？　いいえ」

「だったら、ほうっておいてくれ」

しばらくのあいだハンターは邪魔をされずに横たわっていた。そのうちに部屋のドアが開いた。彼はゆっくりと目を開けた。勝手に入ってくるなんてエマらしくない。彼はたいてい裸で寝ることにしているし、上掛けがいつもきちんとかかっているとは限らないのだ。だが、入ってきたのはエマではなかった。キャットだ！

結っていない髪が肩へなだれ落ちていた。着ている服は姉がつくったものらしく、完璧《かんぺき》に調和がとれていて、前身ごろは胸を高くウエストを細く見せるようにできている。彼女の目はやわらかなはしばみ色で、底意は浮かんでいない。ハンターはキャットが緊張していること、部屋へ入ってくるには相当な勇気を奮い起こさなければならなかったことを悟った。

彼はうめき声をあげて枕《まくら》に顔を押しつけ、彼女に広い背中を向けた。

「ハンター、お願い！」キャットが言った。

彼は反転してキャットのほうを向き、ウイスキーなんか飲まなければよかったと思った。なぜウイスキーを飲んだのか？

彼女のせいだ。

「なんの用だ？」ハンターはきいた。

「わたしを助けてちょうだい」

「助けてやる義理はない」

キャットは深く息を吸った。「イライザが心配しているの。彼女の話だと、デーヴィッドが帰宅したときにエイヴリー卿がとても狼狽《ろうばい》し、なぜかわたしに対してずいぶん腹を立てていたみたいなの。どうしてなのか、わたしにはさっぱりわからないわ」

そのときになってハンターはキャットを頭のてっぺんから爪先まで眺めまわした。均整のとれた体、整った美しい容貌《ようぼう》、そして野火のような髪を。

「ぼくにだってわからないよ」ハンターは皮肉っぽく言った。

「彼はわたしのことを……いざこざの種だと考えているらしいわ」

「現にそうじゃないか」

「なんですって？　でも、わたしはどうしても調査旅行に行かなくてはならないの」

ああ、それはそうだろう。デーヴィッドが行くのだから。

「ぼくのベッドルームから出ていってくれないか。見てのとおり、まだ服を着ていないのでね」

「わたしの話を聞いてちょうだい。お願い」

ハンターは彼女を見つめた。キャットは出ていきそうになかった。

「じゃあ、ちょっと失礼して」立ちあがったハンターは、彼の裸体を見たキャットが息をのむのを聞いてほくそえんだ。彼は部屋を横切ってバスルームへ行き、なかに入ってドアを思いきり閉めた。

栓をひねって冷たい水を顔にかける。そしてドアにかかっていたバスローブを着た。

「ハンター？」

彼はたっぷり時間をかけて歯を磨いた。

そしてようやくバスルームのドアを開けた。「コーヒーは？」ハンターは尋ねた。

「ドアの外に置いてあるわ」キャットがぼそぼそと答えた。

「持ってきてくれないか」

「今すぐに」

もちろん、ドアの外にはコーヒーがある。エマがこの娘と共謀しているのだ。キャットが急いで廊下に出て床に置いてあるトレイを見つけ、部屋のなかへ持ってきた。

「クリームとお砂糖は?」彼女はきいた。

「ブラックで」

キャットがコーヒーカップを渡す。その手が震えていることにハンターは気づいた。

彼はコーヒーをひと口すすってベッドの端に腰をおろし、彼女をじっと見つめた。そして首を振った。「ぼくがきみになにをしてやれるというんだ?」

キャットはぐっと唾《つば》をのみこんだ。「ひとつ方法があるわ」

ハンターは眉をつりあげた。「どんな方法が?」

「あなたが……その……あなたがわたしと婚約をするの」

10

ハンターはコーヒーを喉につまらせそうになったばかりか、勢いよく噴きだした。

キャットは不安と怒りをもって彼を見つめた。

「わかっている、わかっているわ。そりゃあ、わたしには称号もないし……わたしの家だってとうてい上等な家庭とは言えない」キャットは大声で言った。「でも……父の写真が今日の新聞に載っているの。女王陛下さえもが父の作品を見たがっていると書いてあるわ。わたしと婚約したからって、そう恥ずかしいことではないと思うけど。それにほんの短い期間じゃない。わたしはただあなたに、これからふたりが結婚するというふりをしてほしいと頼んでいるだけよ」

この人がきちんと服を着ていればいいのに、とキャットは思った。黒褐色の髪とあらわになっている筋肉のせいで、想像していたよりもはるかに堂々とした体躯《たいく》に見える。彼女は昨晩のことを思いだし、顔を赤らめて体を震わせながら、なぜわたしはこんなふうにここへ駆けつけたのだろうと首をひねった。とはいえ……。

「ぼくの聞き間違いでなかったかどうか確かめさせてくれ」ハンターが言った。「きみは絶対にものにできない男のあとについて長旅へ出かけられるよう、ぼくに婚約者のふりをしてくれと頼んでいるんだね？」

「どうせあなたはだれとも結婚する気がないんだから、かまわないでしょ」キャットは言った。

ハンターが彼女のほうへ身を乗りだした。キャットは後ろへ飛びのきそうになった。

「どうしてそんなことがわかるんだ？」

キャットはひらひらと手を振った。「あなたの女性関係は有名ですもの」

「ぼくは変わったかもしれない」

彼女はかぶりを振った。この人はわざと意地悪をしているのだ。

「それによってきみが助かるなどと、どうして思えるんだ？　現にぼくはきみの婚約者でもなんでもないのに、きみをあの男の腕のなかから引き離したんだぞ」ハンターはうなり声をあげた。キャットは来たことを後悔し始めた。彼と話をしていると、自分がますます品位のない愚かな人間に思えてくる。

「わたしはだれともいちゃつくつもりはないわ」キャットは言った。「それにデーヴィッドをどうこうしたいわけでもないの」

「きみは嘘《うそ》をついている」

「いいえ」

「だったら、なぜきみは行かなければならないんだ？」ハンターが問いただした。彼はまたわたしをあざけるつもりに違いない。キャットはそう確信して、ぐっと唾《つば》をのみこんだ。

「デーヴィッドの命が危険にさらされていると信じているからよ」

ハンターがうめき声をあげて立ちあがった。キャットは後ずさりした。彼は黒褐色の髪を乱して、仮面のように無表情な顔をして彼女を見つめた。

「なぜあなたはわたしを信じてくれないの？」キャットは叫んだ。

ハンターは部屋の反対側へ歩いていって暖炉の前に立った。キャットはまた顔を赤らめ、なぜわたしの心は真剣な目的から彼のたくましい肉体のほうへそれてしまうのかしらと首をひねった。

「お願い」キャットはささやいた。

ハンターが振り返った。「これほどくだらない考えを聞かされたのは、ぼくの記憶にある限りはじめてだ」

キャットはともすればそれそうになる視線を彼の目に据え続けた。そしてふいに襲ってきた震えを必死に抑えようとした。

「でも、真実なのよ」

ハンターは首を振って彼女を見つめた。「それでどうなる？　実際にデーヴィッド殺害をもくろんでいる人間がいるとして、きみになにができると思う？」

「わたしは一度、彼の命を救ったわ」

「我々が行くのは砂漠だ。海ではない」

「お願い。わたし……誓ってもいいわ、この埋めあわせは必ずするって」

「どのように？」ハンターが問い返した。

「わたし……わたし、あなたにとって最高の助手になるわ」

「助手なんかいくらだって雇えるさ」

キャットは歯ぎしりした。「あなたの言うことをよく聞いて、指示に従うわ。足の下にクッションを置いたり、飲み物をとってきたり……お料理でも、お掃除でも、どんなことでもする」

「きみはまだ〝どんなことでも〟の意味を理解していない」ハンターが厳しい声で言った。

彼女は耳まで真っ赤になった。「ハンター――」

「このばかげた提案にぼくが同意した場合」ハンターはコーヒーカップを炉棚に置いてキャットのそばへやってくると、周囲をゆっくり歩きまわって彼女をうろたえさせた。「いいかい、あくまでも〝仮に〟の話だ。仮にぼくがきみの提案に同意した場合、きみがあの男に少しでも近づいたら、ぼくは髪の毛をつかんで引き離すからな。きみは旅に同行させるようぼくを説き伏せたことを後悔するだろう」

キャットは必死に冷静さを保とうとした。「残酷だけど、妥当だわ」

「ぼくはいくつもの大罪を抱えているが、なかでも高慢《プライド》の罪がいちばん大きいんだ」ハンターは言った。

「気づいていたわ」キャットは静かに応じた。

「それとは別に……旅の途中でぼくがほかの女性に魅惑されたらどうする？」

「わたしはよそを向いているわ」

「ぼくがだれかを愛してしまったら？」

「そのときはわたしを捨てるしかないわね」

「ほう、きみはそういう劇的なのが好みなのか」

「違うわ！」彼女は叫んだ。「わたしが言いたいのは……」

キャットは言いかけてやめた。炉棚へ戻ってコーヒーカップをとってきたハンターが、それを彼女に突きつけたからだ。「コーヒー」彼はそれしか言わなかった。

キャットはしばらく憎々しげにハンターをにらんでいたが、結局はカップを受けとり、コーヒーを注《つ》いで彼に返した。

「おいおい、なんて顔をしているんだ。きみはどんなことでもするんじゃなかったのか？コーヒーを注がせただけなのに、きみときたらぼくの背中にナイフを突き立てたいと言わんばかりの顔をしているぞ」

「あなたはわざとわたしを怒らせようとしているんだわ」キャットはなじった。

ハンターが彼女の顎をつかんだ。彼の唇とブルーの目をすぐそばにして、キャットはまた昨晩のことを思いだし、体が震えだすのを感じた。

「状況はもっとずっと悪くなるだろう」ハンターが警告した。

「じゃあ……あなたは同意するのね?」

ハンターはまた長々とうめき声をあげた。そして手を振った。

「出ていってくれ」

「だけど……ハンター……」

「出ていけ!」

「でも……」

「わかった、わかった。しつこいな! やってやるよ」ハンターはくるりと振り返ってキャットを見た。「今晩、きみも信じられないような名演技をしてやる。しかし、断っておくが、きみはその代償を払うことになるんだぞ」

「ありがとう」キャットはどうにか言った。

「帰れ!」

「帰るわ」

大慌てで部屋を飛びでたキャットは、エマとぶつかりそうになった。もちろんメイドのエマはドアの外で待っていたのだ。彼女はキャットの腕をつかんで廊下を引っ張っていった。

「サー・ハンターはやってくれるのね？」エマが興奮して言った。

「ええ」

「わたしの言ったとおりでしょう」

「でも、彼はすごく怒っているわ」キャットは身震いして言った。

「すぐに落ち着くわよ」エマはうれしそうに両手を握りあわせた。「ああ、きっと楽しくなるわ。だけどこうなったら、急いでいろいろと準備しておかなくては」

「ちょっと待って。準備なんかなにもする必要はないわ。だって、これはすべて見せかけ、単なるお芝居にすぎないんですもの」

「おやまあ、あなたにはわからないの？　お芝居なら立派に演じてみせなくては。サー・ハンターが同意したのなら、きっとわたしの言うとおりだとわかってくださるわ」

「エマ！」キャットはメイドの両手をとって目をじっとのぞきこんだ。「これは本当の婚約ではないのよ」

「あなたをあの部屋に入れて事が運ぶよう計らってあげたのはわたしよ。だったら今度はわたしを喜ばせてちょうだい。いいこと、婚約の件である程度騒ぎ立てなかったら、だれにも信じてもらえないわ。さあ、家へ帰ってお父様とお姉様に婚約したと告げなさい。ああ、もうすぐよ。今日と明日……その次の日には出発するのね。きっとすばらしい旅になるわ」

「エマ！」キャットはもう一度注意しようとした。

「さあさあ、早く帰りなさい。わたしは今夜のパーティに備えていろいろとすることがあるの」

「パーティですって？」

「当然よ。そりゃあ、ささやかなパーティだけど、おいしいごちそうをたくさん用意するわ。さあ、行きなさい。あなたも忙しくなるはずよ」

なにもかもがどうかしている。ここへ来たとき、キャットはハンターと偽りの婚約をするという考えをまったく抱いていなかった。ハンターが、ばかなまねをしでかす彼女を見ては喜んでいるハンターが、なにかいい考えを持っているだろうと期待していたにすぎない。

だが、エマがこの考えを持ちだして、ハンターにも婚約者がいたほうがいいとキャットを説き伏せたのだった。なにしろ彼は常に結婚を望んでいる女性に追いかけられながらも、まんまと逃げおおせているのだ。エマの考えが成功をおさめた今――なんと軽率な策略だったことか！――それはますます常軌を逸しているように思われた。

これからキャットは家へ帰って父親に嘘をつかなければならない。あとあとそれがつらい事態を招くだろう。今はまだいい。婚約の発表をしておいて彼女は旅に出てしまうのだから。父親は娘がうまくやったと幸福感に浸りながら仕事に打ちこんで過ごすだろう。だが、そのあとは……。

婚約が破棄されたときは。

「家へ帰りなさい。心配することないわ」エマが言った。「イーサンが無事に送り届けてくれるでしょう」

「まだ真っ昼間よ。ひとりで帰れるわ」

「サー・ハンターは家の馬車が空いているときに婚約者を乗合馬車で帰したりしませんよ」

結局キャットはイーサンに送ってもらうことにした。ところがなぜかイーサンまで偽りの婚約について知っていると見え、にやにやしっぱなしだった。

彼女を馬車から助けおろしたときにイーサンが言った。「お祝いの言葉を言わせてもらうよ。おめでとう」

キャットはため息をついて首を振った。

「イーサンたら！」

「さあ、なかへ入って。またあとで迎えに来るから」

家に入ってみると、なかはしんとしていた。おそらく姉はまだ寝ているのだろうとキャットは思った。しかし、父親は屋根裏部屋で仕事をしているに違いない。そこは東に傾いている屋根にガラス窓がついていて、自然光が入る。

キャットの予想どおり、父親は屋根裏部屋にいて、海に浮かぶ船の絵を真剣な目で眺めながら色彩と構図を考えていた。

父親は入ってきた娘を見て眉をつりあげた。「キャット、どうした？　えらく心配そうな顔をしているじゃないか。なにか悪い知らせでもあるのか？」

ええ、そうなの。とても悪い知らせがあるのよ。キャットはかぶりを振った。

「自分の父親にも話せないほどひどいことなのか？」父親はしわがれた声できいてパレットを置き、彼女のほうへやってきた。

「お父さん、祝福してちょうだい」キャットは慌てて言った。

父親は眉根を寄せた。「なにを……？」

「わたし、婚約することになったの」

「そういう話は、まず男が花嫁になる娘の父親のところへ来てすべきだ」ウィリアムは厳しい口調で言った。

キャットはたじろいだ。父親がそういう考えの持ち主であることをすっかり忘れていたのだ。彼女はふさわしい言葉を探して口をぱくぱくさせた。

「そうですとも。男のほうから話しに来るべきです！」その声を聞いてさっと振り返ったキャットは、父親の仕事部屋の戸口に立っているハンターに目を留めた。

彼は仕立てのいいグレーのスーツに真っ赤なベストを着てひげをきれいにそり、石鹸《せっけん》と革のにおいをさせていた。視線がキャットから父親へ向けられる。

「キャットはあなたを心から愛しているので一刻も早く教えたかったのでしょう。ぼくはお嬢さんとの結婚を認めてもらうために来ました、ミスター・アデア」

ウィリアムは眉をつりあげて口をあんぐり開けた。長いあいだまじまじとハンターを見つめる。

やがてウィリアムは口を閉じてにっこりした。「それはそれは」彼はハンターに言った。「水中から助けあげてからというもの、ぼくはキャットにずっと心を奪われているのです」ハンターが言った。

ウィリアムはまたしばらく黙りこんだあとで笑いだした。そしてキャットを抱えて笑いながら高く持ちあげた。それから彼女を床におろして抱きしめたあと、ハンターに歩み寄って握手をした。「驚いた。そういうことだったのか！　キャットが入ってきて婚約の話を持ちだしたとき、わたしはてっきりあの若者たちのだれかが相手だと思った……しかし、なるほど、あなたとキャットだったのか。ぴったりだ。いや、実を言うと、わたしはひそかにぴったりだと考えていたのだが、そんなことを口にする立場にはないですからね。それに親が子供にだれそれが結婚相手にふさわしいなどとほのめかしたら……とりわけ今の娘たちは無理強いされるのを嫌う。なにしろ新しい時代だから」彼はまだハンターの手を振り続けていた。「あまりに急な話で……しかし、ふたりはこれから旅に出るから、結婚前に互いのことを知る時間がたっぷりあるわけだ」

ようやくウィリアムはハンターの手を振るのをやめたが、それは再びキャットを抱きあげるためにすぎなかった。それから彼は大声でイライザとマギーを呼んだ。ローブ姿のイライザと粉まみれのマギーが屋根裏部屋に駆けあがってきた。

「ここにいるふたりが婚約したぞ！」ウィリアムは叫んでイライザを抱きしめた。「婚約したんだ」

「婚約を！」イライザが息をのんでふたりを見つめた。

「まあ、すてき」マギーがあえいだ。「ああ、キャット、きっと天国にいるお母様も今日というおめでたい日を祝福なさっていますよ」

キャットは頬が焼けるようだった。今までこれほど罪悪感を覚えたことはない。

イライザに抱きしめられたとき、その目つきから、姉が婚約は偽りであると見抜きながらも理解し協力するつもりでいることをキャットは悟った。イライザがハンターにキャットの姉としてキスした。マギーはキャットを抱きあげこそしなかったものの父親と同じくらい大騒ぎしながら抱きしめたあと、ハンターの前でためらってから彼を抱きしめた。

やっと抱擁から解放されたハンターがキャットに歩み寄って手をとった。「なあ、きみ」彼の声に恐ろしく滑稽《こっけい》な響きがこめられていることに気づいたのはわたしだけだろう、とキャットは確信した。「どうか、この指輪を受けとってくれないか……」

彼女は指にはめられたものを見おろした。光を受けてきらきら輝く黄色い石のついた金の指輪。

ハンターがキャットから離れてウィリアムに話しかけた。「突然の発表で驚かせておきながら逃げ帰るようで申し訳ないのですが、ミスター・アデア、事がこれほど急速に運んだことをぼく自身驚いているのです。もう帰らなければ……。皆さん、エマがぼくの家で今夜ささやかなお祝いのパーティを開く準備をしていますので、どうぞお越しください」彼はマギーのほうを向いて慇懃《いんぎん》に会釈をした。「ミス・マギー、できたらエマを手伝ってやってもらえないだろうか」

マギーは両手を打ちあわせ、驚嘆のまなざしでハンターを見つめた。「そりゃあ、もう喜んでお手伝いします。いえ、ご心配には及びません、わたしは一から十まで彼女の指示どおりに動きます」

「ありがたい。じゃあ、これですべて解決した」

ハンターは部屋を出かかって立ちどまり、くるりと振り返ってキャットの目を見た。

「おっと。気がせくあまり、ぼくの喜びの源であるいちばん大切な人を忘れるところだった！」彼はキャットのところへ戻ってくると、父親がしたように彼女をしばらく自分よりも高く抱きあげていた。それから自分の体に彼女の体を滑らせるようにしてゆっくりと床におろした。

もちろん今はふたりとも服を着ているけれど、彼の体を滑りおりるとき、キャットは今朝目撃したものをありありと思いだした。ハンターはキャットが自分の足でしっかり立ったのを確認してから彼女のほうへ首をかしげた。

昨晩、ふたりが交わしたキスとはまったく違った。今日のはやさしい思いやりのこもった恋人同士のキス、前途を約束するキス、まもなく義理の父親になる男の前でするのにふさわしいキスだった。「じゃあ、今夜また……」

どうやらハンターは官能的なかすれ声を自在に出せるらしかったが、それでもキャットの体を小さな震えが走り抜けた。彼が去ったあとも、その感触が消えなかった。

彼の声のあざけりの響きも。

「こんなことって！」ハンターが出ていくや、イライザが叫んだ。「すばらしいわ！」彼女は頬を赤く染めて妹を振り返った。「キャット、ハンターって本当に立派な人ね。とても――」言葉が喉で凍りつく。「その……とても礼儀正しくて親切だわ」イライザは静かに言った。

「立派な人間だとも」ウィリアムが大声で言った。「マギー、婚礼だ！　婚礼の宴が催されるのだ」彼はマギーの両手をとり、聞こえない音楽のリズムに乗って屋根裏部屋で軽快に踊り始めた。

ハンターがエイヴリー卿《きょう》の屋敷の大広間で待っていると、エイヴリー卿が大股で入ってきた。彼は深刻な顔をして首を振りながら暖炉のそばのハンターのところへやってきた。

「聞いたぞ！　ロンドンじゅうの召使いたちがその噂《うわさ》をしているらしい。すまない。わたしがきみに無理強いしたようなものだ」

ハンターはかぶりを振った。「いいえ。実はぼくがここへ来たのは、あなたがそう考えているのではないかと心配になったからです。まあ、あなたのおかげで予定が早まったのは事実でしょうが、それだけのことです」

「しかし、きみには本当に結婚する気などないはずだ。これまで上流階級の母親たちがこぞって娘をきみの前に差しだし、財産や稼ぎのある女たちがきみと結婚したいと口々に言ってきたのに、きみときたら何年も巧みに逃げおおせてきた。となれば、きみに結婚の意思がないと考えるのが当然ではないか」

「しかし、どんな男も永久に逃げまわっていることはできません」

「それはそうだが……」

「エイヴリー卿、昨日あなたはぼくが魅了される原因になったキャットの美点をいろいろ指摘してくれました。彼女はたぐいまれな美貌《びぼう》の持ち主であるばかりでなく、勇敢で頭が切れるし、生き生きとしていて、情熱的で、若くて……やさしさと思いやりにあふれている。これではいくらぼくでも恋に落ちないわけがありません」

「まあ！」

ふたりはびっくりして見あげた。階段のてっぺんにマーガレットが立って彼らを見おろしていた。今の話を聞いたのだ。

彼女は軽やかに階段を駆けおりてきてハンターの腕のなかに飛びこみ、彼を抱きしめて両頬にキスをした。「ああ、わたし、もううれしくって！　ハンター、なんて美しい言葉でしょう。あなたがわたしに一度でも今の言葉を言ってくれたら、喜びのあまり気絶してしまうところよ」

ハンターは笑ってマーガレットをそっと押しやり、歯ぎしりしそうになるのを懸命にこらえた。

優秀な助手を確保するためとはいえ、ここまでするのはやりすぎではないだろうか？　それでいて嘘がこうもやすやすと口を突いて出てくるとは。なぜならもちろん本当のことだからだ、と苦々しい気持ちで思った。会った瞬間にキャットはぼくの五感を燃えあがらせ、ぼくを断固として遠ざけようとしたにもかかわらず、ますます魅了した。彼女はそれほどまでに鈍感なのだ。とはいえ、何年ものあいだ結婚を避け続け、あちこちで女性の心を傷つけてきた結果、ぼくはこうなるしかなかったのだろう。あのころ、それを知っていたら……。

「マーガレット、きみはやさしくて美しい純粋な心を持つ黄金の天使だ。きみのためなら進んで命を投げだす若者が何人もいるだろう。事実、きみを崇拝している若者をぼくは何人も知っている」

エイヴリー卿が言った。「そうとも。だからおまえは早く夫を選んだほうがいいんだ」

「ハンターの心を勝ちとることが可能だと知ってさえいたら、わたしだってそれを得ようと努力したのに」マーガレットがほほえんで言った。「ああ、ハンター。あなたたちふたりのためにわたしは心から喜んでいるのよ。こうなったらパーティを開かなくては。それも急いで。お父様、わたしたちはもうすぐ――」

「今夜、ぼくの屋敷に友人を何人か招いて小さなパーティを催すんだ」ハンターは早く辞去したくて言った。「きみもぜひ来てくれないか。そう、八時ごろに」

「もちろんよ」マーガレットが言った。

「わたしもうかがうよ」エイヴリー卿がそう言って、改めてハンターをじっと見つめた。婚約が本当のことだとすっかり信じているようだ。

ハンターが玄関へと歩きかけたとき、デーヴィッド・ターンベリーが入ってきた。若者はハンターを見てはたと足を止めた。ハンターも立ちどまった。「こんにちは」デーヴィッドが挨拶《あいさつ》した。

「やあ、デーヴィッド」ハンターは応じた。

マーガレットが床を滑るように歩いていってデーヴィッドの手を握った。「デーヴィッド、ハンターが結婚するのよ」

デーヴィッドがハンターを見つめた。「だ……だれと……？」

「おばかさんね」マーガレットが笑った。「相手はあの人魚、キャットよ」

デーヴィッドの顔から血の気が引いた。

「デーヴィッド、ハンターにおめでとうを言わなくちゃだめじゃない」マーガレットがしかった。彼女はデーヴィッドがさっと青ざめたことに気づいていないようだ。

デーヴィッドがぎこちなく手を差しだした。喉仏が上下する。「おめでとう」彼は言った。

「今夜、ハンターの屋敷ですてきなパーティを開くんですって」マーガレットが言った。「着ていくものを考えないと」彼女はハンターの頬にキスをして走り去った。

エイヴリー卿は暖炉の近くに残っていた。

デーヴィッドが小さな声で言った。「ぼくは……信じない……そんなばかな話」

「信じろ」ハンターは短く言った。そしてデーヴィッドの耳もとに口を近づけて低い声で続けた。「今度またキャットにふれてみろ。体じゅうの骨を折ってやるぞ。わかったな」

それだけ言うと、彼はデーヴィッドの横を通って立ち去った。


キャットの部屋のドアが勢いよく開いた。

レディ・ドーズだ。彼女が来ることを予期しておくべきだった。

「どうぞなかへ入って」キャットは言った。

レディ・ドーズは冷たい目でキャットをじろじろ見た。「わたしは信じませんよ。ほんの一秒たりとも。今度はどんなたくらみを考えついたの？」

「たくらみなんかないわ」キャットは大胆にも嘘をついた。「わたしは結婚するの」

レディ・ドーズはクロゼットをかきまわしているキャットのところへ歩いてきた。キャットは砂漠へ着ていくにはどれがいいだろうと服を吟味しているところだった。「ほかの人はだませても、わたしはだませないわ、キャサリン・アデア。わたしは本当のことを知っているのよ」

「本当のことって、なに？」

「あなたが欲しいのはほかの男だってこと」

キャットは服に注意を向け、コットンのブラウスをとりあげたりリンネルのスカートを手にとったりした。「勝手にそう思っていればいいわ。とにかくわたしはサー・ハンター・マクドナルドと結婚するのよ」

「いくらずる賢いからって、あなたなんかがサー・ハンターみたいな人を罠《わな》にかけることができたなんて信じられない！」

「あら？」キャットはレディ・ドーズを振り返った。嫌悪感と同時に恐怖心を抱いたが、理由はわからなかった。「どうして？　あなた自身が彼を罠にかけようとして失敗したの？」

キャットはレディ・ドーズが怒りにわれを忘れてつかみかかってくるのではないかと思った。それほど彼女の目は冷たくて口もとはゆがんでいた。キャットはレディ・ドーズの発散する憎悪に圧倒されそうだった。

「気にさわったかしら？」キャットは言った。「わたしは荷づくりしなくちゃならないの」

「サー・ハンターに本当のことを話してやるから。この小娘が。覚えていなさい。彼に本当のことを話してやるわ」

キャットはこらえきれずに笑いだした。「なんでも好きなことを話せばいいじゃない」

「いいこと、警告しておくわ。きっとあなたはこの報いを受けるはめになる」

「なんの話をしているの？」

「こんな嘘をついたら必ずその報いを受けるってこと。ええ、必ずそうさせてやるわ」

それだけ言うと、レディ・ドーズはくるりと向きを変えて出ていった。

キャットは後ろ姿を見送った。「いいわ。あなたなんかパーティに呼んでやらないから」彼女はつぶやいた。そして唇を噛《か》んだ。あの女は出席するだろう。キャットの父親の腕につかまってやってくるに違いない。

ベッドの足もとのほうに腰をおろしたキャットは、ふいに恐怖に襲われた。わたしは父親をあの女のもとに残して旅に出るのだ。

再びドアが勢いよく開いた。キャットはぱっと立ちあがって身構え、襲撃に備えようとした。

だが、戸口に立っていたのはイライザだった。「どうしたの?」姉は恐怖に満ちたキャットの顔を見て尋ねた。

キャットはかぶりを振り、姉に駆け寄って抱きついた。「だめよ。わたし、行けないわ。お父さんをあの女のもとに残していくなんて」

「大丈夫よ。わたしがここにいるんだもの」イライザがきっぱりと言った。

「それでは姉さんに負担をかけすぎるわ」

姉妹は抱きあってベッドに腰をおろした。イライザがキャットの髪を撫《な》でた。「いつかわたしがあなたを必要としたら、きっとあなたは助けてくれるでしょう。今はあなたがわたしを必要としている。だから助けてあげるの。お父さんにはわたしがついているわ。心配しないで」

「レディ・ドーズは知っているわ」キャットは身震いして言った。

「知っているって、なにを？」

「あれが……」

「あれが見せかけだってこと？」

キャットはうなずいた。

「レディ・ドーズがなにかを知っているはずはない。そうでしょ？　断言してもいいわ。ハンターは決して彼女に本当のことを話したりしない」

そのとおりだ。キャットを裏切ることができる唯一の人物は、絶対に真実を暴露しないだろう。

キャットは指にはまっている指輪にさわった。イライザによれば、指輪についている深みのある色をした美しい石は、非常に珍しいイエローダイヤモンドだという。

これでまたひとつハンターに感謝しなければならない理由ができた。彼がどのように代償を払わせるつもりかは知らないけれど。

突然、キャットは指輪のせいで指が焼け焦げるような気がした。それどころか全身が熱く燃えるような感じさえする。

彼女は姉から身を離してつくり笑いを浮かべた。「でも……向こうへ行っているあいだに姉さんがわたしを必要としたら、手紙をくれなくてはだめよ」

手紙などたいして役に立たないだろう。キャットが行くのは遠い異国の地なのだ。

「あなたが婚約披露パーティを?」そう言ったのはカミールだった。彼女も夫のブライアンも信じられないとばかりにハンターを見つめていた。やがてカミールの顔にゆっくりと笑みが浮かんだ。「相手はキャットね。間違いないわ」

「そのとおり」

「そんなばかな!」ブライアンが大声をあげた。「すまない。しかし、きみが彼女と知りあって一週間とたたないじゃないか」

ハンターは笑った。「きみたちふたりがぼくに説教しようというのかい?」彼はきいた。

「もちろん違うわ」カミールが否定した。

「そんなことは考えたこともないよ」ブライアンが言った。だが、ふたりは相変わらずハンターをいぶかしげに見つめている。ブライアンが咳払《せきばら》いをして続けた。「こうなったらディナーパーティでも催さなくてはならないね、カミール? あまり時間はないが、明日の晩にうちの城でちょっとした集まりを開こうか」

「その必要はない。今夜、ぼくの屋敷でパーティを開くんだ」ハンターはうんざりしたように言った。

「じゃあ、わたしたちは船の上でなにかをしなくては」カミールが提案した。

「うむ、それはいい考えだ！　あるいはイタリアの海岸でパーティを開くのもいい。きっとすばらしい夜になるだろう」ブライアンが同意した。

「繰り返すが、その必要はないよ」

「まあ、それについてはまたあとで話そう」ブライアンが言った。「カミール、あの保管室にある書類棚を片っ端から探してみたが、きみがなくした地図は見つからなかった。これからほかの保管室も探してみるつもりだ」

「どの地図だい？」ハンターは尋ねた。

「わたしが床に置いておいた地図。わたしたち、それを参考に仕事をしていたでしょう。覚えていない？　パピルスを読んだり計算したりして。事実、あなたの愛らしい婚約者にはじめて会ったときには床の上にあったわ」

「ぼくの机のなかを調べたかい？」ハンターはきいた。

「人の机のなかなんて見ないわ」

「ぼくが調べてみよう」ハンターは言った。

「ぼくは下へ行く」ブライアンが言った。「もう準備はほとんど整っているんじゃないかな……ああ、それにしても、すばらしい知らせじゃないか！　なんの心配もなく今夜は楽しめるだろう」ブライアンは妻にウインクした。「じゃあ、ぼくは行くよ」

ブライアンが地下へ去ると、カミールはハンターについて彼のオフィスへ入った。「な

「そう」

にをたくらんでいるの、ハンター?」

　ハンターはうめいて椅子に腰をおろした。そしてカミールをじっと見た。「そんなことをきくのは、かつてきみ自身もなにかをたくらんだことがあるからか？」

「あれはわたしがたくらんだのではなかったわ」カミールが彼に指摘した。

ハンターはうなだれて机を鉛筆でたたいていたが、やがて顔をあげると、信頼の置ける友人であるカミールを再び見た。「キャットはデーヴィッド・ターンベリーの命が危険にさらされていると思いこんでいる」

「じゃあ、あなたはそう思っていないのね？」

「デーヴィッドは甘やかされて育った金持ちの坊やだ。彼はヨットから落ちた。あれで人に心配してもらえることを知ったのさ。昨日、彼はオフィスの標札にぶつかって頭に怪我《けが》をしたと主張した。キャットは彼が襲われたと信じこんでいるよ」

「この博物館のなかで？」カミールは驚いて尋ねた。

ハンターは暗い顔でうなずいてから首を振った。「エイヴリー卿はキャットを恐れているんだ。彼女がマーガレットの求婚者たちを全部奪ってしまうのではないかってね。もちろんマーガレットはそれほど愚かではない。これでよかったのかどうか、ぼくにもわからないよ。最初はこうするのがいいと思えたんだが」

「そう」

「なにも言ってくれないんだな」

「わたしになにを言ってほしいの？」

「なんでもいい。たちの悪い策略だとか、あとで他人を傷つけることになるだけだとか……どんなことでも」

カミールは謎《なぞ》めいた笑みを浮かべた。「傷つくのがあなた自身にならないよう気をつけなさい。それにわたしが心底あなたを愛していなかったら、もちろん心配なんかしないで、それをあなたの当然の報いとしか思わなかったでしょうね」

「ありがとう。ぼくはそんなにひどい放蕩《ほうとう》者だったのかな？」

カミールは笑った。「逃げるのがうまかっただけかも」彼女の表情が真剣になった。「書類の紛失のことだけれど、あなたはなにかが起こっているのだと思う？」

ハンターはやさしくカミールの手をとった。「ぼくたち全員が今度の調査旅行を待ちわびてきた。用心を怠るのは賢明ではないが、しかし……本当に貴重なものが盗まれたわけではないし、我々はまもなく出発する。怪しい計画が進行していたとしても、ぼくらはもうここにいない。遠く離れた土地にいるんだよ」

彼女は立ちあがり、出ていこうとしてためらった。「ハンター」

「なんだい？」

「現実の危険であれ空想の危険であれ、わたしたちの旅先にまでついてきたらどうするの?」カミールの声があまりに心配そうなので、彼までなんとなく不安になった。

ハンターはほほえんだ。「犯人をつかまえてこっぴどくとっちめてやる、それで終わりさ」

「まあ、頼もしいこと」カミールはにっこりしてオフィスを出ていった。

キャットは生まれてこのかたこれほど緊張した記憶はなかった。

今夜の主賓はキャットなので、アデア家は早めに到着した。家のなかに足を踏み入れた瞬間から、彼女はじっとしていられなかった。それにエマもマギーもキャットにはなにひとつ手伝わせようとしなかった。エマは今夜のパーティのために臨時のメイドや給仕係を雇っていたし、当然ながらイーサンも用ができたときのために控えていた。

キャットたちが着いたときは、ハンターはまだ屋敷にいなかった。

「キャット、少しシャンパンを飲んだらどう?」エマが勧めた。

「いいえ」キャットは断った。

レディ・ドーズはもちろん来ていた。「急にシャンパンが嫌いになったの、キャット?そういえばシャンパンはトラブルのもとだと聞いたことがあるわ」彼女は目を無邪気そうに大きく見開き、気づかいの色さえ浮かべて言った。しかし、もちろんそれは近くにウィリアム・アデアがいたからだ。

「エマ、やっぱりシャンパンを少しいただこうかしら」キャットは言った。

彼女は手渡された細いグラスの脚を危うく折るところだった。だが、シャンパンが神経を静めてくれたのはたしかだ。

エマがマギーにしばらく代わってくれるよう頼んでから、キャットの腕をとってついてくるように促した。ふたりは二階へ駆けあがった。そして〈青の間〉へ入った。花を生けた花瓶にブラシや櫛《くし》など細々した品が置かれているためか、前に来たときよりも私的な雰囲気の部屋になっていた。「あなたの部屋よ、キャット。下から逃げてきたくなったらいつでもここへ来るといいわ」

「ありがとう、エマ」キャットはささやいた。「でも――」

「サー・ハンターがそのように指示したの」エマがきっぱりと言った。「わたしは下へ戻らなくては。あなたはゆっくりしていなさい」

キャットは部屋に残ったが、長くはいなかった。父親と姉が下にいるのだ。ふたりをほうっておきたくなかった。

やがてハンターが帰宅した。彼はキャットの父親にウィリアムと呼びかけて挨拶をし、イライザに愛情のこもったキスをした。そしてレディ・ドーズの頬に軽くキスした。

最初に到着した客はカーライル伯爵夫妻であることをイーサンが告げた。濃い藤《ふじ》色のパーティ用ドレスに身を包んだカミールは美しかったが、最も人目を引くのは輝くような彼女の笑顔だった。夫妻が姿を現したとたんにレディ・ドーズは行儀がよくなり、みんなと一緒に笑ったりして愛想よく振る舞った。ブライアンが城に飾ってある絵についてウィリアムと話しているあいだ、レディ・ドーズは自分が才能を見いだしたのだと言わんばかりにウィリアムの腕につかまっていた。

博物館の人たちが数人到着し、続いてエイヴリー卿とマーガレットとデーヴィッドがやってきた。デーヴィッドの仲間のロバート・スチュアート、アラン・ベッケンズデール、アルフレッド・ドーズも姿を見せた。

アルフレッドが部屋へ入ってきたとたん、レディ・ドーズが体をこわばらせた。キャットはふたりをちらちら見ずにはいられなかった。継母の視線に気づいたアルフレッドが首をかしげて挨拶した。レディ・ドーズも挨拶を返したが、すぐに注意をウィリアムとブライアンに戻した。

そのうちにキャットはアルフレッドとハンターが話をしているのを目にした。アルフレッドも背は高いほうだが、ハンターと並ぶと小さく見える。ハンターの声は低かったものの、キャットはふたりが緊張しているのを感じた。アルフレッドが顔を赤くして視線をそらしたとき、再び継母と目が合った。顎をつんとあげたレディ・ドーズは、アルフレッドが苦しめられているらしい様子を大いに楽しんでいるようだった。

「乾杯しよう」キャットは振り返った。かたわらにデーヴィッドがいた。彼女のためにシャンパンの入った新しいグラスを持っていた。

「ありがとう。でも、これ以上は飲まないほうがいいみたい」

「だめだよ、飲まなくちゃ」デーヴィッドが反論した。すでにかなりの量を飲んでいるようだった。「きみが婚約するなんてだれが予想しただろう」彼はグラスをキャットの手に押しつけた。

「世の中って不思議ね」キャットはあっさり言った。デーヴィッドが傷ついているのがわかったけれど、彼女は怒りを覚えた。「ハンターがわたしと結婚したがっているの」嘘だったが、言わずにはいられなかった。

デーヴィッドの頬が青ざめた。「彼の両親はずっと昔に亡くなったから、長いあいだ自力で世の中を渡ってきたんだ」デーヴィッドは自己弁護するように言った。

「そのようね」さっきの言葉と裏腹にキャットはシャンパンをすすった。マーガレットがこちらを見ていた。

レディ・ドーズも見ていた。

キャットはデーヴィッドとの距離が近すぎるように感じて後ずさりし、だれかの足を踏みそうになった。アルフレッドの足だった。彼女はバランスを崩して倒れかかった。「おっと」アルフレッドが声をあげ、中身がこぼれそうになったグラスをキャットの手からとった。

デーヴィッドが手をのばして彼女を支える。キャットはすぐに体勢を立てなおしてふたりに礼を述べた。

「きみのシャンパンだ」アルフレッドが言った。

「ありがとう」今度はたしかな足どりで、キャットは後ろへさがった。ハンターにとって婚約は芝居かもしれないが、デーヴィッドに近づくなという警告は本気だ。

そのハンターもまたこちらを見ていた。

マーガレットが彼らのところへやってきてキャットを救った。「楽しみだわ！　キャット、なんてすばらしいんでしょう。もちろんあなたは婚約してもハンターの助手を務めたり絵のレッスンを受けたりしなくてはならないけれど、これからはわたしたち、家族みたいなものだわ」

言い換えれば、キャットは〝少しだけ地位の高い召使い〟ではなくなるのだ。

「ありがとう、マーガレット」

マーガレットがキャットを抱きしめた。あたたかい心のこもった抱擁だった。このときも彼女のグラスからシャンパンがこぼれそうになった。だれかがいったん受けとって、すぐに返してよこした。

キャットはうなじにかすかな感触を覚え、背筋に熱い戦慄《せんりつ》が走るのを感じた。かたわらにハンターがいた。「食事にしようか？」

「そうね、そうしましょう。きっとみんなおなかがすいているわ」キャットはささやいた。当然ながらふたりは注目の的だった。ハンターは周囲の目を意識してキャットにほほえみかけ、彼女の顎の下に指をあてて自分のほうへ向かせた。そして空いているほうの手で彼女の髪をかきあげながら唇にやさしくキスした。

キャットは息のつまる音を聞いた気がした。

デーヴィッドだ。

キスは少し長すぎるように思われた。ハンターがわずかに顔をそらして彼女の目をのぞきこんだ。挑戦的な表情と愉快そうな輝きをたたえた彼の目を見ることができるのはキャットだけだった。

「ディナーを」彼女は言葉を喉から押しだすようにして言った。

「そうそう、ディナーだ」ハンターの声はかすれていた。「すっかり忘れていた」

エイヴリー卿が咳払いをした。ハンターがキャットから離れた。

まもなく彼らはテーブルの決められた席に着いた。幸い、キャットはテーブルの一方の端で、ハンターは彼女の反対側だった。アルフレッドとキャットは隣同士で、レディ・ドーズの席はハンターの隣だった。

現在の政治についての会話が始まり、続いて女王陛下のためにシャンパンで乾杯したあと、話題は目前に迫った調査旅行のことに移り、旅の無事を祈る乾杯が行われた。さらにイライザの衣装デザインの才能に、マーガレットの美しさに、ウィリアムの作品に祝杯があげられたあと、ブライアンが立ちあがって新たに婚約したふたりのために乾杯の音頭をとった。「そのたぐいまれな美貌によってハンターの心をとらえただけでなく、結婚の約束までとりつけたキャサリン・アデアに。そして彼女との結婚という最高の幸運を手に入れたハンターに。ふたりが多くの子宝に恵まれて末永く幸せな結婚生活を送りますように！」

「乾杯！」ウィリアムがグラスを掲げて言い、全員があとに続いた。

またもやキャットは頭がくらくらしていることに気づいた。どうやらシャンパンは気分を高揚させるよりも、むしろ気持ち悪くさせる有害な飲み物らしい。疲れていてものがはっきり見えず、そのうえ夜は果てしなく続くように思われた。それでもほほえんでおしゃべりを続けなければならない。そのうちに気を失うのではないかと不安になった。とうとうめまいのひどさに耐えきれなくなったキャットは、キッチンへ逃げていった。

「まあ、顔が真っ赤じゃない！」マギーが言った。

「体がすごく火照っているわ」エマが同意した。

「すぐに二階へ連れていきましょう」

ふたりは召使い用の階段を使ってキャットを二階へ連れていった。妹の姿が見えなくなったことにイライザが気づかないはずはなく、心配してすぐに捜しに来た。キャットの気分は悪くなる一方だった。吐き気に襲われ、肩からドレスを脱がしてもらうやいなや、バスルームへ駆けていって便器の上にかがみこんだ。

マギーとエマが興奮してしゃべりながらキャットを助けようと駆けてきた。キャットはバスルームのドアを閉じ、ひとりにしてくれと頼んだ。耐えられない苦痛が彼女をさいなみ、繰り返し吐き気に襲われた。胃の中身を全部吐きだしたときには気を失いそうだった。コルセットがきつくて外したかったけれど、紐《ひも》が見つからなかった。

「キャット」ドアの向こうから声をかけてきたのはイライザだった。「なかに入れてちょうだい」

キャットはなんとか手をのばしてドアを開けた。イライザが駆けこんできて濡《ぬ》れた布で彼女の顔を冷やし、手を貸して立ちあがらせた。

「コルセットが！」キャットはどうにか言った。

イライザがコルセットをゆるめ、ドアの裏側にかかっていたローブをとってキャットの肩にかけた。心配のあまり目が大きく見開かれていた。「興奮したせいかしら？　それともシャンパンのせい？　今まで吐いたことなどなかったのに」

「一度もないわ」キャットは同意した。

彼女は寒気がして体がまた震えだした。だが、吐いたのがよかったのだろう、耐え難い苦痛はおさまった。体からすっかり力が抜けていた。

「さあ……ベッドへ行きましょう」イライザが言った。

「ここの？」

「そうよ。サー・ハンターと婚約しているんですもの。ここがあなたの部屋ですって。エマって本当に気がきく人ね」

イライザはバスルームのドアを開け、抱えるようにしてキャットをベッドに連れていった。待ち構えていたマギーとエマが上掛けをめくって、またかけてくれた。マギーがキャットの髪から丹念にピンを抜いた。「頭に刺さって苦痛が増したらたまらないものね」マギーは言った。

「楽になった……ずっと、ずっと楽になったわ」キャットはそう言って起きあがろうとしたが、体に力が入らなかった。

「紅茶を」エマが言った。「紅茶をいれてきましょう」

エマはあたふたと出ていった。キャットは目を閉じた。再び開ける。父親が心配そうな目で見おろしていた。「わたしは大丈夫よ、お父さん」彼女は父親を安心させたくてほほえもうとした。「たくさん乾杯したせいだわ」

「ああ、おまえ」彼はやさしく娘を抱いた。

キャットはだれかがささやくのを聞いた。「今夜はここに泊まったほうがいい」

エマが紅茶を持って戻ってきた。イライザの助けを借りて紅茶を飲んだキャットは、さっきよりも気分がずっとよくなったと思った。そして目を閉じていた。いつのまにか……。

キャットは夢のなかにいて、早くも海の上にいるような揺れを感じた。大きな波が次々に押し寄せる。水が砂に変わった。彼女は砂漠を見渡していた。するとそのとき大きな黒い翼が太陽を隠して、邪悪な闇《やみ》が砂漠を覆ったように思われた。キャットは目を覚まそうと必死になり……。

まぶたを開けると、室内はとても暗く、自分のほかにもだれかがいた。黒い人影は脅かすように彼女を見つめている。

キャットは起きあがって大声で叫んだ。

その人物は姿を消した。廊下を走る足音がして、エマが勢いよく駆けこんできた。今ではナイトガウンを着ている。エマはキャットのそばに走り寄り、ベッドの端に腰かけた。キャットは笑いそうになった。ナイトキャップをかぶったエマはそれほど滑稽だった。

「どうしたの？」

なんでもない、とキャットは言おうとした。わたしが見た大きな翼も黒い人影も夢だったのだ。「起こしてしまってごめんなさい。わたし、夢を見ていたの」

エマは気づかわしげにキャットを見て髪を撫でた。「もう熱はないし、肌が冷たいわけでもない。気分はどう？」

「よくなったわ」キャットはきっぱりと言った。「お客様はもうみんな帰ったのでしょう？」

エマがうなずいた。「お父様はあなたがここに泊まることを理解してくださったわ。サー・ハンターは医者を呼ぶと言い張って、実際に呼んだのだけれど、そのときはもうあなたはぐっすり眠っていた。彼はシャンパンと興奮のせいではないかと言うの。それに最近のあなたは充分に食事をしていなかったのではないかって。どうやら……彼が正しかったようね。ずいぶん元気になったみたい」

「わたし、吐いたことなどなかったのに」キャットは言った。

エマはほほえんだ。本気にしていないらしい。

「なにかつくってあげましょうか？　紅茶とトーストは？」

キャットは首を横に振った。「いいえ……けっこうよ。もう少し……眠ることにするわ。わたしに必要なのは睡眠みたい」

エマは出ていった。キャットは枕《まくら》に頭をのせて目を閉じた。するとすぐに眠りの世界へ入っていった。今度は夢を見なかった。次に目覚めたときはカーテンを通してやわらかな光が差しこんでいた。

このときもキャットには室内にだれかがいるのがわかった。しかし、今度の人物は悪意をみなぎらせてはいない。彼女は手が頬にふれるのを感じ、顔にかかった髪が払われるのを感じた。その手の動きはとてもやさしかった。

風のように軽くキャットの頭にふれたあと、熱を確かめるように頬にさわった。彼女の顔にふれる指の関節は天使の翼のように軽やかだ。

キャットは息を吸った。においに覚えがあった。ハンター。

しばらくして彼は去った。キャットは再び深い眠りに落ちた。目が覚めたとき、エマがかたわらにいて、下へおりていくか、それとも父親と姉にここへあがってきてもらうかと尋ねた。また夜になろうとしていた。

キャットがイングランドで過ごす最後の夜。

明日は船に乗って旅に出る。

11

キャットは父親に別れを告げるのがこれほどつらいものだとは考えたことさえなかった。深い愛情で結ばれている人と別れるのはつらいに決まっているが、家族と離れ離れになるのを自分の一部を失うように感じたのは、最後の汽笛が鳴って父親と姉が――そしてもちろんレディ・ドーズが――船をおりなければならなくなったときだ。

ほんの数日のあいだにエマと親友になったマギーは、エマとの別れを惜しんでたっぷり涙を流し、それがまたキャットの涙を誘った。

「ああ、キャット。船をおりたければまだ間に合うぞ。しかし、あのような立派な男はもう二度と現れないかもしれない」ウィリアムは目を輝かせて言った。

キャットは父親にしがみついた。そして彼の広い胸のなかで首を振った。「わたしなら大丈夫よ。お父さんを残していくのがつらくて泣いているだけ」

「わたしのことは心配しなくていい。イライザとレディ・ドーズがついていてくれるからね」

だからこそ心配なのだ。レディ・ドーズがついているからこそ。

イライザが父親に代わってキャットを抱きしめた。「お父さんのことはわたしに任せて」彼女はささやいた。「心配いらないわ」

こんなに涙もろいのはまだ体が弱っているからだ、とキャットは思った。家族のみんなが船をおりて岸に立ち、動きだした船に向かって手を振っているのを見ているうちに、彼女は頬を涙が滝のように伝い落ちていることに気づいた。

ハンターが後ろにいた。大勢の人たちの目があるので、ハンターは当然のごとくキャットを腕に抱いていた。それが彼女にはたとえようもなく心地よかった。キャットが彼の胸に頭をもたせかけると、ハンターが彼女の頭に手を置いて慰める。そのときはじめてキャットは、なぜか彼こそが本当の友人なのだという気がした。もちろん、だからといってふたりの関係が今よりもよくなるとは思えない。しかし、ハンターに感謝しなければならないことがたくさんある。キャットは彼から与えられた仕事において期待を裏切るようなまねは断じてするまいと心に誓った。

たくさんの人々が甲板に立って遠ざかっていくイングランドを眺めていた。やがて彼らは甲板をあとにし、それぞれの船室を見つけに散っていった。

この船で一行はまずフランスへ渡り、荷物を船から列車に積み替える。陸上を南へ旅してイタリアのブリンディジまで行ったら、再び船に乗ってアレクサンドリアへ行き、そこでまた列車に乗り換えてカイロまで行く。そこから先は調査グループごとに、それぞれの発掘場所へ向かう。この船に乗っている人々の大半はエジプトを目指しているが、そのすべてが調査旅行に行くわけではない。英国の寒い冬から逃げてきただけの人々もいる。

エイヴリー卿《きょう》の称号と評判と資金力のおかげで、一行には最高の船室があてがわれた。キャットの部屋は狭いながらも快適で、ベッド、化粧台、細長い衣装棚、それと小さな書き物机が備わっていた。ドアひとつ隔てて、さらに狭いエマの部屋があり、その向こうが休憩室で、そこからマーガレットの部屋につながっている。通路の反対側にはエイヴリー卿とその従者であるジョージのリビングルームつきの部屋があって、そのいくつか先のドアを入るとハンターの部屋になっている。その上品な部屋にはリビングルームとイーサンのための狭いベッドルームがついている。デーヴィッド、アルフレッド、アラン、ロバートはエイヴリー卿の向かい側にそれぞれ狭い部屋をあてがわれた。女性たちの部屋にはそれぞれ小さな浴槽が備わっているが、男性たちは共同で使わなければならない。カーライル伯爵夫妻は通路の突きあたりのスイートルームを占有している。とはいえ船であるからには、いくら地位や富があっても占有できる空間は限られていた。

これよりもはるかにひどい船室があるんだ、とロバートがキャットに断言した。嘘《うそ》だと思ったら下へ行って見てきてごらん、と。

もちろん彼女はロバートの言葉を信じると同時に、自分の境遇に感謝した。

海上での一日目、最初は興奮して船内を探検してまわった乗客たちも、やがて皆それぞれの船室にこもった。海峡は荒れ模様だった。船長は不快な思いをさせて申し訳ないと謝ったあとで、しかしたいてい北の海はこんなものだと話した。

ほかの人たちが船室にこもっているようなので、キャットは甲板をうろついてみることにした。彼女は船を揺らす波や髪をなびかせる風が好きだった。なかでもとりわけ好きなのは、上甲板に立って強い潮風を受けているときに、なぜか力がみなぎってくる感覚だ。手すりにもたれて波しぶきの感触を楽しんでいるうちに、自分のほかにも船室より甲板のほうが好きらしい人物がいることに気づいた。

ハンターだ。キャットが気づくのと同時にハンターのほうでも彼女に気づいて近づいてきた。甲板にいるのは彼らふたりだけなので芝居をする必要はなかった。

「こんなに揺れても、きみは気分が悪くならないのか？」ハンターが彼女の横の手すりをつかんで尋ねた。

キャットは首を横に振った。「わたしは海が好き。気分が悪くなったことは一度もないわ」

ハンターは口もとにかすかな笑みを浮かべて彼女を見た。「ほう？　一度も？」

「そうよ、一度も。あら、そうね。一度だけあったわ」

「きみが回復してよかったよ」

キャットはいらいらして海へ視線を戻した。「たぶん……なにか悪いものを食べたか飲んだかしたのね」彼女は言った。

驚いたことにハンターは顔をしかめた。キャットを見つめて言う。「そんなはずはない。あの晩、あそこには大勢いたのに、気分が悪くなった者はほかにひとりもいなかった」

「そうね。でも、わたしがあんなふうになったのは、あれが生まれてはじめてなの」キャットは言った。「だから、やっぱり口にしたものがいけなかったんだわ」

「あのときは大騒ぎをしてずいぶん興奮したからね」ハンターが思いださせた。

キャットはうめくように言った。「わたしはもっとひどい経験をいくつもしたわ。本当よ」

ハンターが考えこむような顔をしたのを見て、この人ならわたしを信じてくれるかもしれないと彼女は思った。彼は手すりにもたれて海からキャットへ視線を戻した。「シャンパンでないとしたら、興奮のせいか、それとも食べ物のせいか。しかし、食べ物は全員が口にした。となると、なんだろう？」

「これといってなにもないわ。わたしには説明できない」

「まさかきみは……」

「なんなの？」彼女はきいた。

「だれかがきみの飲み物にこっそりなにかを入れたとほのめかしているのではないだろう

ね」

「自分の飲み物がレディ・ドーズを経由しないように気をつけていたわ」キャットは言った。

「そんな考えは一瞬たりとも頭に浮かばなかったな」ハンターはつぶやいた。彼がいつまでも考えこむような目で見つめているので、キャットは落ち着かなくなった。

「わたしはもう大丈夫よ」彼女は目をそらして言った。

「そうか、それならいい。今後二度とあのような事態にならないことを願っている」ハンターは応じた。

キャットはかぶりを振った。「わたし、自分でもなにを言っているのかわからないわ。きっとあのときは……神経が変調をきたしていたのね。わたしの死を望んでいる人などいるはずがないもの」死という言葉を口にしただけで、背筋に寒気が走った。たいした意味はないとばかりに肩をすくめる。だが、ハンターがいつまでも見つめているのはわかっていた。キャットは彼に注意を戻した。「ねえ、まじめな話よ。わたしはお金持ちでもなければ、権力者でもなく、なにかについて特に知識があるわけでもない。そんなわたしにいったいどんな理由で危害を加えなくてはならないの?」

「嫉妬《しっと》、復讐《ふくしゅう》」

「嫉妬ですって?」キャットは笑った。

ハンターの顔に皮肉っぽい笑みが浮かんだ。「いいかい、きみはぼくを軽んじているようだが、ぼくの婚約者というきみの立場をうらやんでいる女性はたくさんいるんだよ」

「でも、そんなのばかげているわ。わたしたちは本当に婚約しているわけではないんだもの」

「しかし、そのことをぼくらはだれにも話していない。そうだろう?」

「カミールは幸せな結婚をしているし、イライザがわたしに危害を加えることは絶対にないし、マーガレットはだれでも好きな相手を選ぶことができる。あなたが欲しくてわたしを排除したがる人など、だれひとり思い浮かばないわ。もちろんレディ・ドーズはあなたに興味を抱いているかもしれない。ごめんなさいね。こんなことを言ってもあなたはうれしくないでしょうけど、彼女はある程度の地位と富のある魅力的な男性ならだれにでも興味を抱いたことがあるのではないかしら。でも、今はわたしの父ひとりにねらいをしぼっているみたいね」

「たしかに」ハンターが同意した。

「あなたを侮辱するつもりで言ったんじゃないのよ」

「そんなふうには思っていない。ただ、そうだな、もう少し疑ってかかったほうがいいのかもしれない。そもそもきみは、だれかがデーヴィッドに危害を加えようとしていると考えているんだから」

「だって、実際に彼は危害を加えられたわ。殺されそうになったのよ」

「そしてそのあと……じゃあ、デーヴィッドを殺そうとしている人物は、きみを殺そうとしている、あるいはきみを重病にしようとしている人物と同じだというのかい？」ハンターがきいた。

キャットは首を振った。また彼にばかにされているような気がして腹が立った。「はっきり言っておくわ。わたしはなんの理由もなく吐いたりしない。もうこれ以上はなにも話さないわ。だって、わたしがなにか言うたびに、あなたはおもしろがるんですもの」

ハンターが笑い声をあげたので、キャットはむっとして彼のほうを見た。だが、彼の顔にあざけりの色はなく、機嫌のよさそうな笑みが浮かんでいるだけだった。一瞬、彼の目の輝きや口もとの笑みに魅了されたキャットは、ほかの人々の言うとおりだと思った。ハンターは並外れた人物だ。背が高くてたくましく、そのうえハンサムなので人目を引く。それに彼にキスされたとき、わたしが感じたのは……。

そのときのことを思いだしただけでキャットは膝の力が抜けそうになり、ハンターから目をそらした。自分に憤慨しながら足を踏ん張ったが、ハンターがウエストに腕をまわして支えてくれた。

「大丈夫か？」ハンターがきいた。

「ええ……船が揺れたからふらついただけよ」キャットは言った。

「そうか」

「教えてちょうだい」キャットはハンターをいつまでも引きとめておきたくて尋ねた。彼のにおいはキャットにとって、いつしかなじみ深いものになっていた。石鹸《せっけん》やひげそりあとのタルカムパウダーの香りにまじった彼の肌のにおい。「向こうの様子はどんなかしら?」

「カイロのことを言っているのかい? そうだな、きっときみはそこのホテルを気に入るだろう。今は観光シーズンだから〈シェパード〉には二、三百人の客が宿泊しているに違いない。彼らはみんな暇を持て余していて、ポーチやレストランに集まっては到着する旅行者を眺めて過ごす。宿泊客には金持ちもいれば貧乏人もいる。多い人種はイギリス人にアメリカ人、続いてドイツ人……それとフランス人。もちろんそれ以外の国の人もいるが、観光客はほとんどそれらの国の人々で占められる。気の毒なことに病気療養が目的で来る人たちもいる。とりわけ多いのが結核を病んでいる人たちで、医者からエジプトの乾燥した気候がいいと勧められて来るらしい。新しい一団が到着するたびに、レストランのテーブルに陣どった客たちは、彼らが何者で、なんの目的で来たのかを類推するというわけだ。エジプトへは休暇で来たのか、それとも仕事で来たのか、ナイル川沿いを旅するのか、それともカイロ市内の観光が目的なのかを。もちろんカイロには新しくて、しかもかなり高級なホテルがいくつもあるが、ほかにどんな人々がいるのかを知りたければ、なんと言っても〈シェパード〉に限る」キャットは言った。

「とても……楽しそう」ハンターが断言した。

キャットは彼の腕が今もウエストにまわされたままであることに気づいた。いつまでもそのままにしておいてほしかった。

「おや、こんばんは」深みのある声がした。なぜか後ろめたさを覚えたキャットは、慌ててハンターから体を離した。「ほら、見てごらん」ブライアンが妻のカミールに言って、ハンターとキャットのほうへぶらぶら歩いてきた。「ぼくら以外にも甲板に出ている人がいるよ」

「本当だわ。ふたりとも元気そうね」カミールがほほえみかけた。

ブライアンが咳払《せきばら》いをした。「邪魔をするつもりはなかったんだ」

「邪魔なものか」ハンターは言った。「実を言うと、ブライアン、きみを捜しに行こうとしていたところだ」

「そうなのか？」

「話しておきたいことがある」

「じゃあ、失礼させてもらうよ」ブライアンはふたりの女性に礼儀正しく断り、ハンターと一緒に甲板を遠ざかっていった。

「あなたが元気になってよかったわ」カミールがキャットに言った。「このあいだの晩はみんなすごく心配したのよ。ハンターなんかかわいそうなくらい慌てふためきながら馬で医者を呼びに行って、ベッドからたたき起こしてきたの」

「全然知らなかったわ」キャットは言った。あのハンターが？「でも、わたしはこのとおり元気よ」

「本当にそうね。ほかの人たちはとっくにベッドに入っているというのに」

カミールは不思議そうにキャットをじろじろ見ていたが、顔はほほえんでいた。キャットは首を振って肩をすくめた。「普段のわたしはすごく丈夫な胃をしているの。だからパーティを台なしにして申し訳なく思っているわ」

「あれはあなたのパーティだったのよ、キャット」

「ええ、そうね」

「とにかく出発できてよかった。明日は船から列車に乗り換えなくてはならないから大変よ。聞いたところによれば、列車での旅は長くて退屈なんですって。でも、あなたはあさって、美術の先生に会うのよね。今から楽しみではなくって？」

「美術の先生に会うのが？　それは、もちろん楽しみよ」

「それにまもなくあなたが結婚することも……」

キャットは唇を湿らせてカミールに言った。「あなたは結婚してカーライル伯爵夫人になったあとも、毎日博物館で仕事をしているのね」

「ええ、そこでの仕事が大好きだから。あなたも絵を描《か》くのが大好きなんでしょう?」

「正直なところ、これまで簡単なスケッチくらいしか描いたことがないの。父は本物の芸術家だけど」

「お父様が大変な才能の持ち主なんですもの、あなただってきっとその方面の才能に恵まれているわ」カミールが言った。

伯爵夫人はのびをして顔を風に向けた。

「あら、あのふたり、いかにも隠しごとのありそうな様子で戻ってくるわね。いったいなにを話していたのかしら。あなたは想像できる?」彼女は明るい声で尋ねた。

「さあ、ちっとも」

「わたしたちのことよ」カミールが笑って言った。「というより、きっとあなたのことだわ。でも婚約者なら、甘い言葉で未来の夫からなにを話していたのか聞きだすのは簡単でしょう」彼女は戻ってきたふたりに言った。「わたしのおなかがぐうぐう鳴っているの。コックはまだ働いていると思う?」

「たぶんね」ブライアンが応じた。「見に行くかい? おっと、ミス・アデアの体調を考えたらやめておいたほうが……」

「わたしもおなかがぺこぺこなの」キャットは言った。

「よし、じゃあ食べに行こう」ハンターがきっぱりと言った。

船員は別として乗客はすべて自分の船室に引きあげたようだったが、ハンターはじっとしていられなかった。彼はスモーキングジャケット姿で船室内をうろうろ歩きまわった。気分が悪くなって吐いたことについてのキャットの説明を頭から追いだそうとしたが、どうしてもできなかった。今夜、できれば彼女の食べ物や飲み物をすべて毒見したかった。だが、今夜の食事は彼らふたりにカミールとブライアンが一緒だっただけで、船員たちがキャットに対して悪意を抱いているとは思えなかった。

さっきブライアンと話したとき、ハンターはデーヴィッドがキャットに言った言葉や、自分自身がキャットと交わした言葉について伝えた。そしてまた、彼女が博物館で耳にしたと主張する不気味なひそひそ声についても。

「ぼくならレディ・ドーズを経由したものは食べないようにするね」ブライアンは考え深げに言った。「しかし彼女は旅行についてこなかったから、デーヴィッドにもキャットにも危害を加えられない。それにデーヴィッドに関しては……」彼はためらったあとで続けた。「興味深い。ねらわれているのがアルフレッド・ドーズなら納得できるのだが。アルフレッドに対してなにかがたくらまれているとしたら、継母が陰で糸を引いていると考えてまず間違いないだろう。彼が死ねば、ドーズ家の財産は彼女のものになるのだからな」

「そのとおり。しかし、デーヴィッドは六人兄弟のいちばん下だ」ハンターは指摘した。

「これは全部ばかげた空想なのだろうか？」

「暗がりや砂漠ではいつだって用心するに越したことはない。我々も気をつけよう」ブライアンがきっぱりと言った。

出発してから今までのところ何事もなく順調だった。だが、通路の反対側にキャットがいるのだと思うと、たとえその隣室にエマがいるとわかっていても、ハンターは不安だった。

彼は通路に足音がしたような気がして歩きまわるのをやめた。聞き耳を立て、空耳でなかったことを確信した。

ハンターはそっとドアを開けて外をうかがった。

デーヴィッド・ターンベリーがキャットの部屋のドアの前に立っていた。ノックしようと手をあげ、そしてその手をおろす。ハンターは怒りに駆られて部屋を出ようとしたが、デーヴィッドは向きを変えてのろのろと自分の部屋へ戻っていった。

ハンターは顔をしかめて待った。デーヴィッドは引き返してこなかった。

ハンターは悪態をついた。今夜は眠れない夜を過ごすことになりそうだ。

彼はもう一度悪態をつき、通路を横切ってキャットのドアのノブに手をかけた。鍵《かぎ》はかかっていなかった。ハンターは彼女のうかつさを呪《のろ》いながら室内へ入った。

眠っていたキャットが目を覚まし、ぱっと起きあがって叫ぼうとした。

「しーっ、ぼくだ」ハンターの声を聞いて彼女は叫ぶのをやめた。

キャットを見たとたん、ハンターの体が頭のてっぺんから爪先まで緊張した。薄いコットンのナイトガウンが彼女の体にぴったり張りつき、顔を縁どっている豊かな髪が胸までなだれ落ちて、常夜灯の薄明かりのなかでさえきらきらと輝いている。ハンターは書き物机のところから椅子を引いてきてドアの前に置き、腰をおろした。

「なにをするつもり?」キャットが小声で尋ねた。

「眠るのさ」ハンターは答えた。「きみも眠ったほうがいい」

彼女が眉をひそめるのが見えた。「そんな椅子では眠れっこないわ」

「まあね」

「だったら――」

「さっき、夜の訪問者がきみを訪ねようとしていた」

「なんですって?」

「デーヴィッドだ。きみが招いたんじゃないだろうね?」

キャットは憤慨して顔をこわばらせた。

「じゃあ、彼が入ってこないようにぼくが見張っていよう」ハンターは言った。

キャットは長いあいだ彼を見つめていた。やがて彼女は頭を枕《まくら》にうずめたが、すぐに起きあがって、もうひとつの枕をハンターのところへ持ってきた。

彼はそんなことをしたキャットを恨んだ。彼女が着ているコットンのナイトガウンはあまりにも薄いので、裸同然だ。

「ありがとう」

キャットはうなずいたきり、震えながらそこに立っていた。

「ベッドに入るんだ！」ハンターはそう命じたあとで、少々荒っぽい口調だったのではないかと心配になった。

彼女は命じられたとおりベッドに戻った。

椅子は寝づらかったが、枕のおかげで少しは楽になった。

自分の船室内をひと晩じゅう歩きまわって聞き耳を立てているよりは、このほうがはるかにましだ。とうとうハンターは眠りこんだ。

翌朝は大変な混乱状態だった。少なくともキャットにはそう思えたが、カミールによれば、これでもきちんと手はずどおりに進んでいるという。船から列車に移す箱やトランクが何百もあって、その作業を荷馬車や手押し車で行わなければならず、相当な時間を要するものと思われた。

一行は馬車を何台か雇い、荷物の積み替えはフランス人やイギリス人の作業員たちに任せて、波止場から鉄道の駅へ移動した。途中、彼らが海岸沿いのきれいなレストランに寄って食事をしたとき、キャットはそこが待ちあわせ場所になっていることを知った。流行の服に身を包んだ人々があちこちのテーブルを占めているなかにひとり、柄つき眼鏡をかけた上品な銀髪の女性がいて、ハンターに大声で呼びかけてきた。

「あら、ちっとも気づかなかった。ハンター、ねえ、ハンターったら！」

キャットはハンターがうめき声をもらしたように思った。彼は頭をさげて同席している人たちに失礼をわび、立ちあがって、声をかけてきた女性のほうへ歩いていった。ほっそりしたその女性が立ちあがった。ハンターが彼女にキスをする。女性は伝えたいことがあるらしく、ハンターがそのテーブルのほかの女性たちに挨拶《あいさつ》をすませるのを待って彼を椅子に座らせた。

「プリンセス・ラヴィニアよ」カミールがささやいた。

「プリンセス？」キャットは問い返した。

カミールがうなずいた。「彼女はギリシアの王子と結婚したの。出身はマクドナルド家よ」

「じゃあ、彼女は……」

「ハンターの大おば様なの」

そのときハンターが立ちあがってこちらに手を振った。カミールが振り返す。彼が手招

ャサリン・アデアです。キャット、こちらはぼくの大おばで、ラフ皇太子妃のラヴィニア

「まあ」キャットは立ちあがり、つくり笑いを浮かべて近づいていった。

「あなたを呼んでいるのよ、キャット」カミールが言った。

「あなたに話があるみたい」キャットは言った。

きした。

ハンターが手をのばして彼女を引き寄せた。「ラヴィニア、こちらはぼくの婚約者のキ

だ。こんなところで会えるとは思いもよらなかった」

「お会いできて光栄です、殿下」

「こちらこそ」ラヴィニアはキャットを気に入り、大いに喜んでいるようだった。「よかったわ。わたしは一族の血筋がハンターで絶えるのではないかと心配していたの。だって、ほら、女の子ばかりですものね。あなたは男の子を産んでくれるんでしょう？」

「ラヴィニアおばさん――」ハンターがやめさせようとしたが無駄だった。

「本当にかわいらしい方。称号はないの？」

「ええ、残念ですけれど」

「とてもそうは思えないわ」ラヴィニアは快活に言った。「ハンター、先週、ジェイコブ・マクドナルドが亡くなったわ」

「ジェイコブが！」ハンターは心を乱されたようだった。「死因は？　彼はまだ二十歳に

なったばかりですよ」

「子供のときにかかった病気が原因なの。それがなにを意味するか、あなたならわかるでしょう?」ラヴィニアは穏やかに尋ねた。

「あれほどやさしい善良な人間が若くして死んでしまうとは」ハンターが言った。

ラヴィニアはため息をついた。「本当に悲しいことだわ。わたしはフランスで暮らしていたし、ジェイコブはお母様とエディンバラに住んでいたから、長いこと会っていなかったの。知らせを聞いて愕然《がくぜん》としたわ。あなたも驚いたでしょう」彼女はキャットのほうを向いた。「ハンターからまだ聞いていないでしょうね。わたしの兄が亡くなったら、称号はハンターが継ぐことになるのよ」

「どんな称号です?」

「ケンウィロウ公爵。所有地はそうたいしたものではないけれど、それにしたって立派よ」

「大おじさんのパーシーは健康そのものだし、百十歳までは生きるんじゃないかな。ぜひ長生きしてほしいものです」ハンターが言った。

「そのとおりね! それで、あなたはまたエジプトを目指しているのね?」ラヴィニアは尋ねた。

「ええ。あと数時間のうちに列車が出ます」

ラヴィニアはにっこりした。「たぶんわたしもそれに乗ることになるでしょう。さあ行って……昼食をすませてしまいなさい、ハンター。わたしも紅茶を飲み終えたら、エイヴリー卿や若いカーライル伯爵に挨拶をしに、そちらのテーブルへ寄らせてもらうわ。わたしもカイロを目指すことになるでしょう。わくわくするわね」

「楽しみです」ハンターはそう言ってから、キャットを促して席へ戻った。

「あの人、本当にあなたのおば様？」キャットは小声できいた。

「大おばさんだ。彼女はたいした女性でね。これまでに世界じゅうを旅してきた。きっと手をまわしてぼくらと同じ列車に乗るだろう。さあ、食事を注文しよう。これから退屈な列車での旅が始まるんだ」

出された料理は最高だった。ラヴィニアは友人たちに別れを告げて言葉どおりこちらのテーブルへやってきた。彼女はエイヴリー卿と古くからの知りあいらしく、彼をからかってはおもしろがった。マーガレットはふたりのやりとりがおかしいと見え、ラヴィニアがエイヴリー卿になにか辛辣《しんらつ》なことを言うたびに声をあげて笑った。事実、アルフレッドやロバート、アラン、デーヴィッドを含めて全員がふたりの会話を楽しんでいた。

やがて男性たちは箱やトランクがきちんと列車に積みこまれたかを確認しに行った。ラヴィニアが残った女性たちに快活な口調で言った。「わたしは家にじっと座って世界が向こうからやってくるのを待っている女を軽蔑《けいべつ》しているの。世界は自らの手でつかみとるものよ。だから、わたしたちみんな馬に乗って調査旅行に出かけましょう」

「正直なところ、わたしはホテルに残るつもりでいたんです」マーガレットが言った。

「発見すべきものが目の前にあるのに？」ラヴィニアがきいた。

「でも、わたしは発見するよりも、かしずかれていたいんです」マーガレットが白状した。

だが、その言葉もまたラヴィニアを喜ばせたようだった。

「それからもちろん、ホテルを出入りする人々を観察するという楽しみもあるわ」ラヴィニアが言った。

「人々を観察するですって？」マーガレットが尋ねた。

「ええ、それだって発見の旅の目的のひとつよ」ラヴィニアが断言した。「さてと、列車に乗る手配をしに行かなくては。あなた方も置いてきぼりにされたくなかったら、ここを出たほうがいいわ」


列車は非常に快適だったが、いくらいい車両をあてがわれたところで、列車はやはり列車にすぎない。

ハンターの手配で彼の個室とキャットの個室は隣りあっていた。カミールとブライアンの個室はハンターの隣で、エマの個室はキャットのすぐ手前だ。

まだ荷物を確認しに行った男たちと合流しないうちにラヴィニアがやってきた。彼女は手のまわし方を心得ているようで、一行と同じ列車の乗車券を入手していた。「エイヴリー卿に感謝しなくては」彼女は女性たちに言った。「彼が専用の車両を確保してくれたおかげで、わたしたちはあちこちへ乗り移らなくてすむんだわ。列車での旅は退屈でしょうけれど、一般の乗客として旅をするよりははるかにましなはずよ」

たとえ一般の乗客であったとしてもわたしはきっと幸せだわ、とキャットは思った。なにしろ旅に出たのはこれがはじめてなのだ。個室は狭いが、ひとつ前の車両は休憩用の特別客車で――これもまたエイヴリー卿が居心地よく過ごせるよう特別に借りたものだ――そこで彼らがくつろげるようにソファやカウンター、紅茶を飲むときに使う美しい桜材の小さなテーブルが備わっている。

ようやく列車が動きだし、彼らは特別客車に集まった。しばしばカイロで観光シーズンを過ごした経験を持つラヴィニアが、名所や風景のすばらしさについて語った。「ナイル川沿いの旅は格別よ。それにあの王家の谷！」

「ぼくたちはナイル川沿いの旅はしません」ハンターが言った。

ラヴィニアの顔が曇った。「まあ、仕事と休暇を両方楽しむことはできないの？」

「ぼくたちは遺跡を発掘しに行くんです」ハンターはきっぱりと言った。

「仕事の合間に小旅行をする時間くらいはあるだろう」エイヴリー卿が口を挟んだ。彼はラヴィニア相手に手を焼きながらも、彼女の同行を楽しんでいるようだった。

「たぶん我々の何人かには」ハンターが言った。

「ぼくたちはまだ学生だから」ロバート・スチュアートが言った。

「学ぶ時間を持つべきではないのかな？」

「発掘しながら学べばいい」アルフレッド・ドーズがまじめな口調で言った。

「そうは言っても」デーヴィッド・ターンベリーがキャットを見て静かに言った。「ときどきは仕事を休んで息抜きをしなくては。自分の時間は持つべきだ」

彼がいつまでも見つめているのでキャットは落ち着かなくなり、会ったばかりの高い称号を持つにぎやかな女性のほうを向いた。「ラヴィニア、あなたは実際の発掘作業に携わったことがあるのですか？」彼女は尋ねた。

「ええ、ありますとも！　果てしない砂漠をらくだに乗って進み、手を土まみれにして掘ったわ。最高にすばらしい経験よ」

紅茶を運んできたのはきらびやかな服を着たフランス人の男性だった。ふいにキャットは、自分は今だれも経験したことのない大冒険に出かけるところなのだという気がした。一日が終わるころになっても、一行のあいだに不和のきざしはまったく見られなかった。

翌日の午後、列車がパリに数時間停車したとき、オックスフォード大学で美術を教えているトマス・アトワージー教授が合流した。教授はエイヴリー卿と同じくらいの年齢でありながら、周囲のあらゆるものに興味を示す元気はつらつとした人物だった。ラヴィニアに劣らぬ辛辣な物言いをし、称号や富にまったく関心のない完璧《かんぺき》な自由人だ。

「すると、きみがわたしの生徒なのか」教授はキャットをじろじろ見て言った。「英国で今、大変な騒ぎを巻き起こしている人物の娘というわけだ」彼はさらにキャットを眺めまわした。「お父さんの名声を笠《かさ》に着てわたしにとり入ろうとしても無駄だぞ」

「そんな気はありません」

「それにきみは結婚するそうではないか。わたしに時間の無駄づかいをさせないでくれよ」

「結婚したからといって、鉛筆や絵筆を持つのをやめようとは思いません」キャットは応じた。教授はその言葉に満足したようだ。彼はキャットをパリ市街へ連れだして、彼女が町の風景をどうスケッチするか見たがった。マーガレットとカミールも列車が停《と》まっているあいだに午後のパリを散歩しようと提案したが、男性たちが出かけるのを面倒がったので、結局どちらもお預けになった。

　そんなわけで、キャットは美しいパリの町を駅と列車の窓から眺めたきりだった。まもなく列車はパリを離れてのどかな田園地帯に入った。

　最初の数日間、社交的な場では必ずハンターが彼女に付き添った。キャットは彼がデーヴィッド・ターンベリーに近づくなと命じたのは、本当にデーヴィッドを毛嫌いしているからだろうか、それとも婚約者としての立場からだろうか、と思った。ハンターは婚約者の役割をかなり上手に演じたので、日がたつにつれてキャットは、彼のような婚約者がいるのもそう悪くないと思うようになった。

何度かキャットは狭い通路でデーヴィッドとすれ違うときに、彼と壁とのあいだに挟まれたことがあった。そんなときデーヴィッドは決まってわざとゆっくりすれ違い、苦痛と非難のこもった目で彼女を見つめた。相変わらず美しい目だった。キャットは彼を傷つけたことをすまないと思った。

夜は静かだった。

国境を越えてイタリアへ入ると、トマス・アトワージー教授がキャットに絵の手ほどきをすると言いだした。絶えず揺れる列車のなかで絵を描くのは容易ではない。しかし教授はキャットとともに休憩用の特別客車に座り、自分も鉛筆と紙を手にして明暗や陰影のつけ方を教えた。そしてキャットが描いたスケッチを見せると、不機嫌そうな声でほめてから、絵は平面的なものではなくて奥行きを感じさせるものでなくてはならないと語った。しばらく一緒に過ごすうちにキャットは、見かけは無愛想でも、教授は包容力のあるやさしい人物であることを知り、彼が大好きになった。

列車が輝くばかりに美しい風景の続くトスカーナ地方を走っているとき、気がついてみるとキャットは駅から見たパリの光景を思いだしながらスケッチしていた。特別客車へ入ってきたカミールが、そのスケッチを見て目を見張った。

「すばらしいわ！」カミールがささやいた。

「いいや、まだまだだ」教授が反対した。「ここの陰影のつけ方がなっておらん。それにここも。何日もかけて教えたのに、わたしの話をちゃんと聞いていたのかね、ミス・アデア？　深みや生命力、そして目に見えない要素を表現しないと」

「そういう意味じゃなくて」カミールが言った。「わたしが言いたいのは……ここに描かれているのは、あの日、わたしが列車の窓から見た光景そのままだってこと。本当に完璧だわ。細かなところまでそっくり。どうしてこんなことができるの？」

キャットはおずおずとカミールを見て肩をすくめた。「わたしにはこういう記憶力が備わっているみたい。たいていは瞬間的な場面にすぎないけど……かなり正確に思いだすことができるの」

カミールがキャットの腕をつかんで立たせた。「アトワージー教授、午後いっぱい、あなたの生徒さんをお借りしていいでしょうか？」

「そりゃあ、かまわない。わたしはブランデーと葉巻を楽しむとしよう。おや、なんてことだ！　ラヴィニアが来る。これでは静かに葉巻を楽しむことなどできそうもないな」

カミールは教授を無視してキャットを自分の個室へ引っ張っていった。そこはふたり用で、しかもそのふたりというのがカーライル伯爵夫妻なので、当然ながらいちばん広い個室だった。一方の端に大きなテーブルがあり、その上にさまざまな地図や書類が広げられている。カミールが真新しいスケッチブックを持ちだしてきて、キャットをテーブルの前に座らせた。

キャットは当惑してカミールを見た。

「わたしたちがはじめて会った日のことを覚えている？」カミールが尋ねた。

「もちろん」キャットは答えた。「会ったのは博物館で、あなたは地図を見ながら仕事をしていたわ」

「ええ、そう。そしてその地図が忽然《こつぜん》と消えてしまったの。あなたはその地図をそっくり再現できるかしら？」

「別の地図を手に入れることはできないの？」

カミールはかぶりを振った。「あれは百年近く前の地図なの。ナポレオンが敗北した直後にエジプトへ入った、英国の最初の優れたエジプト学者が作成したものよ。彼はわたしたちが二度と目にできない資料に接することができた。地図には小さな目標物がたくさん描かれていたわ。それらを思いだすことができる？　ええ、不可能なことを要求しているのはわかっているわ。でも、やってみてもらえないかしら？」

キャットはうなずいた。はじめのうち、彼女の手は紙の上で止まったままだった。海岸線や地形を描こうとしても記憶があやふやで筆は滞りがちだ。だが、基本的な線を書き入れたあとは記憶が次第によみがえってきた。まるで脳の記憶をつかさどる箇所に地図が刻みこまれているかのようだった。

　カミールは黙ってキャットの横に立っていた。

　ふたりとも仕事に没頭していたので、個室のドアが開いたときは飛びあがりそうになった。ブライアンがハンターを従えて入ってきた。

　ブライアンが眉をつりあげた。カミールは喉に手をあてがっていた。

「邪魔をしてしまったかな？」ハンターが尋ねた。

「見て！」カミールが大喜びで言った。「キャットがわたしの地図を再現しているの」

　ハンターがテーブルにやってきてキャットが描いた地図をじっと見た。ふたりの目が合ったとき、ハンターが彼女の仕事に驚嘆しているらしいのがわかって、キャットはうれしくなった。

「このとおりだと断言はできないわ」キャットは言った。

　慌ててうつむいた彼女の目にハンターの両手が映った。彼はすばらしい手の持ち主だ。うっすら日焼けしているのは、乗馬のときに手袋をしないからだ。指が長くて爪はきれいに切ってある。握りしめた拳《こぶし》はきっと力強いに違いない。そして指先の感触は……。

　キャットは咳払いをしてカミールを見やった。「書き入れるものがもっとあるかもしれないわ。今はここまでにしておいて、明日の朝もう一度やってみようと思うの」

「いいわ。そういえば今夜は列車をおりてホテルに泊まるんだったわね。しばらく世界が静止することになるんですもの。かまわないわ」カミールが言った。

「これがそんなに重要なの？」キャットは尋ねた。

「たぶんね」カミールがそう答え、ハンターを見た。「もちろん……完璧な手がかりにはならないでしょうけれど」

「ぼくら三人は砂漠であるものを探すつもりなんだ」ハンターが言った。「それを見つけるのがいかに困難かも知っている。たとえ完璧に正確な地図があったとしても、必ず見つけられるとは限らないんだ」

「でも、その地図がなくなった今、これがわたしたちに残された最善の手がかりだわ」カミールが言った。

ハンターがキャットに視線を戻した。「そう、そのとおり」

ドアをノックする音がした。訪問者がラヴィニアであることはすぐにわかった。許可されたわけでもないのに、勝手にドアを開けて入ってきたからだ。「お茶の時間よ！　みんないらっしゃい。これから数時間、紅茶でも飲んで暇つぶしをしていれば、そのうちローマに着くわ」

旅の進路を決めるのはエイヴリー卿とブライアンとハンターに任されている。目的地に近づけば近づくほど先を急ぎたくなるものの、ローマに一泊するくらいはかまわないだろうということで三人の意見は一致した。

ヴェネト通りに趣味のいいホテルがある。そこでなら女性たちはゆっくりと風呂につかって充分な睡眠をとることができるから、再び列車に揺られてブリンディジまで行き、そこからさらに船でアレクサンドリアまで行くだけの体力と気力を養えるだろう。キャットの部屋は広々とした立派な談話室につながっており、その談話室を隔ててハンターの部屋がある。キャットの一方の側がラヴィニアで、もう一方の側にエマの小さな部屋があり、エイヴリー卿とカーライル伯爵夫妻のスイートルームは向かいあっていて、その向こうにほかの人々の部屋が並んでいる。キャットは幼いころからフランス語を聞いて育ち、話し方や読み書きも習ったけれど、イタリア語に接するのははじめてだった。彼女はたちまちイタリア語の響きが好きになった。そしてローマ……古代の遺跡が至るところにある、すばらしいローマ。

ゆったり風呂に入ってたっぷり休息したら、全員がキャットとハンターの部屋のあいだにある談話室に集まることになった。長々と湯につかっていると、たしかに贅沢《ぜいたく》な気分になるが、肉体的な快適さに浸ることに慣れていないキャットは、早めに支度を終えて談話室へ行った。するとそこにカミールが持ってきたスケッチブックがあったので、キャットはそれを手にとり、思いだすままに描いた地図のところを開けた。座って未完成の地図をじっくり眺めているうちに、短い波線がいくつもあったことを思いだして、それらをつけ足した。さらにある地域には記号がついていたことなど、ますます細かなことがよみがえってきた。

ドアにノックの音がしたので、キャットは開けに行った。デーヴィッドとアルフレッドとアランが立っていた。「四人目の銃士はどこにいるの？」彼女はふざけて尋ねた。

「レディ・マーガレットとエイヴリー卿を呼びに行った」アルフレッドがにこにこしながら入ってきた。彼に見つめられると、キャットはいまだに気持ちが落ち着かなかった。

「ポットにコーヒーが入っているわ」彼女はピアノの端にのっているトレイを指さして言った。「イタリアのコーヒーって、とてもおいしいのね。正直言って、こんなにおいしいコーヒーを飲んだのははじめて」彼らを前にして神経質になったキャットは、くだらないことをぺらぺらしゃべりまくるのはやめようと口をつぐんだ。彼らとは今も友達で、いやなことはなにも起こらなかったというふりをするのは非常に難しかった。

デーヴィッドがつくり笑いを浮かべ、いつものように苦痛に満ちたまなざしをキャットに向けた。彼女はほほえみ返した。そのあいだにアルフレッドがスケッチブックの前に立っていた。

「これはなんだい？」彼がきいた。

キャットはさっと歩いていってスケッチブックを閉じた。「わたしがしている仕事の一部よ。たいしたものじゃないわ」彼女は言った。

「いやいや、たいしたものだ」アルフレッドがスケッチブックに手をのばした。キャットは歯を食いしばって無理やり笑みを浮かべ、スケッチブックをしっかり胸に抱えた。

「本当にたいしたものじゃないの」

「そんなことはない。おい、頼むよ。それを見せてくれ」

「そうだよ。見せてくれてもいいじゃないか」そう言ってデーヴィッドもやってきた。だれも彼もがスケッチブックを奪いとろうとしているように思われた。

あくまでも手放すまいと頑張るか、それともあっさり手放すか。キャットは迷ったあげくに後者を選んだ。

彼らはスケッチブックをテーブルに置いて地図のページを開いた。そして長いあいだ地図を見つめてから顔をあげて彼女を見た。

「まったく信じられないよ。きみはどんなものでも再現できるのかい？」アルフレッドがきいた。「すごい才能だ」

「才能だなんて。ただ再現しているだけよ」キャットは小声で言った。

「原本はどこにあるんだい？」アランがきいた。

「書類のなかに紛れこんでしまったみたい」キャットは軽く言った。またドアをノックする音がした。「ごめんなさい」キャットがそう言って開けに行こうとしたときには、すでにドアが開いていた。もちろんラヴィニアだった。まとっているのは銀髪によく似合う愛らしい青のドレスで、手にパラソルを持ち、薄い旅行用のケープを羽織っている。

「市内見物に出かけるんでしょう？」ラヴィニアが尋ねた。

「そのようです。まもなく皆さん集まってくるのではないかしら」

次に登場したのはマーガレットだった。彼女も青い目に似合う淡い青色のドレスを着ていた。キャットはドレスのデザインを念入りに見た。優雅ではあるけれど実用的で、長い道のりを楽に歩けるよう裾《すそ》の前の部分が少し短くなっている。波形の飾りがついた品のいい前身ごろは、マーガレットのほっそりした体の線をいっそう際立たせている。

「まあ、なんてすてき！」ラヴィニアがマーガレットを見て言った。

マーガレットはにっこりし、キャットをちらりと見て頭をかしげた。「わたしにはお抱えのデザイナーがいるんです。まだ若い女性なのに、信じられないほどの才能の持ち主なんですよ」

キャットはほほえみ、姉に対するほめ言葉を感謝してマーガレットにうなずきかけた。ラヴィニアがそのデザイナーの名前をぜひ教えてほしいとマーガレットに迫った。

「まあ、ジャガー、ずいぶん手間どったじゃないの」部屋へ入ってきたエイヴリー卿を見て、ラヴィニアが言った。「あなたがひげをそっているあいだに出かけていたら、イタリアの半分は見られたでしょうね」

「ラヴィニア、きみが言いたいのは、イタリア人の半分にきみを見てもらえただろう、ということではないのか？」エイヴリー卿が反論した。

そのとき横のドアから、ハンターが挨拶をしながら入ってきた。彼の視線が開いたままのスケッチブックに落ち、次いでキャットに向けられた。一瞬、眉間《みけん》にしわが寄った。彼はスケッチブックのところへ歩いていってさりげなく閉じた。「さてと、これから見物に行く場所はもう決まったのかな？」ハンターは尋ねた。

カミールとブライアンが到着し、ブライアンが全員に告げた。「下に馬車を数台呼んでおいたが、見る場所を決めておいたほうがよかったかな」

「わたしがいちばん見たいのはフォロ・ロマーノと円形闘技場《コロセウム》なの」カミールが言った。

「みんな異存がなければそこにしよう」ハンターが言った。

一行は三台の馬車に分乗して出発した。キャットは窓の外を流れていく光景に目を奪われっぱなしだった。見事なアーチ形の建造物、高架式の水道橋、至るところに残っている廃墟《はいきよ》、新しいビルに挟まれた壮麗な教会。働き蜂《ばち》のようにせわしなく行き交うイタリア人、立派な服に身を包んだ紳士淑女、赤ん坊を抱いて近寄ってくるジプシーたち。歩道沿いに点在するカフェ、あちこちから聞こえてくる〝やあ《チャオ》、お嬢《ベッ》さん《ラ》！〟という大声。

高くそびえる巨大なコロセウムに到着すると、観光ガイドたちが群がってきた。ハンターが交渉をした。

「ラヴィニア、足もとに気をつけるんだよ」エイヴリー卿が忠告した。「あちこちにくぼみや裂け目や急な階段がたくさんあるからね」

「ジャガー」ラヴィニアがこぼした。「そんなことにまで気を配ってもらうほど、わたしは老いぼれていませんよ。あなたのほうこそ気をつけなさいね」

アランとロバートがちゃっかりマーガレットの両側に陣どった。ハンターに腕をとられて振り返ったキャットは、彼に妙な輝きを宿した目つきで見つめられていることに気づいて思わず赤面した。彼の顔にはかすかな笑みが浮かんでいた。「どうしたの？」キャットは尋ねた。

ハンターはかぶりを振った。「風景に目を奪われているきみを見ているだけで楽しいのさ」彼は言った。

至るところに団体客がいて、彼らはあちこちでレディなんとかや何々卿やどこそこの伯爵といった人物に出会った。おそらくここはヨーロッパの上流階級の人々にとって人気の観光地なのだろう。そうした人々はほかの目的地へ行く旅の途中で立ち寄ったのかもしれないし、あるいはローマで冬の数カ月を過ごすのかもしれない。

巨大なコロセウムに入った彼らは観光ガイドに案内されて、大昔に猛獣が飼われていた場所や、歴代の皇帝たちが座った場所、貴賓席や立ち見席などを見てまわった。一行が少しばらけだしたころ、ハンターの友人が彼に声をかけてきたので、キャットはひとりであたりをうろついた。

どこをどう歩いたのか、そのうちに彼女は片側が急な傾斜路になっている、足場のかなり不安定な場所に出た。その傾斜路はかってきちんとした石段だったのだが、今は壊れて危険な状態になっている。キャットは自分の位置を確かめようと石段のてっぺんに足を踏みだした。もう一歩踏みだしたとき、自分がアーチ道のひとつにいることがわかった。観光ガイドの説明では、これらのアーチ道は剣闘士たちが闘技場へ入るときに通ったものだという。振り返ったキャットはデーヴィッドにあとをつけられていたことに気づいた。彼はキャットを見つめていた。それから彼女の行く手をふさいだ。

「キャット」デーヴィッドの声には卑屈な響きがこもっていた。

「デーヴィッド」キャットはそわそわと応じた。「本当にすばらしい遺跡ね。そう思うでしょう?」

「どうしてきみは偽りの生活を送れるんだ?」デーヴィッドが非難がましく尋ねた。

「わたしたちはここにいてはいけないわ」キャットは落ち着きなく言った。

「ぼくはするよ」デーヴィッドが言った。

「なんのこと?」

「ぼくはきみと結婚する。父に逆らってでも、きみと結婚するよ。きみの才能があれば……」デーヴィッドの声が自信なさげにとぎれた。

それは少し前までキャットが聞きたいと願っていた言葉だった。しかし今は……他人事に聞こえた。まるで場違いな言葉に。

「デーヴィッド、今はそんな話を——」

「ぼくにチャンスをくれ！」彼がキャットに近づこうとした。

「あなた、頭がどうかしてしまったの？　ハンターに八つ裂きにされてしまうわ」

デーヴィッドはつんと顎をあげた。「あの、世界を股にかける軍人くずれの威張りくさった男のことか。いいかい、彼は忘れているようだけど、ぼくはターンベリー家の人間で、父は英国で最も権力のある人間のひとりなんだ」

「今ここにあなたのお父様はいないのよ」キャットは穏やかに言った。

「ぼくはこれが茶番劇だと知っているんだ。ぼくが言ったことや行ったことはなにひとつ間違っていない。ぼくみたいな男の愛人になるのは光栄なことだよ。しかし、さっき言ったように……きみは強いし、才能にも恵まれている。そんなきみがぼくのそばにいてくれたら……。ああ、キャット、きみにさわらせてくれ、ぼくにきみを見せてくれ……」

キャットは思わず後ずさりした。デーヴィッドが近づいてくる。ふたりがいるのは危なっかしい石段の上で、すぐ後ろは急な傾斜路になっている。日が沈んでアーチ道はほとんど暗闇《くらやみ》に閉ざされていた。

「デーヴィッド……」キャットは彼の目をのぞきこんで言いかけたが、なにかがこすれるような音が聞こえて口をつぐんだ。見あげた彼女の目に、頭上の大きな建築用の石のひとつがぐらぐらしているのが見えた。

今にも落ちそうだ！

「危ない！」キャットは叫んでデーヴィッドをつかみ、自分のほうへ引っ張った。勢い余って彼女は後ろへ倒れた。ふたりは不安定な石段の上から傾斜路を転がり落ちた。

12

ブライアンとハンターはいちばん上の階に立って、イタリア人ガイドたちが観光客の一団を案内してまわっている様子を眺めていた。「本当にきみは、水面下でなにかが起こっていると考えているのか?」ブライアンがきいた。

ハンターは肩をすくめた。「わからない。だが、奇妙に思えて仕方がないんだ。だれかがデーヴィッド・ターンベリーを亡き者にしたがる理由が、ぼくには考えつかない。しかし、仮に彼を殺したがっている人間がいるとしたら、我々のなかにいる可能性が高い。そうだろう? カミールの地図が消えた件にしても、実際に砂漠にいるのならともかく、あんなものがだれかにとって役に立つとは思えないしね」ハンターは首を振った。「それともうひとつ心配なのは、キャットがその地図を再現したことが全員に知れ渡ることだ。今日の夕方、キャットが描《か》いているところへ若い連中が入ってきて、あれを見た。とはいえ、実際になにかが起こっているというたしかな証拠はなにひとつない」

「うーむ」ブライアンはつぶやいた。「さっきラヴィニアと話をしたのだが、彼女は実に魅力的な女性だ」

「ああ、たしかにね。しかし、ぼくの大おばとこの問題となんの関係があるんだ？　だれかがだれかを排除したがっているとしたら、その犯人として考えられるのはレディ・ドーズしかいない。アルフレッド・ドーズを亡き者にできたら、彼女は大喜びするだろう。だが、彼女は我々と一緒にはいない。彼女が殺人を犯すかもしれないと疑わせる証拠は、過去においてもなにひとつなかった。それに、ねらわれているのはどうやらデーヴィッドらしい。どこに疑いの目を向ければいいんだ？　エイヴリー卿《きょう》か？　それはないだろう。マーガレットは？　まったくありえない」

「ぼくらはもっとラヴィニアに相談してみたほうがいいんじゃないか。彼女はだれに関しても詳しい情報を持っている」ブライアンが言った。「さっき彼女から聞いた話では、イザベラが先代のドーズ卿と結婚したときは大変な醜聞が巻き起こったそうだ。イザベラがドーズ卿を薬漬けにして無理やり結婚させたのだと考えた者もいれば、ドーズ卿が最初の妻をめとる前からふたりは知りあいで、イザベラは長年彼の愛人だったと主張する者もいたらしい」

「しかし、それとデーヴィッド・ターンベリーがねらわれるのとどういう関係があるのだろう？」ハンターは疑問を差し挟んだ。「ぼくにはつながりがわからない」

「どこかでつながっているに違いない。我々がまだそれに気づいていないだけで」

「どうやったらつながりを解明できるのだろう?」ハンターは言った。

悲鳴が聞こえたのはそのときだった。

「キャットだ!」ハンターは即座に彼女の声だと気づいて叫んだ。悲鳴には恐怖と切迫感がこもっていた。

彼は駆けだした。


キャットとデーヴィッドは抱きあったまま転がり落ち、傾斜路のいちばん下で壁にぶつかって止まった。彼女の上になっているデーヴィッドの目には恐怖が満ちていた。

だが、とにかくふたりは生きていた。それにまっすぐ落ちたのではなくて転がり落ちたため、服が乱れて打ち身ができたけれど、幸運にも骨は折らずにすんだ。

「キャット!」デーヴィッドが震えながら彼女にしがみついた。

彼の重たい体がキャットにのっていた。しかもふたりの体勢ははしたないと言われても仕方がないものだった。

「デーヴィッド、どいてちょうだい!」キャットは悲鳴をほかの人たちが聞いたに違いないと思って懇願した。思ったとおりだ。上のほうで足音がする。

最初に傾斜路の上へ現れたのはカミールだった。彼女は驚きの声をあげて立ちどまった。

ブライアンが妻の横を通り抜けて傾斜路を慎重におり始め、そのすぐ後ろからハンターも来るのが見えた。幸い、ブライアンが最初に下に到達してデーヴィッドを助け起こし、ハンターがキャットの手をつかんで立たせた。彼女は自分に注がれるハンターの視線に身をすくませたが、見あげたことに彼の最初の言葉はこうだった。「大丈夫か？」

キャットはうなずいた。

「いったいなにがあったんだ？」ブライアンがきいた。

「石が落ちてきたの」キャットは説明した。

「そのとき、きみたちはどこにいた？」

彼女は指さした。石は粉々に砕けていた。

「すぐにホテルへ戻ろう」ハンターが言った。

「でも、見るものがまだいっぱいあるわ」キャットは抗議した。

ブライアンは早くもデーヴィッドに手を貸して傾斜路をのぼり始めていた。ハンターがかぶりを振ってキャットに言った。「きみが見るものはない」

「だけど……」

キャットがあらがっても無駄だった。ハンターは彼女を抱えるようにして上の通路まで運びあげた。カミールとマーガレットが彼女を心配して大騒ぎした。ラヴィニアはキャットやふたりが立っていた場所や、落ちた石を子細に見て言った。「それにしても奇妙だわ」

「ぼくらはホテルへ戻ろう」ハンターがきっぱりと言った。

「ハンター、お願い」キャットは懇願した。「まだここへ来たばかりじゃない。ほかにも見るものがたくさんあるわ」

「夜に見てまわってもほとんど見えやしないし、それにもう真っ暗だ」ハンターがそっけなく言った。

「たぶんほかの人たちは見物を続けたいと思っているんじゃないかしら」キャットはほのめかした。

その発言も役に立たなかった。

「ああ、こんなに大変な出来事があったんですもの、今日はもう充分よ」マーガレットが言った。彼女はデーヴィッドに付き添って、彼の服から埃《ほこり》をてきぱきと払っていた。「ふたりとも本当に大丈夫？」彼女は心配そうに尋ねた。

「ええ」キャットは答えた。

「ちょっと痛むけどね」デーヴィッドがそう言って、独特の甘ったるい笑みをマーガレットに向けた。キャットはうつむいて唇を噛《か》んだ。

デーヴィッドはいつどのようにほほえむのが効果的なのかを、よく心得ている。勇敢でしかも傷ついているように見せるにはどうしたらいいのかを。

「わたしも見物はもうたくさん」ラヴィニアが言った。「ローマの遺跡はこれまでに何度も見ているもの。世界にはすばらしい場所がいくらでもあるのよ。若い人たちはもっとたくさん旅行をして、いろんなものを見ておく必要があるわ」

「若者のだれもが旅行をする余裕があるわけではないよ、ラヴィニア」エイヴリー卿が首を振って言った。

「だったら、あなたが若者たちに援助してあげなくてはだめよ、ジャガー」ラヴィニアが反論した。

「ひと晩じゅう議論しているのもいいが」ハンターが言った。「キャットをホテルへ連れ帰らなくては」

「みんな一緒に帰ることにしよう」ブライアンが提案した。「反対意見は？」

「みんなで帰りましょう」ロバート・スチュアートが同意した。「ぼくら学生は、夜中にぼくたちだけでホテルを抜けだしてもいいんだし。アトワージー教授を捜さなくては。どこかでスケッチをしているはずだけど」

「暗がりでスケッチはしないだろう」ハンターが言った。

「どうやら教授は、ぼくら自由な若い紳士に少々はめを外させてやろうと考えているみたいですね」アランが咳払《せきばら》いをして笑いながら言った。

「あなたたち若い紳士はどうにでも好きにしたらいいわ」マーガレットがアランに言った。

「わたしは気の毒なデーヴィッドにおいしいディナーを食べさせて、それからベッドに入れてあげるつもりよ」

デーヴィッドがアランに投げた視線を、キャットはとらえた。

そこには勝ち誇ったようなうぬぼれの色があった。キャットの心のなかでなにかがぽっきり折れた。

しかも彼について知ったことを、自分が気に入っているかどうか確信が持てなかった。彼女は願っていた以上にデーヴィッドという人間を知り始めていた。それでも彼女はデーヴィッドのことを心配せずにはいられなかった。

「行こう」ハンターが促した。

数分後、彼らは馬車のなかにいた。ホテルに帰り着くと、ローマの古い遺跡になど興味がないと居残っていたエマがロビーで待っていて、埃まみれのキャットを見て息をのんだ。キャットはエマにかいがいしく世話をされて、再びゆったり湯につかる贅沢《ぜいたく》を味わった。エマの石鹸《せっけん》はうっとりするほどいい香りがし、やわらかな泡は肌に心地よかった。あたたかい湯につかっているうちに筋肉の痛みが次第にやわらいだ。

キャットが風呂から出るとエマが待ち構えていて、やわらかなベルベットの優雅なローブを着せてくれた。「あなたのために夕食を運ばせておいたから、それを食べたらベッドに入って少し休みなさい。やれやれ、どこへ行ってもあなたの身にはなにかが起こるみたいね」エマはそう言って出ていった。

パスタと子牛肉のおいしい夕食をすませたキャットは、とりあえずベッドに横たわったものの、じっとしていられなかった。起きあがってローブ姿のまま室内をそわそわと歩きまわる。ハンターはどう思っているだろう？　わたしは悪いことはなにもしていない。そう考えたとたん、腹立たしくなった。キャットは自分の部屋と談話室を隔てているドアをそっと開けた。

ハンターがいた。ブランデーをすすりながら暖炉の火を見つめていたが、すぐに目をあげてキャットを見た。「ぼくがここにいなければいいと思っていたのかい？」彼がきいた。

「ばかなことを言わないで」

「どうせドアを開けてしまったんだ。入ってくればいい」

「入っていかないほうがいいみたい」

「ぼくが怖いのか？」

「いいえ。あなたなんか怖くないわ。ほかのだれだって怖くない」

「怖がったほうがいいかもしれない」

「あなたを？」

ハンターは薄笑いを浮かべた。「たぶんね」

キャットは談話室に入ってドアを閉めた。

「じゃあ、ついでに」彼女は軽い口調で言った。「ここではっきりさせておきましょう。なぜかあなたの目には、いつもわたしが間違っていると映るようね」

「間違っている？　ぼくらには取り決めがあったはずだ」ハンターが鋭く言った。

「あれは事故だったのよ！」

「ああ。しかし、きみがそれに巻きこまれたのは奇妙だ」

キャットはハンターのところへ歩いていった。「わたしは遺跡を探検していた。それだけのことよ」

「デーヴィッドとふたりで？」ハンターが慇懃《いんぎん》に尋ねた。

「わたしたち全員があの遺跡にいたじゃない」

「彼とふたりきりでいたなんて、どう考えても奇妙だ」

「デーヴィッドと腕を組んでいたわけではないわ！」

「きみたちはたまたま一緒だったと？」

「そうよ。わたしたちはたまたまあそこで一緒になったの」

「ほう。そしてそこへ石が落ちてきた」ハンターが疑わしげに言った。「そしてまたもやきみがその場に居合わせて、愛する男の命を救った。あるいはその逆かな。ともかくきみたちは抱きあって転がり落ちて、なんとか助かったというわけだ」

突然、事態を悟ったキャットは、ハンターの口調を無視してあえいだ。今ごろになってやっと、自分かデーヴィッドが、あるいはふたりともが、もう少しで死ぬところだったことに気づいたのだ。

彼女はハンターの腕をつかんだ。「違う……違うわ！　石は理由もなく落ちはしない。

ハンター、あなたにはわからないの？　わたしは正しかった。デーヴィッド・ターンベリーは危険にさらされているのよ」

ハンターは愛想がつきたとばかりにせせら笑い、つかまれている腕を振りほどいた。

「わたしが言いたいのは——」

「ああ、わかっている。きみはデーヴィッドに対する無条件の崇拝からようやく目が覚めて、今はただ彼の安全を気づかっているだけだと言いたいのだろう」

キャットはハンターをにらんだ。「どうとでも好きに考えたらいいわ」

「デーヴィッドはいまだに、きみが愛人になってベッドをともにしてくれるだろうという幻想を抱いている」

キャットは口をつぐんだまま、しばらく彼を見つめ続けた。ハンターは明らかに不機嫌だ。彼女はハンターが真実に限りなく近づいていることを認めたくなかった。

「今夜のあなたは無作法もいいところよ。そんな人とはとてもじゃないけど話したくないわ」キャットは言った。

そして部屋へ戻ろうと向きを変えた。ハンターがキャットの腕をつかんでぐいと振り向かせ、彼女を引き寄せてぎゅっと自分の体に押しつけた。彼の目には威嚇の表情が宿り、体には今にも燃えあがりそうな熱いエネルギーがみなぎっていた。

「ぼくとは話したくないだって？」

「ハンター……お願い！」

「きみはぼくをそれほどまぬけだと考えているのか？」彼がきいた。

「あなたはわたしをそんなに悪い女だと考えているの？」キャットは反問した。

「きみがしようとしているのは、たとえきみを手に入れたとしてもあとで持て余すに決まっている愚かな若者に体と魂を売り渡すことだ！」

「あのね、だれもがあなたのように幅広い人生経験と愛とを手に入れられるわけではないのよ」キャットは怒りに駆られてあざ笑った。

「たぶんそれは経験の問題ではなくて、単に人生における本当の欲望と情熱の問題にすぎないのだろう」ハンターが反論した。

「ああ、そうよね。あなたは人生を知っている。あなたは優柔不断になることもないし、不安や心配の種も抱えていないんだわ。なぜって、好きなように人生を送っているから。あなたには両親もいなければ、愛する人もいない。将来、手に手を携えて生きていく相手もいない」

「だれでも将来は自らの意志によって切り開いていくものだ」

「あなたにとっては言うのも行うのも簡単でしょうね」

「簡単だと？　ぼくはデーヴィッドのような贅沢な生活には恵まれなかった。運よく英国軍の一将校として従軍し、戦功を立てて生き残ったんだ。ああ、そうとも。きみの言うとおり、ぼくは好きなように人生を送っているよ」

「皇太子妃のおば様までいて」キャットはあざけった。

「そういうきみは、それほど惨めな家の生まれなのか？　お父さんはきみたち姉妹に不自由な思いをさせまいと働いてきたんじゃないのか？」

「そんなの、デーヴィッドをばかにする理由にならないわ」キャットは言い張った。

「自分が彼を欲しがっていないことに、きみはまだ気づかないのか？」

「わたしはあなたを欲しがるべきだと言いたいの？」キャットは大声で叫んだ。自分がどんな怒りや失望に支配されているのか、彼女自身わからなかった。ただハンターに理解させたいだけなのに、なにを理解させたいのかがはっきりしない。キャットはただあざけり続けるために、彼にふれてから身を引き、あなたこそ女が欲しがる唯一の男性だと言ってやりたかった。「あなたを！」キャットは再び軽蔑《けいべつ》したように言って、いっそう強く体を押しつけ、爪先立ちになって彼に唇を押しつけた。

少なくとも彼女はハンターの不意を突くことに成功した。

だが、たとえキャットが危険なゲームをするつもりだったとしても、彼は喜んでその誘いに乗ってきた。

キャットはからかうようにキスをし始めた。こうなったらハンターに最後までつきあわせよう。

彼女が体を押しつけると、ハンターは片方の腕を背中へまわして指先を背骨の両側に広げた。左手はキャットの後頭部の付け根にあてがって、指先でうなじの上のあたりを愛撫《あいぶ》する。彼が唇をこじ開けて口のなかに舌を入れてきたとき、キャットは体の奥で火山が噴火し、その熱で溶けてしまいそうな気がした。次第に手足の力がなえていく。自分で始めておきながら、今では自らも制御できなくなりつつあった。早く止めなければ。なんとしても止めなければ……。

だがハンターの舌がキャットの口中深く、彼女の存在の本質を目指して押し入ってくるにつれ、もはや止めることは不可能になった。

しかも彼の両手はせわしなく動いていた。キャットはいまだにハンターのたくましい体に身を寄せていたが、彼の指は彼女の長い髪を愛撫し、からかうように肩まで移動して、ローブのネックラインの下の鎖骨を撫《な》でた。羽根のような軽い愛撫をもっと味わいたくて、キャットは体を弓なりにした。

ローブがはだけ、やさしかったハンターの手が大胆さを増してきたが、それでもまだじらそうとするかのような微妙な動きだったので、キャットはさらに体をのけぞらせて快感を味わおうとした。彼の手が胸のほうへ移動して、親指で乳首をエロティックにもてあそんでから、乳房を包んだ。キャットが気づかぬうちにハンターの唇が彼女の唇を離れ、喉を伝いおりて鎖骨に押しあてられた。それから彼は乳房を愛撫した。指先で軽くふれた箇所を、舌がじらしながらなぞっていく。

キャットはハンターの腕に指を食いこませて全身をわななかせ、小さなあえぎ声をもらした。いつのまにかローブが脱げて、裸で立っていた。ハンターが身をかがめて両手を彼女のヒップにあてがい、腹部へじらすようなキスを浴びせる。

キャットは立っているのがやっとだった。このような恍惚《こうこつ》感を一度も経験したことがなく、想像すらしたことがなかった。まるで体が火にかけられて、熱く煮えたぎっているかのようだ……。

そのとき突然、ハンターがローブを手にして立ちあがり、キャットに羽織らせた。「ぼくのほうがいい恋人か、それとも……」

デーヴィッドのことをほのめかしているのだ。キャットは屈辱に顔を赤くした。偉大なハンター・マクドナルドでさえ、彼女の手を止めるほどすばやくは反応できなかった。

彼の頬を打つ音が大きく響いた。ハンターが眉をつりあげた。

「きみはなにかというとデーヴィッド・ターンベリーとたまたま出会っては、奇妙な事故に遭遇する。今夜は部屋にこもっているほうがいい」ハンターはそう言うと、上等なローブを羽織ったキャットを暖炉のそばに残して出ていった。

骨は苦しみの声をあげ、血は沸騰して、筋肉が焼けるように熱かったが、ハンターはできるだけ早くその場から逃げ去るほかなかった。自分自身に腹が立つと同時にキャットにも腹が立ち、その怒りが内部でふくれあがって今にも爆発しそうだった。

ホテルを出たハンターはヴェネト通りを過ぎたあともどんどん歩き続け、気がついたときはスペイン階段の前にいた。それでもまだ歩き続けた。

次の広場でハンターは、古くて美しい教会の正面に〈セント・フィリップ監督教会〉という看板がかかっているのを目にした。

これは興味深い。大勢のイギリス人とアメリカ人が教皇のお膝もとに英国国教会系の教会を建てたのだ。ハンターがその前を通り過ぎようとしたとき、ひとりの牧師が考えごとをしながら急ぎ足で出てきてハンターとぶつかった。

「すみません《スクージ》、すみません《スクージ》」

「大丈夫ですよ、牧師様」

牧師はハンターを見て眉をひそめた。「イギリスの方ですか?」

「そうです」

「神のお導きを必要としているようにお見受けします」

ハンターはかぶりを振った。「残念ながら、今のぼくに必要なのは神のお導きではありません」

牧師は小首をかしげた。「あなたはサー・ハンター・マクドナルドですね」

「はい。どうしておわかりになったんです？」

「新聞であなたの写真を見たことがあります。エジプトへ行かれる途中なのですか？」

「ええ」

「あなたは心に重荷を背負っておられるように見えます。わたくしどもは英国国教会系ですが、告解は魂にとっていいものですよ」

「お申し出はありがたいが、やめておきましょう」

牧師は手を差しだした。「わたしはフィルビン牧師です。なにかありましたら、そこの古い建物が牧師館ですので、いつでもおいでください」彼は指さした。「たとえば、そう、英国の紅茶を一杯飲みたくなっただけでもかまいません。どうぞ遠慮なさらずに」

「ありがとう、牧師様」ハンターは礼を言って歩きだした。このような不機嫌な状態で行う告解はどんな牧師であろうと聞きたくないに決まっている、と思いながら大股でかなりの距離を歩いた。ついに彼は一軒のカフェの前で足を止め、飲み物を頼んで歩道にしつらえられたテーブルのひとつに座った。

ぼくは頭がおかしくなっていたのだ。完全にどうかしていたのだ。煮えたぎっていた血が冷めた今、ようやく冷静に自分を振り返ることができる。キャットとの関係がこじれたのはぼくのせいだと言われても仕方がない。ぼくの頭がどうかしていたとしたら、それははじめて彼女を見た瞬間から始まったのだ。そして日を追うごとにひどくなり、とりわけキャットに欲しいものを追い求める機会を与えてやると決意してからは、狂気への道を突っ走った……。

しかも彼女が欲しいのはぼくではなかった。だが、キャットは炎のような髪が示すとおり激しく情熱的な気性の持ち主だから、彼女を誘惑し、欲しいものを手にして、自分でも始めていると気づかずにいたゲームに勝ちをおさめることができたかもしれない。

そうなったらぼくも、ばかにしているあの大学生どもと大差ない。

「セニョール?」

ハンターが目をあげると、噂《うわさ》に高いローマの夜の女たちのひとりが立っていた。服が上等なのと宝石が本物らしいところからして、安っぽい売春婦ではなくて高級娼婦《しょうふ》だとわかる。まだ若いが経験は豊富らしい、と彼は見てとった。

「すみません《ペル・ピアチエーレ》が……。ごめんなさい《ミ・ディスピアーチェ》。あなたはイギリスの方ね?」

ハンターはうなずいた。このような女を相手にほほえむのはなんと簡単だろう。飲み物をおごってやり、遠まわしな言い方で巧みに取り引きをし、自分も酒で酔っておいてから女と一緒に暗がりへ入っていくのは、その気がありさえしたらなんと容易なことか。

「ええ、そうです、お嬢さん《シニョリーナ》」

女は口をとがらせて、いかにも慣れた様子で品行方正だというふりをした。「ここで友人と待ちあわせをしているんです。来るまでのあいだ、このテーブルにご一緒してもかまわないかしら」女の目はたとえようもなく黒く、髪はつややかで、唇は真っ赤に塗られていた。彼女がほほえんだ。感じのいい笑みだった。ほほえみながらぼくを値踏みしているのだ、とハンターは思った。金を持っていそうだし、歯も全部そろっているから、悪い客ではないと判断したに違いない。

その考えに、少しのあいだ愉快になった。やれやれ、これほど惨めな気分でなかったなら。

けれどもそのとき、なぜかハンターはかぶりを振った。「よかったら飲み物をおごらせてください。もちろんこのテーブルに座ってかまいませんよ。ただし残念ながら、ぼくは行かなければなりません」

ハンターは立ちあがってウエイターを手招きし、財布から札を出した。

「本当に行かなくてはいけませんの？」女が残念そうに尋ねた。

暗闇《くらやみ》もぼくの役には立たない。何物も、ぼくのなかにある欲望を静めることはできないのだ。

「ええ、そうです」ハンターは答えた。金を置いてそこを離れ、ホテルへの道をたどりだす。長い道のりだったが、そのぶん、考える時間ができた。

彼が帰り着いたとき、ホテルは静まり返っていた。時刻はかなり遅かったが、ハンターはキャットに謝るつもりでドアをノックした。

ドアが勢いよく開いた。キャットの体は清純そうなナイトガウンで喉もとまで覆われ、その上にコットンのローブが羽織られていた。

「なんの用?」彼女が尋ねた。

「明日の朝は十時ごろに列車に乗るから」

「知っているわ」

「それならいい」

キャットはハンターの顔の前でドアを閉めた。彼は深呼吸をひとつして再びドアをノックした。

ドアがぱっと開いた。

「話しておきたいことが――」

「やめて!」彼女は明らかに憤慨していた。「あなたの話なんか聞きたくもない。人間の姿をしているけど、あなたは泥のなかから這《は》いだしてきた汚らわしい生き物よ。あなたなんか大嫌い。わかった? 明日にでも婚約を解消したっていいわ」

キャットはもう一度ドアをばたんと閉じようとした。ハンターは彼女の腕をつかんで部屋のなかに押し入った。紳士として振る舞うつもりだったのに、キャットの目のなかに警戒の色を見て喜びを覚えた。

「そうはいかない。そもそもぼくがこのばかげた芝居を演じているのは、きみがぼくのべッドルームに駆けこんできて懇願したからだ。今さら中止はしない。きみはこれまでに起こったことをよく考えて、そこからなにかを学びたまえ！」

キャットは歯を食いしばって彼をにらみつけ、腕を引き離そうとした。

ハンターがなにか奇妙なものを感じたのはそのときだ。それは足の上を動いていくように思われた。彼は息をすることもできずに身をこわばらせた。

「わたしは――」キャットが話し始めた。

「しーっ！」彼は警告した。

「でも――」

「黙ってくれ。動くんじゃない。頼む」

ハンターは下を見なかった。見なくてもわかる。

それは彼の足の上を通り過ぎてキャットのほうへ移動していく。彼女のくるぶしも足もむきだしだ。

それにふれられてようやくキャットも気づいた。目が大きくなって唇がわずかに開いた。

彼女は叫びたい衝動をこらえてハンターの目を見続けている。

〝静かに〟ハンターが口の動きだけで言った。〝じっとしているんだ〟

キャットは言われたとおりにした。数秒が永遠にも感じられた。

彼女が口の動きで尋ねた。〝蛇？〟

ハンターはうなずいた。

キャットは彼の目を見つめたまま、ごくりと唾《つば》をのみこんだ。そして待った。

気の遠くなるほど長い時間がたったように思われた。やがてハンターの視界の片隅に部屋の反対側へ這っていく蛇の姿が映った。彼はキャットを抱えあげてくるりと振り向き、椅子の上に立たせておいてから、大股で蛇のほうへ歩いていった。

蛇はハンターが出合ったなかで最もすばやい動きをする生き物のひとつだが、少なくとも彼は蛇のことをよく知っている。革靴を履いているので、噛まれる心配はない。ハンターは全体重をかけて蛇の頭の後ろを力いっぱい踏みつけた。蛇は体じゅうが筋肉でできているような力強い生き物だから、一発で仕留めないと……。

だが、彼はねらいを外さなかった。蛇はかま首をもたげることも、その下の部分を広げることもできなかった。口を大きく開けて攻撃しようとしたが、力なく開いただけだった。やがて目の光が鈍くなって息絶えたが、相変わらず口を開こうとしていた。

「ああ！」キャットが大きく息を吐きだす音をハンターは聞いた。

彼女が椅子からおりようとしているのを見てハンターは命じた。「だめだ、そこにいてくれ！」キャットは黙って従った。

ハンターは室内を隅から隅まで念入りに見てまわった。洗面器やタオル、着替え用の下着や石鹸などをどかして調べ、ようやくほかに蛇はいないと納得したので、手を差しのべてキャットを椅子から助けおろし、ベッドの裾《すそ》のほうに並んで腰かけた。彼はキャットにふれなかった。

キャットが部屋の反対側の床を顎で示した。「あれは……コブラ?」彼女が尋ねた。「でも……ここはローマよ。ローマにもコブラがいるの?」

ハンターは目をあげて彼女を見た。「いいや」

「だったら……」彼女の声が小さくなった。しばらくして再び言った。「ブライアン・スターリングの両親は……エジプトコブラに噛まれて亡くなったんでしょう?」

キャットは必死に平静な口調を装っていたが、声が震えていた。

「ああ」

「でも……殺人犯は死んだじゃない」

「そうだ」

「じゃあ……あなたはだれかがわたしを……殺そうとしているんじゃないかと考えているのね? なぜ?」

「わからない」

突然、ドアを乱暴にノックする音がした。ハンターは立ちあがって開けに行った。

ナイトキャップにローブ姿のエイヴリー卿が立っていた。そんな格好をしているにもかかわらず、怒りの表情もあらわに威厳のある態度を保っていた。

「サー・ハンター」エイヴリー卿が堂々たる口調で非難した。「いくらきみでも、このようなふしだらなまねをされては見逃すわけにいかない！　わたしは彼女を父親から託された。きみは婚約発表をしたかもしれないが、まだこんなことをする権利は――」

「エイヴリー卿、この部屋に蛇がいたのです」ハンターは説明した。

「ばかな！　この立派なホテルに蛇がいるものか。それにここはカイロではなくてローマだ」

ハンターはエジプトコブラの死骸《しがい》が転がっているところへ歩いていくと、慎重につまみあげてエイヴリー卿に見せた。

エイヴリー卿が青ざめた。「まさか……そんなものがここにいるはずはない」彼は動揺した口調で言った。

「そのとおりです」ハンターは同意した。

「そういえばブライアンのご両親は……」

「ええ」ハンターは言った。「エイヴリー卿、お願いします。この件はだれにも話さないでください」

「この部屋に蛇が入りこむ唯一の方法といえば……」

「そうです」

「だったら、あの娘の身が危険だ」

「ぼくもそう思います」ハンターは言った。

「すみません」キャットがやんわりと口を挟んだ。

「わたしはここにいるし、耳だってちゃんと聞こえるんです」

エイヴリー卿が振り返ってキャットを見た。「すまなかった。許してくれ」そして彼はハンターに視線を戻した。エイヴリー卿は、若い女性が自分で意思決定をする世代の人間ではまったくない。「彼女に荷づくりをさせて、明朝一番の列車で家へ送り返さなければならん」

「いやです」キャットが抗議した。

ハンターは彼女のほうを見ようとさえしなかった。彼はエイヴリー卿にほほえみかけて言った。「ひと晩考えましょう。今、我々にできることはなにもありません」

「警察を呼んだほうがいい」

ハンターは首を横に振った。「警察には解決できません、それはあなたもご存じのはず。今夜はこのままにしておきましょう」

「なぜこのような事態を招いたのか調べさせなくては」エイヴリー卿が言い張った。

「いずれ調べさせます」ハンターは約束した。

やっとエイヴリー卿はわざとらしく咳払いをして部屋を出ていった。ハンターはドアを閉めてしばらくそこにもたれていたが、やがて体をまっすぐにした。

「服を？　でも、今は真夜中よ」彼女は言った。「それに……わたし、家へ帰るわけにはいかないわ。本当よ。お願い。事態を最後まで見届けなくては」

「やれやれ。きみがあまりにも魅力的だから、きみに帰られてしまったら、ぼくは毎日泣き暮らすことになるだろうな」ハンターはそっけなくつぶやいた。

「わたし……ああ、ごめんなさいなんて言えない！　ひどい振る舞いをしたのはあなただもの」

「それはともかく、この調査旅行についていくために、きみはどこまでやる覚悟がある？」

「どういう意味？」

「きみは本当に魂を売り渡す用意があるのか？」ハンターは穏やかにきいた。

「でも……家へは帰れない。先へ進むしかないわ」

「だったら、ぼくの言うとおりにするしかない」ハンターはぴしゃりと言った。「服を着るんだ。ぼくはすぐに戻ってくる」

ハンターはキャットの部屋を出て廊下を歩き、ためらったあとでブライアンのスイートルームのドアをノックした。しばらくして、ぐっすり眠っていたところを起こされたブライアンがドアを開けた。

「どうしたの?」ベッドから眠たそうなカミールの声がした。

ハンターはまっすぐブライアンを見た。「キャットの部屋に蛇がいた」

ブライアンは石と化したかのように体をこわばらせた。彼の顔を暗い怒りがよぎるのを、ハンターは見た。

だが、ブライアンは長々と息を吐いて感情を抑えた。「そうか。また始まるんだ」

「出発する前に始まっていたのだと思う」

「彼女の命が危険だ」ブライアンが静かに言った。「きみに計画があるのか?」

「ああ。計画というほどのものでもないが、ぼくにできることがひとつだけある。それで、きみの力を借りたい」

ぼさぼさの髪をした愛らしい顔のカミールが、ローブをまとってブライアンの横にやってきた。「ハンター、必要なときにはいつでもわたしたちがついているわ」

「だったら、悪いが服を着て一緒に出かけてもらえないか」

「なんのために?」カミールが尋ねた。

「ぼくにはわかる気がするよ」ブライアンがつぶやいた。

「じゃあ、ぼくは失礼する」ハンターは言った。「いろいろとしなければならないことがあるのでね」彼は必要な手配を整えるために急ぎ足で去った。

13

命じられたとおり、キャットは急いで服を着た。ハンターが戻ってきて激しくドアをノックしたときは、まだ人前に出られる状態ではなかった。

「まだ着終わっていないの――」

「かまわないから開けるんだ」

彼女はシャツの背中のボタンと格闘しながらドアを開けた。「ほら、まだこんな――」

「向こうを向いて」

キャットは言われるままに背中を向け、ボタンを留める彼の指が肌にこすれるのを感じながらじっと立っていた。

ハンターが彼女をまわらせて服装に問題がないか点検した。

「髪をとかす暇がなかったの」キャットはいらいらして言った。

「とかしてきなさい。それから適当なケープかジャケットを持っているかい?」彼女はケープをつかんだ。「行こう」ハンターが言った。

　キャットは抗議したくてもできなかった。彼はなにかの任務を帯びているかのように事を進めていく。ハンターが彼女の腕をとって外へ連れだした。驚いたことに廊下でブライアンとカミールが合流した。

「蛇はどこに？」ブライアンがきいた。

「キャットの部屋の化粧台のいちばん下の引きだしに入っている」ハンターが言った。

　キャットはびっくりした。彼がそこに入れるところを見なかったのだ。

　ハンターが彼女に鋭い視線を向けた。「あの件については口外しないように。キャット、わかったね？」

「ご命令どおりにするわ」彼女はつぶやいた。

　ハンターが不愉快そうな目でキャットを見た。

　ホテルの玄関先に一台の馬車が待っていた。ハンターはカーライル伯爵夫妻とキャットをなかに乗せて、行き先を知らないイーサンに道順を教えなければならないからと自分は御者台のイーサンの隣に座った。

　ドアが閉まって、馬車のなかにカミールやブライアンと向かいあって座ったとき、キャットは静かに尋ねた。「なにをしに行くのかご存じ？　わたしたち、どこへ行くのかしら？」

「残念ながら知らないの」カミールが言った。「あなたも知らないの？」

キャットはかぶりを振った。

馬車が停《と》まった。ドアが開いてハンターがキャットに手を差しのべた。続いてカミールとブライアンがおりる。キャットはわけがわからずに見あげた。

目の前にそびえているのは教会だった。驚いたことに、エマ・ジョンソンが正面玄関から駆けだしてきた。「フィルビン牧師を起こして、待機してもらっています。喜んで承知してくれました。彼はまたあなたと会うことになるだろうという予感がしていたんですって、サー・ハンター」

「あの……道中、これ以上の事故に遭わないようお祈りをするの？」キャットは尋ねた。

ハンターが顔を曇らせてキャットを見た。「これからぼくたちは結婚する」彼はじれったそうに言った。

キャットはぎょっとした。周囲の世界がぐるぐるまわって、大気が細かなガラスの破片でいっぱいになった気がした。

結婚する！

夢想家のキャットは幼いころからよく、結婚とはどんなものだろうと勝手にいろいろな場面を思い描いたものだった。結婚する。もちろんいつかは自分も結婚すると思っていた。それは単に女は結婚するものだと考えられているからでも、妻の役割をいつかは自分も果たさなければならないと感じていたからでもなかった。彼女は結婚を究極のロマンスとして夢見てきた。来る日も来る日もだれかと一緒に暮らし、愛し愛されて、慈しみ……。

それにプロポーズ！　それは片膝を突いた恋人が日に愛情と欲望の炎を燃えあがらせ、熱烈な口調でなされるべきものだった。もっともそれを言うなら、この芝居を始めたのはキャットなのだ。しかし、それは偽りだった。方便にすぎなかった。単なる目的のための手段だった。

彼女は動くことも口をきくこともできずにハンターを見つめ続けた。

「ひと晩じゅう、牧師様を待たせておくことはできない」ハンターがやきもきして言った。方便。目的のための手段。

「我々は先に行って、署名の必要な書類を確認しておこう」ブライアンが言った。

「さあ、エマ、わたしたちをその牧師さんに紹介してちょうだい」カミールが促した。

キャットは教会前の美しいタイルを敷きつめた歩道に立って、相変わらずハンターを見つめていた。「あなたは……こんなことまでしなくていいのに」彼女は言った。

ハンターがもどかしそうに肩をすくめた。「きみはたしか、旅を続けるためなら魂を売り渡してもいいと言ったのではなかったかな。だから……ここへ来たんだ。ぼくがちょっとでも目を離すと、きみはすぐ危険に巻きこまれるから、ひとりにしてはおけない。蛇を見たとはいえ、エイヴリー卿《きょう》はぼくがしょっちゅうきみの部屋に出入りしていると知れば脳卒中を起こすだろう。だから、ぼくはきみと一緒になるしかない。それがぼくの考えついた唯一の解決法だ」

「そうは言っても、ハンター……婚約ならどうってことないわ。解消すればいいんだもの。でも結婚はだめ。あなたにそこまで無理強いするわけにいかないわ」

「残念ながら結婚にだって終わりがある。聞くところでは、このところ離婚が増えているらしい。たしかにいいこととは思えないけれど、それが現実だ。もちろん大変なスキャンダルになるだろうが、人の命が奪われることに比べたら、どうってことない」

「だけど、やっぱり……ハンター、正直な話、自分のことはどうでもいいの。もともととるに足りない家の生まれで……ええ、たとえ父がすごく有名になったとしても、画家の娘が少しくらい醜聞の種になったからって大騒ぎする人はいないでしょう。でも、あなたにとっては……ええ、そうよ。わたしはあなたに偽りの生活を強いることはできないし、そうするつもりもないわ」

「そこの教会へ足を踏み入れたら、偽りが偽りではなくなるんだ」ハンターが厳しい口調で言った。「きみは愚かにも自分を危険にさらしているが、ぼくはきみの命を危険にさらしたくない。帰国したときにきみを無事にお父さんのもとへ帰してやれなかったら、ぼくの立つ瀬がないからね」

　なぜかわからないが、キャットは涙がこぼれそうになるのを感じた。わたしはただ……もっとすばらしい夢を思い描いていただけ。たしかにハンターはことあるごとにいろいろな方法で男気のあるところを示してきた。

でも……。

わたしが求めていたのは愛なのだ。いつまでも変わらない献身的な愛情。思いやりと、やさしさと、慈しみ。そこへいくと、彼はなんと冷たいことか！

だけど、それはそれで仕方がないわ。ふいにキャットは身震いした。ハンターにふれられたときの感触をありありと思いだしたのだ。われに返って、彼に顔を見られないよう歩道を歩きだした彼女は、今や自分が本物の危険にさらされていることを悟った。いつもハンターのそばにいて、それにすっかり慣れてしまったため、彼がいつのまにか自分の心のなかに忍びこんでいたことに気づかなかった。

さらに親しくなったら、きっと心を失ってしまうに違いない。

たとえキャットが自分の気持ちをはっきり告げたとしても、ハンターは絶対に真に受けないだろう。彼女はデーヴィッド・ターンベリーの心と体を獲得するためにこの旅についてきた。今では少しもデーヴィッドを愛していないことがわかったと告白したところで、そしてまた、あなたは最初から正しかった――たとえデーヴィッドを自分のものにできても、わたしは彼など欲しくない――と認めたところで、ハンターは絶対に信じてくれないだろう。

「きみはこの計画に同意したと受けとっていいんだね？」彼がきいた。

「わたしは立派な妻になるわ」キャットは言いきった。「立派な妻と完璧《かんぺき》な助手に」彼女は誓った。

熱のこもったキャットの誓いを聞いてハンターは笑い声をあげ、彼女を愕然《がくぜん》とさせた。「ああ、そうだな。きみは上手に馬を乗りこなし、エジプトに関する学問を身につけて、完璧な助手になるだろう。そのことに、ぼくはなんら疑いを抱いていない。さあ、なかへ入って片づけてしまおう」

キャットは歯を食いしばってこぼれそうな涙をこらえた。彼女が教会のなかへ入ると、牧師がカミールとブライアンとエマを相手におしゃべりをしていた。

「若い人ってこれだものね」エマが首を振って言った。「盛大にとり行うべきだったのよ、サー・ハンター！　前もって式の計画を立て、愛らしい花嫁にふさわしい豪華なドレスを用意すべきだったのに」

「エマ、帰国したらきみの好きなように盛大な披露パーティを催せばいいさ」ハンターが少しは思いやりの感じられる口調で言った。「フィルビン牧師、ぼくたちはどこに立ったらいいのか、なにをしたらいいのか、教えていただけませんか？」

「いいですとも。レディ・カーライルは花嫁の横です。新郎新婦はここ、わたしの前に立ってください。カーライル卿はこちら、この横に。レディ・カーライルは花嫁の横です。ああ、それからあなたの従者がいますね。イーサン、あなたはそこにエマと並んで。結婚許可証に証人が四人。文句なしです。それでは……」

フィルビン牧師はいい声をしていた。彼が口にする式典用の厳粛な言葉には、心がこもっていた。音楽もなければ、そばで見守る家族の涙もなく、花の香りもない。あるのは言葉だけ。朗々と語られる言葉。それでいてキャットとハンターには意味のないうつろな言葉。

キャットは答えるべきときに、はい、と答えた。ハンターも同じように答えた。キャットの声は彼と同じくらい確固としていた。

同じくらい……冷たい事務的な声。

これでまた取り引き成立！

ふたつめの指輪が彼女の指にはめられた。

「それでは花嫁にキスを」フィルビン牧師がほほえんで言った。

キャットは自分でもなにを期待していたのかわからなかった。ハンターが人目もはばからず抱きしめて激しいキスをしてくれると思っていたのだろうか。

ハンターの唇が軽く彼女の唇にふれた。「許可証に署名をしなくては」彼が言った。

キャットはうなずいた。

そして署名がなされた。

花嫁と花婿のあいだに敵意とも言える空気が流れていることに、おそらくほかの人はだれに気づかなかっただろう。相変わらずエマは壮麗な式でないことをこぼし続け、イーサンはその愚痴を聞きながらため息をついている。フィルビン牧師は陽気な口調でカーライル伯爵夫妻に、結婚式の習慣がいつ生まれたのかを説明していた。「古きよき時代、そう、ヘンリー三世の時代にまでさかのぼりますが、王とその子供たちの結婚式は六月にとり行われました。というのは、五月に風呂に入るのが習わしだったからです。花嫁花婿がひどい悪臭を放っているわけにはまいりません。花束の習慣が生まれたのもそこからです。花が多ければ多いほど花嫁の悪臭を消してくれますからね」ふいに牧師はあくびをした。「ああ、もうこんな時間だ！　それではおふたりに神のお恵みがあるよう祈っております、サー・ハンター、レディ・キャサリン」

キャットは牧師になんとか礼を述べた。馬車のなかに戻った彼女は隣にハンターが座ったのを意識したが、いまだにショック状態で口もきけなかった。ブライアンもカミールも黙りこんでいた。ホテルに着くと、カミールがキャットをあたたかく抱きしめて頬にキスをした。「幸せを祈っているわ、キャット」彼女は言った。

カミールとブライアンがスイートルームへ引きあげるのを見送ってから、ハンターが鍵《かぎ》でキャットの部屋のドアを開けた。

ふたりの部屋と言うべきだろうか？

体が震えだしたが、キャットはそれをハンターに気づかれたくなかった。彼女はドアから入ったものの、これからどうしたらいいのか途方に暮れて部屋の中央に立ちつくした。

キャットが決める必要はなかった。

「少し眠るといい」ハンターがそっけなく言った。彼は再び室内を隅から隅まで調べてまわったあと、談話室へ姿を消した。

キャットは唇を噛《か》み、バスルームに逃げこんでナイトガウンに着替えた。バスルームから出てきたときもハンターは戻っていなかった。彼女は急いで上掛けの下にもぐりこんだ。ハンターが戻ってきて明かりを消した。彼は出かけたときのままの服装だった。彼がベッドの反対側に横たわったとき、キャットは重みでマットレスが動くのを感じた。

彼はキャットにふれようとしなかった。

朝になるまで一度も。


翌朝、一行はブリンディジ行きの列車に乗った。そこから先は船旅になる。

人々が次から次と驚きの声をあげながら祝いの言葉を述べに来るので、昼になるころにはキャットは疲れ果てていた。

エイヴリー卿は、ハンターが軍人にふさわしく筋の通った唯一の正しい行動をとったにすぎないと考えたようだ。マーガレットはこんなにロマンティックな話を聞いたのははじめてだとはしゃぎまくった。ラヴィニアはなにか裏があるのではないかと考えこむような目でふたりを見ていた。アランとロバートとアルフレッドはにやにや笑いあって肩をすくめた。デーヴィッドはことあるごとにキャットに悲しそうな視線を投げ、一日じゅうなにか悪いものを食べたような顔をしていた。そんな彼の様子にもキャットは心を動かされなかった。彼のマーガレットに対する昨晩の態度を見たからだ。

「真夜中に駆け落ち同然で結婚するなんて、普通じゃ考えられないよ」デーヴィッドが言った。そこは休憩用の特別客車で、キャットとハンターが並んで座り、向かい側にデーヴィッドとマーガレットが並んで座っていた。

「まあね」ハンターがキャットに腕をまわしてぎゅっと抱きしめ、彼女の喉もとに意味ありげに手をあてた。「これ以上は待ちきれなかったんだ。来る晩も来る晩も……すぐ近くにいながら」

「まあ、だけどとても……ロマンティックね！」マーガレットが賛嘆の声をあげるのはこれで何回目だろう。

「自分もまねしようなどと考えるんじゃないぞ、マーガレット」隣のテーブルからエイヴリー卿が忠告した。

通路の反対側に座っているアトワージー教授がキャットに向かって指を振った。「結婚したからといって絵の勉強を忘れてはいけない。絵は仕事なのだということを」

「とうとうハンターも結婚したのね。いいことだわ。だって、いずれ一族の称号を受け継ぐことになるんですもの」ラヴィニアが意見を述べた。

「ラヴィニアおばさん、称号なんかで男の値打ちは決まりませんよ」ハンターが言った。

「それはそうだが、称号があるとずいぶん便利だ」ブライアンは自分の言葉に自分で笑った。

キャットは話題がほかのことに移ってくれることを願った。ほかの話題ならなんでもいい。だが、彼らはいつまでも同じ話題に終始した。ブリンディジに着いたころには、キャットは悲鳴をあげそうだった。

船は翌朝まで出港しない。その夜、一行は古い城を改築した宿屋に泊まった。だだっ広い食堂はかつて大広間だった部屋で、料理も接客態度も申し分なかった。けれどもディナーが終わるころには、キャットは頭痛がしていた。彼女はじりじりしながらハンターが部屋へ引きあげようと言いだすのを待った。だが、彼はそこにいるのが楽しいらしく、男たちとブランデーを飲んだり三重奏団の演奏に耳を傾けたりしている。

ハンターが会話に気をとられている隙《すき》に、キャットはこっそり食堂を抜けだした。彼らの部屋は塔のなかの豪奢《ごうしゃ》なスイートルームで、リビングルームとベッドルームがついていた。ベッドルームには天蓋《てんがい》つきの大きなベッドと巨大な暖炉が備わっており、きれいなバスルームにある備品はどれも高級なものばかりだった。彼女はあたたかい湯にゆっくりつかることにした。

キャットが湯から出たときも、ハンターはまだ戻っていなかった。疲れていらいらしていた彼女はベッドに横たわった。数時間後にうたた寝から覚めたときも、室内に彼の姿はなかった。キャットは起きあがって談話室に続くドアへ忍び足で歩いていった。ハンターは談話室にいた。ブランデーグラスを片手に暖炉の火のそばに立ち、考えごとをしている。

彼が目をあげた。「起こしてしまったかな？ すまない」

「あなたのせいで起きたんじゃないわ」

「そうか。じゃあ、ほかになにかあるのかい？」

「わたしのせいであなたが部屋へ来られないんじゃないかと思って」キャットは言った。

「どうしてそんなふうに思うんだ？」

キャットはぎこちなく手を振った。「だって……それは、わたしたちは取り引きをしたのよね。わたしはただ――」

ハンターが急に笑いだした。「なるほど。きみは自分になにを期待されているのかわからず、おどおどしながらベッドに横たわっていたんだ。違うかい？」

彼女はふうっと大きく息を吐いた。「ええ。わたしは立派な妻になると誓ったわ」

ハンターが彼女のところへ歩いてきた。キャットはなんとなく圧倒されて後ずさりしそうになった。「きみが立派な妻になることはわかっているよ」

「あなたがあのベッドで寝てはならない理由はないわ」彼女は言った。

「これはまたご親切に」ハンターはてのひらでキャットの顔にふれ、顎に指を添えて上を向かせた。「いいかい、ぼくは禁欲生活を送るためにきみと結婚したのではないよ。断言しておくが、ぼくはあらゆる意味できみをぼくの妻にした。だから、ぼくにとって都合がよくてその気になったときに、いつでもぼくは夫としての権利を主張するつもりだ」

この人の都合がよくてその気になったときに！

キャットは目に怒りの炎を燃やして後ろへさがった。「あら、そうなの？　だったら、いいわ。わたしも断言しておくけど、わたしの〝都合がよくてその気になったときに〟いつでもあなたの相手をしてあげる！」

ハンターは小首をかしげ、青黒い短剣を思わせる鋭い目で彼女を見た。「考えてごらん……ぼくらはどちらもきみがほかの男に夢中であることを知っている。きみがその男に近寄らないことも知っている。なぜって、近づいたりしたらぼくがふたりを八つ裂きにするからだ。断っておくが、きみたちを八つ裂きにしてもぼくが罪に問われることはないだろう。ぼくは逃げおおせるすべを知っている。ぼくらのあいだに偽りはない。ぼくがきみを欲しがっているか？　そのとおり。きみがぼくを欲しがっているか？　さあ、ぼくはデーヴィッド・ターンベリーではないからな。しかし、そんなことは問題ではない。きみには立派な妻になってもらう。きみはぼくが彼であればいいと願っているのか？　それもまた問題ではない。そうとも、これが真実だ」

「だったら、さっさと片をつけてしまったらどう?」キャットは憤慨して言った。

ハンターが眉をつりあげたので、キャットは怒らせたかと思ったが、彼は大声で笑いだした。「愛していようといまいと、愛の行為は美しく営みたいものだ。暖炉の火格子から灰をかきだすように慌ただしくするものではない」

キャットは彼の笑い声にむっとした。ハンターに笑われたのと、彼に言い返せないのと、どちらがより腹立たしいのか自分でもわからなかった。

そこで昂然《こうぜん》と頭をそらし、さも軽蔑《けいべつ》したように彼を一瞥《いちべつ》してから、まわれ右をして部屋へ戻ろうとした。

ハンターはまったく興味がなさそうだったので、彼が追いかけてきて彼女の腕をとり、強引に振り向かせたときは、キャットもびっくりした。ハンターの目は底なし沼のように暗くて感情に欠け、口は真一文字に引き結ばれて、額には黒褐色の髪が垂れていた。キャットの心臓がどきんと打った。彼はこのうえなく魅力的であると同時に恐ろしさを感じさせた。

「今だ」ハンターが言った。

「今?」

「ぼくにとっては今がいちばん都合がよくて、その気にもなっている!」ハンターの声は低くかすれていて、熱い息がキャットの頬にかかった。

「わたしは都合がよくないし、その気にもなっていないわ！」キャットは肩をそびやかして応じた。

ハンターはにやりとした。「気の毒だが、ぼくにとってそんなことはどうでもいいんだ」

そしてキャットにキスした。今のハンターには少しもためらいがなく、荒々しい舌の動きは彼がこれからなにをする気なのかをありありと示していた。小さくあえいでハンターに両手を押しあてたキャットは、彼の胸の筋肉が引きしまるのを感じた。唇を押しつける力が弱くなったり強くなったりしてゆっくりと彼女を誘惑し、舌先が彼女の唇の上にやさしく円を描く。その舌が再び口のなかに押し入ってくるのと同時に、彼の両手が動きまわって、白いコットンのナイトガウンのレースのリボンがゆるめられるのをキャットは感じた。ゆったりした白い袖《そで》が肩から外され、むきだしの肌に彼の唇が押しあてられる。陶酔感に襲われたキャットは膝の力が抜けそうになってハンターにしがみつき、体をわななかせた。彼が唇をキャットの喉に這《は》わせながら指でナイトガウンをまさぐって床に落とす。

彼女は白いコットンとレースのなかに立って体を震わせ、あたたかさを求めて本能的にハンターに身を寄せた。彼の手がキャットの背中を伝いおりて、ヒップにあてがわれたあと、再び伝いあがって彼女の腰を自分のほうへ引き寄せた。それからハンターはほんのわずかに体を後ろへ引いて、両手と唇で彼女の肌の探索を始めた。彼に胸をもてあそばれると、キャットは息がつまった。ハンターの唇は胸にとどまり、濡《ぬ》れた舌が愛撫《あいぶ》を繰り返した。

ハンターがキャットを後ろ向きにさせた。唇を彼女のうなじに押しあてて指を髪に絡ませてから、両手を下へ下へと滑らせて下腹部にあてがった。キャットが気づいたときは、彼の唇がやさしく愛撫しながらウエストを移動してへそをなぶり、その下へ伝いおりていた。ハンターの次の親密な行為に驚いたキャットは、あえぎと一緒につめていた息を一気に吐きだし、彼の肩をきつくつかんでいた指を髪に差し入れた。彼女の肉体の細胞という細胞にすばやく、そして大胆に忍びこんだ興奮と快感が、電流の渦となってぐるぐるまわっているかのようだ。キャットは甘く熱い欲望にさいなまれて体をのけぞらせ、倒れるのを恐れて必死に動こうとした。やがて光が炸裂《さくれつ》して全身を貫き、強さと正気を奪われそうだと感じて、とうとうあたりかまわず叫び声をあげた。

ハンターが立ちあがったので、キャットは快感を味わいつくす暇もなく彼にもたれかかり、体の力を抜いて目を閉じた。ふいに彼女はつい今しがたの記憶に襲われた。ハンターはこういうことに熟達している。彼女を忘我の境地へと導いたこの行為に長《た》けている。キャットにとっては世界が変わるほどの経験で、太陽の進み方も夜の訪れ方も変化した。

彼にとってはどうだろう？　単なる気晴らしにすぎないのだろうか？

キャットがハンターを見つめているうちに、彼が彼女を横たえた。キャットは前にちらりと見た彼の裸体を思いだして体を震わせた。ハンターがすばやく服を脱いで彼女に覆いかぶさってきたので、今回は彼の体をほとんど見られなかった。けれどもその短い瞬間にキャットを新たな震えが襲い、ひとつの言葉が脳裏にこだました。〝すばらしい〟

彼女はハンターの体重を体の上と太腿のあいだに感じ、飢えたような彼の熱い唇を喉に感じた。そして彼が押し入ってきた。苦痛に全身を貫かれたキャットは叫び声をあげたが、ハンターはすぐに何事か彼女にささやきかけて、顔や喉にやさしくキスを浴びせた。そのうちにまた体内に潤いと奔放な力がみなぎるのを覚えたキャットは、われを忘れて彼にしがみついた。ハンターの筋肉という筋肉が収縮するのを、彼女のなかにある彼のものの力強さを感じる。それと同時に、自分の内部でまたもやなにかが急激に高まっていくのを意識した。しばらく息をできずにいたが、今度は荒い呼吸を繰り返す。止まった心臓の鼓動が雷鳴のようにとどろきだす。ふれあっているハンターの肌は濡れて焼けるように熱く、世界は今にも炸裂せんばかりに激しく揺れて……。

再びキャットは恍惚《こうこつ》の叫びをあげた。慌てて唇を噛み、あえぎながら大きく息を吸う。まだ体内にある彼のものを、その力強さを、彼の肉体の重さを……テーブルの上のランプが放つ薄暗い光を、消えかかっている暖炉の火のほの暗い輝きを意識した。彼女は夜の恐るべき本来の姿に呆然《ぼうぜん》とし、震えながら横たわっていた。

ハンターがキャットの上からどいてかたわらに横たわった。彼女は目を開けなかった。彼が腕をキャットにまわして抱き寄せる。彼女はハンターが話しかけてくるだろうと思った。世界が変わったからには、言葉が発せられなければならない……。

「おやすみ」ハンターがささやいた。

それで終わりだった。

キャットはまんじりともせずに横たわっていた。

彼にとっては気晴らしだったのだ。

彼女は今までこんなにすばらしい体験をしたことがなかった。それなのに……。

目に熱い涙があふれた。

長い夜のあいだ、キャットは体を動かさないでじっとしていようと努力した。けれども
ほんの少しだけハンターのほうへ近寄ったのだろう。まどろみかけたとき、再び熱くとろけるような甘い興奮を感じた。ハンターの唇が彼女の背中を、背骨に沿って伝いおりていく。彼がキャットを自分のほうに向かせて唇を求めてきた。なにが起ころうとしているのかわからないでいるうちに、ハンターが彼女のなかに入っていた。キャットは猛《たけ》り狂う波にさらわれるのを感じてはっきりと目覚め、またもや恍惚のうちにめくるめく高みへといざなわれていった。息もできず、鼓動は激しく打ち、強烈な興奮が光とともにはじけた。

終わったあと、眠ったふりをしているうちにキャットはいつしか眠りこんだ。次に目を開けたときには彼はいなかった。

再び忙しい朝の幕開けだった。船に乗りこんで、船室を探したり荷物の確認をしたりし

なければならない。そのために男たちが先に波止場へ向かった。

ハンターは幸福の絶頂にあっていいはずなのに、そうではなかった。昨夜の出来事に喜びを覚えないというのではない。なにかというとデーヴィッド・ターンベリーが彼の前に顔を出すのが気になるのだ。かといってデーヴィッドが悪いのでもない。彼は運ばれてくる箱を確認したり、質問をしに来たりと、課された仕事をこなしているにすぎない。それなのにハンターはデーヴィッドの顔を見るたびに、今度また妻に近づいたらおまえの喉を引き裂いてやるからな、と思わずにはいられなかった。

船は混雑していて狭い場所に押しこめられることになるが、どうせこの船には長く乗っていない。それに今度船をおりたら、最終目的地に到達したのも同じだ。

「これが最後の箱だ」ブライアンが言った。「じゃあ、女性たちのところへ行こうか？」

「その前に飲み物を、伯爵！　ぼくは喉が渇いて死にそうです」ロバートが大げさに言った。

「飲み物くらい調達できるんじゃないか」ハンターはそっけなく言った。「船のなかでも出してもらえるだろう」

「しかし諸君、たとえひとつでも箱を積み残すわけにはいかないのだ」ブライアンが言った。

「ワイン、ウイスキー、ビール、水」アルフレッド・ドーズが一覧表にしるしをつけた。

「女と歌！」デーヴィッドがふざけて言った。

悪意のない言葉。にもかかわらずハンターは彼の顎に一撃を加えたかった。

彼は衝動を抑えて空を見あげた。「嵐《あらし》になりそうだ」ブライアンに言った。

「本当ですか？」アランが空を見あげ、顔をしかめて尋ねた。「ぼくにはいい天気に思えるけど」

二時間後の海上で、ハンターの予想は正しかったことが証明された。船は木の葉のように波にもてあそばれた。今回も全員が船室へ引きあげた。

キャットとハンターを別にして。

彼女は甲板の手すりのそばに立っていた。ウエストのあたりに両腕をぴったりつけて強風に髪をなびかせ、幸せに浸っているらしいキャットを見ていると、ハンターは彼女をそのまま残して立ち去りたくなった。

だが、そうはできなかった。ハンターは近づいていって声をかけた。「いくら人魚でも、今日のこの天候では、なかへ入ったほうがいいだろう」彼はやさしく彼女の腕をとった。

キャットは言い返したそうな顔をしたが、ハンターが彼女の幸せな気分を壊そうとしてではなく、本気で心配して言ったのだと悟ったようだ。

彼女はうなずいた。

ふたりは甲板から下へおりていった。どうやら混雑している船には談話室がひとつしかないと見え、ラヴィニアとエイヴリー卿がそこでジンラミーをしていた。「あなたたち、こちらへ来て座りなさい！」ラヴィニアがふたりに命じた。「食事を頼んだところなの。食べられるでしょう？」彼女はキャットに尋ねた。

「実はおなかがぺこぺこなんです」

「よかった。栄養失調の花嫁なんてハンターに似つかわしくないもの」ラヴィニアが宣言した。「あがり《ジン》！」

「ラヴィニア、ちょっと待ってくれ――」

「ジャガー、待ったはなしよ。わたしはトランプでいかさまはしません」

エイヴリー卿がハンターを見て尋ねた。「船室内を徹底的に調べただろうね？」

「調べました」

「わたしたちの一団に興味深い人がまじっているわね」ラヴィニアがトランプを切りながら言った。

「そうですか？」キャットは言った。

「ねえ、ジャガー、若いドーズになにがあったのか、あなたは覚えている？　いいえ、違う、もっと前だわ。先代のドーズに。わたしの記憶では、たしかイザベラはかなり立派な家の生まれで……おじい様はなにかの称号を持っていたはずよ。だけど彼女は軽率な娘で、相当な年齢差にもかかわらず、ドーズを追いかけまわしているという噂《うわさ》だった。当時のイザベラはまだ二十歳にもなっていなかったんじゃないかしら。もちろんドーズは彼女と結婚しなかった。彼が結婚した相手はフランスの伯爵の娘、レディ・シェルビーだったの。そうよね、ジャガー？」

「うーん……あまり細かいことは覚えていないんだ」

「レディ・シェルビーはドーズとのあいだに跡継ぎのアルフレッドを産み、それが原因ですぐに死ぬだろうと思われたのに、なんと数年間も持ちこたえたの。でも結局は亡くなって、ドーズはイザベラと結婚した……そしてまもなく彼も亡くなったわ。それから、もちろん若いロバート・スチュアートも興味深いわ」トランプを配り終えたラヴィニアが自分の持ち札をとりあげながらささやいた。「ゲームに集中しなくてはだめよ、ジャガー」彼女はたしなめた。

「彼になにか後ろ暗い秘密でも？」ハンターは軽い口調で尋ねた。

「そうね……秘密と言えるかしら。ロバートは一族のなかでも非嫡出の家系の出だけど、名字からもわかるとおりスチュアート王家の血を引いているの。学校でいくつか不品行を働いたようだけれど、どれもたいしたことではないわ。ああ、それからわたしたちの大切なデーヴィッド。彼は六番目の息子よね。ジャガー、あなたの娘が彼をたいそう好いているようだから忠告しておくわ。兄があんなにいたのでは将来性はあまりないわよ。もっとも、デーヴィッドの父親ほど高い名声と影響力のある貴族はほかにいないでしょうね。ターンベリー男爵は女王陛下の信任が厚く、議会や首相を意のままに操っている。それにお金だって……ええ、彼には湯水のように使えるお金があるわ」

「そういう言い方は無神経だよ、ラヴィニア」

「いいじゃない、エイヴリー卿」彼女は正式な称号を用いて彼を鼻であしらった。「ここには友人と家族しかいないんだもの。わたしは真実を述べているだけよ」

「それにアランがいます。アラン・ベッケンズデール」キャットが言った。

「アランは立派な若者だわ。ある筋から聞いたところでは、何人もの友人を賭事《かけごと》の借金から救いだしてあげたそうよ。大学ではとても勤勉らしくて、教授たちの口からも彼のいい評判しか聞こえてこないわ」

「若者たちのだれかがなんらかの理由でデーヴィッドに恨みを抱くことは考えられませんか？」ハンターが尋ねた。

ラヴィニアは鼻先にのせた眼鏡越しにハンターを見た。「嫉妬《しっと》、かしら？　デーヴィッドはマーガレットの結婚相手の第一候補なのでしょう、ジャガー？」

「わたしはそう思っていたよ」エイヴリー卿は答えて手札を見た。「やった。あがり《ジン》！」

彼は大声で言った。

「たしかでしょうね、ジャガー。あなた、自分の手札が見えていないんじゃない？」

「ひどいことを言うね、ラヴィニア！」

「あら」ラヴィニアが目をあげて言った。「ディナーが来たみたい」

実際にディナーが運ばれてきた。ハーブチキンに冬物野菜、焼きたてのパン。料理は最高に美味だった。食事が終わりに近づいたころ、ハンターはキャットがあくびを噛み殺していることに気づいた。そして彼女に深く同情した。なにかというとすぐキャットに怒りを覚えるが、だからといって非情になったわけではないのだ。

「キャット」ハンターは彼女の腕にふれてささやきかけた。「部屋へ行って休んだらどうだい？　早く引きあげたからって失礼にはならないよ」

キャットは驚いてまっすぐ座りなおし、周囲を見まわしてから認めた。「疲れたわ」

エイヴリー卿がすぐに立ちあがった。「遠慮せずに部屋へ行って眠ったらいい」

「おやすみなさい」ラヴィニアが言った。彼女は立ちあがらなかったので、キャットはかがんで頬にキスした。ラヴィニアがキャットをやさしく抱きしめた。

当然、ハンターは立ちあがり、キャットのかたわらに歩いていって頬にキスした。「おやすみ、いとしい人《マイ・ラブ》」彼はささやいた。

キャットの目つきからハンターは、〝ラブ〟という言葉を彼があざけりとして用いたと彼女が見なしたことに気づいた。キャットはうなずいて談話室を出ていった。

彼女がドアの向こうに去ると、ラヴィニアがハンターのほうへ身を乗りだして、完璧なマニキュアを施した爪で彼の手を軽くたたいた。「あなたは彼女に値しないわ」

ハンターはその言葉を無視して大おばのほうへ身を寄せた。「だれかがキャットに危害を加えたがる理由に心あたりはありますか?」

彼女は眉をつりあげて椅子に深く座りなおし、考え深げな表情をした。「あの子には自分の財産はたいしてないし……もちろん今ではあなたと結婚しているけれど」

「それ以外のことで」ハンターはそっけなく言った。

「たぶん彼女はなにかを知っている……なにかをすることができる……ああ、だめ、わからないわ。なぜなの? この調査旅行はどうなっているの? 何世紀も動かなかった大きな石が落ちてくるなんて!」

「さあ」ハンターは言った。

「それにローマのホテルの部屋にエジプトコブラがいたなんて!」ラヴィニアが言った。

ハンターはエイヴリー卿をにらんだ。「わたしはラヴィニアに話しただけだ」エイヴリー卿が言い訳がましく言った。「かまわないだろう。彼女はきみの大おばさんなのだから」

ハンターは椅子の背もたれに背中を預けて首を振った。料理と一緒にブランデーのデカンターも来ていた。彼は自分とエイヴリー卿のグラスにブランデーを注《つ》いだ。

ラヴィニアが咳払《せきばら》いをした。

「すみませんでした」ハンターはそう言って、おばのグラスにも注いだ。

ラヴィニアはブランデーをすすって彼にうなずきかけた。「わたしが絶えず見張っていましょう。わたしは遠目がきくの。近くのものだって……ええ、眼鏡があるんですもの。どんな小さなことでも見逃さないわ」

「ええ、そうでしょうとも」ハンターは言った。

ほどなく彼らはそれぞれの船室へ引きあげた。

ハンターは通路側のドアに鍵をかけてベッドルームに入った。室内は真っ暗だった。彼は目が慣れるのを待った。

それから歩いていってベッドを見おろした。心臓がなにかに絡みつかれたかのように打つのをやめた。ベッドに横たわっているキャットはそれほど美しく、あまりにもか弱く見えた。目は閉じられて、呼吸は規則正しい。安らかに眠っているようだ。

暗がりにあってさえ、枕《まくら》の上に広がったキャットの燃えるような髪は深い輝きを放っていた。彼女を見ているうちに息苦しくなったハンターはつかのま、ぼくはなにをしてしまったのだろうと思った。

ちょうどぼくがキャットを愛しているように、だれかを深く愛しながらも、自分はその人が求めている人間の代役にすぎないと考えて毎日を過ごすのは、なんとつらいことだろう。

本当の気持ちを隠しとおすのはなんと苦しいことか。自尊心がぼくに本心を表すことを許してくれない。

　ハンターは大きく息を吐いて向きを変えた。

　だとしたら、キャットの身に迫っているあらゆる危険から彼女を守りきれなかったとして、それがどうだというのか？

　いや。そのような疑問は抱くべきではない。命をなげうってでも彼女を守ってやらなければ。

　そう考えたハンターは静かに服を脱ぎ、ベッドのキャットのかたわらにそっともぐりこんだ。そして彼女にふれないよう仰向けになって天井を見つめ、船の揺れが早く眠りの世界へいざなってくれるようにと祈った。

14

「ああ、あれがエジプトなのね！」

キャットは甲板に立ち、到着の喜びを表してハンターに満面の笑みを向けた。彼女の顔にそれ以外の感情は浮かんでいなかった。

キャットのはしゃぎぶりをほほえましく思ったハンターが笑い返す。カミールも興奮していた。彼女はうれしそうに目を見開いてキャットを見た。「わたしはとうとう来たのね。わたしたちは来たんだわ！」

「砂漠で目に砂が入り、汗水垂らして働くようになっても、それくらいはしゃいでいられたらいいが」ブライアンがからかった。

「まあ！　わたしは砂が好きだし、そのなかで働くのが好きよ」カミールが言い返した。

彼らが陸地を指さしながら興奮してしゃべりあっているあいだにも、岸はどんどん近づいてくる。

けれどもキャットは、デーヴィッドが黙りこくって考えにふけっているらしいことに気づいた。彼の気分がまったく理解できなかった。だが、それが芝居でないのは、彼がほかの人たちからひとり離れて、ただ海とその向こうの陸地を見つめていることからわかった。

ついに一行はエジプトの土を踏んだ。興奮冷めやらぬ彼らは、波止場の周辺に群がっている物売りから端切れや織物、果物、腕輪、偽物や本物の美術品などさまざまな品物を買った。どこもかしこも人であふれていた。

「まあ、カイロを見てごらんよ。こんなものじゃないから」ハンターがキャットの肩に手を置いてほほえみながら言った。

「ああ、待ち遠しいわ。また汽車に乗るのね」

「そうだよ」

カイロ行きの列車に乗った彼らはますます興奮して、口々にこんな遠くまで来たなんて信じられないとか、いよいよ目的地に着くなんて感動ものだなどと言いあった。列車が駅に着くと、ここでも至るところに物売りがいたが、彼らはすぐに待っていた馬車で〈シェパード〉へ向かった。

キャットは到着したときの心構えができていなかった。彼ら一行以外にも列車で到着した人々は大勢いたが、キャットの見たところ、いちばん注目されて歓迎と推測とひそひそ話の的になっているのはエイヴリー卿《きょう》、ブライアンとカミールのカーライル伯爵夫妻、それとハンターだった。

一行が到着するやホテルの従業員が手伝おうと走りでてきて、支配人が何度も深々とお辞儀をし、ハンターとブライアンとエイヴリー卿にはまたお越しいただいたことを、それ以外の方々にははじめてのお越しを、心から歓迎しますと述べた。彼らの大型四輪馬車の後ろをついてきた荷馬車から箱やトランクや運搬用木枠などをおろしたあと、それぞれ割りあてられた部屋へ行こうと中庭を通りかかった。そこでは興味津々の客が百人ほども食事をしていた。

中庭を通り過ぎようとしたとき、だれかがハンターの名前を呼んだ。

「やあ、サー・ハンター・マクドナルド！　ようやく到着したんだな」

ハンターが立ちどまった。彼と腕を組んでいたキャットも当然ながら立ちどまった。

「アーサー！」ハンターは大声をあげ、キャットを振り返った。「おいで、キャット、友達に会ってやってくれ。あとからすぐに行くよ」ブライアンが応じた。

「きみのチェックインの手続きはぼくがしておこう」彼はほかの人たちに呼びかけた。

キャットは興味を覚えてハンターについていった。彼らが近づいていくテーブルは日陰にあって、そこに座っている男性は白のカジュアルなスーツに帽子をかぶっていた。口ひげを生やした小太りの中年男性だ。彼女はその顔になんとなく見覚えがあった。

男性が立ちあがった。「やあ、ハンター。こちらの女性は？」彼は尋ねた。

「アーサー、妻のキャサリンだ。キャット、こちらはミスター・アーサー・コナン・ドイルだよ」

キャットは驚きに口をあんぐり開け、すぐに礼儀を失した自分の態度にぞっとした。彼女は慌てて口を閉じてハンターを見た。

「嘘《うそ》じゃない。前に話しただろう、ぼくたちは古くからの友人だって。ぼく自身も本を何冊か書いたからね」ハンターが言った。

キャットはハンターからテーブルの男性に視線を移した。これが彼女の大好きな主人公を考えだして数多くのすばらしい物語を創作した人物なのだ。「すみません」彼女は小さな声で言った。「あなたにお会いできてどんなに光栄に思っているか、とても言葉では言い表せませんわ」

アーサーは感じのいい笑みを浮かべて椅子に座るようふたりに促した。「うれしいことを言ってくれるね。照れてしまうよ。しかし、ホームズの死を悲しんでいるなどと言わないでくれたまえ。そんなことを言われたら、ぼくは大声で叫びだすからね」

キャットはかぶりを振った。「あれこれ言うつもりはありません。作者はあなたですもの」

「このお嬢さんが気に入った！」アーサーはハンターに言った。

「ぼくだって彼女が好きだよ」ハンターがそっけない口調でつぶやいた。

キャットは気にしなかった。なにしろ彼女は今カイロで、アーサー・コナン・ドイルと同席しているのだ。

「あなたが当地へ来ていることは聞いていたよ」ハンターが言った。「奥さんは？」

アーサーはそっとため息をついた。「こっちはロンドンよりも気候がいい。妻はそのうち顔を見せるだろう。きみたちはいつまでこのホテルに滞在するのかね？」

「エイヴリー卿はずっとここに滞在する。我々のホテルの部屋は、こちらにいるあいだ確保しておく予定だが、明日には発掘現場に野営設備を設置したいと考えているんだ」

「だったら、今夜のディナーはぜひご一緒してもらわなくては」アーサーが言った。

「まあ、喜んで！」キャットは大声で言った。

ハンターが苦笑した。「妻が代わって返事をしてくれたようだな。さてと、そうなったらすぐに部屋へ行こう、キャット。明日の出発に備えていろいろと準備をしておかなければならないからね」

「もちろんだわ」キャットは言った。

ふたりがテーブルを離れるとき、アーサー・コナン・ドイルが立ちあがって、夜の八時に会おうと提案した。すばらしいピラミッドの夜景を見られるレストランがあるので、そこでディナーをとろう、と。

キャットはまるで空中を浮遊しているような気分で鍵《かぎ》を受けとりにロビーへ歩いていった。受付カウンターのなかの快活な男性が部屋へ行こうとするふたりを呼びとめた。

「サー・ハンター、ミス・アデア宛《あて》に電報が届いています」

「わたしだわ」キャットはびっくりして言った。「いえ、今はミス・アデアじゃないんだけど」彼女は慌てて訂正した。

「ぼくらは結婚したばかりなんだ」ハンターが説明した。

男性はうなずいてにっこりし、電報を渡した。キャットは目を見開いてハンターを見た。

「今まで電報をもらったことなんか一度もないわ」

「読んでごらん」ハンターが促した。

キャットは震える指で封を開いた。「父からだわ！　わたしがいなくて寂しいけど、父もイライザも幸せに暮らしているから心配するなですって……。まあ！　それに今はふたりきりですってよ」キャットはうれしそうに顔を紅潮させた。「レディ・ドーズは売買の仕事かなにかでフランスへ行ったみたい」彼女は安堵《あんど》のため息をついた。

「きみは彼女があまり好きではなさそうだね」

キャットは思わずにっこりした。レディ・ドーズにさんざん脅されたけれど、今では少しも怖くない。それもこれもハンターのおかげだ。

「レディ・ドーズに言われたわ……」キャットはためらってから続けた。「この旅行から帰り次第、わたしを厳格な学校に入れる手続きをするって」

「ほう。しかし、レディ・ドーズはもうきみに手出しはできない」ハンターが言った。

「ええ、だけどわたし……彼女が父と結婚するのではないかと、それが心配で」

ハンターは黙りこんだ。そうなる可能性があることは、ふたりとも充分にわかっているのだ。彼はそれを否定しようとしなかった。

「以前だったらレディ・ドーズは結婚など考えもしなかったでしょう」キャットは小声で続けた。「父が貧乏画家だったときは。でも、あなたが父をエイヴリー卿に紹介してから事情はがらりと変わったわ」

「いつだって代償は払わなければならないよ」ハンターが穏やかに言った。

「そうね。せめてもの救いは、彼女が現在フランスへ行っていること。それに今の父は依頼を受けて仕事をしている。実際のところ仕事はしきれないくらいあるの。もちろんわたしたちが帰るまで、エイヴリー卿から依頼されたマーガレットの肖像画を完成させることはできない。ああ、ハンター！　きっと父の仕事は順調にいっているんだわ。だって、以前は電報を打つお金なんかとうてい工面できなかったんですもの」

「ウィリアムは高い評価を受けるに値するよ」ハンターが言った。「しかし、今はその話は置いておこう。ドイル夫妻と一緒にディナーをとりたいのなら、今のうちに片づけておかなければならないことが山ほどあるからね」

ふたりの部屋はロビーより半階分高い中二階にあった。すでに荷物は届けられてきちんと並べられていた。ほどかれている荷もあるところからして、エマがしばらくここにいたものと思われる。

部屋に入ったキャットはハンターを振り返った。「ああ、アーサー・コナン・ドイル！」

「彼と入れ替わりたいよ」ハンターがつぶやいた。「きみがそんなに興奮しているところは見たことがない」

「まあ、でもあなたにはわからないんだわ。わたしはよく、絵を描《か》いている父のかたわらで彼の小説を読みふけったものだった。彼はすばらしい作家よ」

「立派な男だ」ハンターは手をのばしてキャットの顔からなにかをふきとった。「すすがついていたようだ」彼は言った。「まあ、どうせ明日は全身砂まみれになるんだ」

「長い旅だったわね。船をおりて……また列車に何時間も乗って。お風呂に入ったらきっと最高の気分になれるわ」

「ベッドルームを見てごらん。なんと言ってもここは〈シェパード〉だ」

美しい浴槽がついていた。キャットは旅の汚れを落とそうと浴槽に湯を満たした。疲れていて当然なのに、それを感じなかった。実際のところ、この数日間ほど生きていることを実感したことはなかった。

浴槽のなかに寝そべっていると、キャットはつい考えずにはいられなかった。ちょうど今は都合がよくて、夫のほうでもその気になっていたら……。

けれどもそのとき、外の部屋から騒がしい物音が聞こえたので、キャットは夫が忙しいことを悟った。言葉は切れ切れにしか聞きとれないが、どうやらブライアンが来ていて、明日のらくだと馬の手配について相談しているらしい。キャットは浴槽から出た。明日は最高の助手になろう。

彼女は真っ白い大きなタオルにくるまって窓辺に歩み寄った。再び驚異の念に満たされる。

地平線上に大きなピラミッドが三つ見える。本当にエジプトへ来たのだ。

ここへ来ることができた代償を喜んで払おう。明日。

今夜はアーサー・コナン・ドイルと一緒に食事をする。

廊下に通じるドアを軽くノックする音がした。キャットはなんだろうと思ってドアへ歩いていった。「はい？」

「フランソワーズと申します。お部屋のお掃除をさせていただきます」

キャットはドアを開けた。廊下に美しい若い女性が立っていた。いかにもエジプト人らしい黒い髪と目のエキゾチックな容貌《ようぼう》をしている。着ているのは英国風の質素な青灰色のドレスとエプロンだ。彼女は白いタオルをたくさん抱えていた。

「どうぞ入って」キャットは言った。

フランソワーズと名乗った若い女性はなかへ入ってバスルームに向かった。彼女が出てきたとき、キャットは再び窓辺に立っていた。

「失礼します」フランソワーズはそう言って、部屋を出ていこうとした。「なにかご用がおありでしたら……」

彼女は教えられたとおりに振る舞っているのだ。客の気にさわらないようにして、ひたすら奉仕するようにと。

「あの」キャットは声をかけた。「よかったら教えてもらえないかしら」彼女は窓の外を指し示した。「どれがなんなのか。お願い。調査旅行に来たとは言っても、わたしはエジプトに関してまったく無知なの。頼みをきいてもらえない？」

フランソワーズはキャットの横にやってきた。彼女は内気なようだったが、キャットが真剣なのを見て指さした。「あそこの……ほら、いちばん大きいのがクフ、またの名をケオプスという王の大ピラミッドです。そしてあれがカフラーのピラミッドで、その隣がメンカウラーのピラミッド。クフはエジプトの古王国が全盛を極めたころの支配者でした。スフィンクスは彼のピラミッド複合体の一部だと信じている人々もいますが」彼女は肩をすくめた。「それについては今も学者たちが論争を繰り広げています」

キャットはメイドを見つめた。フランソワーズは教養がありそうだし、エジプトについてずいぶん詳しく知っているようだ。

「あなたは観光ガイドになるべきだわ」キャットは穏やかに言った。

「わたしは女ですもの」フランソワーズが小声で応じた。「このホテルはいい働き口なんです。それでは失礼します、レディ・マクドナルド」彼女はお辞儀をして再び出ていこうとした。

「待って、こんなことを尋ねるのは失礼かもしれないけど……あなたはエジプト人？」

「父はフランス人でした」フランソワーズはさらりと言った。「でも、ええ、わたしはエジプト人です」

「父がここにいたらきっとあなたを絵に描きたがるわ」キャットはほほえんで言ってから首を振った。「あなたほど美しい顔を見たのははじめてじゃないかしら」

フランソワーズは顔を赤らめ、あまりのほめ言葉にきまり悪くなったと見えて窓の外を指し示した。「あのピラミッドはそれ以前の墳墓を覆う台地、すなわちマスタバをもとに築かれたものです。サッカラにあるジェセル王の階段ピラミッドはマスタバの上にマスタバを重ねて階段状になったことをよく示しています。もちろんケオプスのピラミッドはそうした建造物のなかでも最高のものです。それでもわが国の砂漠にはまだ発見されていない宝物がたくさん埋まっていると言われています。だからこそ……あなたはここへいらしたのでしょう？」

「ええ、わたしは調査旅行で来たの」キャットは言った。

フランソワーズがキャットにほほえみかけた。「旦那様《だんな》やカーライル伯爵とご一緒に来られたんですよね。旦那様は今までに何度もこちらへ来られ、そのたびに人々は今度はなにを発見するだろうかと噂《うわさ》しあいました。あなたが行かれる場所は、ここからそう遠くないはずです。砂漠の砂にのみこまれそうになっても、このホテルは手の届く距離にあります。わたしの国をあなたが好きになってくださるよう祈っています」

「わたしはもうあなたの国が好きよ」キャットが請けあうと、フランソワーズは出ていった。

服を着終えたキャットはハンターを待つあいだ、再び窓辺に立って景色を眺めながら時間をつぶすことにした。

ふと下へ目をやり、建物の壁に挟まれた日陰にふたりの人物がいることに気づいた。彼らは人目を忍んで会っているようだった。一方が不安そうにあたりを見まわした。

フランソワーズだとキャットは気づいた。

彼女はもうひとりの人物に目を凝らした。男性であるのが見てとれた。ふたりは体を近づけてささやきあっている。明らかに男は怒っていた。

男がフランソワーズを殴るのを見てキャットは息をのんだ。

その音が聞こえたはずはないけれど、ふたりがこちらを見あげた。キャットは慌てて窓から身を引いた。

再び下をのぞいたときには、ふたりの姿はなかった。

キャットはなんとかしてもう一度フランソワーズと話をしたかった。彼女がひどい扱いを受けていることを思うと胸が痛んだ。

テーブルから砂漠の上にそびえているピラミッド群を眺めているとき、アーサー・コナン・ドイルがキャットに、大勢の観光客が毎日あれらのピラミッドにのぼっていることを話した。

「わたしも早くのぼってみたいわ！」キャットがため息まじりに言った。

「残念だが、しばらくはのぼれないよ。その前にすることがたくさんあるからね」ハンターは言った。キャットの顔が曇った。

アーサーの妻のルイーズがそっと笑った。「ハンター、あなたはピラミッドをいやになるほど見たからそんなことが言えるんだわ。あなただってはじめて見たときは、その巨大さや存在感に圧倒されたはずよ。覚えているでしょう？」

ルイーズは健康そうに見えるが死を目前にしているのだ、とハンターは思った。アーサーが妻を何人もの医者に診せたことは知っていた。診断の結果はいつも同じだった。結核。しかしアーサーは闘わずにあきらめるような人間ではない。彼は妻のルイーズとふたりの子供――娘のメアリーと息子のキングズリー――を連れて気候のいい土地を転々とした。ルイーズはすでに医者たちが予告した寿命よりも長生きしている。彼女は穏やかな性格のすばらしい女性で、アーサーとの夫婦仲は非常にいい。いつだったかアーサーがハンターにとても幸せな家庭生活を送っていることや、彼自身も結核を患ったのは幸運だったと語ったことがある。というのは、それによって医者の仕事と作家の仕事を両立させる必要がないことを悟ったからなのだそうだ。しかしながらアーサーは現在、世間の人々がシャーロック・ホームズを生き返らせろとうるさく迫るので苦々しく思っている。

彼が実生活の悲劇に直面しているというのに、である。

だが、今夜のルイーズは元気そうに見えた。しかもキャットが周囲のあらゆるものに関心を示してはしゃぐので、その影響で全員が楽しい気分になった。

事実、ハンターは彼女の身を心配する必要があることを忘れそうになった。

「教えてください。あなたはご自分の創作した主人公と同じくらい優秀な探偵なのですか？」キャットがからかうようにアーサーに尋ねた。

ハンターは今のアーサーが自分のつくりあげた有名な人物をどう思っているか知っていたので、彼女の言葉を聞いて少しばかりたじろいだ。ホームズはアーサーを猛烈にいらいらさせているのだ。

しかしハンターが驚いたことに、アーサーはキャットの質問に丁寧に答えた。

「実を言うと、あの主人公を考えだせたのは、ひとえに老教授ドクター・ジョセフ・ベルのおかげでね。彼は驚くべき人物だった。診察室に入ってくる患者の服装と靴を見ただけで、なにで生計を立てているのか、どこに住んでいるのかがわかったんだ。手を見ただけで、相手がどういう人間なのかをたちどころに見抜いた。そんなふうだから患者の診断はすばやかった。彼は実に頭脳明晰《めいせき》だったよ。そこへいくと、ぼくなんか自分の名前を署名するときにしばしばワトソンと書きたい誘惑に駆られる。それはともかく、ドクター・ベルと同じように、ぼくは世界や周囲の人間を普通とは違う目で見るすべを学んだ」アーサーはハンターを見やった。「きみたちは最近、謎《なぞ》めいた出来事をなにか経験していないか？」

「ああ、していると言っていいだろう」ハンターは答えた。

「話してみて」ルイーズが促した。

「最初から話したほうがいいかな？」ハンターはキャットを見て尋ねた。

彼女は不安そうに彼を見つめ返した。

「ぼくらの経験したことが謎めいた出来事なのかどうか」ハンターは言った。「本当は単なる偶然、それも驚くべき偶然にすぎないのかもしれない」

「興味をそそる言い方をするじゃないか。ぼくたちもここでいくつか謎めいた出来事を経験した。きみが話してくれたら、ぼくも話してやろう。もっとも、ぼくの話は少々ありふれているかもしれないが」

ハンターはもう一度ちらりとキャットを見てから話し始めた。「実は、ぼくと妻が出会ったのは、ターンベリー卿の息子のデーヴィッドがテムズ川へ落ちたのがきっかけだったんだ。父親の船に乗っていたキャットが彼を助けに川へ飛びこんだ。ぼくも飛びこんだ。あとになって助けられた若者がだれかに押された気がするとキャットに打ち明けた。そんな出来事があったあと……そうそう、発掘調査のための地図が消えたんだ。それからぼくたちの婚約披露パーティで、キャットがなにか悪いものを飲ませられたか食べさせられたかして具合が悪くなり、ローマのコロセウムではたまたまキャットとデーヴィッドが一緒にいるところへ大きな石が落ちてきた。さらにローマのホテルのキャットの部屋にコブラがいたんだ」

「なんてこと！」ルイーズが叫んだ。「あなたが悩むのも無理ないわ。事故かしら……それとも偶然？」

「最初は」ハンターは言った。「デーヴィッド・ターンベリーに危害を加える理由がある人間がいるとは信じられなかった。ましてやぼくの妻に危害を加える理由のある人間がいるなんて想像すらできない」

アーサーは眉間《みけん》に深いしわを寄せてハンターを見つめていた。「なるほど、きみは不可解な問題を抱えこんだものだ。その若者が川へ落ちたとき、船に同乗していたのはだれだ？　そいつらは現在、きみの旅に同行しているのか？」

「彼の学生仲間が一緒だった」ハンターは言った。「ロバート・スチュアート、アラン・ベッケンズデール、アルフレッド・ドーズだ。ちなみにアルフレッドの継母はたまたまキャットの父親の友人でね」

「ふむ」アーサーはつぶやいた。

「今、名前のあがった人たちが互いに危害を加えようとするなんて、あまりにばかげているわ！」キャットが否定した。

「そうか」アーサーは言った。「きみはぼくの本の愛読者だそうだね。こういう場合に常にしなければならないのは、不可能なことを排除していくことだ。そうしてあとに残ったものは、それがいかにありえなく思えようと、必ず真実なのだ」

キャットがハンターを見た。「それでもやっぱりなにがなんだか」

「だったらもっと手がかりが必要だ。なんとかして集めないとね。そしてなによりも重要なのは、絶えずあらゆるものを観察し続けることだ」アーサーはハンターを見た。「ぼくに最新情報を提供してくれるのだろうね？」

「当然だよ。もちろん今あなたにした話のなかにはだれもが知っていることもあるが、しかし……」

「わかっている、きみから聞いた話はいっさい他言しないよ」アーサーが請けあった。

「さてと。今度はあなたの話を聞かせてもらおう。今年は当地でどんな出来事が起こっているんだ？」ハンターは尋ねた。

「残念ながらそう変わったものはない。しかし、ギザ台地周辺の発掘現場からたくさんの宝物が紛失しているようだ。発掘は呪《のろ》われているという噂が流れている。数人の作業員が実際に姿を消し、何人かはカイロへ帰ってきて、砂漠へ戻るよりは物乞《ものご》いや盗みを働くほうがましだと言ったらしい。半分頭のいかれた哀れな男が、砂のなかから詠唱が聞こえたと言いふらした」アーサーはキャットに悲しげな笑みを向けた。「王《ファラオ》たちが自分を神格化したり神々とのつながりを強調したりし始めたのは、クフが君臨していた古王国時代だ。それ以降、ファラオは偉大な太陽神ラーの息子でもあるということになった。死んだファラオは、冥界《めいかい》の王でありホルスの父でもあるオシリスと一体化する。神官たちは、神にも似た支配者に対する一般人民の畏怖《いふ》の念をあおりたてることによって強大な権力を手中にした。だから、強大な支配者にして神をいまだにあがめたり詠唱したりする者たちが存在すると今日の人々が信じているのも無理はないのだよ」

「砂漠を吹き渡る風が詠唱に聞こえただけよ」ルイーズがそっと言って夫の手を握りしめた。アーサーが妻に向かって苦笑した。ルイーズは咳払《せきばら》いをしてキャットにウインクした。

「ロンドンでは今でも催眠術師たちが大手を振っているのでしょう?」

アーサーの顔がこわばった。「催眠術など悪ふざけもいいところだが、大いに心をそそられるのはたしかだ」

「夫は催眠術に凝っているの」ルイーズが愉快そうにため息をついて言った。彼女は再び夫を見た。〝お願い、わたしのことをあまり悲しまないで。わたしがいなくなっても捜し求めないで〟彼女はそう言っているようだった。

「あの」ハンターはささやいた。「気が向いたらいつでもふたりで発掘現場へ来ればいい」

「わたしにできることがあれば……」キャットがルイーズを見て言いかけた。

「あなたがご一緒してくれて、すてきなディナーだったわ」ルイーズは言った。「本当に美しい夜。レディ・キャサリン、ホテルは気に入った？」

「ええ、とても」キャットは答えたあとで顔を曇らせた。「今日の午後、ホテルのメイドのひとりと話をしたんです。とても美しい魅力的なエジプト人女性ですけど、父親はフランス人だと言っていました。言葉づかいがとても上品だったんです」

「ああ、その娘なら見たことがある」アーサーが言った。

「ええ」ルイーズが同意した。「とても愛らしい娘さんですもの。見逃すわけがないわ」

キャットはためらった。ハンターがいぶかしげな目で彼女を見ていた。

「そのあと、たまたま窓の外を眺めていたときに、また彼女を見かけたんです。彼女は建物のあいだの日陰で男の人と話をしていました。そうしたら急に男の人が彼女を殴って、わたし……わたしになにかできることがあればいいんですけど」

しばらく沈黙が続いた。「悲しいことに、英国にだって妻を平気で殴る男はいくらでもいるわ。ここであなたにできることはなにもないんじゃないかしら」ルイーズが言った。

ハンターが相変わらず見つめているので、キャットは顔を赤らめた。「そんなの……いけないわ」彼女はぼそぼそと言った。目がハンターの目と合った。「だれであれ、人を殴るなんて間違っているわ」

ハンターの深みのある黒褐色の目に愉快そうな光がきらめいた。「まったくだ。とはいえ、我々人間はいくらでも残酷になれるからね。それが人間という獣の本性なのだろう」彼は言った。

わたしたち人間はせいぜい謝りあうことしかできないのかもしれない、とキャットは思った。

それでもあの若い女性のことを考えると胸が痛んだ。だが、ルイーズの言うとおりだ。わたしにできることはなにもない。

ハンターとキャットが部屋に帰り着いたのはもう遅い時刻だった。だが、明朝は発掘現場へ出かけるので、今夜じゅうに片づけておかなければならない書類仕事がいくつかある。ハンターが談話室の机で仕事をしていると、キャットが部屋から出てきた。彼女はローブに着替え、とかしたばかりの髪を輝かしい滝のように背中に垂らしていた。

ハンターは彼女に向かって眉をつりあげた。

驚いたことにキャットはハンターの前まで歩いてきて、ためらったあと彼の手から鉛筆をとりあげると、膝の上に座って彼の髪を指ですいた。

ハンターはびっくりするあまり、危うくキャットを落としそうになった。

彼女がハンターに唇を押しつけてきた。そしてからかうようにキスをし、舌先で誘惑するように彼の唇をなぞった。ハンターの欲望がむくむくと頭をもたげた。

「いったいどうしたんだ？」彼はささやいた。

「わたしはすごく感謝しているの」キャットが言った。「あなた……ミスター・コナン・ドイル」

頭がどうかしていたのかもしれないが、ハンターは心の底から愕然《がくぜん》とし、憤りを覚えた。立ちあがってキャットを床へおろす。

「きみの感謝なんかいらない」

「わたし……わたし……」キャットは口ごもり、それから怒りのまなざしで彼をにらんだ。

「わかったわ！　もう金輪際あなたに感謝などしない」

彼女はくるりと向きを変え、髪を後ろになびかせてつかつかとドアへ歩いていった。

ドアが音高く閉まった。

ハンターは書類に視線を戻した。それから立ちあがって戸口へ歩いていき、ドアを開けてなかに入った。キャットはベッドのなかにいた。今にも床にずり落ちてしまいそうなほど片側に寄っている。

彼は明かりを消して暗闇《くらやみ》のなかで服を脱いだ。そしてベッドに入り、彼女のほうへ手をのばした。キャットは木材のように体を硬くしていたが、ハンターはかまわずに彼女の上に覆いかぶさった。「ぼくのそばへ来ていいのは」暗くて彼女の顔は見えなかったが、ハンターは言った。「ぼくを欲しいときだけだ。それ以外の理由で来てはいけない。ああ、しかしぼくはきみが愛し欲しがっている男ではなかったんだよな？　それでもやはり……そばに来るのはぼくが欲しいときだけにしてくれ。感謝したいとか、ぼくからなにかをもらいたいとかの理由で来てはならない。わかったね？」

「言いたいことはそれだけ？」キャットがきいた。

「いいや」

ハンターは身をかがめて彼女の唇を求めた。キャットは体をよじって彼の腕から逃れようとした。

「あのね、わたしはその気になっていないし、今は都合だって悪いのよ」

「きみはこの前の晩のことを忘れてもいないし許してもいない。そうなのだろう？」

「今わたしのそばに来るのは無作法もいいところだわ！」

「いいや、そんなことはないさ。ぼくがここへ来たのはきみが欲しいからだ」ハンターはやさしく言った。

キャットがそっとため息をついた。ハンターが腕のなかに抱いたとき、彼女は全力で拒んだが、やがてすっと力を抜いた。

ハンターが求めると、キャットのほうでも求めてきた。彼女の繊細な手が背中を撫《な》でる。彼女の唇が肌を這《は》って彼を至福の境地へといざなう。

それも一瞬ごとに大胆さを増して……。

しばらくしてハンターはキャットのかたわらに横たわり、黙って彼女を胸に抱きしめていた。

ああ、ぼくはなんと妻を愛していることか！

15

朝は大変な混乱状態だった。エジプト人のガイドと作業員が十人余り来ていた。騒ぎにおびえたのか、らくだがやかましい鳴き声をしきりにあげている。

「おーい、そこのでかいやつに気をつけて！」アランが大声で、通りかかったキャットに注意した。「そいつときたら、さっきからぼくに噛《か》みつこうとばかりするんだ」

「アラン、やさしく話しかけてごらんなさい。そうしたら仲よくなれるわ」カミールが助言した。彼女が着ているのは白いシャツと、一見スカートに見えるものの実際は裾《すそ》の広がったカーキ色のズボンだった。キャットのいでたちもカミールと同じだが、色は違う。ブラウスはクリーム色で、ズボンは茶色だ。男物の靴下と見るからに不格好なブーツを履いている。砂漠ではそれが完璧《かんぺき》な服装なのだと教えられた。彼女はまた帽子をかぶっていて、それも砂漠では必需品だとハンターは断言した。

「キャット！」デーヴィッドが呼んだ。

彼が馬たちのところにいるのを見て、キャットは近づいていった。

「これがきみの馬だとハンターが言っていたよ」デーヴィッドが鹿毛《かげ》の雌馬を指さして言った。「美しい馬だ」彼はそう言ってキャットにほほえみかけた。

彼女はほほえみ返した。今日はデーヴィッドにさえも平然と接することができた。「すてきな馬ね。それにあまり大きくなくてちょうどいいわ」

「アラブ馬は英国の馬ほど大きくならないんだ」デーヴィッドが教えた。

「あそこにいるのはかなり大きいわ」キャットは皿形の鼻をした一頭の馬を指さして言った。それは引きしまった筋肉と、日の光を浴びてつやつや輝く焦げ茶色の毛をした美しい馬だった。

「うん、そうだね。あれはハンターの馬だ」デーヴィッドはぼそぼそ言って、キャットを見つめた。「ハンターはいつだっていちばんいいのを横どりする。そう思うだろう?」

キャットはデーヴィッドの言葉に含まれるあてこすりを不快に感じた。そこには性的なほのめかしが感じられた。「ここにいる馬はどれも立派に見えるわ。あなたもいったん自分の好きなのを一頭選んだら、ほかの馬に目移りしないようにするべきではないかしら。この馬の名前はなんていうの?」

「アーリャ」デーヴィッドは気分を損ねたような顔で言い、目をそむけた。「あそこにいるのが一団を率いるアブドルだ」

らくだに乗ったハンサムなアラブ人がターバンを巻いた作業員たちに指示を出していた。

どのらくだの背にも箱やトランクをはじめとする荷物が目いっぱい積んである。だが、らくだはその重さに耐えるだけの頑健さを備えているようだ。

ふいにキャットの注意は地元の男性とエイヴリー卿《きよう》とのあいだで交わされている口論に引きつけられた。困惑の表情をしたエイヴリー卿に向かって、地元の男性はしきりにお辞儀と言い訳を繰り返しながらもなにかを執拗《しつよう》に主張している。

キャットが見守っていると、エイヴリー卿は札束を出して男性に与えた。男性は再びお辞儀をしてエイヴリー卿に礼を述べた。

キャットの近くに馬に乗ったひとりのガイドがいた。美しい顔とアーモンド形の目をした若い男性だ。彼はキャットに見られていることに気づいた。

「今のはどういうことか、あなたは知っている?」キャットは尋ねた。

若い男性は彼女のほうへ頭をかしげただけだった。

キャットは彼が質問を理解しなかったか、あるいは答える立場にないと考えたのだろうと思った。

「わたしはキャット」彼女は馬を引いて近づきながら言った。

若い男性は一瞬不安そうにキャットを見たが、すぐ自己紹介に応じた。「レディ・マクドナルド、あなたがどなたかは存じています。ぼくはアリといいます。なんなりとお申しつけください」

「どうか教えて……わたしはなんにも知らないの」

アリはため息をついた。「単なる誤解です。若い男たちが楽しんだあとで料金を払い忘れるのはよくあることです」彼は言った。「ゆうべ、あなた方一行の何人かがラシードのレストランへ行った。その料金を、ラシードがエイヴリー卿に請求したのです。……どうってことありませんよ。ここではどんなことも交渉で片がつくんです」

「ありがとう」キャットは言った。

アリはうなずいてかすかにほほえんだ。キャットはたちまち彼が好きになった。

「馬に乗ってくれ！」突然、ハンターが大声をあげた。

「待って！」ホテルの玄関先の踏み段から声がした。マーガレットだった。ピンクのドレスを着て、太陽の光で白く見える金髪をなびかせている彼女は、美の女神かと思われるほど美しかった。マーガレットはまずキャットに駆け寄って抱きしめた。「数日中にわたしも行くわ」彼女は約束し、鼻にしわを寄せた。「あなた方が野営設備を設置し終えたら」

マーガレットのあとからエイヴリー卿がラヴィニアと腕を組んで進みでて、彼ら一行が幸運と成功に恵まれるよう祈った。

「万が一のことがないよう気をつけてくれ」エイヴリー卿はハンターとブライアンに忠告した。

「ここからわずか一日の距離ですよ」ハンターがエイヴリー卿を安心させようとした。

エイヴリー卿がうなずいた。マーガレットはほかの人たちにも短いキスと抱擁をしたあと、デーヴィッドのところへ歩いていった。デーヴィッドがマーガレットに頭をさげると、彼女は彼の頬にキスをしてホテルへ戻っていった。

キャットはだれの手も借りないで馬に乗れるのを誇らしく思った。ハンターは生まれたときから馬に乗っているかのように、さっと大きなアラブ馬にまたがった。やがて彼らは、相変わらずやかましい鳴き声をあげては砂を蹴《け》散らしているらくだの群れを従えて出発した。

アーリャはキャットにちょうどいい大きさで、なめらかな足の運びをし、よく調教されていた。それに景色のすばらしさ！　最初に目に入ったのはカイロの通りを行き交う大勢の商人や、頭に水瓶《みずがめ》をのせた女たち、子供、やぎ、鶏などだった。

一行は市街地を抜けて砂漠地帯に入った。砂が金色に輝いていた。ピラミッドが雄大にそびえ、スフィンクスが威風堂々と寝そべっている。信じられないくらい壮麗な光景だ。ピラミッドに降り注ぐ陽光の加減で色が微妙に変化した。

いい気分で旅ができたのは最初の二時間だった。いや、三時間は続いたかもしれない。それを過ぎると耐えがたい暑さが襲ってきた。目に入るのは砂ばかり。もう砂は金色でもなければ輝いてもいなかった。

ただの……砂の色。

雌馬は申し分なかったが、キャットの脚が痛くなりだした。

ピラミッドはもはや光り輝く存在ではなく、ただそこに……あるだけだ。

だが、キャットは断じて不平をこぼすまいと決意していた。だから、喉がからからで体が半ゆでになりそうなほど暑かったけれど、じっと馬の背で我慢し続けた。

「ブライアン！　ハンター！」

よかった！　大声をあげたのは数頭前を進んでいるカミールだ。

「止まりましょう……ひと休みしないとたまらないわ。お願いよ」

「カミール、もう少し先へ行ったら、本物のオアシスとは違うが、小さな泉がある。あと五分だけ我慢できないか？」

「五分ね。わかったわ」

もちろん実際は三十分だった。発育の悪いなつめ椰子《やし》に囲まれた小さな泉に到着したとき、キャットは転げ落ちないでちゃんと馬からおりられるか不安だった。ハンターは列の先頭でガイドのアブドルやブライアンと頭を寄せあってスケッチブックを見ている。それは紛失したカミールの地図をキャットが記憶を頼りに再現したものだと知って、彼女は冷や汗をかきそうになった。

「おりるのを手伝おうか？」

キャットが見おろすとデーヴィッドが立っていた。

ひとりでおりられる自信はない。「ええ、お願いするわ」彼女は言った。

デーヴィッドは慎重にキャットのウエストをつかんで馬からおろし、地面にしっかり立ったのを確認してから手を離した。そして独特の笑みを彼女に向けた。

「ありがとう」キャットは言った。

デーヴィッドが水筒を差しだした。再びキャットは礼を言って受けとった。最初の一滴を唇に感じたとたん、彼女は水筒が空になるまで飲み干したい衝動に駆られた。

「ゆっくり、少しずつ」デーヴィッドがそっと注意した。

「ごめんなさい」キャットは謝って水筒を返した。

デーヴィッドはにっこりした。「ここで水をつめられるから平気さ。それより気をつけなくてはだめだよ。一度にたくさん飲んだらおなかを壊してしまうからね」

「覚えておくわ」

顔に水をかけたくなったキャットは、ふらつく足で泉のほうへ歩いていった。泉のかたわらの倒れた椰子の幹にカミールが腰かけていた。帽子で顔をあおいでいる。カミールがキャットにおずおずとほほえみかけた。「暑いわね」

「冬だというのに」キャットは応じた。

「野営設備を設置したら少しはましになるでしょう」カミールが言った。彼女が自分自身を納得させようとしているのか、それともキャットを安心させようとしているのかわからなかったので、キャットは笑うほかなかった。

「わたしが描《か》いた地図をもとに遺跡を探しているの？」キャットは心配になって尋ねた。

「必ずしもそうとは言えないわ」

「じゃあ、少しはそうなの？」

「発掘するおおよその場所はわかっていたの。でもあの地図は、ほかでは見つからない手がかりを与えてくれたわ。ほら、砂の上を見渡してごらんなさい。なにが見える？」

「砂よ」

カミールはかぶりを振った。「砂がどんなふうにうねっているか見える？」

「あれはかげろうが立っているのではないかしら」

「いいえ、そうではなくて砂自体のうねりのことよ。たとえほんのわずかでも高くなっているところがあったら、下になにかが埋まっている可能性があるということなの。スフィンクスを例にとると、あれが砂にどのくらい深く埋まっているのか、いまだにわかっていないのよ。砂漠の砂は情けを知らない。巨大な建造物を除いて都市全体を、高台を、崖《がけ》を覆いつくしてしまう。ほら見て。あそこの一帯でかつて崖が形成されたことがわかっているわ。本物の崖ではないけれど、それは何千年にもわたる変化によってもたらされたものなの。それらはある種の墳墓にとって自然の覆いになる。ちょうど王家の谷が地形のおかげで自然遺産となったように。わたしたちが探し求めているものはすっかり砂に覆われているわ。でも、いったん発見されたら、たくさんの部屋と部屋が地下通路でつながっている複合体が現れるはずよ」

「わかったわ。じゃあ、土地を眺めることによってそれを発見できるの？」

「そうね……そこで地図が必要になるのよ。ピラミッドの角度やいろいろな自然の境界による手がかりがあった。そこであなたのスケッチの出番になるというわけ」

「馬に乗ってくれ！」ブライアンの大声がした。「出発する時間だ」

先ほどと違って、キャットは馬の背に乗れる自信がなかった。それほど体の節々が痛んだ。

恨めしそうに雌馬を見たキャットは、自分が見つめられているのを感じて振り返った。ハンサムなガイドのアブドルが黒い目をきらきらさせて立っていた。彼はキャットにうなずきかけ、次に馬に向かってうなずくと、さっと彼女を抱えあげて馬の背に座らせた。礼を述べたキャットにアブドルがもう一度うなずいた。

馬とらくだの列が動きだし、砂が舞った。しばらくしてキャットは、馬に乗ったアトワージー教授が隣にいるのに気づいた。

教授は手にスケッチブックを持っていた。

「キャット、まわりのイメージをとらえておかなくてはいかんぞ」

「すみません。今のわたしには砂しか見えません。きっと明日には」

教授は首を振って舌打ちをした。「ああ、見るべきものがこんなにもあるのに!」彼は馬を先へ進ませた。

途中、彼らは止まってスイートチーズとパンと水で昼食をとった。

キャットはアーリャの横に立って、また恨めしそうに雌馬を見つめた。どう頑張ったところで自力では馬の背に乗れそうになかった。

だが、今度も振り返るとアブドルが立っていた。キャットは哀れっぽく彼にほほえみかけた。アブドルがうなずいて彼女を鞍《くら》に座らせる。今度もキャットは礼を述べた。

暗くなりだした。驚いたことにキャットはもう暑くなかった。それどころか肌寒さを感じた。今朝、ハンターからキャンバス地の上着を持っていくように言われたとき、この暑いのになぜそんなものが必要なのかと不思議に思った。今は彼の助言に感謝していた。

ついにアブドルがブライアンとハンターになにか大声で呼びかけ、一行は歩みを止めた。作業員たちがすぐに馬をおり始めた。夕暮れのなかを叫び声が飛び交い、荷を運ぶらくだが膝を突いた。

キャットはどうすることもできずに雌馬の背に乗っていた。

今回、彼女のところへやってきたのはハンターだった。彼はキャットにやさしく笑いかけた。「乗馬の訓練が必要だと言ったのは嘘《うそ》ではなかっただろう」ハンターが思いださせた。

彼女はうなずいた。「ええ」

「おりたくないのかい?」

「おりられないのよ!」

ハンターは笑い声をあげてキャットに手を差しのべた。そして彼女がしっかり地面に立ったのを確認して手を離し、立ち去ろうとした。キャットが腕をつかんで引きとめた。

「もう少し……もう少しだけここにいて」彼女は懇願した。「ハンター……ごめんなさい。体じゅうが痛くてどうしようもないの。これではとうていテントを張ったり荷物をほどいたりするのを手伝えない――」

ハンターがキャットの顎に手を添えて顔を横に向けさせた。彼女は目を丸くした。これほど手際のいい仕事ぶりを見たのははじめてだ。

そこは今朝休憩した場所と同じような小さなオアシスだが、こちらのほうは木々が多く、まるで自然の防壁を形成しているかのように砂が奇妙な傾斜で盛りあがっている。砂の防壁に守られるようにして、早くも十余りのテントが小さな泉の周囲に張られていた。

「まあ!」キャットは驚きの声をあげた。

「まず食事をして、そのあとで寝よう」ハンターが言った。

「すてき!　わたしたちのテントはどれ?」

ハンターがいちばん遠くの、ほかよりも大きいふたつのテントを指さした。それらは地面に敷かれた細長いキャンバス地の布でつながっていた。屋根代わりの布が張られているが、壁はない。それはタウンハウスの住人が共有するポーチか庭園を思わせた。キャットはハンターをそこへ残してよろよろと歩きだした。早く横になって眠りたいという思いしかなかった。彼が引きとめた。

「だめだめ。夕食をすませてからでないと」

火がおこされてほどなくすると、おいしそうなにおいが漂ってきた。そのときになってやっとキャットは空腹であることに気づいた。作業員のひとりが、串《くし》に刺した肉を引っ繰り返すのと鍋《なべ》の中身をかきまわすのを同時にやろうとしていた。

キャットはその男性に近づいていった。「わたしがしましょうか?」彼が理解したのかどうかわからなかったので、彼女はスプーンに手をのばした。男性が眉をひそめた。「お願い、わたしはおなかがすいているの」キャットは言った。「手伝わせて」

彼女はにこやかにほほえみかけて作業員の手からスプーンをとった。彼は顔をしかめたが、キャットのしたいようにさせて、自分は焼き串の肉に注意を向けた。

通りかかったアブドルが見とがめて激しい口調で作業員になにか言うと、彼は肩をすくめた。

「アブドル、わたしが手伝うと言ったの。みんなで協力しあわないと」キャットはそう言ったが、アブドルが理解したかどうかはわからなかった。

笑い声がして、そのあとにアラビア語で話す声が聞こえた。キャットが振り返ると、ハンターがアブドルに話しかけていた。ハンターがキャットを見て肩をすくめた。アブドルも彼女を見て肩をすくめた。

キャットはスプーンを動かし続けた。アブドルはハンターに向かって再び肩をすくめ、先へ歩いていった。盛りつけ用の皿かなにかを探しに行ったのだろう。

「いったいどういうことなの？」キャットはハンターに尋ねた。

「彼らは手伝われることに慣れていない。それだけのことさ」

「大丈夫かしら？　わたし、だれかの気分を害したんじゃない？」

ハンターは笑った。「スプーンで鍋をかきまわす程度の手伝いならどうってことないよ。それよりも、きみが地図にもっとなにかつけ加えられるかどうか、カミールが知りたがっているんだ」

彼は、立っているキャットに手を貸して支えた。仕事を終えたらしい別のアラブ人がやってきて彼女からスプーンを受けとった。テントのそばで火がたかれていた。ふたつのテントをつなぐ細長い布の上に数脚の椅子が置かれている。

カミールがスケッチブックを持ちだして念入りに調べていた。彼女はキャットを見てスケッチブックを差しだした。「できるだけやってみて」

「ええ、いいわ」キャットは小声で言って椅子に腰をおろした。すると紛失した地図にあったもので、今日まで忘れていたものをふいに思いだした。

小さな泉。今わたしたちがいるような。午前中に休憩したような。

「そうそう」キャットは言った。それらを書き加えているうちにほかのものの記憶もよみがえってきた。さらにここへ来る途中でカミールがうねっている砂について話したことを思いだし、波形の模様もつけ加えた。

「まあ」カミールが声をあげた。「ますます詳しくなっていくわ」

「信じられない」ブライアンが首を振った。

キャットはまるで原本の地図が目の前にあるかのように頭のなかに思い浮かべながら、最後のひと筆を加えた。

そして目をあげた。キャットの頭越しにハンターがブライアンを見ていた。

「真東へ百メートルだ!」ハンターが言った。

「真東へ百メートル」ブライアンが同意した。

さっきスプーンでかきまわしていた鍋の中身がなんなのか知らなかったが、キャットは気にしなかった。それは串に刺して焼かれた子羊の肉や分け与えられたパンと同じように美味だった。彼女は水とカップ一杯のワインを飲み、食事を終えたときには、なにもかもがどうでもよくなっていた。

トイレがないことも、あたたかい風呂にゆったりつかれないことも、清潔なシーツがないことも。

キャットはハンターと共有のテントに入って服を着たまま毛布にもぐりこみ、すぐに夢の世界へ入っていった。

夢に不快なものは出てこなかった。果てしなく続く砂漠や、やかましい鳴き声をあげるらくだや、それらが発する強烈なにおいも出てこなかった。

夢のなかのキャットは再びあのレストランにいた。頭上に星がまたたき、遠くにピラミッドの夜景が見える。アーサー・コナン・ドイルがいた。彼は笑っていると同時に真剣な表情をしていた。

〝不可能なことを排除していくことだ。そうしてあとに残ったものは、それがいかにありえなく思えようと、必ず真実なのだ〟

それで……真実とはいったいどんなものだろうか？

キャットは騒々しい物音で目が覚めた。音は遠くでしているようだったので、彼女は気にしないでもう一度眠ろうとした。

「さあ、起きた、起きた」だれかがキャットの肩を激しく揺さぶった。彼女はしぶしぶ目を開けた。

ハンターだった。彼は服を着替え、不思議なことにいいにおいをさせて、気分爽快《そうかい》に見えた。キャットはといえば、まだ今日は砂をかぶっていないのに体じゅう砂まみれのように感じた。

「移動するよ」ハンターが言った。

「移動？」

「今朝、少し掘ったところ、地下の建造物に行きあたった。そこならきっと快適な住まいになるだろう」

「お墓じゃない！」キャットはびっくりして言った。

彼は笑い声をあげ、興奮に目を輝かせて言った。「そうじゃない。昔は貯蔵室かなにかとして使われていたものらしい。完全な形で残っているよ。我々は正しい道を来たというわけだ。さあ、早く起きるんだ。すぐにここを引き払わなければならないからね」

キャットは立ちあがって服の埃《ほこり》を払ったときに砂の味を感じて、一瞬ここが〈シェパード〉ならよかったのにと思った。

ハンターは彼女の不快感に気づいてにやりとした。「そうひどいところではない。むしろかなりいい場所と言える。少し先に小さな泉があって、そのまわりにアブドルが囲いみたいなものをつくった。さあ、そこへ行ってのんびりするといい。ここよりもずっといい場所だとわかるだろう」

彼らのガイドたちは魔術師のようだった。新鮮な水のたまっている小さな泉の周囲にキャンバス地の布が張りめぐらされていた。キャットがそこへ着いたとき、ちょうどカミールが布のなかから出てくるところだった。きれいに洗った顔は生き生きと輝き、ほどいた髪は肩に垂れている。ズボンに質素なシャツというでたちから、今日は砂にまみれて発掘作業に携わるのだという意気ごみが感じられる。

「おはよう」カミールが快活に声をかけてきた。「いよいよとりかかるのよ。といっても、ご覧のとおりすでに作業員たちがとりかかっているけれど。わたしたちがするのはせいぜい軽い仕事。さっそく始めることになるわ」彼女は眉根を寄せた。「そうだ。あなたにも汚れてもいい丈夫なズボンが必要ね。わたしがたくさん持っているわ。ちょっと待っていて。とってくるから」

十五分後、体を洗ってさっぱりしたキャットは新しい服に着替え終えた。そして今度もまた作業員たちの手際のよさに目を見張った。キャンバス地のテント群はすっかり姿を消し、彼らが一泊したところからそう遠くない場所の砂漠に、新たに掘られた深い溝が口を開けていた。長い歳月と砂とですり減った階段が地下の入口へ通じている。

キャットはカミールの後ろをついていきながら疑わしげにあたりを見まわした。「これがなんだったのか、どうしてわかるの?」彼女は尋ねた。「なぜお墓ではなかったことがわかるのかしら?」

「壁に絵が描かれていないのと、栄えある偉大な人生の記録や、やがて訪れる来世に関する記述がないからよ」カミールが答えた。そして扉の上の薄れた不明瞭《ふめいりょう》な記号を指さした。「あれは労働者の、つまりここを建造した穴掘り人夫のしるしなの。ここに備品が蓄えられていたんだわ。だけど知ってのとおり、備品が貯蔵されるのはなにかの目的のため。だからわたしが思うに、わたしたちは来るべき場所へ正確にたどり着いたのよ」

「すばらしいじゃない」

「さあ、行きましょう。この先が作業場になっているの」

キャットがカミールについて作業員たちの働いている場所へ向かっていると、ハンターがトマス・アトワージーを連れて姿を現した。教授がキャットの手にスケッチブックを押しつけた。「これからはひとつひとつの段階をすべて記録にとどめなければならん」教授は言った。

「キャット」ハンターが言った。「よかったらきみはここ、我々が発見した建造物の入口の仕事をしてくれないか。とりわけ扉の上の記号に注意してほしい」

キャットはうなずいた。アトワージー教授が再び口を開いた。「こっちへ来なさい。彼らが発掘作業をしている場所に、座るのにちょうどいい小さな岩棚がある」

そんなわけでキャットの初日の午前中はスケッチに費やされた。隣にいるアトワージー教授の助言を得て楽しみながらスケッチをしているうちに、彼女はすっかり夢中になって時間も場所も忘れ、教授に肩をたたかれてやっとわれに返るありさまだった。

「みんなひと休みするところだから、我々も休憩しよう」教授がそう言って、キャットに水筒を手渡した。礼を言って受けとった彼女は喉がからからだったことに気づいた。太陽が高くのぼっていた。ありがたいことに、キャットはハンターの言うことを聞いて帽子をかぶっていた。

地下にある大昔の貯蔵室は、太陽にあぶられる地上に比べてずいぶん涼しかった。そこへ簡易ベッドや寝具やキャンバス地のテントが運びこまれて適当に配置されているために、広大な貯蔵室がまるでいくつもの部屋に仕切られているかのようだ。

「この地下にはトンネルが何本もあるんじゃないかな」ハンターが地下の貯蔵室に集まった人々に向かって言った。彼らは折り畳み式の椅子に座ってティーカップを配り、パンやチーズ、それからできたてのようないかにも英国風のスコーンを食べた。もっとも、彼らは永遠に旅をしてきたような気がしているだけで、実際は英国を離れてまだそれほど長くないし、砂漠の奥深くへ入ったのでもない。「トンネルは是が非でも探索しなければならない」ハンターはブライアンに言った。

デーヴィッドが階段をおりてきて、帽子を脱いで額の汗をぬぐった。その後ろからアルフレッド・ドーズもやってきた。「まいった、まいった」アルフレッドがこぼした。「まったく敬服しないではいられませんよ。サー・ハンターにカーライル卿、あなた方はこういうことを何度となくこなしてきたんですものね。ぼくはもうへとへとです」

「日差しがあまりに暑くてかないません。ぼくたちはこういうことに慣れていないんです」デーヴィッドがおどおどした笑みを浮かべて言った。

「ロバートとアランはどこにいるの?」カミールが尋ねた。

「ああ、すぐに来るでしょう。ロバートはあと少し掘ればなにかに突きあたると確信しているみたいです」

「焦る必要はない。なんならこれから何日も、何週間も……何カ月だって掘ればいいのだからね」ブライアンが穏やかに忠告した。

「それに、なにかあるとわかれば、今よりもっとゆっくり掘らなければならなくなるだろう」ハンターが言った。

「わたしたちが探しているのはあの神官の……ハスシェスのお墓なの?」キャットは尋ねた。

「そのとおり」ハンターが答えた。

「神官のお墓にしては、わたしたちのいる場所は奇妙じゃない?」キャットはきいた。

「いいえ」カミールが立ちあがり、入口近くに置かれた小さな机へ歩いていって、キャットが博物館で翻訳した文書を手にとった。「〝彼らとともに座する者〟という部分の〝彼ら〟とは、大ピラミッドのなかに眠る王《ファラオ》たちを指していると思うの。なぜならこのあとに〝彼は王国を築いた者たちのやさしい御霊《みたま》のなかに横たわるであろう〟という文章があるからよ」

「それだけでなく、ほら、例の地図があったしね」ブライアンがそう言って、周囲の人たちを見まわした。彼の口調はさりげなかったが、なんらかの意図があってそれを口にしたのだという印象をキャットは受けた。彼女はブライアンとハンターが視線を交わしたことにも気づいた。

キャットはレストランでアーサー・コナン・ドイルや彼の妻と話したことを思いだした。

〝不可能なことを排除していく〟

しかし……それはいったいいつから始まったのだろう？

あの日、本当に何者かがデーヴィッドを亡き者にしようとしてヨットから突き落としたのだろうか？

そしてそのあと……。

まったく筋が通らない。一緒にヨットに乗っていたのはロバート、アラン、アルフレッド、シドニー、そしてデーヴィッドだけ。彼らはまだ学生で親友同士だ。若い女性を誘惑する際に手を貸しあったり競いあったりすることはあるかもしれないが、殺人をたくらむとはとうてい考えられない。

「こいつは驚いた！」突然、アルフレッド・ドーズが声をあげた。彼が見ているのはキャットたちが朝のあいだに描いたスケッチだった。アルフレッドはアトワージー教授に目をやり、次にキャットに目をやった。「これらは――」

「うむ、わたしの生徒の作品だ」アトワージー教授が誇らしげに言った。

アルフレッドはキャットに鋭い視線を投げ、さも驚きと賛嘆の念に打たれたように首を振った。「実に真に迫っている！」

「きみはお父さん同様、事物を別の次元でとらえられるんだ」ハンターが言った。

「ありがとう」彼女はささやいた。

「それに、きみは地図を再現したんじゃなかったっけ……ほんの数回見ただけの地図を？」デーヴィッドがきいた。

「ときどきわたしは見たものを正確に思いだせるの。残念ながら、いつもというわけではないのよ」

「それにしたってすごいよ」

そこへロバートとアランが軽い口論をしながらやってきた。「言ったじゃないか、一メートルやそこら掘ったからって扉は見つからないって」アランがため息まじりに言った。

「もうみんな紅茶を飲んでしまったから、ぼくらには休憩する時間もありゃしない」

「だったら、ぼくを置いてさっさと来ればよかったんだ。きみは、自分がいないあいだにぼくが発見してしまうんじゃないかと心配だったのさ」ロバートが言い返した。

「ふたりにきっかり十五分だけ休憩時間をやろう」ブライアンが笑って言った。「それと、きみたちはこの発掘調査の目的を理解していない。我々はひとつのチームなのだ。発見した個人の手柄になりはしない」

「そうですよね」アランが言った。

ロバートは首を振って笑い声をあげた。「仕方ないんです。とにかくぼくは大発見をしたいんだから」

「それはそうと、この近辺に墓への入口があって、それが見つかりさえすれば、なかにあるものを発見するのは簡単なのでしょう？」デーヴィッドが尋ねた。彼はキャットを見た。

「ぼくはサー・ハンターの愛らしい新妻についてまわるのがいいと思うな。彼女はほかのだれにもない特殊な力に恵まれているようだから」

キャットは思わずちらりとハンターのほうへ視線を投げた。彼の顔は陰になっていた。

「キャットはこのあともスケッチを続けることになるだろう。掘る仕事はしない」

そう言うと、ハンターはカップを置いて階段のほうへ歩いていった。

その日の夕方、仕事が終わりに近づいたころ、キャットはオアシスとも言える小さな泉のそばの馬やらくだをつないである場所へ行った。雌馬のアーリャを見つけて鼻面を撫《な》でているとき、あまり遠くないところにアリの姿が見えた。

「ねえ！」キャットは呼びかけた。

アリがうなずいた。キャットは彼が馬やらくだの番をしているのだと気づいた。

彼女はアリが立っている椰子の木陰へ歩いていった。「こんなところへ来てまで泥棒に気をつけなくてはならないの？」

「貧乏人はいつだって金持ちをねたんでいます。それに、他人のした仕事で金儲《かねもう》けをしたがる人間もいます」アリはためらったあとで続けた。「ご存じのように毎年たくさんの発掘調査が行われます。小さな墓を発見してみたら、何百年、何千年も前に略奪されていたなんてことも珍しくありません。しかし、今年は特にひどい年でした。昼間発見した品が夜には消えていたりするんです」

「そうなの」キャットは落ち着かなくなって言った。「わたしたちだって、ある意味では古代のお墓を略奪しているようなものだわ」

アリは話すのを躊躇《ちゅうちょ》するかのように黒いアーモンド形の目で彼女を見つめた。やがて話し始めた声には、ある種の軽蔑《けいべつ》があからさまにこめられていた。「ぼくはミイラを手に入れた金持ちのイギリス人が客を大勢招待してパーティを催し、そこでミイラをくるんである布をほどくのを見ました。なんとそのイギリス人はミイラをたきぎにしたのです。そのような略奪行為を見ると腹が立ってなりません。しかし、わが国は貧しい。なかには宝物を求めてここへ来はするけれど、重要なものはこの国に残しておこうと決意している人や、国外へ持ちだすものに関して地元民にお金を与えようとする人もいます。宝物はここにとどめておくべきでしょうか？　はい。それらはわが国のもの、エジプトの人々のものです。我々は宝物を全部ここにとどめておけるでしょうか？　いいえ。だからこそ、ぼくはあなたのご主人やカーライル卿のような人に喜んで仕えるのです。彼らはこの土地や人々から宝物を強奪しようとはしません。ぼくは全力をあげてこの土地を守るべきでしょうか？　はい。なぜならわが国の人間であれ外国人であれ、泥棒はイギリス人やフランス人やドイツ人から盗みとるだけでなく、わが国から略奪するからです」アリは話すのをやめて顔を赤らめた。「すみません」

「いいえ、とんでもない。あなたが話してくれたことを感謝しているわ」

「出すぎたまねをしました」

キャットは首を振った。「アリ……その……わたしは、地位や階級などで人を差別するのはいけないことだと考えているの……」言葉がとぎれ、顔が赤くなった。「これだけは言わせてちょうだい。わたしはあなたのことを友達だと思っているし、あなたの友情がとてもうれしいのよ」

アリは頭をさげた。「ぼくはあなたのご主人のために働けてすごく幸せです」

「ありがとう」キャットは言った。そして彼に手を振って野営設備のほうへ戻っていった。

彼らが発見した建造物の前の狭い場所にカミールがひとり座って、紅茶を飲みながら本を読んでいた。「なかを見てごらんなさい」カミールがキャットを見て言った。「あの通路を行った先よ」カミールは指さした。「実際のところ、この建造物だけでもたいした発見なの。たしかに、壁にはなにも描かれていないし、宝物だってないけれど。わたしはここに座って、この場所はなにに使われていたのだろうと考えていたの……そう、厳密なところを。古代人たちはここにどんな備品をしまっておいたのかしら。わたしたちと同じように、古代の建築家たちもここの机で仕事をしたのかしら。部屋には宝物を入れる大きな箱が並んでいたのか、それとも宝物がむきだしでしまってあったのか。ひょっとしたら、ここは上級の労働者たちの住まいとして使われていたのかもしれない」

「その問題に関しては、わたしよりもあなたのほうがはるかに豊富な知識を持っているわ」キャットは言った。

「ああ、でもキャット、あなたがいなかったら、わたしたちはいつまでも見当違いの場所を探していたかもしれないのよ。自分では気づいていないかもしれないけれど、あなたはとても貴重な人材なの。もちろんわたしだってある程度は地図を覚えているわ。博物館で最初にあの地図の意味を発見したのはわたしだったの。それがどこかへ消えてしまうなんて、だれが予想したでしょう。だけど、わたしにはあなたのような完璧な記憶力はない。今回発見しようとしている遺跡は信じられないほど重要なもので、どうしても成功させなければならないの。あなたの再現した地図が大いに役立ったわ。ごめんなさい、引きとめてしまって。あなた、ずいぶん疲れているように見えるけれど大丈夫？」

「あら、どれもこれもはじめてのことばかりだからよ。きっとすぐに慣れるわ」キャットはきっぱりと言ってほほえんだ。そしてさっきカミールが指さした通路のほうへ歩いていきながら、カミールと同じように、この建造物はいったいなにに使われたのだろうと考えた。暗い通路へ入ったところで立ちどまり、カミールを振り返った。「ありがとう。あなたにはとても感謝しているわ」

「なんのこと？」

「あなたはわたしを喜んで迎え入れてくれただけでなく、わたしが役に立つ人間だと思わせてくれた」

「まあ、なにを言うの！　あなたはわたしたちの仕事にとってなくてはならない人なのよ。それにハンターにとっても」

キャットの笑みが薄らいだ。暗がりにいてよかった。「ありがとう」彼女はささやいて先へ進みだした。

一瞬、キャットは通路の暗がりに不安を覚えた。ここを大昔の人々も歩いたのだと思うとなんだか気味が悪かった。だが、前方の部屋から明かりがもれているのが見えたので、それに向かって足を急がせた。

しかし、そばまで来て立ちどまった。ハンターの声がしたけれど、彼はひとりではなかった。キャットは彼の話している相手がアリであることに気づいた。

「おそらく同じ品物でしょう」アリが言った。

「その質屋の主人は死体で発見されたと新聞に書いてあった。もちろんきみにもわかっているだろうが、我々にその知らせが届いたのはかなりあとになってからだ」

「ええ。警察は、その品物はもともと個人の収蔵品のひとつで、死んだ質屋の主人の手に渡ったのは最近のことだと考えているようです。スケッチに描かれているスカラベと呼ばれる黄金虫をかたどった古代エジプトの工芸品は、今年のはじめにダシュールの近くで発見されたものに違いありません」

「なるほど。こうなったらこれからも警戒を続けなければならないな」

「ぼくの部下はよく訓練されています」アリが断言した。

「わかっている。きみやきみのお父さんほど優秀な人はいない。きみたちがいてくれて本当によかった」

アリが低い声でなにか言った。キャットは自分が立ち聞きしていることに気づいた。こんなところを見つかりたくなかったので、暗い通路を急いで進んだ。

ドア代わりに垂らしてあるキャンバス地の布から明かりがもれてくる。布を押し開いたキャットは、ふたりの男性と室内に運びこまれた所持品や寝具を目にした。一方の壁際に古ぼけたマットレスや毛布や枕《まくら》が積まれ、反対側の壁際には彼女の衣類が入ったトランクと、ハンターの衣類の入ったトランクが並べて置いてある。ハンターとアリが立っているそばの机の上で石油ランプが燃えていて、机の周囲には折り畳み式の椅子が数脚置かれていた。

「こんばんは」キャットはふたりにほほえみかけた。

アリが彼女に向かって頭をさげた。「こんばんは、レディ・マクドナルド。お邪魔してすみません。もう帰るところです」

「おやすみなさい、アリ」キャットは言った。

アリは立ち去った。

「なんの話をしていたの？」キャットはハンターに尋ねた。

「いつもと同じ、警戒しなければならないという話さ。そんなことは百も承知だけどね。失礼、ぼくはブライアンのところへ行かなければならない」

ハンターは出ていった。キャットはためらったあとで重たいブーツを脱ぎ捨て、ズボンとシャツを脱ぐと、翌日また着るときに備えてきれいに畳んだ。そしてトランクから質素なコットンのワンピースを出して着た。

ハンターは戻ってこなかった。とうとうキャットは床のベッドのなかにもぐりこんで目を閉じた。再び目を開ける。昨夜は疲れきっていたので、星空の下のテントのなかでなんの不安もなく眠りの世界へ入っていった。今夜は寒気を覚えた。

このなかで大昔のエジプト人たちはなにをしたのだろう。

ようやくハンターが戻ってきた。キャットは目を閉じていたが、彼がランプを消したときはぞっとした。かたわらにハンターのぬくもりを感じて寒気は薄らいだ。

しばらくするとキャットは、自分の背中を彼の指がそっと伝いおりていくのを感じた。ふれられたのがうれしくて、ハンターのほうへ身をすり寄せた。

その感触をもっと味わいたかった。

ハンターがキャットを自分のほうに向かせた。彼女はキスをされているうちにだんだん気持ちが高ぶってきた。ややぎこちない動きで着ているものを脱ぐあいだにも興奮が高まっていく。漆黒の闇《やみ》のなかで慈しまれていると感じるのは驚くほど心地よかった。単に求められるのではなくて、慈しまれているのだ。たしかにハンターがこうしたことに熟達していることは知っている。けれども夜の闇のなかで、彼女は甘美な官能の高まりしか覚えなかった。ハンターの息づかいと鼓動の音、キャットの肌とこすれあう、彼の汗に濡《ぬ》れたなめらかな肌。彼女のなかで力強くハンターが……ふたりが同時に絶頂へ達したときの、世界がはじけるような至福の瞬間。

うとうとと眠りの世界へ入っていきかけたときになって、やっとキャットは垂れ布の向こうから切れ切れの会話が聞こえてくることに気づいた。そちらには机がいくつも置かれた、紅茶を飲むために全員が集まることのできるスペースがある。そこで、まだ起きている何人かが今日の発掘作業について語りあっているのだろう。

ロバート……続いてイーサンの声。もう休ませてもらうが、その前になにかしてほしいことはないかと若者たちに尋ねている。

イーサンに礼を述べて、なにもないから休むようにと言っているデーヴィッドの声が聞こえた。

キャットはハンターに話しかけられてびっくりした。「あれが気になるのかい？」彼の声からは単なる興味以上のものは聞きとれなかった。

「いいえ」キャットはそっけなく答え、ハンターに背を向けて壁のほうで体を丸くした。

なぜかキャットは確信した。ハンターはわたしが嘘をついていると考えているのだ。わたしは嘘なんかついていない、あの垂れ布の向こうに彼らがいることすら知らなかった、とハンターに言ってやれたらどんなにすっきりするだろう。

でも、なにを言ったところで事態は少しも変わらない。わたしがなにを言おうと、ハンターは信じてくれないだろう。

それどころか、ハンターはわたしの言うことなどまったく気にもしていないのだ。

16

三日目の夕暮れどき、地平線上に騎馬の一団が現れた。カミールとキャットが〝砂漠の風呂〟と呼ぶようになっている小さな泉から出てきたのは、ちょうど地平線上にその騎馬集団が姿を現したときだった。少なくとも十人はいる大きな一団に見えた。

ふたりが古代の建造物のそばの小高い砂丘へ行くと、すでにブライアンとハンターが来ていて、やはり地平線を眺めていた。

「だれかしら？」カミールが尋ねた。

ブライアンが彼女を振り返った。「たぶんレディ・マーガレットだろう」彼は言った。

「あんなに大勢いるわ」キャットは息をのんだ。

ハンターが言った。「エイヴリー卿《きょう》が護衛隊もつけずに彼女を砂漠へ送りだすわけがない。馬に乗っているのはほとんどが護衛だろう」

彼の言うとおりだとわかった。まもなく発掘現場へ到着した一団のほとんどは武器を携えた男たちで、頭に巻いたスカーフを風になびかせ、砂漠用のカフタンを着ていた。

疲れきった様子のエマが、これ以上馬に乗るのはこりごりだといった顔でマーガレットに付き添っている。

アーサー・コナン・ドイルも一緒だ。

マーガレットの到着を喜ぶ歓声があがって野営地はにぎわいを呈し、若者たちは彼女がここにいるあいだ快適に過ごせるように必要な品物をそろえようと駆けずりまわった。エマが苦痛の声をあげているのを見たアリは気配りを示し、彼女のために椅子を持ってこさせたり強いウイスキーを用意させたりした。

キャットはマーガレットを抱きしめてから、アーサー・コナン・ドイルのところへ歓迎の挨拶《あいさつ》をしに行った。彼は砂漠のなかの発掘現場へ来られたことやキャットに再会できたことを喜んでいるようだった。

「魅惑的だ！　実に魅惑的だ！」発見された建造物のなかをハンターとブライアンに案内されながら、アーサーは感嘆の声をあげた。

「あなたはもう頭のなかで本を書き始めているのだろう」ハンターが笑いながらアーサーに言った。

「まあね。頭というのは保管施設みたいなものだから。そうじゃないかな？」アーサーは応じた。

最初に持ってきた食料はまだあまり減っていなかったが、来訪者たちは新鮮な食料を運んできた。直火《じかび》で焼いた子羊やオーブンから出したばかりのようなパイを、彼らは満腹になるまでたっぷり食べた。パーティのような楽しい晩だった。

気のきく作業員たちが建造物の一角にマーガレットのための場所を用意し、簡易ベッドなど快適に過ごすための環境をしつらえた。アーサーの寝場所は男たちと一緒で、エマにはマーガレットの区画へ至る古い入口の向こうに狭い場所が与えられた。その夜、キャットは硬い床の上のベッドへ横たわるやいなや眠りこんだ。ハンターがいつ来たのか、あるいは来たのか来なかったのかさえ、気づかなかった。

翌朝、マーガレットは砂の上に置かれた折り畳み式の椅子に座り、作業の様子を眺めて過ごした。頭上には日差しを遮るためにキャンバス地の布が張られ、彼女のかたわらの小さなテーブルには水差しがのっている。

キャットはそのそばでスケッチをした。ちょうど父親がそうであったように、日がたつにつれて彼女は人物を描《か》くことに興味を覚え始めた。作業員たちはみなすばらしい顔の持ち主だ。アリの顔は誇り高くて美しく、ほかの人たちもきつい仕事でやつれているとはいえ気高い顔をしている。

そしてもちろん彼らと一緒にいる人々も描いた。

キャットは、砂を掘っているカミールをスケッチした。ちょうど顔をあげたところへ夫のブライアンが来て、妻のほうへ身をかがめ、ほほえみかけている場面を。ふたりのあいだには深い思いやりの心がある。キャットは自分の絵を批評家の目で見て、雰囲気をよくとらえているとわれながら満足した。

「キャット、見てもいい？」マーガレットがねだった。

「もちろんよ」

「本当にすてきだわ！」マーガレットは感嘆したあとでため息をついた。「あなたはどうしてこんなことができるの？」彼女は小声で尋ねた。

「こんなことって？」

「こんな場所にいられるのかってこと。こんなひどい場所に」

キャットは驚いた。「実際はそれほどひどくないわ」

「簡易ベッドはすごく寝心地が悪かったわ」

「簡易ベッドで寝られるだけましよ」キャットは笑って言った。

彼女たちのところから数メートル先の作業員たちが掘っていた場所で、突然大声がした。

キャットはぱっと立ちあがった。

「きっとなにかを見つけたんだわ！」彼女は叫んだ。

そしてマーガレットを従えて駆けだした。

作業員のひとりがなにかを掘りあてたのだ。興奮した男はアラビア語でしきりにわめいている。ハンターとブライアンが男のところへやってきて地面にしゃがみ、両手で砂をかきのけ始めた。

「本当だ！　たしかに……うむ、ここになにかがある」ブライアンが大声で言った。

「ひょっとしたら、すでに我々が発見したのと同じような空っぽの建造物かもしれない」ハンターが小声で言った。「反対にすばらしい遺跡の可能性もある。マーガレット、きみが幸運を運んできてくれたんだ」

「なんてすてきでしょう」マーガレットはそう言って、靴とスカートの裾《すそ》を見おろした。それらは砂まみれだった。「じゃあ、わたしは皆さんの作業の邪魔にならないように向こうへ行っているわ」

「ここらで休憩にして、それからまた作業にかかることにしよう」ハンターが提案した。

「中断するんですか？」ロバート・スチュアートが叫んだ。「サー・ハンター、ぼくらは今まさに発見をしようとしているんですよ！」

「下になにがあるにしても、大量の砂に埋まっているんだ。我々が目を離したからって、どこへも逃げていきはしないさ」

そこで彼らは休憩することにした。キャットが作業員たちよりもひと足先に野営地へ戻ってみると、常に湯をわかしておくためのやかんがかかっている火のそばにアーサーが座って、ノートにせっせと書きつけていた。

「なにかが見つかったみたいです」キャットは教えた。

アーサーが愉快そうに目をあげた。「ここにいても騒いでいるのが聞こえたよ」

「それなのにあなたは出てこなかったんですね」

「そうは言うが、埋まっているものが見えるようになるには、まだ相当な時間がかかるだろう」彼はほほえんだあとで、額にかすかなしわを寄せた。「きみは最近、新聞を読んだかね?」

「珍しいスカラベが発見されたことや、質屋の主人の死体が見つかったという話は聞きました」キャットは答えた。

「ほう?」

「あなたがおっしゃりたかったのは、そのことではないのですか?」

アーサーは首を振って横のほうへ手をのばし、エジプトへ来た旅行者用に発行されているらしい英字新聞をとりあげた。「彼らは地元で発生している奇妙な事件に名前をつけた」彼は言った。

「奇妙な事件というのは……?」キャットは新聞を受けとった。

彼女が新聞にざっと目を通すあいだに、アーサーが記事を要約した。「きみたちの探しているのは、神々に語りかけた神官ハスシェスだったね。事件はその神官に関係しているらしい。カイロの警察は狂信的教団が生まれたと考えている。彼らは自分たちをハスシェス教徒と称し、ハスシェスの霊魂が今なお砂漠のなかに生きていて、彼らに力を合わせてエジプトを守るよう呼びかけていると信じているそうだ。ある男がカイロ博物館で木箱のなかのものを盗もうとしているところを見つかった。警察と争っている最中、男はハスシエス教徒の復讐《ふくしゅう》だとかなんとかわめき散らしていたという。残念ながら男は争っているうちに撃たれて死んだので、その教団のことはほとんどわからずじまいになった」

「本当に奇妙だわ」キャットはそう言って首を振った。「あなたがおっしゃったように、エジプト人のためにエジプトを守ろうとしているのなら、なぜカイロ博物館から盗もうとするのかしら?」

ほかの人たちがどやどやとやってきた。アーサーはキャットのほうへ頭を近づけて言った。「まったくだ。もしもそうでないとしたら……」

「その教団の本当の目的はエジプトを救うことではないのでは?」

「ぼくもそう思う」アーサーは言った。そして早口で続けた。「そうなると何者かが、たとえば教団を創設した人間なり高位の神官なりが、利益を得ようとかかわっている可能性が考えられる」

「宝物を盗んでは闇《やみ》市場で売ろうとしている一団がいるんだわ」キャットは言った。

「それが論理的な結論だろうね」アーサーも同意した。

そして黙りこんだ。アラン・ベッケンズデールが髪から砂を払い落としながら入ってきた。「ああ、わくわくするな！　なにが出てくるんだろう」彼は言った。「しかし、うん、紅茶を飲むとしよう。サー・ハンターの話を聞いて、太陽や砂や風に耐えながら長時間掘り続けるには栄養のあるものを食べておく必要があるとわかったよ」

食事のあいだは気軽な会話が交わされ、誰もが口々に発見したものに関する推測を述べた。

「覚えているだろう。この場所を見つけたときも、我々は大発見をしたと考えたんだ」ハンターが言った。

「でも、それほど深く埋まっていたわけじゃなかった」デーヴィッドが言った。「そして空っぽだった」

「ここはきっと倉庫だったんだわ」カミールが主張した。「それ以外になにが考えられる？」

「死体保管所かもしれない」アーサーがほのめかした。

「まあ、恐ろしい！」マーガレットが悲鳴をあげた。

「いいえ、アーサー。違うと思うわ、絶対に」カミールが反論した。

「考えてごらん、レディ・カミール。これらの小部屋と通路は？　死体を保管するのにこれ以上の場所があるだろうか。脳みそと内臓……」アーサーはマーガレットのショックを受けた表情に気づき、言いかけた言葉を省略して先を続けた。「それらをとり除いて、塩漬けにして保存した。すまないね、気味の悪いことを言って。しかし、彼らは死体をただ布でくるんだわけではないのだ。最初に死体を乾燥させるのに三カ月ほどかかった」

「するとあなたは……これらの小部屋は……死体を保管する場所だったと考えていらっしゃるの？」マーガレットが尋ねた。

「アーサー」カミールがやんわりと言葉を挟んだ。「もしそうだったのなら、壁に祈りの文句やホルスをはじめとする神々の絵が描かれていたはずよ」

「ぼくもカミールの言うとおりだと思うな」ハンターが言った。「マーガレット、ぼくらが寝泊まりしている場所は昔の倉庫だ。それ以外に考えられないよ」

マーガレットは多少ほっとしたようだった。デーヴィッドが立ちあがってマーガレットのところへ行った。そして彼女の手をとり、安心させるように低い声で何事かささやきかけた。いったい彼はなにを言っているのだろう、とキャットは好奇心を抱いた。好奇心以上のものはなかった。

だが、ふたりから視線をそらしたキャットは、ハンターがじっと自分を見ていることに気づいた。彼の胸の内は読みとれなかったけれど、キャットの気持ちは沈んだ。彼女はハンターからも視線をそらした。

休憩時間が終わり、キャットは再びマーガレットの近くに腰をおろした。マーガレットを元気づけようと彼女をスケッチする。自分が描いた絵を眺めながら、マーガレットはなんて愛らしいのだろうと思った。地位の高い裕福な家庭に生まれ育ちながらもやさしい気持ちを失わず、他人の幸せを心から願っている。砂漠の薔薇《ばら》のように繊細だ。そう考えながら、キャットはアトワージー教授に教わったとおり絵に深みを与えるために陰影をつけていった。

仕上がった絵を見て、自分が今まで描いたなかで最高の出来栄えだと思った。マーガレットは喜びに顔を輝かせた。

「キャット、すてきだわ。あなたって思いやりがあるのね。だって、わたしをこんなに美しく描いてくれるんですもの」

「でも、あなたは実際に美しいわ。自分でもわかっているでしょう」

マーガレットはにっこりした。「わたしはお金持ちよ。でも、お金目あてで愛されるのはいやなの」

「誓ってもいい、あなたは美しいわ」

「ありがとう。でも……あそこにいる人たちを見て」

「作業員たちを？」

マーガレットは笑い声をあげた。「いいえ、わたしたちのお友達の学生たちよ。アランにロバートにアルフレッド……そしてデーヴィッド。彼らを描ける？　今あなたが見ているとおりに、あなたの心の目に映るとおりに、彼らをスケッチできる？　あなたの魂に見えるとおりに」

キャットはかつてデーヴィッドに対して抱いていた感情を、もしかしたらマーガレットは知っているのだろうかと不安になって彼女を見つめた。しかし、マーガレットはまったく別の理由で尋ねたのだとキャットは気づいた。マーガレットは父親のエイヴリー卿から早く結婚相手を決めるようにと圧力をかけられている。そして彼女は自分が正しい選択をしようとしているのかどうかわからないのだ。

「やってみるわ」キャットはつぶやき、眉間《みけん》にしわを寄せて、どうやって描こうかと考えをめぐらした。

「よかったらここに……顔を横に並べて描いたらどうかしら」マーガレットが提案した。

キャットは言われたとおりに描きだした。

最初にロバート・スチュアート。大きな目といくぶん薄い唇をした整った顔立ち。どことなく尊大だが、人懐っこい笑みを見せる。次はアラン・ベッケンズデール。四人のなかではいちばんハンサムとは言い難い顔だが、誠実なまなざしをした、周囲のものに対する強い興味と人生に対する情熱の持ち主。それからアルフレッド・ドーズ卿。やはりどこか尊大な感じのする顔。細面、高い頬骨。他人がどう思おうとかまわない、自分こそが世界の中心なのだと言わんばかりの挑戦的な表情。そしてデーヴィッド・ターンベリー。美しいデーヴィッド。けれども描いているうちにキャットは、彼の顎がなんとなく貧弱で、目には絶えず不安の色がひそみ、態度がいかにも自信なさげであることに気づいた。

描き終えたキャットはスケッチブックをマーガレットに手渡した。

マーガレットは絵を丹念に見た。

「ありがとう」彼女は言った。

キャットはマーガレットの肩越しに絵を眺めた。自分が描いた絵のなかにキャットの心を悩ませるものがあったが、それがなんなのかわからなかった。

デーヴィッドだろうか？　キャットはわかり始めた彼の内面をそのまま描いた。

アラン。彼についても同じようにした。キャットはアランがいちばん好きだ。

ロバート・スチュアートは？　彼は自分を王族と血のつながった人間と考えている。

そしてアルフレッド。彼もまたドーズ卿という高い身分の人間だ。

だが、キャットを最も悩ませたのはアルフレッドを描いた絵だった。奇妙だ。わたしはアルフレッドに親近感を抱いたり彼を好きになったりしてもいいはずなのに。どちらも彼の継母を毛嫌いしているのだから。

わたしはデーヴィッドを恨んでいないように、アルフレッドに対しても恨みを抱いていない。心の底で、たとえあのときハンターが助けに来なかったとしても、彼らは自分を無傷で帰してくれたに違いないと信じている。デーヴィッドはわたしが彼の愛人になれないという事実を受け入れただろう。彼らは甘やかされてだめになった学生みたいに振る舞っていた。

そして根本的には、彼らはそういう人間なのだ。

「ふーん」マーガレットがつぶやき、キャットをちらりと見た。「あなたは自分のご主人を描いたことがあるの？」彼女は尋ねた。

「いいえ」

マーガレットは笑った。「絶対に描くべきだわ」

「でも――」

「わたしのために描いてちょうだい。実を言うとわたし、何年も前からハンターに夢中だったの」マーガレットは打ち明けた。「お父様に話す勇気はなかったわ。それに当然、ハンターにも。彼にとってわたしはエイヴリー卿のかわいらしい金髪娘にすぎなかったの。ハンターは礼儀正しくてやさしく、思いやりがあった……だけど、ああ、彼があのきらめく目で見つめる女の人たちを、わたしはどんなにうらやんだことか。まあ、ごめんなさい。わたしが話しているのはあなたのご主人のことだったわね。もちろんわたしは、あなたと一緒にいるときほど幸せそうな彼を見たことがないわ。例外は……」

「だれ？」

「あら、なんでもないわ。気にしないで」

「マーガレット、意地悪をしないで」

「ごめんなさい。本当にごめんなさい。育ちのいい若い女性たちがこんな噂話《うわさ》にうつつを抜かしているなんて、よくないわね」

「わたしはあなたの言う意味での育ちのいい女ではないわ。だから、噂話をしたってちっともかまわない」

マーガレットはくすくす笑いだした。「あなたってすごく頑固で、そのうえ情熱的なのね。だからこそハンターはあなたを愛しているのだわ」

「マーガレット！」

「ええ、わかったわ。あなたも噂は耳にしたことがあるでしょう。幸い、噂なんて当人たちにとってはなんの意味もないのよ。ご両親が亡くなったあと、ブライアン・スターリングが世捨て人みたいになって獣と呼ばれていたことは、イングランドじゅうの人が知っているわ。カミールがブライアンと出会ったのはちょうどそのころだった。でも、当時のハンターはブライアンが本当に正気をなくしたと考えていたの。それにハンターはカミールの身をすごく案じていたから、彼女を怖がらせてブライアンから遠ざけようとした。それほど心配だったのね。ところが奇妙な成り行きから、ハンターがブライアンに協力して最後に真実を解き明かしたというわけ。そしてふたりはたちまち親友になった。あのふたりにはたくさんの共通点があるわ。でも正直に言って、あなたと一緒のときほど幸せそうなハンターを、わたしは見たことがない。ハンターとカミールはすてきな友人同士だし、ブライアンとハンターはどんなときでも助けあうでしょう。だから……わたしが話したことはたわいのない噂話にすぎないの。ハンターはあなたを愛している。本当よ、キャット」

キャットは黙っていた。マーガレットに向かって、あなたは完全に間違っている、などと言えるわけがない。

「ありがとう。うれしいことを言ってくれるのね」

「ハンターを描いて。わたしのためにお願い。だって彼は、ほら、今ではわたしの親しいお友達ですもの。彼の絵を大切にするわ」

そこでキャットはハンターを描き始めた。彼女はハンターのなかに見えてきたものをすべて絵に表現した。ときとして自分自身をあざ笑うかのような目の光。意志の強さをうかがわせるがっしりした顎。頬骨、額、かすかな笑み。共存する傲慢《ごうまん》さと謙虚さ、誇り、情熱。ハンターはびっくりするほどハンサムだ。そのことにキャットが気づいたのは、自分の指で彼の似顔絵に最後の仕上げを施したときだった。

「すてき！」マーガレットが言った。「なんてすばらしいんでしょう。これをぜひハンターに見せてあげなくては」

「やめて」

「いいでしょう？　彼は絶対気に入るわ」

「だめよ。お願い、あの人に見せるのだけはやめて」

するとマーガレットは穏やかな口調で鋭い知性を示し、キャットを驚かせた。「キャット、あなたは以前デーヴィッドに対してとても愚かな愛情を抱いていたわね。だけど……ええ、あなたがそれを過去のものにしたことはだれの目にも明らかだわ」彼女は視線をそらした。「デーヴィッドもそれに気づいて悲しみに打ちひしがれているみたい。なぜって、彼はあきらめの悪い人だから」彼女はため息をついた。「わたしは、わたしという人間を愛してもらいたいの、キャット。財産とは関係なしに。エイヴリー卿の娘だからとか、お金持ちだからといった理由でわたしを選ぶような男性とは絶対に結婚したくないわ」

キャットは深く感動し、今まで感情も考え方も快活なだけの娘だと見なしてきた目の前の若い女性を尊敬のまなざしで見つめた。それからスケッチブックを下に置いてマーガレットをやさしく抱きしめた。

「あのね、ここの生活はあなたには合っているかもしれないけれど、わたしにはとても無理だわ」マーガレットが言った。「わたしは明日ホテルへ帰るつもりでいるの。引きとめないでね」

「でも、マーガレット……」

「〈シェパード〉での生活を楽しんでいるわ。いろいろな客がいるのよ。魅力的な人たちがいっぱい」そう言ったあと、マーガレットは身震いした。

キャットは寒くなりだしていることに気づいた。あれほど暑かったのがこれほど急激に冷えこむのは驚きだが、砂漠ではしばしばこういうことが起こる。

夕暮れが訪れようとしていた。鉛筆とスケッチブックを片づけて今日の仕事を終わりにするときだ。マーガレットに手伝ってもらって後片づけをし、ふたりは一緒に野営地へ戻っていった。

太陽が今まさに地平線のかなたへ沈もうとしているとき、砂漠を馬で駆け戻ってくるアリを見て、はじめてキャットは彼がどこかへ出かけていたことを知った。マーガレットはすでに自分の場所へ引きあげている。

ハンターはまだ、昼間発見した硬い石板の上にいた。アリはまっすぐ彼のところへ乗りつけてさっと馬をおりた。そのしなやかな身のこなしを見て、キャットはアリも絵の題材に加えなければならないと思った。

彼らを見ているうちにキャットは眉をひそめた。アリがなにを話しているのかわからないが、ハンターが真剣に耳を傾けているところからして、ただごとでないのが読みとれる。アリが話し終えると、ハンターが彼の肩に腕をまわして一緒に歩きだした。

「キャット」

彼女は振り返った。カミールが石鹸《せっけん》とタオルを手に持って立っていた。

「今、泉のまわりに見張りが立ってくれているの。あなたも砂漠の埃《ほこり》を落としたいんじゃないかと思って」

「わたしは……そうね」キャットは言った。たいして砂にまみれていなかったが、それでもきれいになるのは気持ちがいい。

キャットはハンターとアリをちらりと見やった。今話しているのはハンターで、アリはうなずきながら聞いている。彼女は向きを変えてカミールについていった。

「絵を見たわ」カミールが言った。「似顔絵を。あなたはブライアンとわたしをとてもすてきに描いてくれたのね。できればあの絵をもらいたいんだけれど」

「もちろんかまわないわよ」

カミールは首を振った。「これほどの才能があるなんて、あなた自身も知らなかったんでしょう?」

「わたしの父は画家なの」

「ええ、すばらしい画家よ。でも、それはあなただって同じ」

「アトワージー教授にいろいろな技法を教わったから」

「それはそうでしょうけど、あなたの手腕や才能はもともと備わっていたものだわ」

「幼いころから絵を描くのが好きで、父が描くところをよく見ていたの。父の油絵に比べたら、わたしの絵など足もとにも及ばないわ」

「そう、きっとだれにもなにかしら特別の才能があるのね。あなたの場合は、見たものをそのまま記憶して、あとでそっくり再現できる能力ではないかしら」

キャットは残念そうに忍び笑いをもらした。「今日なんか、発掘作業の様子をスケッチすることになっていたのに、結局は人の顔をいくつも描いて終わってしまったわ」

「それはそれでかまわないんじゃないかしら」カミールは言った。彼女は〝砂漠の風呂〟の周囲にめぐらしたキャンバス地の布の前で見張りに立っている作業員たちに礼を述べた。そしてズボンとシャツを脱ぎ、浅いけれど透き通った冷たい水に体と髪をつけた。

キャットも彼女にならった。

「ああ!」カミールが立ちあがって言った。「あなたに想像できる? ブライアンは以前、水がまったくない場所で発掘作業をしたんですって。一滴でもあったら飲み水にまわさなければならない場所で。でも、きっとわたしは耐えられると思うわ。この仕事が大好きですもの」

「わくわくする仕事よね」キャットは同意した。

「だけど、みんながみんなそうではないわ。マーガレットは不満みたいよ」

「彼女は明日ホテルへ帰るんですって」

「それがいいわ。知っているかしら。わたしたちもときどき帰るのよ。この仕事はとても時間がかかるし、すごくきつくて、そのうえ単調だから」

ふたりは昼間の光が完全になくなるまで水につかっていたあと、立ちあがって服を身につけ、野営地に戻った。そのころには夕食の準備が整い、ほかの人たちは食事を始めていた。なかには早くも食べ終えて食器を戻している者もいる。彼らが雇った作業員たちはみんな優秀で、雇主の世話をすることをいとわなかったが、ブライアンとハンターの方針で全員が協力しあうことになっていたため、食べ終わるとたいていだれもが自分で食器を片づけた。

食事を終えたキャットとカミールが食器を洗っているとき、ハンターが驚くべき発表をした。

「明日、このなかのかなりの人数がホテルへ戻る予定だ」彼は言った。「マーガレットはここでのこれまでの成果を父上に報告しに戻るし、アーサーは奥さんのところへ帰る。それから学生諸君もカイロに戻るので、数人の作業員が護衛として一緒に行く。ああ、それとキャット、きみも彼らに同行するんだよ」

「なんですって？」驚きのあまり、キャットは全員が見守るなかで不信感もあらわに言った。

「きみも一緒に戻るんだ」ハンターが繰り返した。

「でも……なぜ戻らなくてはならないの？」キャットは問い返した。

その場がしんと静まり返った。キャットは全員の目が自分たちふたりに向けられているのを意識した。カミールはスカートの糸くずをとっているふりをしている。アーサーは頭をかきながら火を眺めている。それ以外の人はなにかするふりなどせず、ただふたりを見つめていた。

「ぼくの指示だからだ」ハンターがキャットに言った。

キャットは全員の前で口論を始めたくなかったが、すごすごと引きさがって彼の言いなりになるのもいやだった。

彼女は立ちあがって髪の乱れを直した。「あとで話しあいましょう」そう言い残して立ち去った。

キャットは動転しきっていた。なぜハンターはあれほどまでにわたしを厄介払いしたがるのだろう。しかもデーヴィッドと一緒に戻らせたがるなんて。

すぐ後ろからハンターが来るのに気づいてもよさそうなものだった。三十メートルも行かないうちにキャットはハンターに腕をつかまれて引きとめられ、くるりと彼のほうへ向かされた。

彼は怒っていた。

「みんなの前でぼくの権威を損なうようなことは言わないでくれ」ハンターが鋭い口調でとがめた。

「だったら、あんなふうに人を驚かす命令を出さないで」キャットは言い返した。「わたしは戻りたいなんて少しも思っていないわ。マーガレットはここが嫌いかもしれないけど、

「わたしは違う」

「きみにホテルへ戻ってほしいんだ」

「どうして？　わたしはここで間違ったことはなにもしなかった。わたしは……わたしはかなりよく適応したんじゃないかしら」キャットは少し自信をなくして言った。ハンターは、夜に彼を待っている肉体があることを喜んでいるのだと思っていた。たとえ彼女を愛していなくても、そばにいることを喜んでいるものとばかり。

「いいとも、説明しよう。どうやらこのあたりに狂信的教団があって、次第に活動をエスカレートさせているらしい。今日、アリがあちこち駆けまわって情報を集めてきたところによれば、この南方のナイル川に近い野営地が襲撃を受けた。そこの調査隊はたいして重要でない女王たちの墓を発掘していたのだが、ふたりが殺された」

キャットはかぶりを振った。「でも、あなたはここに残るんでしょ。それにブライアンも。わたしたちにはアブドルやアリがついているわ……それにロバートやアランやアルフレッドやデーヴィッドを送り返さなければ、彼らもいる」

「学生たちも向こうへ送り返す。きみも一緒に戻るんだ」ハンターはかたくなに繰り返した。

「カミールも戻るの？」

「いや」

「だったら、なぜわたしは戻らなくてはならないの？」

ハンターはじれったそうに大きなため息をついた。「なぜって、ぼくがそう指示したからだ」

「でも――」

「キャット、きみは磁石みたいに厄介ごとを引き寄せる。だからホテルへ戻ってもらいたいんだ」

キャットは彼の言葉にショックを受け、ごくりと唾《つば》をのみこんだ。「わたしは絶対に戻らないわ」

「いいや、だめだ。力ずくでもきみを戻らせるからな」

ハンターは本気だった。キャットは手足を縛られて馬の背へほうりあげられ、有無を言わせず砂漠から追い立てられる屈辱的な場面を思い描いた。そんな仕事をさせられるのはアリだっていやだろうが、ハンターの命令なら従うだろう。ハンターの権威に逆らおうとする者などいないに決まっている。

腹が立つやら悔しいやらで、彼女は涙が出そうになった。もちろん、わたしを送り返せば襲撃からは守れるでしょうよ。でも、本当の理由はハンターがわたしに飽きたからだわ。それと、わたしが厄介の種だとわかったから。そんなふうに思われるなんて、いったいわたしがなにをしたというのだろう。

「わたしを無理やり戻らせるというの?」キャットは尋ねた。

「そのとおり」

キャットは向きを変えて歩きだした。そして立ちどまり、肩越しに言葉を投げた。なぜそのような言葉が口を突いて出たのか自分でもわからなかった。おそらく傷ついたあまり分別を失っていたのだろう。「あなたなんか大嫌い。顔も見たくないわ!」

「きみは喜んでもいいはずだがね。いとしいデーヴィッドと一緒に帰れるのだし、邪魔なぼくがそばにいないんだから」

「そうね。だけど、わたしは監視されているんでしょ?」

「その点は請けあってもいい。アリは人を殺すことになんのためらいもない。ここの人間はそういう問題に関して非常に厳格だからね」

キャットはのの しりの言葉をつぶやき、いったいわたしがなにをしたせいで彼はこれほどつらくあたるんだろうと考えながら、再び野営地に向かって歩きだした。

彼女は足を止めて空に輝く月を、その光に照らされている砂漠を眺めた。はるか遠方に白銀の月光を浴びている大ピラミッドの頂が見える。共用の場所に今は人影がないのは、おそらく全員が荷づくりにかかっているからだろう。ハンターと彼が選んだ数人を除く全員が。

キャットは暗い通路を自分の区画へ急いだ。彼女もまた荷づくりをしなければならない。

だが、彼女はしないことにした。

なにかをほうり投げたかった。しかし、手近にあるのはランプくらいだ。たったひとりきりのときに真っ暗闇のなかへほうりだされたくはない。キャットは仕方なく自分の体をベッドの上へ投げだし、顔を壁のほうに向けて体を丸めた。

そうして眠らずにじっと横たわり、怒りではらわたが煮えくり返る思いで壁を見つめていた。まもなくハンターがやってきた。彼が服を脱ぎ、明かりを消して、彼女のかたわらに横たわった音がした。背中にふれられたのを感じたキャットは、体をこわばらせて彼から遠ざかろうとした。けれども少し動いただけで壁にぶつかった。

「キャット……きみは行ってしまう」ハンターが言った。先ほど彼女がひどい言葉を投げつけたにもかかわらず、口調は冷たくなかった。

だけど、なぜ今さらそんなことを言うのだろう？　命令を下しているのは彼なのだ。

「わたしが行ってしまうのは、あなたがそうさせるからじゃない。あなたがそう決めたんだわ」キャットは言った。

「ばかだな。ぼくはきみの命を心配しているんだよ」

「カミールはどうなの？」

「カミールはきみと違って、このところ立て続けに発生した危険な出来事に巻きこまれていない。それに彼女の身を心配するのはブライアンの役目だ。ぼくはきみを守る」

「行きたくないわ」

「しかし、行かなければならない」

「だったら、悪いけどあなたの手をどけてくれない？」

キャットはハンターの笑い声を聞いてぎょっとした。それはやや傲慢であると同時に辛《しん》辣《らつ》な響きを持っていた。「つまり、きみにとってはこの世のすべてが取り引きなんだ。そうだろう？」彼がきいた。

「いいえ！　ええ。たぶん……わからない。あなたはどうであってほしいの？」キャットは憤慨して問い返した。

ハンターが彼女の体を自分のほうへ向けた。彼が穏やかな口調でこう言ったとき、キャットはその声に力強さを感じた。「真実が明らかになってほしい、かな。うやむやのままにしておきたくないんだ。しかし、きみとこんな別れ方はしたくない」

そのあとキャットは、怒りが目もくらむような媚薬《びやく》の働きをすることを知って驚いた。それまで彼女はハンターにふれられても冷淡に振る舞おう、なにも感じないふりをしようと決意していたが、その決意はもろくも崩れた。キャットは正確な記憶力の持ち主だ。そして今、愛の行為のあらゆる細部を記憶に刻みこみたいと願った。彼のにおいを、肌と肌のこすれる感触を、摩擦を、熱を、彼女の肌を撫《な》でる彼の手を、彼のキスと愛撫《あいぶ》を。キャットは自分がこれほど激しい情熱で応じられるとは考えたこともなかった。ハンターにしがみつき、体を弓なりにし、動き、ふれて味わう……肩、胸、そのほかあらゆるところを。ふいに、彼を魅惑して欲望を刺激することほど重要なことはないように思われた。

キャットはひたすら祈った。ほんのひとかけらでもいいから自分の存在がハンターの心に、魂に刻まれて永遠に残りますように。単なる肉体の記憶としてでもいいから……。

それなのに結局残ったのは壁だけだった。言葉もない。ハンターは折れるつもりがないのだ。キャットは彼もまた眠らずに横たわっているのをぼんやりと意識した。だが、情熱を使い果たした彼はよそよそしかった。キャットを抱き寄せようともしなかった。

やがて朝の訪れとともにハンターは去った。

ぼくがどんなに悲しんでいるかキャットには永遠にわからないだろう、とハンターは思った。彼女は雌馬の背に乗って顎をつんとあげたまま、ぼくのほうを見ようともしない。ぼくが心からキャットの身を案じていることも、彼女は永久に知らないだろう。ほかの調査隊をカルト教団が襲ったことは彼女に話した。

しかし、最悪の情報は話さなかった。

フランス人とエジプト人の血を引くフランソワーズが、砂漠で死体となって発見されたことは。彼女は喉をかき切られ、砂を赤い血で染めていた。キャットはまもなくそれを知るだろう。カイロじゅうがその話で持ちきりだという。けれどもそれを知るころには、彼女はホテルにいる。知らせを送ってよこしたエイヴリー卿に、ハンターはキャットを実の娘と同じように保護してやってほしいという依頼の手紙を送り返した。それにキャットのかたわらには常にイーサンがついているだろう。

デーヴィッドとその仲間たちはいまだに信用しきれないが、彼らを送り返すことはアブドルやアリやブライアンと相談して決めた。ただひとつ確実にわかっているのは、彼ら若者はほかの調査隊を襲撃してふたりの人間を殺害した犯人ではないことだ。女性たちの護衛として作業員の半分をつけてやるし、デーヴィッドやその学生仲間、それにイーサンとアリもいるから、かなり大きな一団になる。彼らの行く手を遮るには相当の人数が必要だろう。

キャットは一度もハンターを見ようとしなかった。それでも彼はそばまで歩いていって、鞍《くら》に置かれている彼女の手をとった。

「一週間くらいしたら、ぼくもホテルに戻るよ」ハンターは言った。

「そう?」キャットはまったく興味がなさそうに言って、手を引っこめた。

「キャット、こうするしかないんだ」

「いいえ、そんなことないわ」

「まあいい。じゃあ、気をつけて旅をするんだよ」

ハンターは別れのキスもしないで、ただアリに出発するよう合図した。列が動きだした。

最後尾の馬が見えなくなったとき、ブライアンがハンターの横へやってきた。「例の教団の問題は深刻だ」ブライアンが言った。「奇妙な出来事ですむ話ではない。現にやつらは人を殺しているんだからな」

「彼らは古代の神官が呼びかけていると考えているようだが、そんな話をきみは信じられるかい?」

「いいや。きみは?」

「信じられっこないよ。おそらく彼らはなにかの目的で組織されたのだろう。そしてぼくが思うに……」ハンターはためらった。

「なんだ?」

「そのエジプト人たちの教団を組織したのはイギリス人のだれかに違いない」

「ああ、おそらくそうだろう。しかし、わからないのは……それと我々の旅の途上で起こった出来事とが、どうつながっているのかということだ。コロセウムでの石、ローマのホテルの蛇……それ以前の出来事だってあるし」

「ぼくにもわからない。アーサーがみんなと一緒に行ってしまったのは残念だ。彼の推理力が真相の解明に役立ったかもしれないのに」

「怒ってはだめ」キャットと並んで馬に乗っているマーガレットが言った。「これが最善の方法なのよ」

「怒ってなんかいないわ」

「あら、怒っているくせに。あなたの頭から湯気が立っているのが見えそうよ」

「こんなことをする必要はないのに」

「あるわ。ハンターはあなたが危険にさらされていると信じているのよ」

キャットは首を振った。話そうとして開いた口を、また閉じた。話したところでマーガレットには真実を理解できないだろう。

先頭を進んでいるアリは砂丘やちょっとした障害物のそばに来るたびに、たとえそれが一本の木にすぎなくても、一行を停止させては斥候を送りだした。キャットはただでさえ長い旅がこれでは永久に終わらないだろうと思ったが、マーガレットは最初に考えていたほど遠く感じないと言った。そう言われてみれば、キャットたちがカイロから発掘現場へ来るときは備品を山ほど積んだらくだの群れを連れていた。今は馬に乗った人たちだけなので、来たときよりもずっと速く移動しているのだ。

「あのね、わたし思うんだけど、アランを別にして、ほかの人たちは今日戻れることを喜んでいるのではないかしら」マーガレットが自分の考えを口にした。「きっとみんなはカイロで夜を過ごすほうが、なにもない砂漠でただ寝るよりも好きなんだわ」

「ええ、わたしもそう思う」キャットは会話に参加しようとささやいた。心根のやさしいマーガレットは、なんとかキャットの気持ちを引き立てようとしているのだ。

キャットがマーガレットのほうを向いてほほえみかけようとしたとき、砂漠のかなたから甲高い叫び声が聞こえた。彼らの左手にある砂丘は見かけよりも高かったのだろう。突然、そこから騎馬集団が現れた。

彼らは皆、黒ずくめの服装で、ゆるめたターバンで顔を隠し、目だけのぞかせている。彼らがキャットたち一行に襲いかかってきた。一瞬、彼女はその恐ろしいほど迫力ある光景に目を奪われて動けずにいた。馬にまたがった男たちは完全な統制を保ったまま、すさまじい勢いで近づいてくる。

アリが大声で命令を下した。彼の部下たちがマーガレットとアーサーとキャットをとり囲んだ。

「なんということだ！」キャットの後ろでデーヴィッドの声がした。振り返ると、彼は不器用に拳銃《けんじゅう》を抜こうとしていた。彼の鞍にくくりつけたホルスターに拳銃がもう一丁おさまっている。キャットは馬をデーヴィッドのほうに近づけた。

「その銃をちょうだい」

「いいや、だめだ。ぼくが撃つ。ぼくがみんなを守る。こう見えてもぼくは男だ」

「いいからその銃をよこしなさい！」キャットは怒鳴って手をのばし、鞍のホルスターから銃を抜きとった。

だが、そのときにはすでに、彼女をとり囲んでいるアリの部下たちと襲撃者たちとのあいだで戦いが始まっていた。砂塵《さじん》が視界を遮っている。マーガレットの悲鳴を聞きつけ、キャットは馬をそちらの方角へ向けた。

その瞬間、輪縄が飛んできてキャットはぎょっとした。輪縄は彼女の体に巻きついて馬の背から砂上へ引きずり落とした。キャットは激しい衝撃を感じ、目と口に砂が入って咳《せ》きこみ、縄に絡まりながら転がった。縄がぐいと引っ張られて再び転がった彼女は、黒ずくめの男が近づいてくるのを見た。とらえた獲物を回収しに来たのだ。

キャットは銃を構えて撃った。

男が倒れた。

彼女は引き金を引く勇気があった自分に驚くと同時に、人を殺す度胸があった自分にショックを受けて、しばらく男を見つめていた。だが、いつまでも砂上に横たわっているわけにはいかない。すばやく動かないと、今や至るところを狂ったように駆けまわっている馬たちに踏み殺されてしまう。

キャットはよろよろと立ちあがり、もうもうとした砂埃を透かしてまわりを見ようとした。砂埃のなかから剣を振りかざした男が彼女めがけて突進してくるのが見えた。

キャットは悲鳴をあげて再び撃とうとした。

銃に砂がつまっていた。

キャットは見あげた。男は剣をおろして彼女のほうへやってくる。空いているほうの手に縄を持っていた。

彼女は向きを変えて走った。

またもや輪縄が飛んできた。

キャットは砂上に倒れて転がった。黒ずくめの男はすでにそばにいて、彼女のほうへ手をのばしてきた。

17

　カミールは寝泊まりしている建造物の入口に座って、キャットが描《か》いた絵を眺めていた。キャットならきっとどこの雑誌にでも優れた風刺画を描けるのではないかしら。さっと描いた似顔絵のなかにそれぞれの人物の本質が巧みにとらえられている。自分とブライアンがやさしくて思いやり深い人間として描かれていることを、カミールは喜んだ。同時に、キャットがカミールたち夫婦の絆《きずな》の強さを絵のなかに表現しているのを見て感動した。

　彼女は思わずほほえんだ。学生たちの顔ときたら。みんな裕福な上流階級の坊やだ。それが絵にありありと表れている。カミールはアルフレッド・ドーズの似顔絵に目を留め、顔をしかめた。その絵のなにかが彼女を悩ませた。眉をひそめて、いったいこの絵のなにが心に引っかかるのだろうと考えた。わからない。たぶんこれからしばらくは悩まされることになるだろう。そう思って彼女はため息をつき、次の絵に注意を移そうとした。

「カミール、どうしてそんなしかめっ面をしているんだ？」

　彼女は目をあげた。埃《ほこり》まみれのハンターとブライアンが疲れた様子でやってくるところだった。「あら、ちょうどよかったわ。あなたたちならわかるかもしれない。これを見て。キャットが描いたのよ」

「ほう、そっくりじゃないか」ブライアンが言った。

「奇妙だ」ハンターがつぶやいた。

「なにが？」カミールは急いで尋ねた。

「うーん……はっきりとは言えないが」ハンターがそう言って肩をすくめた。「アルフレッド・ドーズの絵になにかがある」

「わたしもそう思うの」カミールは同意した。「でも、なにかしら？」

「なんとなく見覚えがあるような……」ハンターは首を振った。「もちろん見覚えがあるに決まっている。今日別れたばかりだからな」

「ええ、ええ。だけど、そういうこととは違うなにかがあるわ」カミールは言って、ハンターを見た。「あなたも気になるのね」

「なんにしてもよく考えてみよう」ハンターは言った。「貸してくれないか？」

ハンターはカミールからスケッチブックを受けとって、彼女と同じように学生たちの似顔絵を丹念に見た。

「デーヴィッドは夢見がちな性格がよく表されている」彼は言った。

「弱々しい顎の線をよくとらえているわ」カミールが少々辛辣《しんらつ》に言った。

「まあね」ハンターは認め、ページをめくった。「これは実に美しく描けているよ」彼はカミールとブライアンの絵を指さして言った。

「わたしもそう思ったわ。次を見てごらんなさい。あなたを描いたものもあるわ」

「ほう?」

カミールにはハンターが恐る恐るページをめくったように思えた。ハンターはキャットが描いた彼の見事な似顔絵を見て驚嘆したようだった。

「彼女はぼくをそれほど憎んではいないのかもしれないな」ハンターはぼそぼそと言った。

「あるいはまったく憎んでいなかったのかも」自分が声に出してしゃべっていたことに気づき、彼は体をこわばらせた。

「あら、キャットは無理やり送り返されたことを怒っていただけよ」カミールは言った。

「そうか」ハンターはスケッチブックを閉じてカミールに返した。「ブライアンと相談して、このなかを調査しようということになった」彼は手ぶりで建造物の内部を示しながらカミールに言った。

「ひょっとしたらこの場所は」ブライアンが説明した。「複合体の一部だったのかもしれない。たくさんの部屋と通路が見つかったから、今度は壁という壁をたたいてまわって、見せかけだけの壁や隠し扉がないか調べてみようと思う」

「いい考えだわ」カミールはスケッチブックのことを忘れて勢いよく立ちあがった。スケッチブックが地面に落ちた。「ほんの少し離れた場所でなにかが見つかったんですもの。それらがつながっている可能性は大いにあるわ！」

「さっそくとりかかろう」ブライアンが言った。

キャットは手の下に砂を感じた。その砂をつかんで、襲撃者の目にねらいを定めて投げつけた。

男は叫んでよろよろと後ずさりした。

彼女は絡まっている縄をほどこうともがき、転がっていって男の死体にぶつかった。死体の手はまだ剣を握っている。キャットはためらうことなく剣をもぎとった。そして再び襲いかかってくる男のほうへ、剣をぐいと突きだした。剣の使い方など習ったことはなかったが、鋭い刃が標的をとらえた。

そのとき悲鳴が聞こえ、キャットはくるりと振り返った。馬に乗った男がデーヴィッドに切りかかろうとしていた。今度もキャットは剣を振るった。敵は彼女が剣の扱いに長《た》けているかどうかを試す余裕がなかったのだろう、向きを変えて走り去った。

その直後、背後に人の気配を感じた。キャットは振り向きざまに剣を振るった。悲鳴が聞こえた。

今度も彼女は運がよかった。

だが、次に馬でやってきた男は剣でキャットの剣を受けとめた。彼女の剣がはじき飛ばされて砂上に落ちた。

キャットは無防備だった。馬に乗っていない別の男が叫び声をあげて襲いかかってきた。馬が砂を蹴《け》散らす音が背後に聞こえ、力強い腕がキャットをさっと抱えあげた。銃声がした。襲いかかろうとしていた男がばったりと倒れ、キャットは命拾いしたことがわかった。

救いに駆けつけたのはアリだった。彼の馬が前脚を持ちあげる。アリは引き返そうとしているのだ。

だが、すでに騎馬集団は逃げ去りつつあった。彼らは電光石火のごとく襲来し、あっというまに去っていく。またたくまに姿が見えなくなった。まるで存在すらしなかったかのように。

しかし、あとには惨状が残されていた。砂上に死体が散乱していた。アリがキャットを下におろす。彼女は、横たわってうめいている男に駆け寄った。アランだった。彼は手を突いて起きあがり、顔をゆがめた。脇腹《わきばら》から血がにじみでているのが見えた。

「しっかりして、アラン」キャットはささやいた。ペティコートをはいていればよかったと思ったが、この際ズボンの切れ端で間に合わせるしかない。彼女はズボンの裾《すそ》を破りとって包帯代わりにし、アランの腹部にしっかり巻いた。

「ぼくなら大丈夫だ、たぶん」アランが言った。

横にだれかが来たので、キャットは見あげた。アリだった。「部下がふたり死にました。負傷した者も何人かいます。我々は移動しなければなりません。カイロへ行かなければ。それも急いで」

アーサー・ドイルがまだ手に剣を握ったままやってきた。「レディ・マーガレット！レディ・マーガレットはどこだ？」

「まさか、そんな！」キャットは叫んで立ちあがった。まわりでも無事だった者たちが立ちあがろうとしている。マーガレットの名前が何度も呼ばれた。キャットは気味が悪いのも忘れて死体から死体へ走りまわり、必死で捜した。

マーガレットの姿は影も形もなかった。

「どんなことをしてでも彼女を見つけないと」キャットはアリに言った。彼女がアリを見つめ、彼がキャットを見つめ返す。キャット自身、マーガレットを見つけるのは不可能だとわかっていた。アランは血を流しているし、ほかにも怪我《けが》をした人たちがいる。こんな状態で捜索などできるわけがない。

「カイロへ行って助けを求めましょう」アリが言った。

キャットはうなだれたものの、うなずくしかなかった。彼女は希望を持とうとした。襲撃者たちはマーガレットを殺さないでさらっていった。ということは、マーガレットには大変な値打ちがあることを知っていたのだ。小さな装身具を売って得られるよりもはるかに大きな金になることを。たぶん身の代金の要求があるだろう。そしてエイヴリー卿《きょう》はそれを支払うだろう。

そう信じるほかない。そう信じるのだ。

突然、悲痛な叫び声がした。「マーガレット！」

デーヴィッドだ。哀れを誘う声だった。

キャットは彼を見てもなにも感じなかった。それどころか、どうしてこんな人に引かれたのだろうと不思議に思った。

「行きましょう」アリがそっと彼女に言った。

キャットはうなずいた。

ハンターは鋳鉄製の大きなフライパンで石の壁を端からくまなくたたき、うつろな音のする箇所がないか探した。体を動かして絶えずなにかをしていなければいられなかった。考えにふけったりしたら、頭がどうかなりそうだからだ。

キャットを送り返す必要はなかったのではないだろうか？　彼女が正しかったのでは？　仮に襲撃を受けた場合でも、この要塞《ようさい》のような場所にいるのがいちばん安全だったかもしれない。しかし、キャットは強情だ。ある日、なにかを探し求めて外へさまよいでるかもしれない。トンネルを見つけるかもしれないし、悪くすると穴に落ちるかもしれない。ぼくは間違っていたのだろうか？　それに、我々のなかに脅威がひそんでいることを、なぜぼくは見抜けなかったのだろう？　我々自身のなかに毒蛇が紛れこんでいることを……。

ハンターはフライパンを石にたたきつけた。

どうしてもキャットのことが忘れられず、ほんの一瞬たりとも心から追いだすことができない。昨夜は……たとえ何千回人生を繰り返そうと、あのような一夜は二度と経験できないだろう。すべすべした肌の感触、シルクのような髪、肌をくすぐる彼女の息吹、ぼくにふれる彼女の手……。

がん！

こーん。

ハンターはじっと立って耳を澄ました。再びたたく。返ってきた音は間違いなく石の向こうに空間があることを示していた。

ブライアンとカミールが駆けてきた。ブライアンがハンターからフライパンを受けとってもう一度たたいてみた。

彼らは目を見交わした。

カミールが歓声をあげた。「作業員たちを呼んでくるわ！」

「つるはしだ、つるはしがいる！」ブライアンが大声で言った。「我々はなにかを見つけたんだ、ハンター。とうとうやったぞ！」ブライアンは肩を揺すって言った。ハンターはせいぜいうなずくことしかできなかった。

ぼくらはなにかを見つけた。そうとも、たぶん大発見をしたのだ。

しかし、発見の代償にぼくはなにを失ったのだろう？

エイヴリー卿は慰めようがないほど落ちこんでいた。たしかにマーガレットをさらっていった一味は金と交換するために彼女を生かしておくだろう。きっとそうするに違いない。しかし、もしかしたらそうではないかもしれないのだ。

キャットは慰めの言葉をかけたかったが、なにも思いつかなかった。エマは自分のせいだと考えて泣いてばかりいる。負傷したイーサンは傷口の縫合がすんでベッドに寝かせられている。応急手あてを受けたアランもベッドのなかだ。いちばん重傷だったアトワージー教授には医師がつきっきりだった。

さんざん涙が流され、非難や抗議や後悔の言葉が発せられて、警察にも応援の要請が出されたが、キャットの見たところ実際になんらかの手を打とうとする者はいなかった。少なくともイーサンはベッドのなかなので、四六時中キャットについてまわる者はいない。

アリは今、野営地へ向かっている。なにかをしようと決意しているのは彼だけのようだった。

次の日、キャットは自分にできることがあればしようと決意を固め、さっと風呂に入り、適当な服を見つけて着た。そしてまずメイドのフランソワーズに会わせてもらおうとホテルのフロントに行った。キャットはまた、まだハンターには相談していないものの、フランソワーズに英国での仕事を提供しようと決意していた。

こんなところで男に殴られて暮らすよりは、そのほうがいいに決まっている。

キャットがフランソワーズについて尋ねると、フロントの若い男性はぎょっとしたような顔をした。

彼は咳払《せきばら》いをした。「まだお聞きになっていないのですか?」声に同情の色をにじませて尋ねた。

「聞くって、なにを?」

「彼女は……亡くなりました。殺されたのです。死体が砂漠で発見されました」彼は悲しそうに言った。

キャットは仰天して若い男性を見つめた。

「わたし、見たのよ……男の人が……フランソワーズを殴るところを」ようやくキャットは口がきけるようになった。「彼女には夫が……恋人とか、そういう人がいたのかしら?」

フロント係はかぶりを振って顔を赤らめた。「フランソワーズは……客をとっていました」彼はためらったあとで言った。「支配人は首にすると彼女に言い渡しました。ここは、その、立派なお客様ばかりが宿泊するホテルですので」

「するとあなたは彼女が売春婦で、客のだれかに殺されたと信じているの？」

「わたしはなにも信じていませんし、なにも知りません」

キャットはフロント係に背を向けた。あれほど美しくて心根のやさしい女性が若くして殺されたことにひどいショックを受け、胸は悲しみでいっぱいだった。

彼女は中庭のカフェのほうへぼんやりと歩いていった。なにも考えられず、どこへ行こうとしているのか自分でもわからなかった。だが、カウンターのそばを通りかかったとき、デーヴィッドがひとりで酒を飲んでいるのが目に入った。やがて彼はカウンターに突っ伏した。

キャットは首を振りながら近づいていって、彼の肩をぽんとたたいた。「デーヴィッド」

彼はぱっと顔をあげ、首をひねりでもしたように顔をゆがめた。「キャサリン……キャット、キャット、キャット！　ああ、ぼくはなんてばかだったのだろう」彼はまたカウンターに突っ伏した。

「酔っているのね。いったいどうしたの？　しっかりしなくちゃだめじゃない。早く酔いを醒《さ》まして、みんなと一緒にマーガレットを捜しに行くべきよ」

デーヴィッドが笑いだした。思わずぞっとするような笑い方だった。「やつらは彼女をつかまえている。きみにはまだわからないのか？　やつらは彼女をつかまえているんだ。ぼくは死ぬ。死ぬんだ。きみはまだ気づいていないのか？」

「いったいなんの話をしているの？」

「助けてくれ。ぼくをベッドに連れていってくれ」彼はキャットにゆがんだ笑みを向けた。

「ああ、そうか。きみはぼくをベッドに連れていきたくないんだ。きみにはハンターがいるもんな。あの全能の男がさ。なあ、キャット、教えてくれ。彼はあっちの方面も強いと評判だが、本当にそれほどいいのかい？」

「あなたがそんなに惨めな様子でなかったら、引っぱたいてやるところよ。お願い、教えて。今の話はなんのこと？　マーガレットをつかまえているのはだれ？　あなたは知っているの？」

「砂丘の向こう」デーヴィッドがささやいた。「彼らはどうして知っていたんだ？　どうして砂丘を越えてくればいいと知っていた？」

彼の言うことは意味不明だ。キャットはウエイターを手招きして硬貨を与え、この男性を部屋へ連れていってほしいと頼んだ。それがすむと自分の部屋に戻ってひと休みすることにした。

〝砂丘の向こう〟

あの騎馬集団が何者かは知らないが、彼らの本拠地――あるいはアジトとでも呼ぶべきだろうか――は砂丘の反対側にあるのだとふいにキャットは確信した。彼らはそこから砂丘を越えて襲ってきたのだ。

廊下に足音がした。キャットはためらってからドアを細めに開けた。廊下を歩いていく男はヨーロッパ風の服装をしていたが、手に衣類のような布束を持っていた。

フードつきのマント《バーヌース》だろうか？

キャットは男の歩き方と背の高さに注目して眉をひそめた。

そして立ちすくんだ。自分の描いた絵を見て以来、ずっと心に引っかかっていたものがなんだったのかわかったのだ。

プリンセス・ラヴィニアとエイヴリー卿の会話が脳裏をよぎった。

キャットはすぐ行動に移った。さもないと男は行ってしまう。それに男を止める手だてを見つけなければ……なにが起こるかわからない。まだばらばらの断片が完全にひとつにまとまったわけではないけれど、アーサー・コナン・ドイルも言っていたではないか。

〝不可能なことを排除していくことだ。そうしてあとに残ったものは、それがいかにありえなく思えようと、必ず真実なのだ〟と。

偶然の一致があまりにも多すぎる。そしてまた彼らが見たもの、彼らが知っているものがある。

キャットはドアを出て男のあとをつけた。だれかに彼女の考えを説明している暇はない。

納得させるにはすごく時間がかかるだろう。そのあいだにマーガレットは死んでしまうかもしれない。

男は階段の下へ姿を消そうとしている。

キャットは早足になった。

壁が壊れ、ハンターとブライアンはランタンを高く掲げて坑道のなかに入った。カミールが夫の後ろに隠れるようにして入ろうとした。

ブライアンが彼女を制した。「ここにいてくれ。なかになにがあるかわからないから」

「でも、わたしだってなにがあるか見たいわ」

「頼む」ブライアンはやんわりと言った。「これがどこへ続いているのかを、まずぼくたちが確かめてくるよ」

カミールは深々とため息をついた。

「カミール、きみにはここにいてもらいたい。だれかが来たらどうするんだ?」

彼女は隣に立っている有能なアブドルを見た。彼はカミールに顔をしかめてみせた。

「なにかを見つけたらすぐに戻ってきて、わたしに教えなくてはだめよ」

「もちろんだ」ブライアンは言った。

そこでカミールは残ることにした。

ふたりの男はゆっくりと進んだ。ここの壁は彩色画で覆われていた。ブライアンは立ちどまってランタンを掲げた。壁に象形文字《ヒエログリフ》が書き連ねてある。ハンターは眉根を寄せてランタンの明かりを頼りに頭のなかで翻訳しようとした。

やがて彼は目にした。ハスシェスの名前を表す象形文字を。

「ここが探していた場所だ」ハンターはささやいた。

「例の神殿か？」ブライアンがきいた。

「ここに書いてあるものからしてそう思う。先へ進もう」

ふたりの前方も後方も暗闇《くらやみ》に閉ざされていた。

突然、ブライアンがののしりの声をあげた。

「どうした？」

「別の壁だ」ブライアンはため息まじりに言った。

そのとき、彼らの名前を呼ぶカミールの声が聞こえた。


男は急ぎ足で階段をおりながら、手にしている衣服の束をきつく丸め、まるで隠そうとするかのようにしっかり小脇に抱えた。キャットは一定の距離を保って、気づかれないよう用心しながらあとをつけた。

ホテルの外へ出たところで男は立ちどまり、だれかに陽気な声で挨拶《あいさつ》した。キャットは建物の壁にぴったり体を寄せていたので相手が見えなかった。男が再び歩きだしたので、彼女は勇気を奮って壁の陰から出た。

男は厩舎《きゅうしゃ》のほうへ進んでいく。

キャットはつけていった。

再び聞こえてきた男の声も冷静そのものだった。男は心配そうに馬丁に話しかけている。

「馬を借りるよ。自分になにができるか、なにが見つけられるか確かめてくる」

男と馬丁が馬の支度をするのに余念がないのを見て、キャットはそっと厩舎のなかに忍びこんだ。彼らが馬を外に連れだしている隙《すき》に、彼女はずらりと並んだ馬房の前を走って雌馬のアーリヤを探した。やっと見つけた。鞍《くら》をつける暇はない。彼女は震える手でどうにか馬勒《ばろく》だけはつけた。

男は去ろうとしている。

キャットはたてがみをつかんで馬の背に飛び乗った。スカートが太腿のあたりまで押しあげられたが、意に介さなかった。彼女は雌馬に馬房の扉を押し開けさせ、驚いている馬丁を無視して厩舎の外へ出た。

戸外は暗くなりかけていたが、にぎやかな通りの明かりが前方を行く男の姿を浮かびあがらせていた。男の進み方は速かったものの、荒っぽい乗り方ではなかった。男は任務を帯びた立派な英国の若者らしく女性や子供に気をつけて進んでいく。

やがて市街地から砂漠へ出た男はゆっくり馬を駆けさせた。あたりは暗くてほとんどなにも見えない。キャットが自分に課した役目はとんでもないものだった。しかし彼女はもはや、マーガレットがさらわれたのは身の代金目あてであるとは信じていなかった。キャットがここで引き返したら、マーガレットは死ぬかもしれない。

そして、わたしが男のあとを最後までつけていったら、おそらくわたしもマーガレットも死ぬだろう。キャットは自分をあざけった。とはいえ……。

ほかにとるべき道はない。

アリがいた。すっかり動揺し、しきりに自分を責めていたが、言うことは首尾一貫していて、事件の一部始終を説明した。

「まあ、なんてこと！　かわいそうなマーガレット」カミールが小声で言った。

ハンターはアリの腕をつかまずにいられなかった。「ぼくの妻は……キャットは？」

「奥様はぼくたちと一緒に戦いました、サー・ハンター」アリは地面に唾《つば》を吐いた。「男たちよりも勇敢に。奥様は無事です。今はホテルにいます。この目でホテルにいるのを確認してから、ぼくは出てきました。それから作家のミスター・ドイルも無事です。あなたの従者のイーサンは負傷しましたが、医者がついています。ほかにも何人かが怪我をし、部下がふたり殺されて、レディ・マーガレットが連れ去られました。この不名誉は死んでもぬぐいきれません」

「アリ、きみは戦ったんだ。部下だって失った。不名誉なことなどひとつもないよ」ブライアンが慰めた。

ハンターは早くも行動を起こしていた。

「キャットに会いに行かなくては」ハンターは、止めようとするブライアンの機先を制して言った。「アリ、一緒に来てくれ。アブドルとほかの者たちは、夜が明け次第、マーガレットの捜索にかかってくれ」

ハンターはアリがいるのを感謝した。アリは夜目がきく。

暗いなかをどうやって男のあとをついていくことができたのか、キャットは自分でも理解できなかった。おそらくその理由のひとつは、今日、彼女が馬で来た道を男が逆にたどっていたからだろう。それに今夜はありがたいことに満月が空高くのぼって、青白い光で砂漠を照らしている。

しばらく行くうちに、キャットは裸馬に乗るほうが鞍にまたがるよりも楽だということに気づいた。横鞍に乗るよりもはるかに楽だ。

それでも……脚が痛くなった。彼女は、駆けさせても決して荒っぽい走り方をしない小さな雌馬に感謝した。

それにしても男はどこまで行くのだろう。

とうとう見覚えのある砂丘にやってきた。キャットは砂丘のてっぺんまで馬に乗って行くつもりだったが、途中で気が変わり、手綱を引いて馬をおりた。そして馬を引いて慎重に砂の上を歩いていった。そうすればいつでも止まれるし、男の行く先を見定めることができる。

だが、男の姿は忽然《こつぜん》と消えた。

キャットはうろたえて砂丘の反対側へ急いだ。すると、それが目に入った。やせこけた椰子《やし》の木が生え、地面に枯れ葉が散り敷き、オアシスと呼ぶにはあまりに惨めな干あがった泉がある。

彼女はその場所へ駆けていき、必死に枯れ葉をどけ始めた。驚いたことに、その下から扉が現れた。

大昔につくられたものだろうか？　違う、その扉は新しい木でできている。しかも巧妙な仕掛けになっていて、なかへ入って扉を閉めると擬装用の枯れ葉がその上に覆いかぶさって扉を隠すようになっている。

キャットはためらったあとで雌馬の尻をぴしゃりとたたいた。「おうちへ帰りなさい」彼女はささやいた。なかに入ってつかまるよりも、だれかに馬を見られて彼女の存在に気づかれるほうがはるかに恐ろしい。

目の前に大きな穴が口を開けた。下へ続いている階段は古い。キャットは再びためらった。考えなおすには遅すぎる。馬は行ってしまった。

彼女は地面に口を開けている真っ黒な穴を見おろした。


カイロに到着したハンターは、これほどの速度で砂漠を駆け抜けた人馬は歴史上いなかったに違いないと確信した。馬はぐっしょり汗をかいて息も絶え絶えだったが、優秀な馬丁に預けたから死にはしないだろう。

エイヴリー卿に会わなければならない。しかし、その前にキャットだ。

ハンターは自分たちのスイートルームに駆けこんで彼女の名前を呼んだ。返事はなかった。くそっ！　キャットはまだぼくに腹を立てていて、それを当然だと考えているのだ。だが今すぐ返事をしなかったら、最後の審判の日が訪れるまで彼女を揺さぶり続けてやる。

「キャット！」

彼は部屋から部屋へ駆けまわって彼女がいないことを悟った。

廊下でアーサーとばったり会った。「きみか！」アーサーが大声をあげた。

「ぼくの妻は……あなたと一緒か？」

「いいや。ほらこのとおり、見ればわかるだろう」

「彼女はどこだ？」

「知らない」

「エイヴリー卿のところに違いない」

「たった今彼と別れてきたところだ。キャットは一緒じゃなかった」

ハンターが見境なく人を殴って八つあたりしたい衝動に駆られたところへ、アリが緊張した面持ちで急ぎ足にやってきた。

「奥様は出ていきました！　鞍もつけずに馬で厩舎から走りでていくのを、ハッサムが見たそうです」

「なんだと？」ハンターは氷の手で心臓をわしづかみにされた気がした。

「イギリス人の男が厩舎へ来てハッサムに、これから出かけて自分になにができるか確かめてくると言ったそうです。彼が去った直後、レディ・マクドナルドがそのあとを追うように出ていったようです」アリは早口に説明した。

ハンターはアリからアーサーへ視線を移した。そのとき奇妙なことに、今日の昼間見たキャットが描いた似顔絵のことがぱっと脳裏に浮かんだ。

「その男はいったいだれだ？」アーサーがきいた。

「気にするな。ぼくにはわかっている」ハンターはそう言って、廊下を階段に向かって駆けた。アリがあとを追ってくる。

「待て！　ぼくも行こう」アーサーが叫んだ。「ぼくは北極海を航海したし、軍隊に属して世界各地を飛びまわった。それに医者だ。強いし、役にも立てる」

「じゃあ一緒に来るといい！　だが、待っていてはやらないぞ！」ハンターは叫び返した。

今度はカミールも新たに発見したものの調査に加わった。夫がランタンを掲げている人間を必要としたのだ。

「ブライアン、わたしほど熱意のある人間はほかにいないわ。それはあなただってよく知っているわよね」彼女は言った。「でも、明日があるのよ」

ブライアンはまた壁をたたいていた。

「これまで予感がしたことはあるかい、カミール？」

「なんですって？」

「予感というか、内なる声と言ったらいいか。もう一度アブドルを呼んでくれ、つるはしで手伝ってもらいたいんだ」

「ねえ、なんの話をしているの？」

「この壁を今すぐ壊す必要がある。今夜のうちに」

カミールはかぶりを振った。彼女は心配でならなかった。自分の身が、ではない。アブドルは野営地に残っている部下全員にライフル銃を持たせているし、彼らは銃の扱いに長けている。たとえ襲撃されても、備えは充分にできていた。

彼女が心配しているのはマーガレットのことだ。かわいそうなマーガレット。そして気の毒なエイヴリー卿。彼は気も狂わんばかりに嘆き悲しんでいるだろう。それなのになぜブライアンはこうも平然としていられるのかしら？

「アブドル！」

すでにアブドルはつるはしを持って控えていた。

カミールはランタンを掲げた。

そのうちに彼女は、自分でもつるはしを振るいたくなった。ブライアンの顔を見て、夫もまた苦しんでいることがわかった。古い壁につるはしを思いきりたたきつけたら、少しは気が紛れるのではないだろうか。

「今度はわたしの番よ」しばらくしてカミールは言った。アブドルは仕方なくつるはしを渡し、彼女が作業を続けるあいだランタンを掲げていた。

壁が崩れだした。

階段をおりていくと、大広間に隣接している控えの間に出た。壁にとりつけた台でたいまつが燃えていて、キャットが階段をおりきったときは、静かではあったが明るかった。

彼女はその墓だか神殿だかわからない建造物の内部の様子を知ろうとすばやく周囲を見ま

わし、すぐに天井を支えている巨大な円柱がたくさんあることに気づいた。たまたま旅行前に博物館でパピルスに書かれたハスシェスの物語を読んでいたので、至るところに記されているのが彼の名前と彼の聖なるスカラベであることがわかった。ほかにも神々の絵が描かれているが、神官その人も神として描かれている。そのとき、キャットは物音を、引きずるような足音と話し声を耳にし、慌てて左手の細い通路へ駆けこんだ。そこはランタンがふたつ燃えているだけでかなり暗く、陰からこっそり観察するにはもってこいの場所だった。

赤いマントをまとった男が三人、円柱が高くそびえている大広間の中央を歩いてきた。彼らはもうひとつの通路を西へ進んでいく。

そのときになってキャットは、通路が砂漠の下をまっすぐ西へ向かっていることに気づいた。地下には砂が大きく盛りあがったりくぼんだりしているところもなければ、砂丘もない。ここから真西へ行けばハンターたちの野営地に出る。自然の障害物がない地下でどのくらい距離があるのか、キャットにはわからなかった。

開けた場所へ歩みでるのは愚かとしか思えないので、キャットは細くて暗い通路を横歩きで進んでいった。突きあたりに薄明かりが見えた。彼女はさっきとは別の部屋へ出た。その部屋の奥に扉がある。これもまた、最近になってつけ加えられたものに見えた。赤いマントをまとった男がひとり、扉の前を行ったり来たりしている。

どうしようかとキャットが思案していると、すすり泣く声がかすかに聞こえた。マーガレットだ。

赤マントの男は気にもしなかった。それまでと同じように行ったり来たりしている。キャットは自分が丸腰であることに気づいた。それと、たぶんあまり時間がないことにも。しかし、扉の向こうですすり泣いているのはマーガレットであることがわかった今、彼女を見捨てて逃げるわけにはいかない。たとえ助けを呼んでこようとしても間に合わないだろう。

しばらく考えをめぐらしているうちに、キャットは赤マントの男が同じ動きを繰り返していることに気づいた。男は十歩前進し、十歩戻る。また十歩前進し、十歩戻る。

キャットはもうしばらくためらったあとで細い通路を駆け戻った。あたりはまだしんとしている。彼女は壁のたいまつを一本とってじっと見つめた。ひと晩じゅう燃え続けさせるために、なにかを染みこませてあるらしく、火を消すのは不可能なようだ。

彼女は細い通路を部屋へ駆け戻り、物陰に身をひそめた。男がこちらへ歩いてくる。

十歩。

男が向きを変えた。

キャットは走った。

走りながら、どうか殴るための力をお与えくださいと祈った。必死の祈りが聞き届けられたのだろう、キャットが男の頭めがけて力いっぱいたいまつを振りおろすと、男はばったり倒れた。

男の頭巾《ずきん》に火が燃え移った。キャットはマントのへりをつかみ、死にもの狂いで火にかぶせた。そして扉を振り返り、鍵《かぎ》がかかっていたらどうしようと恐怖に駆られた。しかし鍵はかかっておらず、かんぬきがかかっているだけだった。彼女は音がしませんようにと願いながら重たい木のかんぬきをゆっくりと滑らした。わずかにきしる音がして、内側から恐怖のあえぎ声が聞こえた。

キャットは扉を引き開けてたいまつを掲げた。

内部は真っ暗だった。どうやらマーガレットはほうりこまれてそのまま置き去りにされたらしい。彼女は扉のすぐ近くの地面に倒れていた。

あんなことがあったあとだから、マーガレットはきっと砂まみれに違いないとキャットは考えていた。だが、驚いたことにシュミーズに薄地のズボンをはき、金のネックレスとアンクレットと頭飾りをつけていた。

マーガレットはキャットを見て悲鳴をあげようとした。

「しーっ！」キャットは押しとどめた。彼女に気づいて、マーガレットは開いた口を閉じた。キャットはたいまつを高く掲げてマーガレットが閉じこめられていた部屋を見まわした。

息が止まり、心臓が喉もとまでせりあがった。

壁のくぼみに死体がずらりと並んでいる。キャットはパピルスに書かれていたことを思いだして気分が悪くなった。ここにあるのは何十という女性の死体だ。女性たちは偉大な神官の妻たちで、神官が死んだときにここへ閉じこめられたのだろう。生き埋めにされたのだ。彼女たちは、それぞれに割りあてられた硬いベッドに横たわって死が訪れるのを待っていたに違いない。

キャットの顔つきを見て、マーガレットが振り返った。どうやら彼女は自分が閉じこめられていた暗い牢獄《ろうごく》の内部を見たことがなかったらしい。

今、マーガレットはそれをまざまざと見た。

彼女は手で口を押さえたが、それよりも早く恐怖の悲鳴が喉からほとばしった。

キャットは心のなかで悪態をついた。ふたりで逃げるチャンスがあったかもしれないのに！

もう遅すぎる。こうなったら救えるものを救うしかない。

「手を貸して！」キャットは厳しい口調でマーガレットに命じた。

そしてマーガレットの手にたいまつを押しつけ、地面に横たわっている男からマントをはがしにかかった。マーガレットはおびえていたに違いないが、強い生存本能を持っていた。彼女は空いているほうの手でキャットの手伝いをした。キャットは無我夢中のマーガレットを見て、きっと想像を絶する恐怖を味わったのだろうと察した。

そのとき、遠くで足音がしたような気がした。「急いで。さあ、早く！」

キャットはマーガレットをせかした。それからマントをはぎとった男の体を死体置き場へ引きずりこんだ。マントを拾いあげて着ようとする。それをまとって十歩ずつ行ったり来たりしていれば、ごまかせるかもしれない。

「この扉をもう一度閉じなくてはならないわ。少しのあいだだから我慢してね」

「いや！」マーガレットがキャットにしがみついた。

「マーガレット、わたしがこの男のふりをしていないと――」

「わたしをここに閉じこめないで、お願い！」完全にパニック状態のマーガレットはものすごい力でしがみついてくる。キャットは恐怖にゆがんだ彼女の顔を見て、いくら言い聞かせても無駄だと悟った。

「わかったわ」キャットは気落ちして言った。「このマントを着て。そして平然とした足どりで、そこの通路を歩いていくのよ。そうしたら大広間に出るから、その突きあたりの階段をあがりなさい。てっぺんに着いたら天井を押せばいい。扉になっているから」

「わたしを追いかけてくるわ」

「いいえ、そんなことはさせない。さあ、階段のところまでわたしが連れていってあげる。そこから先はひとりで行くのよ。わかった？」

マーガレットがうなずいた。彼女を押すようにして階段の前まで行ったキャットは、一瞬、ふたりとも逃げのびられるかもしれないと淡い期待を抱いた。

そのとき足音がした。振り返ると、男がふたりやってくるのが見えた。彼女はマーガレットをぐいと押した。「さあ、行って。そして助けを呼んできてちょうだい！」

マーガレットは去った。キャットは近づいてくる男たちの横を大声で叫びながら駆け抜けた。予想どおり彼らは向きを変え、彼女をつかまえようと追いかけてきた。

大広間はだだっ広く、キャットは若くて足が速い。しかし、いずれ壁に突きあたるのはわかりきっていた。

事実、突きあたった。高い壁に。そしてその前に神々にふさわしい椅子があった。いや、神々ではない。神だ。崇拝されるべき神。

まどわされて忠誠を誓っている者どもは、自分たちのあがめる神が金であることを理解していない。そんなことはどうでもいいのだ。

マントをまとった男たちがどんどん近づいてくる。あと数秒でキャットに追いつくだろう。彼女を逃がさないためには、襲いかかって地面に組み敷くこともいとわないはずだ。

その必要はなかった。キャットの逃げ場はどこにもなかった。彼女はただそこに立って、椅子に座っている人物を見つめていた。神のような服装をし、目の周囲に黒いくまどりをして、胸に黄金を、手に杖《つえ》を持っている人物を。

いかにも自然な仕草で、彼は頭をかしげてにやりとした。

「よく来たね、キャット」

その神は笑いだした。

18

満月が地上を皓々《こうこう》と照らしていたので、彼らは二頭の馬の足跡をやすやすとたどることができた。

だが、砂漠は絶えず姿を変える。引き返して再び足跡を探さなければならないことが何度かあった。

時間がたつにつれてハンターの恐怖心はますますふくれあがった。彼はフランソワーズのことを、彼女がすみやかに、そして残酷に殺害されたことを考えた。殺された理由は……なんだったのか？　裏切り行為を働いたのだろうか？　なにかを見たのだろうか？　だれかを脅したのだろうか？

悪いたくらみを抱いている者にとって、キャットが脅威であるのはたしかだ。

馬に乗っているあいだじゅう、ハンターの脳裏をさまざまな考えが渦巻き、不安が心をさいなんだ。デーヴィッド・ターンベリーがヨットから落ちたあの日、犯人は本気で彼を殺すつもりだったのだろうか？　それともあれは単なる警告だったのか？　ローマで大きな石が落ちたときの標的がキャットだったのは間違いない。

テムズ川へ飛びこんでデーヴィッドを助けた瞬間から、キャットはやつらの脇腹《わきばら》に刺さった大きなとげとなったのだ。そしてエイヴリー卿《きょう》をなだめるためにハンターが結婚という手を考えついたときは、やつらは疑いを抱くと同時に、それが自分たちの目的達成に役立つかもしれないという期待さえ抱いたのではなかろうか。

やつらはキャットに才能があることをまったく予想していなかった。彼女が芸術的なセンスや信じがたい記憶力の持ち主であることを知らなかった。

「砂丘です！」アリが叫んだ。

前方に月光を浴びている砂丘があった。

ハンターの脈拍が速くなった。それまで彼は満月を天からの授かりものだと思っていた。だが今になってそれが呪《のろ》われたものだと悟った。なぜなら満月は、人間の歴史を通じて伝統的に神に生け贄《にえ》をささげるときであるからだ。

彼は口のなかで悪態をついて馬をおり、地面を探した。

足跡は砂丘の上へと続いている。それを目でたどっていったハンターは息をのんだ。

つかのま、彼は風のそよぎを、ひんやりした夜の大気を感じ、過去に連れ戻された気がした。砂丘の頂にひとりの女がいる。古代の美しい衣装をまとい、黄金や宝石を身につけた女が。彼女が両腕をあげたとき、かけられていたマントが落ちた。彼女は神に祈りをささげる巫女《みこ》のように両腕を天へ差しのべた。

そして地面に倒れ伏した。ハンターは彼女が砂丘を転がりだしたのを見て走り寄り、途中で受けとめて抱き起こした。

ちょうどアリが追いついたとき、彼女の目がぱっちりと開いた。「ああ、ハンター！彼女がつかまったの。彼女がつかまってしまったの……ああ、どうしよう！」

神は手を振ってマントをまとった者どもをさがらせた。彼は愉快そうにキャットに笑いかけている。まるで、今まで一度もばれなかった悪ふざけを彼女に見抜かれてしまった大学生のようだ。

「きみはぼくを見ても驚かなかったね。いつわかったんだ？」彼がキャットに尋ねた。

「あなたが母親にそっくりだと気づいたときよ」キャットは答えた。

「すごいじゃないか。今までだれも気づかなかったのに。正直に打ち明けると、このぼくでさえ彼女が実の母親だとは数年前まで知らなかったんだよ」アルフレッドはそう言って肩をすくめた。

「わたしが理解できないのは」キャットはこのあとに待っているものが恐ろしかったので、必死に何気ない会話を続けようとした。「なぜあなたと彼女の本当の関係をずっと公にしないでいるのかということ。あなた方ふたりが協力しあっているのは明らかだわ。それになぜ……なぜあなたの母親は――あなたの父親の最初の妻ってことよ――夫の愛人の子を自分の子として受け入れたの？」

「それは、まあ……ぼくの父はドーズ卿だったからね。今のぼくがドーズ卿であるように。彼女はレディ・ドーズでいたかった。子供を産めない体とわかったとき、おそらく彼女は最後通牒《つうちよう》を突きつけられたに違いない。権力と地位と金を握っている人間は……そう、人に命じて記録を改竄《かいざん》することぐらい朝飯前なのさ。そこで問題はきみだ。ああ、キャット、失礼、レディ・マクドナルド！　きみがたまたまこの件にかかわってきた経緯には驚かされたよ。あの日、ぼくはだれかがデーヴィッドを助けるだろうと予想はしていた。彼を突き落としたのは、ぼくを疑い始めていたことに対して警告を与える必要があったからだ。いいかい、最初から彼がすることになっていたのは、せいぜいあのいまいましい地図を盗むくらいのものだったんだ。ところが、きみが川へ飛びこんで彼を助けた。デーヴィッドを助けたのがきみであること、そしてエイヴリー卿がそれに対して褒賞を与えたがっていることを知った母は、脳卒中を起こしそうだったよ。母はうまく立ちまわってきみの父親にとり入り、彼の絵を売りさばいてきた。もちろんその一方で、我々が手に入れたエジプトの財宝を売る手配もしていた。そこへきみがかかわってきて父親の絵を有名にし、なにもかも台なしにしたというわけだ。ぼく個人としては、最初はそれを愉快きわまりないことだと思った。それからまた、きみがデーヴィッドのために進んで魂を売り渡すつもりだったら、ぼくは喜んできみが地獄へ落ちるのに手を貸し、ぼくにどんな借りがあるかをデーヴィッドに思いださせる別の理由を与えてやっただろう。当然、ぼくらはすぐに気づいたよ。エイヴリー卿とカーライル卿とサー・ハンターが計画している調査旅行の目的地が、ぼくらの活動拠点と危険なほど近いことにね。ぼくらはなんとか例のいまいましい地図を手に入れた。その結果、きみたちは発掘すべき場所がわからずに砂漠をいつまでも探しまわるはずだった……。それなのにきみが地図をあれほど正確に再現するとは、いったいだれに想像できただろう?」アルフレッドはため息をついた。「すまないね。きみはたぐいまれな女性だ。きみの人生がこんな終わり方をしなければならないなんて、かえすがえすも残念だよ」

「なぜなの?」キャットは尋ねた。「あなたはお父さんのたったひとりの跡継ぎだったじゃない」

「ああ!　ぼくは賭事《かけごと》が大好きでね。悲しいことに遺産をたちまち使い果たした。しかしぼくの母は……なんというか、その、それまでもいくつかの違法行為にかかわっていた。それに世間がぼくらの本当の関係を知らなくて、ぼくと彼女が憎みあっていると思いこんでいるほうが、ものごとはたいていうまく運んだ」

「あなたのお母さんはいつからエジプトの闇《やみ》取り引きにかかわっていたの?」

「これに、このすべてに?　そうだな、実にうまくできた計画だった。始めたのはつい去年からだ。肝心な点は、そう、利益を分かちあわなければならないところにある。今では、いいかい、出資しなくても、金がうまく流れるようにしていればいいんだ。世の中には貧しい人間が大勢いるんだよ。彼らに世界を与えてやると信じさせることができさえしたら……神になれるのさ。それにただの王侯貴族でいるよりも神になるほうがずっと楽しいしね」アルフレッドは自分の言葉にさもおかしそうな笑い声をあげた。

「それで、マーガレットは?」キャットはささやいた。

「マーガレットか。ああ、彼女は愛らしくて美しい。汚れがなくて純潔だ。だれからも愛されている。だからこそ彼女は最高の生け贄になるんだ」

キャットはぎくりとした。マーガレットがもうここにいないことをアルフレッドはまだ知らないのだ。

「あなたは本当にマーガレットを殺す気でいるの? そんなことをしたら、エイヴリー卿はあらゆる手をつくしてあなたをつかまえるでしょう。そしてあなたを衆人の前へ引きずりだして……四つ裂きの刑に処すわ」

「そういう刑罰はずっと昔に禁止されたよ!」

「エイヴリー卿はきっとそれを復活させるわ。彼がしなくてもハンターがあなたを殺す」

キャットはきっぱりと言った。

「ぼくが犯人だとどうしてわかる? ぼくは今日、きみたちと同じように襲撃されたんだ今度はキャットが笑う番だった。アルフレッドは気分を害したようだが、彼女はこらえきれなかった。「わたしが気づいたことにほかの人が気づかないとでも思うの？」

彼の表情が険悪になった。「それがどうした？」

「レディ・ドーズはここにいるんでしょう？」キャットは尋ねた。「フランスになんかいない。外国へ絵を売りに行くふりをしては、ここへ来ているんだわ」

「頭のいい子ね、キャット。本当に頭のいい子！」

その言葉は背後からかけられた。キャットは声の主を知っていた。彼女はくるりと振り返った。

「レディ・ドーズ」キャットは言った。イザベラがいた。息子と同じように白い衣装をまとっている。かぶっている黄金を施した頭飾りはエジプト王妃ネフェルティティの肖像に似せたものに違いないとキャットは確信した。古代の服装をしたイザベラは目が覚めるほど美しくて優雅だった。

威厳があった。

すごみがあった。

「知っているかしら」キャットは相変わらず何気ない口調を装って言った。「イライザはとても頭が切れるのよ。姉は最初からあなたがよこしまな性格の女だと見抜いていたわ」

「イライザ！」レディ・ドーズはさもうんざりしたように言った。「ふん、かわいそうな子。砂漠でおまえが死んだと聞いたら、彼女はすっかりとり乱して、いずれは事故死かなにかするんじゃないかしら。わたしがおまえの父親と結婚したあと、彼女にそばにいられるのは我慢できないもの。まあ、見て、アルフレッド！　この子ったら真っ赤になって怒っているわ。どんな肉体的な拷問よりも、このほうがずっと効き目があるみたい。ええ、そう。わたしはおまえの父親と結婚するつもりよ。きっと彼はものすごく有名になる。彼が大変なお金持ちになるとわかっていたら、わたしだってこれほど手のこんだたくらみにかかわらなくてすんだのにね。もっとも本音を言うなら……そうなの、ここはけっこう楽しいわ。人々に自分を崇拝させるのは。それに古代の工芸品を売って得られる金は……びっくりするほど多額なのよ」

キャットは懸命に怒りを抑えた。「わたしは前々からあなたの頭は正常でないと疑っていたけど、これほどおかしいとは思わなかったわ」

「おかしい？　わたしがどれほど上手にやってきたか、おまえにわかるの？」

「あなたはやりすぎたのよ。自分の世界が崩れかかっていることに気づいていないんでしょう？」キャットは穏やかに言った。「あなたは必ずつかまるわ」

「どうしてそんなことが言えるのかしら？　おまえの友人のあのばかな考古学者たちに、この場所を見つけられるとでも思うの？」

イザベラはすっかり悦に入っている。そのとき頭巾《ずきん》をかぶった数人の男が部屋に入ってきて、彼女の前にひざまずいた。

キャットは言葉を理解できなかったが、どんな話が交わされているのか想像はついた。ついに彼らはマーガレットが消えたことに気づいたのだ。

イザベラが怒り狂ってさっとキャットを振り返った。そしてつかつかと歩いてきて彼女の喉をつかんだ。「マーガレットはどこ?」イザベラは金切り声で叫んだ。「どこなの?」

キャットはイザベラの手首をつかんで腹に膝蹴《ひざげ》りを食らわせた。その代償を払うはめになるとわかってはいたものの、一瞬だけでもやり返せたことに満足した。マントをまとった男たちが駆け寄ってきて、キャットの頬をいやというほど殴った。彼女は衝撃に耐えきれずに膝を突いた。

だれかがキャットの両腕をつかんだ。彼女は引き起こされて再び殴られた。

世界がぐらりと揺れ……。

キャットはイザベラがマーガレットを見つけろとわめいているのをぼんやりと意識した。

彼女は髪をつかまれてぐいと頭をそらされた。怒りに燃えるイザベラの目が見えた。

「汚らわしいこのあばずれが。おまえなんか見るのも忌まわしい」イザベラが噛《か》みつくように言った。「でも、おまえでも充分立派な生け贄になるわ!　それどころか……」彼女は顔を近づけた。「思う存分楽しみながら殺してやるわよ」

マーガレットの言うことは支離滅裂だったが、苦労したあげくになんとかハンターは彼女が地下にいたことを理解した。

「そこには死んだ人たちが……死体や骨が……」

「場所は？」

マーガレットは砂丘の向こう側を手で指し示した。

ハンターは立ちあがってアリを見た。「向こうに隠れた入口があって……どこかに通じているんだ。入口を探そう」

「木々のそばよ、ハンター」マーガレットが言った。「そこに椰子《やし》の葉が……わたしは椰子の葉に隠されているところから出てきたの。きっとそこにあるわ。椰子の葉をとりのけたら見つかるはずよ」ハンターはそちらへ向かって歩きかけたが、彼女が再び興奮して彼の腕をつかんだ。「だめ！　キャットを助ける前にあなたが殺されてしまう……なかに大勢いるの。彼らはなにかのお祈りを唱えていて……たぶん……まもなく……わたしは殺されるところだったんだわ。ハンター、なかへ入ってはだめよ。あんなに大勢の敵と戦えっこないわ」

ハンターはアリを見た。マーガレットの言うとおりだ、自分が死んでしまったらキャットを救うことはできない。

時間は刻々と過ぎていく。

彼はマーガレットが脱ぎ捨てたマントを見た。「やつらはこれを着ているんだね？」

マーガレットがうなずいた。

「ぼくはなかへ入らなければならない」ハンターはそう言って彼女のかたわらにひざまずいた。「アリは野営地に応援を求めに行かなければならない。マーガレット、勇気を出すんだ。どこか安全な場所を探すから、きみはそこに隠れていてくれ」

「だめよ！」マーガレットが叫んでハンターにしがみついた。

アリがハンターを見た。「彼女はぼくの馬に乗せていきましょう」

「ふたりで乗ったら遅くなる」

そのとおりだ。だが、彼女をひとりで残しておくのも心配だ。

アリと一緒に行かせるしかないと決めかけたとき、砂漠を別の馬がやってくるのが目に入った。乗っているのはひとりだけだ。

「いったいだれが……？」ハンターはつぶやいた。そしてにっこりした。「アーサーだ！　アリ、ぼくは例の入口へ向かう。マーガレットをアーサーの馬に乗せるよう頼んで、きみはすぐに野営地へ行ってくれ。ブライアンとアブドルとほかのみんなを連れてくるんだ。忘れずに武器を持たせるんだぞ。できるだけ早く戻ってこい」

ハンターは赤いマントを拾いあげて砂丘を駆けあがり、再び砂の上を急いだ。あった！

椰子の木々……そして砂上には、あたかも自然に散り敷いたかのような葉。

キャットは闇のなかで意識をとり戻した。動こうとしたとき、手首になにか重たいものを感じた。なんだろうと不思議に思ってそれにふれた。

次第に事態がのみこめてきた。マーガレットの代わりに神官ハスシェスの妻たちの死体がある墓にほうりこまれたのだ。

暗闇でそう悟った瞬間、恐怖が黒い津波となって襲ってきた。キャットは深呼吸を繰り返して必死に気持ちを静めた。そしてそろそろと起きあがった。そのときになって、薄地の服を着せられて、あちこちに金属をつけられ、頭になにかをかぶせられていることに気づいた。彼女は頑丈な扉にふれて押した。かんぬきがかかっている。それが重たいかんぬきであることは知っていた。

ほかの出口があるかもしれないと期待して、キャットは体の向きを変えた。けれども部屋のなかになにがあるのか知っていたので、扉のそばを離れたくなかった。

キャットはもう一度深呼吸をして気持ちを落ち着けた。一瞬、弱気にとりつかれ、自分もマーガレットのように地面へ突っ伏して泣き崩れるのではと不安になった。

この数週間ほど人生が尊くてすばらしいものだと思えたことはなかった。それもひとえに……ハンターのおかげだ。彼の腕のなかで本当に人を愛するとはどういうことかを知ったからだ。

ハンター。彼のことを考えると、少し気持ちがしっかりした。きっと彼はわたしのあとを追ってくる。

でも、彼はわたしの居場所を知らないのだ。

ああ、だけど、マーガレットが砂漠をさまよっているところを見つけるかもしれない。一味が彼女をまた捕まえていなければ。

きっとだれかが助けに来てくれる！　キャットは必死にそう願った。

だが、だれも来ないかもしれない。だとしたら、ここから脱出する方法を自分で見つけなければ。そのために、大昔の死体がいっぱい並んでいる真っ暗な部屋の奥へ歩いていかなければならないとしても。

そこでキャットは奥へ向かって進みだした。両手を前に出して手探りしながら歩かなければならなかった。鳥肌が立った。なにかにさわってぎょっとする。それは指の下で崩れた。

骨。

キャットは立ちどまってゆっくりと深呼吸をした。やがて壁に突きあたった。行きどまりだ。

「だめ！」彼女はささやき声ともあえぎ声ともつかない声をもらした。やけになって体をぶつけながら壁伝いに進んでいく。出口はどこにもない。

そのとき突然、扉が開いた。

イザベラ・ドーズが立っていた。「キャット、時間よ。こう考えたらいいわ。ここの人々はおまえが神々の一員になる、神々の妻になると信じているのだ、と。そう考えたら生け贄になるのがすてきに思えてくるでしょう？」

戸口にイザベラの姿が浮かびあがっている。キャットは最期を迎える前にせめてあの女に一矢報いてやれたらと考えた。彼女は戸口に向かって進みだした。そうしながら横に手をのばして骨を探る。どうか頑丈な骨がありますように。それで思いきりあの女の顔を殴ってやろう。

しかし、キャットが手にした大腿骨《だいたいこつ》を振りかざした瞬間、がっしりした男がふたり、イザベラの前に歩みでた。キャットは力任せに殴りつけたが、効果はなかった。骨は一方の男の腕にあたって粉々に砕けた。

イザベラは愉快そうに高笑いした。

ふたりの男はキャットを両側から挟んで腕をつかんだ。彼女は必死に暴れ、そして叫びだした。

キャット！

彼女の悲鳴を聞いて、危うくハンターは正体をばらしそうになった。ここはなんとか冷静さを保ち、キャットの姿を確認するまで待たなければならない。彼女に近づくことができたら、そのときは……。

戦わなければならない。そして祈るのだ。

ハンターの周囲には今、赤マントに頭巾をかぶった男たちが何十人もいて、奇妙な祈りの文句を唱えている。体を揺すりながら詠唱してはうやうやしく頭をさげる彼らの前に大きな椅子があって、アルフレッドが座っていた。彼はまるで仮面舞踏会のために着飾った滑稽《こっけい》な少年といったところだ。

アルフレッドの前のわずかに低くなっている壇上に祭壇がある。大昔の白い石でできた祭壇で、両端に拘束具がついている。ひそかに男たちの集団へ紛れこんだあと、ハンターは少しずつ前のほうへ移動してきたが、今や眼前にキャットが引きずりだされて悲鳴をあげながら雌虎《めすとら》みたいに暴れたりもがいたりするのを見て、もっとすばやく行動する必要があることを悟った。

ひとり、またひとり、と押し分けて前へ進む。彼らは一種の催眠状態にでもあるのか、ハンターが少しずつ前へ進んでいくことにだれひとり気づかない。

イザベラは自分を古代エジプトの女王か女神の生まれ変わりだと信じこんでいるかのように、頭をそらしてかすかな笑みを浮かべ、列の先頭に立っている。しかし、暴れまくるキャットのせいで儀式の尊厳が損なわれていた。

キャットの装いもまたイザベラに劣らずきらびやかだった。胸を輝かしい金のコルセットが覆い、白い薄地のほっそりしたスカートの腰の部分を金で留めてある。髪には金が絡ませてあり、手首を美しい腕輪が、足首をアンクレットが飾っている。

「みんな正気なの？」キャットがわめいた。「こんなの殺人よ。生け贄じゃないわ！」

力のこもった彼女の言葉も無視された。詠唱はわずかな乱れも見せずに続いている。

ハンターは前に立っている男たち——ゾンビたち！——の最後のひとりを押しのけて最前列に出た。ちょうどキャットが祭壇の上に引きずりあげられるところだった。ふたりの男が両側から腕をとって彼女をどうにか祭壇の上にのせたが、キャットは自由になる両脚をめちゃくちゃに振りまわし、拘束具をはめようとしている男たちの顔に何度か強烈な蹴りを見舞った。鋭い声で命令が発せられ、ハンターの横にいた男がさっと壇上へあがって、ばたばた暴れている形のいい脚をつかんだ。

ハンターもその男に続いて壇上へあがり、もう一方の脚をつかんだ。

キャットになんとかして自分の顔を見せなければならない。ハンターは彼女の足首をつかんで拘束具をはめるふりをしながら、だれも気づきませんように、そしてぼくの用意が整うまで彼女がほかのだれも蹴りませんようにと祈った。

急に詠唱の調子が変わった。

キャットの手首に拘束具をはめ終えた最初のふたりの男が後ろへさがった。キャットは狂ったように拘束具を外そうとした。そのあいだも悲鳴をあげては、あなたたちは頭がどうかしている、人殺しだ、と大声でののしり続ける。

やがて太鼓の音がした。

アルフレッドが神の椅子から立ちあがった。イザベラがクッションを両手で高く掲げて彼の前に歩みでる。クッションの上にはたいまつの明かりを受けて輝く刃の長いナイフがのっていた。

アルフレッドがナイフをとりあげた。イザベラはうやうやしく後ろへさがった。

アルフレッドが祭壇に近づいて腕を振りあげた。

それ以上ハンターは待てなかった。

わたしは死ぬのだと思うと、キャットの胸に激しい憎悪が煮えたぎった。そのあとに、もっと激しくさまざまな感情が押し寄せてきた。大切な父への愛情と、その将来に対する不安。イライザ、親切にしてくれたエイヴリー卿、カミール、ブライアン……。

ハンター。

眼前を彼の顔が通り過ぎたように思われたとき、キャットは胸に耐え難いほど大きな悲しみを覚えた。なぜならわたしは彼を心から愛しているから。なぜなら……。

わたしたちは一緒の人生を過ごせるはずだったから。わたしは会った瞬間から少しずつあなたに恋をするようになっていたと、あの人に打ち明ける機会があったはず。わたしが本当に愛しているのはあなたなのだと。わたしが欲しいのは……。

またもや太鼓の音がした。

アルフレッドはにやにやしながらナイフを振りかざしている。刃をわたしの心臓に突き立てることができるのを喜んでいるのだ。

そのとき……。

キャットは片方の脚が自由になることと、男たちのひとりがマントを脱ぎ捨てたことに気づいた。

ハンターだ。

アルフレッドが振り返ろうとした。ハンターがすばやく彼の顔面に拳《こぶし》をたたきこむ。鼻の骨の折れる音がキャットにも聞こえた。アルフレッドは倒れた。

怒号がわき起こった。

ハンターはすぐにキャットの拘束具を外しにかかった。

「ハンター、気をつけて！」

キャットは彼の名前を呼んで、イザベラが形相もすさまじくハンターにつかみかかろうとしていることを教えた。ハンターが振り向きざまに肘打ちを食らわせる。イザベラは背後の壁まで飛ばされた。

「急いで、急いで！」キャットは懇願し、片方の手首と脚が自由になるや、死にもの狂いでほかの拘束具を外そうとした。

ひとりの巨漢がほえながらハンターに向かってきた。彼は腰のベルトに手をやって拳《けん》銃《じゅう》を抜き、巨漢めがけて撃った。

静寂があたりを支配した一瞬を利用して、ハンターはついにキャットを完全に自由にした。

祭壇からおりたキャットは迫ってくる群衆を相手に身構えた。

ハンターはめまぐるしく戦った。弾を撃ちつくしたあとに剣を抜く。キャットは祭壇の横に生け贄の儀式用のナイフが落ちているのを見て飛びついた。ナイフを手に立ちあがった彼女を、大きな男がつかまえて絞め殺そうとした。

キャットは顔をゆがめながらもナイフを突き刺した。

ハンターとキャットの前で男たちが次々に倒れていく。彼女はハンターと背中あわせになって自分を守りつつ彼と一緒に戦った。

だが、いくら倒しても敵は次から次へと襲いかかってくる。わたしたちはここで死ぬのだ、とキャットは暗い気持ちで思った。

「ハンター！」彼女は叫んだ。

「どうした？」

「わたしは……」キャットのナイフがだれかの腕に刺さって抜けなくなったので、パンチを繰りだした。うめき声が聞こえた。

「なんだって？」

「あなたを愛しているわ！」

「えっ？」

ハンターは剣を大きくひと振りしてから彼女のほうを向いた。

「ハンター、気をつけて！」

彼はさっと振り返って相手を切り倒した。

「真剣に話しているのよ。ずっと前からわかっていたわ……わたしは……きゃっ！」

だれかが背後からキャットをつかんだ。がっしりした手が体にまわされる。

銃声が一発とどろいた。さらに何発も続き、大きな声が響き渡った。

「やめろ、さもないと死ぬぞ！」

室内を静まり返らせた声に、キャットは聞き覚えがあった。ブライアン・スターリングの声だ。

キャットの体から男が引き離されて、たくましい腕がのびてきた。

ハンターの腕だった。

そこへ友人たちがなだれこんできた。彼らはまるで四方八方から押し寄せてくるように思われた。キャットの左側ではアリが男に剣を突きつけている。彼女の前方でホームズ顔負けのステッキさばきを見せているのはアーサー・コナン・ドイルだ。アブドルは男たちの一団に銃口を向けていた。

立っているのがやっとのアランでさえ手に銃を握っている。その隣にすさまじい形相のロバート・スチュアートが控えていた。

デーヴィッドもいた。顔は蒼白《そうはく》で、手はぶるぶる震えている。

発掘に携わった作業員たちも全員が助けに駆けつけていた。まもなくブライアンの後ろから制服姿の一団が入ってきた。エジプトの警官隊だった。

キャットがハンターを見あげると、彼は震える手でしっかり彼女を抱いたまま周囲の様子を眺めている。

ふいにキャットは張りつめていた気力がなえるのを感じた。「わたしたちは生きられるんだわ！」彼女はささやいた。

そして気を失った。

どこかの時点でだれかがキャットにマントをかけてくれた。

教団の信者がまとっていたのとは違う黒いマントを。彼女は馬に乗った記憶がなく、気がついたときはカイロのホテルに戻っていた。そして今、キャットの手にはブランデーの入ったグラスが握られ、彼女の周囲に全員が集まっていた。もちろんイザベラと息子のアルフレッドは別だ。

キャットが聞いたところによれば、イザベラは生き残って、カイロ市内にあるどこかの独房で狂ったように熱弁を振るっているという。アルフレッドは混乱のうちに死んだ。やっとエマはキャットに向かって舌打ちするのをやめ、マーガレットは彼女の顔にさわっては泣くのをやめた。カミールはこんなときはブランデーがいちばんだと言ってキャットにグラスを渡し、向かい側の椅子に座って静かにほほえんでいる。

「あなたたちはどうしてあんなに早くあそこへ来られたの？」最後にキャットが小声で尋ねると、室内の話し声がぴたりとやんだ。

「ぼくたちは馬を乗りつぶすところだったよ」ロバートが言った。「しかし、いちばん乗りはぼくたちではなかった。きっとハンターがものすごい勢いで馬を駆けさせたんじゃないかな」

「ええ、でも……」

「ぼくに説明させてくれないか？」アーサーがそう言い、キャットに話しかけた。「レディ・キャサリン、きみはアルフレッド・ドーズのあとをつけた。ハンターとアリがきみのあとを追っていった。そしてふたりはマーガレットと出会った。ハンターはマントと頭巾をつけて地下への階段をおり、アリは野営地に馬を走らせた。ふたりよりも少し遅れて着いたぼくがマーガレットを馬で連れ帰ったんだ。このあいだに、ふたつのことが起こっていた。ひとつはカーライル伯爵夫妻が壁を打ち破って、あの神殿へ通じる地下の通路を発見したことだ。彼らは作業員たちを率いてその通路からあそこへなだれこむことができた。もうひとつはデーヴィッド・ターンベリーがエイヴリー卿にアルフレッド・ドーズに関する疑惑を打ち明け、これまでの事件にアルフレッドがかかわっていると思われる理由を説明したことだ。そこでロバートとアランがたたき起こされ、警察に連絡が行った。イーサンは怪我《けが》の程度がひどかったので知らされなかった。そうして砂漠を大襲撃部隊がやってきたというわけだ。以上で説明は終わり！」

キャットはカミールのほうを向いた。「壁を打ち破ったですって？」

「ええ、皮肉な話だと思わない？　わたしたちが発見した建造物は、すでにイザベラが闇市の仲介者たちの話から偶然見つけて利用していた、あの神殿につながっていたんですもの。でも、彼女は高位の神官ハスシェスの墓までは見つけていなかった。きっとその墓はわたしたちに発見されるのを待っているんだわ！」

「ふん、墓ときた！」エイヴリー卿が口を出した。「わたしはマーガレットを連れて国へ帰る」

「まあ、お父様！」マーガレットが抗議した。「わたしはここにいたいわ」

「なんだって？」エイヴリー卿は驚きの声をあげた。

「だって、わたしのお友達がここに残るんですもの」マーガレットはそう言って、キャットのほうへ手をのばした。「本当のお友達が！」

「今夜、あんな目に遭ったというのに、なぜキャットがここに残りたがっていると思うんだ？」エイヴリー卿が娘を問いただした。

「あの」キャットがやんわりとエイヴリー卿に言った。「危険はもうなくなりました」

「ふん、ふん」エイヴリー卿は二度鼻を鳴らし、どうかしているとばかりにふたりを見つめた。「おまえたちはイザベラとそのあさましい息子だけであれほど大がかりなことをしでかせたと思うのか？　断言してもいい、これにはほかにも大勢の悪い連中がかかわっている。例の滑稽な赤マントを着たやつらにしても、全員をつかまえたとは言いきれないのだぞ」

「ここからはエジプトの警察が処理できるんじゃないかしら、ジャガー」ラヴィニアが首を振って言った。「彼らに任せておけば大丈夫よ。優秀な人たちですもの」

「しかし……」

「まあ、ジャガーったら、いつまでもくだらないことを言わないの！」ラヴィニアが命じた。「ここにいる若い人たちにどうしたいのかきいたらいいわ。危険がとり除かれたんですもの、ここに滞在するのも発掘調査をするのもずっと安全になったはずよ。彼らがここにいたいと言うのなら、そうさせてあげなさいな」

「あの」カミールが目をきらきらさせて言った。「わたしたちは大発見の一歩手前にいると思うんです」

「カミール、ぼくらはきみの望みどおりにするよ」ブライアンが妻に言った。

「カーライル卿」ロバートが言った。「ぼくは計画どおりここにとどまりたいと思います」

「ぼくもです」デーヴィッドがしっかりした口調で言った。

「ぼくもとどまります」アラン・ベッケンズデールがそう言って、悲しそうな目でキャットを見た。「ひょっとして……もしかしたら、きみのお姉さんとお父さんを説得してこちらに呼び寄せられないかな」

「姉を？」キャットは問い返した。

「そうなったら楽しいだろうと思って」アランが慇懃《いんぎん》に言った。

「どう思う、ハンター？」キャットは言った。

「本当にきみはとどまりたいのか？」ハンターがキャットにきいた。

「ええ、あなたがこちらにいるのなら」

「ぼくはきみにきいているんだよ」

「でも――」

「ちょっと待って！」ラヴィニアがそう言って立ちあがった。「皆さん、そろそろこの部屋から失礼しましょうか。ジャガー、どうやらわたしたちはここにとどまることになりそうね。それにイーサンだってとうてい旅ができる体じゃないわ。わたしたちのグループは臆病《おくびょう》者ぞろいなんかじゃない。ヴィクトリア女王陛下の臣下なのよ。それはそれとして、さあ、皆さん、早く出ましょう」

「ぼくにはまだ事件の全容がのみこめないんだけど……」ロバートが言いかけた。

「だったら、一緒に来なさい」アーサーが促した。「とにかく出よう。ぼくがもう一度最初から説明してやるよ」

ひとりずつ部屋を出ていき始めた。そしてついにハンターとキャットだけが残された。

彼女は暖炉のそばの椅子に座り、彼は暖炉の横に立っていた。しばらく気づまりな沈黙が続いた。やがてふたり同時に口を開いた。

「ハンター、わたし――」

「きみはあのとき――」

「単にああいう状況だったからではないの――」

「もう一度言ってくれ」

「きっとあなたは信じないでしょう――」

「もう一度言ってくれ！ 頼む」

「あなたを愛しているわ！」キャットは言った。

ハンターは暖炉を離れてキャットの前にひざまずいた。そして底知れぬ深みをたたえた黒い目で彼女をむさぼるように見た。彼がキャットの手をとってキスした。

彼女はなんと言っていいのかわからなくて首を振った。「たぶんわたしは、あなたに会った瞬間から恋をし始めていたんだわ」彼女はそっと言った。「たとえデーヴィッドになんらかの感情を抱いていたとしても、それはずっと前に冷めてしまった。わたしはいつも彼をあなたと比べていたの。わたしには……あなたがわたしをほうりだすなんて信じられなかった。でも、あなたはわたしをホテルに送り返したわ！」

「きみの身が心配だったんだ。きみはひどく無鉄砲だから」

「わたしはそのときにいちばんいいと思えることをするだけよ」

「そうか、それについてはぼくにも言い分がある。いつか話しあおう。いや、ここで約束しておくよ、それについてはいずれきみと徹底的に話しあう。しかし……それは将来の話だ。それで……もう一度言ってくれないか」

「なにを？」

「ぼくを愛しているって。永遠にぼくと一緒にいたい。ぼくに遠ざけられたら耐えられない。きみは……ぼくを愛していないふりをしなければならなかったのだって」

キャットはたじろぎ、気をとりなおして言った。「あなたがわたしのことを本当はどう思っているのか、わたしは知らないんですもの――」

「冗談を言ってはいけない。どうやらぼくは、いつも自分の気持ちをみんなの前にさらけだしていたらしいからね」

「口に出して言ってもいいのよ」キャットはほのめかした。

ハンターはほほえみ、彼女の頬にてのひらを添えて顔を上に向かせた。

「きみを愛している。いや、きみを崇拝している。きみが行くところなら、国内であれ外国であれ、喜んでついていくよ。世界じゅうどこへでも」

「まあ、ハンター！」キャットは彼の腕のなかに身を投げた。

ハンターはわずかに後ろへさがって咳払《せきばら》いをした。「これはたしかに……都合がいい！」

「都合がいい？」キャットはきき返した。

「ああ」

キャットは笑って、気がすむまで彼の顔にさわったり髪を撫《な》でたりした。

「さてと……ぼくらはここにいる。このすばらしい部屋に。このすばらしくて、とても都合のいい部屋に」

「まあ！」

ハンターは立ちあがって、やさしくキャットを腕のなかに抱いた。彼にキスされたとき、キャットは今までこんなキスがあるとは知らなかったことに気づいた。

夜明けが訪れてもふたりがまだ眠らずに横たわっているとき、キャットはさらに多くのことに気づいた。

「ハンター」

「なんだい？」

「いつだったかあなたは、わたしがあなたを欲しいと思ったときだけそばに来るようにと言ったわね。それ以外の理由で来てはいけないって」

「ああ、それで？」

キャットはハンターのほうを向いて彼の胸にもたれた。「もっといい理由があるわ」

するとハンターは笑って唇を彼女の唇に押しつけた。「その教訓を学んだのはぼくのほうだよ」彼はキャットにささやいた。「それは愛だ」そっと言った。

ハンターが再び彼女を腕のなかに抱いたとき、砂漠に日がのぼった。

訳者あとがき

ヘザー・グレアムはこれまでに幅広いジャンルの小説を発表してきたが、本作は『呪《のろ》いの城の伯爵』と同じく一八九〇年代のロンドンが舞台のヒストリカル・ロマンスである。ヒロインのキャットはテムズ川で溺《おぼ》れている男性を岸へ助けあげたことがきっかけで、エジプトへの遺跡発掘旅行に同行することになった。ところが、キャットの周囲で次々に不穏な出来事が起こり始める。ロンドンで、旅の途上のローマで、そしてエジプトで……。

ロンドンで始まった物語は灼熱《しゃくねつ》の太陽が照りつけるエジプトの砂漠へと舞台を移す。キャットら一行がカイロで泊まるのが〈シェパード〉というホテルだ。これは実在したホテルで、一八一四年に建てられた歴史的由緒のあるもの。中庭のある二階建ての建物で、各国の王侯貴族をはじめ金持ちの実業家、探検家、旅行者らが宿泊した。十九世紀末にチャールズ・ダドレー・ウォーナーという人が書いた旅行記には、ホテルの庭園をペリカンや駝鳥《だちょう》が歩きまわっていたことや、母国では礼儀正しい若い英国貴族たちがディナーの席で傍若無人に飲み騒いでいたこと、インドや日本からの客もいることなどが記されている。残念ながらホテルは一九五二年の暴動で焼失し、五年後に場所を移して再建された。ナイル河畔に立つ現在のホテルは、この物語当時のものとは別の建物である。

このホテルでキャットたちは小説家のアーサー・コナン・ドイルとその妻に出会う。コナン・ドイルは一八五九年の生まれだから、この物語当時は三十代半ばといったところだろうか。妻のルイーズが結核を患っていたため、コナン・ドイルは彼女を連れて保養地を転々とした。実際にカイロに滞在したかどうかは不明だが、ルイーズは一九〇六年まで生きているので、本書に登場したときはまだそれほど重病ではなかったかもしれない。

コナン・ドイルがキャットに向かって、ホームズの死を悲しんでいるなどと言わないでほしいと頼む場面がある。これは、歴史小説家として名をあげたかったドイルが探偵小説と手を切るために、一八九三年発表の『最後の事件』でシャーロック・ホームズを悪人のモリアーティ教授ともども滝壺《たきつぼ》へ落として死なせたことを踏まえている。しかしその後、読者の強い要望によってドイルはホームズを生き返らせた。ホームズ人気ゆえにドイル自身が名探偵と思いこまれることもあって、ずいぶん閉口したようだ。ヘザー・グレアムはそのあたりの事実をこの小説に巧みにとり入れているので、お楽しみいただきたい。

二〇〇七年三月

風音さやか

＊本書は、2007年6月にMIRA文庫より刊行された
『砂漠に消えた人魚』の新装版です。

mira

砂漠《さばく》に消《き》えた人魚《にんぎょ》

2024年1月15日発行　第1刷

著　者　ヘザー・グレアム

訳　者　風音《かざと》さやか

発行人　鈴木幸辰

発行所　株式会社ハーパーコリンズ・ジャパン
東京都千代田区大手町1-5-1
04-2951-2000（注文）
0570-008091（読者サービス係）

印刷・製本　中央精版印刷株式会社

定価はカバーに表示してあります。
造本には十分注意しておりますが、乱丁（ページ順序の間違い）・落丁（本文の一部抜け落ち）がありました場合は、お取り替えいたします。ご面倒ですが、購入された書店名を明記の上、小社読者サービス係宛ご送付ください。送料小社負担にてお取り替えいたします。ただし、古書店で購入されたものはお取り替えできません。

ISBN978-4-596-53421-7

mirabooks

白い迷路

ヘザー・グレアム
風音さやか 訳

友人の死をきっかけに不可解な出来事に見舞われることになったニッキ。動揺する彼女の前に現れた不思議な魅力をもつ男ブレントとともにその謎に迫るが…。

霧のぬくもり

ヘザー・グレアム
風音さやか 訳

祖父が遺した家に移り住んだクリスティナの前に、連続殺人の罪を着せられ死んだ男の幽霊が現れた。元刑事で初恋の相手ジェドとともに事件の真相を追うことに。

眠らない月

ヘザー・グレアム
風音さやか 訳

歴史ある瀟洒な邸宅の奇妙な噂を調査しにやってきたダーシー。依頼者のマットとともに真相を追うが、ある晩見た夢をきっかけに何者かに狙われはじめ…。

あたたかな雪

シャロン・サラ
富永佐知子 訳

不思議な力を持つせいで周囲に疎まれ、孤独に生きてきたデボラ。飛行機事故の生存者を救うために向かった雪山で、元軍人のマイクと宿命の出会いを果たし…。

月影のレクイエム

シャロン・サラ
皆川孝子 訳

あなたは実の孫ではない——亡くなる直前に祖母から出自を聞かされたキャサリン。故郷を訪ねるも敵意を向けられるばかりだが保安官のルークだけは優しく…。

グッバイ・エンジェル

シャロン・サラ
新井ひろみ 訳

幼い頃、母にカルト教団に連れてこられたジェイドは、壮絶な少女時代を過ごす。やがて教団を抜け出し人目を避けて生きてきたが、15年後、ルークと名乗る男が現れ…。